二見文庫

真夜中にふるえる心

リンダ・ハワード＆リンダ・ジョーンズ／加藤洋子＝訳

Running Wild
by
Linda Howard and Linda Jones

二〇一一年四月二十一日木曜日
わたしたちの親友、ベヴァリー・ビーヴァーが亡くなりました。
彼女はベヴァリー・バートン名義で小説を書いていました。
あの日から彼女のことを思わない日はありませんし、
彼女の声を、笑い声を聞かない日はありません。
そして日々思うのです、
思い出はこんなにたくさんあるのに、
それでもまだ足りないと。
だから本書をあなたに捧げるわ、ベヴァリー。
愛してます、やるせないです、寂しいです。
ちゃんとしなきゃだめよって、天国でも
まわりに活を入れてるんでしょうね。

真夜中にふるえる心

登　場　人　物　紹　介

カーリン・リード	ヒューストン出身の女性
AZ（ジーク）・デッカー	デッカー牧場の経営者
キャット・ベイリー	ジークのいとこ。カフェの経営者
スペンサー	デッカー牧場で働く若い牧童
リビー・トンプソン	デッカー牧場の元家政婦
ブラッド・ヘンダーソン	ヒューストンの警官
ジーナ・マシューズ	カーリンの友人

プロローグ

リビー・トンプソンは、ぽっちゃりした腕を組み、厳しい表情を浮かべようとした。そううまくはいかない。言いようのない悲しみに押しつぶされそうだからだ。「そんな顔しないの、AZ・デッカー。仔犬《こいぬ》みたいな目にあたしがほだされたのは、あんたが九歳の年まででなんだから」そのころだって、仔犬みたいな目をしていたわけではないし、いまだってしていないが、こう言うのが彼をうまく扱うコツだとずっと昔に気がついた。怒って冷酷な目つきになった彼がどれだけ恐ろしいか、本人に気取られてはならない。いまの彼がまさにそれだった。

ジークは目を伏せて視線を横にずらした。その先にはリビーの荷物がある。メーカーも色もまちまちな安物のカバンが三個。どれも荷物をぎっしり詰め込んであるから、いまにもジッパーが弾《はじ》けそうだ。彼女の人生がそこにおさまっていた。

「二週間前にちゃんと知らせたでしょ」とびっきりの〝ふざけんじゃないわよ〟口調で言う。

ほんの一ミリでも譲歩したら、ものの一秒で彼に説得され、ここにとどまると言ってしまいかねない。ほんの一瞬たりとも気を抜いてはならないのだ。諦めさえしなければ自分に解決できない問題はない、と彼が思っていることを忘れてはならない。味方にすればこれほど心強い人間はいないが、意見が対立すると最悪だ。

「代わりを見つけようと頑張った」ジークが吠《ほ》え、非難の目で彼女を睨《にら》む。自分の失敗はあんたのせいだと言わんばかりに。

「あら、そう?」彼女は鼻を鳴らした。「〈バトル・リッジ・ウィークリー〉に家政婦募集の広告を出しただけでしょ」それで気づいたのだ。彼女がここを出ることを、ジークが真面目に受け取っていないと。さもなければ、もっと大きな町の新聞社数社に広告を出しているはずだ。彼を愛しているからこそ頭にくる。ほかの人とおなじで、彼女も脅せばなんとかなると思っているとしたら、ジークには世の中ってものがわかっていない。認識のちがいを思い知らせてやらないと。

「あと二週間」彼が取引を持ちかけた。

リビーは苛立《いらだ》ちの息を吐く。五十七年の人生を、彼女は戦いつづけてきた。幼子を抱えて未亡人になったときも、けっして挫《くじ》けなかった。ここデッカー牧場に住み込みで働きだしてからは、ジークの一歩先を行くために持てる力のすべてを注《つ》ぎ込んできた。よちよち歩きのころの彼は、ぽっちゃりしたかわいい腕白坊主だった。すきっ歯の少年だったころの彼は、ほっそりとしたかわいい腕白坊主だった。十代のころともなると、女心をめろめろにする罪作りで、なおかつとびっきりの石頭になり、いまもそれは変わらなかった。彼はいつだって自分の思うとおりにしてきたが、今度ばかりはそうはさせない。

この牧場の母屋で三十数年、最初はパートタイムで、ジークの母親が再婚してアリゾナに引っ越してからはフルタイムで働いてきた。リビーと娘のジェニーは、キッチンの隣にそれぞれ部屋を持っていた。この家のことはわが家のように、ジークのことはお腹《なか》を痛めて産んだわが子のようによく知っている。彼の姉たちのこともかわいがって面倒をみたが、ジークは別格だった。ジークにとっても、リビーはかけがえのない存在のはずだ。三十年以上、料理をし、洗濯をし、必要とあれば彼を叱りつけてきた。彼を思いきり甘やかしてもきた。彼にとっても、牧童たちにとっても、彼女は母親だった。そしていま、彼女は出て行こうとしていた。

ため息をつき、ふっと視線をやわらげた。「ジーク、あたしだってあんたを見殺しにするような真似《まね》はしたくないのよ、わかるでしょ。でも、今週末までに行くって、ジェニーに約束したの。あの子だっていっぱいいっぱいなの。トムは仕事で留守がちだしね。三人の子供に手を焼いているうえに、お腹には四番目がいるの。あの子はあたしの娘で、あたしを必要としてるのよ」

「おれもあんたを必要としてる」ジークがうなるように言い、ようやく現実に直面して顎を引き締めた。彼女は出ていったきりだという現実に。「わかった。クソッ――わかったよ。

なんとかする」

「そうでしょうとも」リビーはちかづいて彼の頬をやさしく叩《たた》き、爪先立ちになってもう一方の頬にキスした。一歩さがり、もう一度きっぱりと言った。「キッチンまわりのことはスペンサーが心得てるわ。あんたが代わりを見つけるまで、スペンサーがなんとかやってくれるでしょう。キッチンのテーブルに料理本を二冊置いといたわ。あたしのビーフシチューのレシピは緑色の表紙のに載ってるからね」彼女のビーフシチューは、昔からジークの大好物だった。二度と彼のために作ることはないのだと思うと、心がズキンとしたが、レシピはあるのだから誰かが作ってくれるだろう。

「ありがと」

感謝している口調ではなかった。機嫌は悪いままだ。機嫌が直らなくてもかまやしない。もう決めたことだ。彼女は無視してつづけた。「冷凍庫にシチューとラザニアとコーンブレッドを作り置きしといたから。きょうの夕食にはチキン・アンド・ダンプリング（鶏肉と野菜に小麦粉を練った団子を加えたスープ）の大鍋が冷蔵庫に入ってるわ。すっかり食べつくしたら、代わりの家政婦を探すか、その重い腰をあげて、あたらしい奥さんを見つけることね。あんたにいちばん必要なのはそれだもの」

　これはいい攻め方だ。ジークが避ける話題があるとしたら、それは結婚問題なのだから。一度結婚したが、うまくいかなかった。彼の考え方からすると、もう一度試すのは拷問を受けるのとおなじで、頭のいかれた奴《やつ》のやることだ。だが、聖人君子ではないのだから、その気になりさえすれば、あすにでも牧師の前で誓いの言葉を述べているだろう。見てくれもけっして悪くない。肩幅の広いがっちりした体格にグリーンの瞳、ライトブラウンの豊かな髪。まともな女なら喜んで花嫁候補に名乗りをあげるだろう――彼が結婚する気になりさえすれば。でも、問題なのは、彼がなぜそんな面倒くさいことをしなきゃならないんだと思っていることだ。セックスの相手に不自由はしないし、家のことはリビーがすべてやってくれていた。いままでは。いま必要なのは料理人と家政婦で、このふたつはまったく別物だ。

ワイオミングの片田舎の牧場で、楽しく暮らせる女はそうそういるものではない。いちばんちかい町のバトル・リッジまででも、車で一時間かかり、そこもいまではゴーストタウンになりつつあった。まあ、それはおおげさで、商店はまだやっているところもあるが、十年前までは二千人以上が暮らしていたのに、いまでは半分に減った。

それに、バスは週に二便しかない。リビーはそれに乗ろうとしている。

「わかった、もういい」彼は言い、パンパンに膨らんだ赤いカバンに手を伸ばした。「町まで送っていくよ。あんたの言うとおりだ。代わりが見つかるまでなんとかやっていけるだろう。誰も飢え死にはしないだろうし、おれだって洗濯ぐらいできる」茶色のカバンも持ちあげた。いちばん小さな黒いカバンはリビーが持てばいい。

気を揉《も》んでも仕方がない。彼女は声をやわらげて言った。「ねえ、お母さんに来てもらったら……」

「だめだ」ジークの返事は取り付く島もなかった。無理なことは彼女もわかっていたのだ。母親が訪ねてくれれば歓迎するが、その場合、夫のラリーも一緒だ。ジークも母親の幸せを願うことに吝《やぶさ》かではないが、ラリーとはそりが合わなかった。顔を突き合わせるのは数日が限度だ。家のことをやってくれと頼んで数週間もいられた日には。

「だったら、お姉さんのうちのどっちかに頼んだら」

「だめだ」最初の〝だめだ〟ほどきつくはない。「家庭があるからな。子供や仕事のこともある。どっちもそう長くは家を空けられないさ」

「キャットなら――」

ジークは鼻を鳴らした。「彼女には店があるじゃないか。ここで働くために、店をほったらかしにできると思うか？」

「それでも、もしものときは、彼女に料理を作ってもらって冷凍庫に入れといてもらえるじゃない。あんたが腰を低くして頼めばいいだけでしょ」キャットの料理は定評があった。バトル・リッジで営む小さなカフェが繁盛しているのはそのおかげだ。彼女はジークのいとこだから、頼めば助けてくれるだろう。だが、忙しい彼女に、牧童たちの毎日の食事を賄《まかな》ってくれとはとても頼めなかった。

両手にカバンを持ったジークは、リビーが開けた玄関ドアを抜けてポーチに出た。母親代わりだった女性にさよならを言うため、六人の牧童たちがトラックの前に並んでいた。中のふたりは、母親の愛情を知らずに育っているから、親身に世話を焼いてもらってどれほどありがたかったか。日に焼けた彼らの顔に笑顔はなかった。

「さっきも言ったが、なんとかやっていくしかない」彼の鋭い一瞥《いちべつ》を食らい、スペンサーは疚《やま》しいような困ったような顔で、落ち着かなげに足踏みした。ボスに睨まれるようなことをした覚えがないからだ。「スペンサーの作るもんで食中毒にならなかったら、それでよしとしなきゃな」

「なんとかなるものよ。いままでだってそうだった」リビーが楽観的なことを言う。髪が乱れていないか手でたしかめてから、爪先立ってまた彼の頬にキスした。「ときどき様子を見に来るわ」それから、牧童たちにさよならを言うために階段をおりた。


ジークはリビーほど楽観的ではなかった。彼女を送っていくあいだ、彼女のおしゃべりににこやかに相槌《あいづち》を打とうと努力はしたのだが――無理だった！

寂しかった。リビーのいない牧場なんて想像できない。彼女を中心に回ってきたのだから。背が低くて丈夫で、活気に溢《あふ》れていて、人を引きつける魅力の持ち主だ。ふつうの女が静かに余生を送る歳《とし》になっても、毎週のように髪の色を変え――いまは燃える炎のような赤だ。まわりの人間を顎で使い、孫を熱気球に乗せるんだと計画を立て、がむしゃらに前に進んでゆく。それでいて、こんなにやさしい心の持ち主もいない。

どうすりゃいいんだ。リビーの代わりなんているわけがない。彼女の仕事を代わってやれる人間はいるだろうが、彼女の代わりになれる人間はいない。

この不景気だから人を雇うのはかんたんだが、世の中、踏みとどまっていまの生活を守るより、よそに流れていく道を選ぶ人間ばかりだ。バトル・リッジは空き家ばかりが目立つ。〝貸し家〟や〝売り家〟の看板が出ているが、借り手はめったにつかないし、買い手となるとまず現れなかった。店じまいをして南に移っていく者が後を絶たない。南に行っても仕事の口はないかもしれないが、少なくとも厳しい冬に打ちのめされずにすむ。凍えずにすむ。

代わりを探すだけは探してみよう。いままで本腰を入れなかったのは、リビーが土壇場で気が変わって残ってくれるかもしれないと思っていたからだ。見つからないかもしれないと思うと頭にくるが、根が現実主義者だから、自分が不利な立場にあることは自覚していた。

わずかばかりの給料で——べつに守銭奴ではないが、デッカー牧場で働いていて金持ちになれるわけもない——重労働をこなしてくれる女を見つけるのは、リビーが考えているほどかんたんではなかった。物事がいつもうまくいくとはかぎらない。神さまがドアを閉めたらそれまでだ。うまい具合に窓を開けてはくれない。そう、かなりやばいことになっていた。

カーリンは急ぎ足でデスクに向かった。顔をしかめ、心臓をバクバクいわせて。冷静になりなさい。落ち着きを取り戻そうと何度も自分に言い聞かせた。被害妄想だ。想像力が超過勤務をしている。テキサス州にはああいうブルーのトヨタが何千台、何万台とある。その一台がアパートから職場まであとをつけてきたように思えたからって、運転手が——バックミラー越しにちらっと見えただけだが——黒っぽい髪だったからって、ブラッドがあとをつけてきたことにはならない。そんなことはあるはずがなかった。

オフィスのある建物の駐車場に彼女が車を入れると、恐ろしいほどよく似た車はそのまま素通りしていった。誰もあとをつけてきてはいない。ここなら安全だ。イカレたあの男に頭の中まで入り込ませちゃだめ！　もう充分ひどい目に遭ってきたでしょ？

彼のせいで、住み慣れた土地を離れざるをえなくなった。仕事を辞めてダラスに移り住み——一年ちかく住んだヒューストンからは車で四時間以上かかる——心配するのをやめた……はずだった。ここで働き出して三カ月が過ぎた。ブラッドから電話がかかってくることはなかった。引っ越す前のように、断りもなくアパートに押しかけてくることもない。

どこに住み、どこで働いているか、彼が知っているはずないじゃない。ずっとそう自分に言い聞かせてきた。知っているはずがない。

引っ越すときには細心の注意を払った。未払いのものはすべて精算し、誰にも引っ越し先を教えなかった。経理を担当していたキッチン用品の販売会社の同僚たちにも言わなかったほどだ。郵便は新居ではなく、郵便局の私書箱に送られてくるようにした。車に積めるだけの荷物を持って、真夜中にこっそりアパートを出た。文字どおりの夜逃げだ。ブラッドに居所を突き止められるはずはないが、用心しすぎることはないし、彼女が姿をくらませば、彼の関心はほかに移るだろうと願って――祈って――いた。ほかの女性がブラッドの餌食になると思うと、少し後ろめたい気もする。それがカーリンにとって最悪の敵だろうと、彼の餌食になってほしくはない……そりゃまあ、最悪の敵がいたとしたら、そう願わないこともないけれど、いまのところそこまで嫌いな人は考えつかなかった。

もし誰かが話に耳を傾けてくれていたら、警官のひとりでも味方になってくれていたら、いまでもヒューストンで働いていられただろう。なんて世間知らずだったんだろう！　警察に訴えれば、なんとかしてもらえると信じていたのだから。でも、そのストーカーが警官だったら手の施しようがない。ストーカー行為の証拠を隠すなんてお手の物だ。誰もが彼の肩を持つ。そうなると、よその土地で一からやり直すしか道はなかった。だからそうしたまでだ。

窓に目をやると、地平線に雲がかかっているのが見えた。まだ降りだしてはいないが、天気予報では雨になるそうだ。カーリンは赤いレインコートを脱いで、仕切りのフックに掛けた。大好きなレインコートだから、雨が降る日を心待ちにしていたのだ。でも、すっかり動揺しているいまは、雨も人混みも勘弁してほしかった。電話に出ることすらできそうになかった。もしいま電話が鳴ったら……ブラッドからだったら？　彼に居所を突き止められただけでなく――だめだめ、彼のことは考えないの。彼に似た人を見たというだけじゃないの。

なにも起きていないんだから。

隣の席のジーナ・マシューズも、きょうはついていない日のようだ。電話を受け、表情を強張《こわば》らせた。このところ恋人と喧嘩《けんか》ばかりしていて、にっちもさっちもいかないようだ。ジーナは慎重に言葉を選んで、ボタンを押した。カーリンのほうを見て、うんざりした顔をする。

「受話器を叩きつけてやれたらすっきりするのにね。ボタンを押すだけじゃ満足感はえられない」マナーモードにした携帯が、振動してデスクの上を動き回った。またかかってきたのだ。ジーナは携帯を取り上げ、発信者を確認するとまたボタンを押した。「こっちには〝オフ〟ボタンがあるもんね」身を乗り出し、無言の携帯電話に話しかける。「好きなだけかけるといいわ、お気の毒さま。あんたの声なんて聞きたくもない」裏声で歌うように言う。

カーリンがつい笑い声をあげた。ジーナもほほえんだが、怒りと悲しみと苛立ちの表情は消えない。

ジーナは華やかな美人だ。カーリンとおなじくブロンドで背格好もおなじだが、似ているのはそこまで。自分でもまあまあの線だとは思うが、あたしは目を奪うほどではない。だが、ジーナはそうだった。すれちがった男たちはみな、振り返って彼女に見とれる。ところが、ジーナの男の趣味は最悪だ。悪い男にばかり惹《ひ》かれる自己破滅タイプ。彼女のことだから、ほっといても週末までにつぎの相手が見つかるだろうし、これに懲りて多少はましな選択をするかもしれない。まともな男を選べばいいのに、と端から見れば思うけれど、人の好みはわからない。

ジーナの携帯電話がさらに二度鳴ったが、そのたびに、彼女は仕事を優先させて通話を拒否した。それから二時間ほどは、ふたりとも請求書の作成業務に没頭した。ふたりが勤める保険会社は、ダラスのダウンタウンに自社ビルを持っている。仕事は退屈なことが多いけれど——というより、最初から最後まで退屈だ——給料はよかった。この不景気だもの、勤め先があるだけでもありがたい。ヒューストンとはちがって、ここでは責任のある仕事は任されていないが、大手企業だし、トラブルに巻き込まれず、大ポカをしなければ昇級のチャンスもある。長くいられさえすれば。こうと決めたらものになるまで頑張り抜く粘り強さは、生来のものだった。経理の仕事は派手ではないが、だからなに？　それで生活できる。ときどき学校に戻って勉強し直そうかと思うが、目指すキャリアが定まっていなければ時間とお金の無駄になる。いまは仕事が必要だ。これぞ天職というものが見つかっていないのは、かえってよかった。ひとつのことに集中せず、臨機応変に動ける。

ジーナはじっとしていられないらしく、頻繁に席を立ち、カーリンに——それと自分にも——コーヒーを二度も運んできた。もうじきランチタイムというとき、ぱっと立ち上がってこちらの仕切りを覗《のぞ》いた。「お弁当、持ってきたの？」

「ええ、サンドイッチとチップス」料理は苦手だった。オフィスで働く女性社員の中には、お手製のスープやラザニアやキャセロールを持ってくる人がいて、休憩室の電子レンジでチンして食べている。カーリンはそんな手間のかかることはせず、毎日サンドイッチですませていた。

ジーナの〝ゲー〟という表情は滑稽ですらあった。おいしいものに目がない人だから。「そればっかりじゃ飽きるでしょ。ひとっ走りして野菜ピザを買ってくるから、半分いかが？」

ピザには惹かれるし、ジーナひとりでは食べきれないだろう。カーリンは、いいわ、と言って椅子を引き、肩の凝りをほぐしながらレインコートに手を伸ばした。「一緒に行く」

ジーナは首を傾《かし》げ、口をすぼめた。「あなたのレインコート、貸してもらえないかしら。家に置いてきちゃったの、傘もね。それに、思いきり歩いて発散したいの、この……なんていうか、ありあまるエネルギーを」

「あなたがいいなら」ジーナひとりに雨の中、ピザを買いに行かせるのは申し訳ない気がするが、動いて気分をすっきりさせたい気持ちはカーリンにもよくわかった。

「いいに決まってるでしょ」ジーナはレインコートに腕をとおし、愛《め》でるように袖を撫《な》でた。「すてき。こういう色のレインコート、欲しいのよね！　あなたが飽きたら……」

「それだけは死ぬまで手放さないわよ。でも、週末にネットショッピングであなた用に見つけてあげるわ」

「ああ、ショッピング。パーッと散財したい気分だけど、あたしにはコンピュータよりモールのほうが合ってる。店員さんとやりとりができるもの。それにレストランもあるし。週末に出掛けましょうよ」

「いいわね」カーリンはにっこりした。雨の中、出掛けずにすむだけでもありがたかった。週末にジーナと過ごすのも悪くない。カーリン自身も憂さ晴らしが必要だった。「冷蔵庫にダイエット・コークを二本入れてるの。飲み物はそれでいいかしらね」

「ええ。すぐに戻るわ！」ジーナは携帯でピザ屋に電話しながらエレベーターに急いだ。カーリンは休憩室に行き、飲み物と紙皿とナプキンを並べた。ピザを食べながら、ジーナの愚痴を聞いてあげよう。彼女がしゃべりたいなら、ボーイフレンドの愚痴を。ただの痴話喧嘩ではなく、ほんとうに別れるつもりなら、引っ越し先が決まるまで住む場所が必要だろう。うちに来ない、と誘ってみてもいいかも。

週末の計画も立てられるし。椅子に腰をおろし、足を伸ばしてリラックスする。気分がよくなった。自分を笑い飛ばすことだってできそうよ。オーケー、そこまでは無理だけれど、気が動転することはない。あれはブラッドのトヨタではなかったのだ。ブラッドは南テキサスにいて、こっちの居所は知らない。ここであたらしい人生を築き、友達もできた。ブラッド・ヘンダーソンでさえ、それを壊すことはできない。

ブラッドは通りの向かいに立ち、コーヒーショップの緑の日避《ひよ》けの陰から高層ビルの玄関を見張っていた。二杯目のトールサイズのホットラテを飲みながら、カーリンがいるのは何階だろうかと考える。それがわかれば、ビルの中のトイレとか空き部屋とかに隠れて待ち伏せできるのだが、運任せのところが多分にあって危険だ。なにが起きるかわからない。ビルで働く人たちの行動を把握していないし、オフィスのレイアウトもセキュリティがどの程度のものかもわからない。いまは見張って、待つしかない。

カーリンが逃げ出してからこれが二度目のダラス通いだ。けっして我慢強い人間ではないが、焦るとろくなことはない。こういうことは時間をかけて、入念に計画を練る必要がある。あの女にはかならず思い知らせてやる。被害届を出せば、あとは警察がなんとかしてくれるだって？　彼女の居所を突き止めるのにものの五分もかからなかった。コンピュータに詳しいって言わなかったか？　人の言うことはちゃんと聞くもんだ。

おれを出し抜けると思うなんて、いったい何様のつもりだ？　ふたりは特別だと思っていた。ところが、掌《てのひら》を返したように誘いを断ってきた。なんとか説き伏せようとしたら、なにをトチくるったんだか被害届を出しやがった。警察仲間はありがたい。だれも訴えをまともに受け取らなかった。もっとも、被害届は受理されたが。彼女の身になにかあれば、容疑者リストのいちばん上におれの名前が載るだろう。

だから、入念に計画を練ったのだ。きょうは非番だが、いつが休みになるか自分では決められない。そこで状況をあらゆる角度から検討し、鉄壁のアリバイを作ることにした。あのバカ女、おれの裏をかいて逃げおおせると思うとは、噴飯ものだ。テキサス州から出てもいないとは。こんなにかんたんでいいのか？　いまはその機会がなくても、いずれ向こうからやって来る。すぐに動ける準備をしておきさえすればいい。彼女は死ぬ。彼女をとっ捕まえて、殺す前に思いっきりいたぶってやれないのが残念だが、そんなに長いこと町を離れられない。やばいことになる。こっちが捕まりでもしたら、元も子もないじゃないか。

使う武器から足がつく心配はなかった。ろくでなしの麻薬ディーラーから取りあげた拳銃で、そいつはその後、殺されて海に沈められた。拳銃のシリアル番号はやすりで削り落としてある。それに、きょう一日、ときおりコンピュータ上に姿を現すようプログラムしておいた。チャットルームやフェイスブックのポストや、インスタント・メッセージに。そうしておけば、往復八時間かけてダラスに出掛けたのではなく、家でときどきコンピュータを覗いていたように見せかけられる。

駐車場はセキュリティが厳重だから、カーリンを拉致することはできない。だが、いずれ彼女は出てくる。ちかくのレストランでランチをするかもしれないし、コーヒーを買いにこの店にやって来るかもしれない。こりゃあ見ものだ。おれの姿を見つけてどんな表情を浮かべるか。その一瞬のちには頭に銃弾を浴びることになるのだが。

待っていればいい。見張っていればいい。待つのは得意だ。

正午前にカーリンを見つけた。アパートを出たときに着ていた赤いレインコート姿だ。正面玄関のガラス扉を抜ける前に気づいた。雨脚が強くて視界を遮られはしても、あの色は見間違わない。かぶったフードからブロンドの艶やかな前髪が覗いている。彼女は吹きつける雨にうつむき、歩道を歩きはじめた。

通りを渡ってはこない。さて、どうする。いろいろな可能性を思い浮かべるのは楽しいが、遠くから狙うことになるだろう。雨の中、彼女は右に曲がらずにまっすぐ歩いていった。

飲みかけのコーヒーをちかくのテーブルに置きっぱなしにすることは、思いとどまった。DNA鑑定をされたらやばい。残ったコーヒーを捨て、紙コップを上着のポケットに突っ込む。

フードを目深にかぶった。雨のおかげで怪しまれることはない。まわりもみなそうしている。通りの反対側を、彼女のペースに合わせて歩き、通りを渡るときも赤いレインコートから目を離さなかった。これで相手を見失うようじゃ、よほど尾行がへたくそということだ。状況は完璧だった。すべてがこちらの有利に動いていた。千載一遇のチャンスだ。雨のおかげで人通りは少なく、歩いている人も足元に気をとられて顔をあげない。通りすがりの人を観察しながら、ぶらぶらと散歩する陽気ではなかった。たとえ彼がフードをかぶっていなくても、この雨だから彼の顔形を正確に言える人間はいないだろう。証人ほどあてにならないものはない。ぼんやりとでも人相を思い出せたとしても、彼にはアリバイがある。

彼のほうが歩幅が大きいし、カーリンと同様、目的を持って歩いていたから、じきに追いついた。これほど彼女にちかづくのは何カ月ぶりだろう。彼女の目を見て引き金を引きたいと思う。おれに殺されるのだと思い知らせてやりたいが、状況がそれを許さないし、与えられた現状に満足すべきだ。あれほど尽くしてやったのに、カーリン・リードの奴、人を馬鹿にして拒絶しやがった。死んで当然だ。

おっと、彼女が横の道に入った。人通りはなかった。ああ、これぞ神が与えたまいしチャンスだ。こんな機会は二度と来ない。

ポケットに手を入れてオートマチック拳銃を握る。滑らかな足取りで距離をつめる。濡《ぬ》れた歩道にゴム底の靴では足音はたたない。あと一メートルほどのところでオートマチック拳銃を取り出し、狙いをつけて引き金を引き、すぐさまポケットにしまった。

いい当たりだが、それも当然のこと。射撃の腕は署内随一だった。弾はカーリンのうなじの四、五センチ上を貫通した。体が一瞬のけぞり、彼女は顔から歩道に倒れた。地面に体がつく前に死んでいたはずだ。赤いフードのうしろにきれいな穴が開いている。反対側はとてもきれいとは言えないだろうが、ひっくり返して調べている暇はない。篠突《しのつ》く雨の中でも、銃声に気づいた人間はいるだろう。現に男がこっちを見ていた。だが、拳銃までは見ていないはずだ。人々がちかくの通りやまわりの店から駆け寄ってきて視界を遮り、男の姿は見えなくなった。ブラッドは悠然と歩み去った。雨とフードと興奮のせいで、ろくな証言は得られないだろう。

雨脚が強くなる。ブラッドはうつむき加減で足早に車に戻った。これは彼の車だが、ナンバープレートはちがう。念のため、その日の朝、もう何年もエンジンをかけたことがないようなポンコツ車から盗んできたナンバープレートに、付け替えておいた。あらゆる可能性を潰した。犯罪現場で見た男が酔狂にもあとをつけてくる場合に備え、ポケットの中で拳銃を握ったままだ。だが、誰もついてこなかった。あたふたしているうちに、こちらの姿を見失ったのだろう。遠くからサイレンが聞こえた——道路が封鎖される前に車を出さなければ。それぐらいの時間はある。すでに先のことを考えていた。ヒューストンに戻る途中でコーヒーカップと拳銃を捨てる。盗んだナンバープレートを自分のに付け替える。まったく見事な手際だ。

気分はすっかり軽くなっていた。解放された。カーリンは死に、おれは幸せになる。彼女が死んだのは自業自得だ。彼女はおれのものだったのに、逃げようとしたのがいけないんだ。最初のうちは彼女が恋しかったが、いまはちがう。ほかにやり方があったか？　ない。まったくなかった。

過ぎたことをとやかく言ってもはじまらない。自業自得。終わったことだ。

十カ月後

1

　ワイオミング州バトル・リッジはさびれた町だ。カーリン・リードは色褪《いろあ》せた赤いスバルを、廃業した店の前に停《と》め、あたりを見回した。仕事口はなさそうだが、いちおう尋ねてみよう。もっとひどい場所で、これまで考えもしなかったようなことをやってきた。仕事は仕事、お金はお金だ。選《え》り好みはしない。庭仕事でも皿洗いでも、体を売ること以外はなんでもやってきた。乗用型の芝刈り機ではじめて芝を刈ったときには、ＹｏｕＴｕｂｅを賑わしそうな有様だったが、やっているうちになんとかなった。

　バトル・リッジはもろに不況の波をかぶったようだ。地図には人口二千三百八十七人と出ているが、それは六年前の地図だし、ざっと見回したところ、これだけの住民を養えるようには見えない。道の両側には空き家が目立ち、〝売り家〟の看板は薄汚れてみすぼらしくなっていた。商店も窓に〝売り物、賃貸も可〟という張り紙が出ていた。西部の、とりわけ人口五十万そこそこのワイオミング州だから、これでも中くらいの大きさの町ということになる。ところが現実は厳しくて、まわりの建物の半分は空き家だった。このまま通り過ぎるべきかも。

でも、いますぐにではない。お腹がすいていた。

当然ながら車の往来はほとんどなかった。お腹がすいていようといまいと、埃《ほこり》をかぶった四輪駆動のSUVに座ったまま、サングラス越しにまわりの車と人に目を光らせた。用心するのがいまでは習い性になっていた。自由気ままに振る舞えた日々は戻ってこない。あのころはなんて世間知らずで無防備だったのだろう。

無防備さの程度はまわりの環境によって変化するだろうが、どんな場合にも気を抜くことだけはけっしてしなくなった。道の両側に駐《と》めてある車やトラックには、すべてワイオミング州のナンバープレートがついていた。この町で車を停めたのはほんの偶然だし、動きを事前に察知されていたということはまずありえないが、それでもいちおうチェックした。

右側の二軒先に〈パイ・ホール〉という名のカフェがあり、午後の二時は昼食の時間ではないにもかかわらず、ピックアップ・トラックが三台駐まっていた。カフェの名前に興味を引かれた。〝口〟を意味するスラングを、それも〝黙れ《シャット・ユア・パイ・ホール》〟と言うときに使われる言葉を店名に付けるなんて、よほどひねくれたユーモアの持ち主か、〝人がどう言おうとかまうもんか〟という意思表示だろうか。だが、おもしろがってもいられない。カーリンは周囲左側には雑貨屋とコインランドリー、それに飼料店があった。一ブロック手前には小さな銀行と郵便局が並んでいる。通りの先にガソリンスタンドの看板が見える。おそらく学校もあり、周囲八十キロ以内に住む子供たちが、親の運転する車で通っているのだろう。この町にクリニックや歯科医院はあるのだろうか？千人ほどの患者がいて、競争相手がいないのだからいい商売になりそうだけれど。もっとさびれた場所はいくらでもある。

さらに数分ほど観察をつづけると、カーリンは運転席にもたれかかり、内なる感覚がもう大丈夫と告げるのを待った。いつごろからか、直感に耳を傾けるようになっていた。

ごくふつうの町だ。人を脅かすようなものはないし、変わったことも起きていない。カーリンは助手席から野球帽を取ってかぶり、地図帳とTECのフード付きジャケットを手に車を降りた。夏にしては涼しかった。TECは二重のナイロン素材だから軽いし、全部覚えきるのに一日かかるほどポケットがたくさんある。逃げ出すことになったら、必要なものはすべてポケットにおさまる。身分証明書にお金、プリペイド式携帯電話と、取り外して袋に入れた電池、ポケットナイフ、小型のLED懐中電灯。鎮痛剤のイブプロフェンとプロテインバーもいざというときのために入れている。荷物といえば〝いざというときのため〟に持っている物ばかりで、〝もしもの場合〟を想定して行動していた。用心と準備は怠らない。

カーリンはリモコンの〝ロック〟ボタンを押し、鍵とリモコンをジーンズの前の右ポケットにしまい、小さなカフェに向かった。足早に歩くようになったのも、この一年で変わったことのひとつだ。以前は、慌ててどこかへ行くことなどなかった。いまは直感が動けと命じる。A地点からB地点に移動し、仕事を片付けたら動く。転がる石は苔《こけ》が生えない、ということわざはほんとうだ。これだけ動いていたら苔むしている暇はない。というより、動く標的は狙いづらい。

それでも、カフェのドアに映る自分の姿にぎょっとした。野球帽、ポニーテールにしたブロンドの髪、サングラス――まるで『ターミネーター』のサラ・コナーそのもの。いったい誰、この人？　いつからこんなふうになったんだろう。

答えはかんたんだ。ブラッドに命を狙われていると気付いた瞬間から。

〈パイ・ホール〉のドアを開ける。ドアの上のベルが鳴る。入ってすぐに店内の配置を確認する。べつの出入り口を――いざというときのため――探し、バー・カウンターのスツールに座っている三人の男を――いざというときのため――観察する。脚を開いてブーツの踵を足元の横棒に引っかけて、まるで馬に乗っているような格好だ。入り口からだと、はっきりとそう記された裏口は見当たらないが、〝立ち入り禁止〟と書かれたドアがあった。物置か出口だろう。厨房《ちゅうぼう》の奥に裏口があるはずだし、トイレに窓もあるだろう。短い滞在だからどちらも必要ないだろうけれど。

カウンターの男たち三人も、こちらを観察している。体が強張る。人目を引くのはまずい。レーダーに引っ掛からなければ、ブラッドに居場所を突き止められる可能性は低くなる。男たちのひとりとして見覚えがないのは心強かった。服装からして地元の人だとわかる。地元の人かどうか――〝地元〟がどこであろうと――判断がつくようになっていた。くたびれた帽子から踵が磨《す》り減ったブーツまで、どこから見てもここの常連だ。

この店に入らなければよかった。こういう小さな町では、よそ者はいやでも人目を引くことに気づくのが遅かった。地元の人はみんなお友達とまではいかなくても、ここの人間かどうかはわかるだろう。彼女はそうではない。

出ようかとも思ったが、それではよけいに目立ってしまう。それにお腹もすいていた。ふつうにしているのがいちばんだ。座って料理を注文する。食べて、料金を支払い、店を出る。

店自体はこぢんまりとして、居心地がよさそうだった。グレーのリノリウムの床、白い壁、奥には正真正銘のジュークボックス、通りに面した窓際には赤いブースが並んでおり、中央には小さな円テーブルがいくつか。右手のカウンターに透明なパイケースがふたつ並び、旧式のレジスターがあった。その奥にピンクのウェイトレスの制服を着た美しいブルネットがいて、三人の男たちと親しげな様子でおしゃべりをしていた。男たちとおなじで、女も入ってきたカーリンをちらっと見た。女のはっとするほど淡い色の目の輝きは、サングラスをとおしてもはっきりわかり、ただ美しいだけでないなにかをカーリンは感じ取った。三人のカウボーイが長居をするのは、料理ではなくあの瞳のせいだろう。よかった。彼らがウェイトレスといちゃついているかぎり、ほかの女にはあまり注意を向けないはずだ。

端のブースは頑丈な壁を背にしているのでそこを選び、入り口が見える席に座った……いざというときのために。ナプキンホルダーと塩と胡椒《こしょう》の瓶のあいだにプラスチックのメニューが立ててある。帽子とサングラスを取ってメニューを手にしたのは、ほんの好奇心からだ。はなからコーヒーとパイに決めているのだから。食べ物をお腹に入れて、ワイオミング州の地図でこの田舎道がどこへ向かっているか調べ、つぎの居場所を探すつもりだった。

ブラッドがまさかダラスまで追いかけてくるとは思っていなかった。それが間違い、大間違いだった。いまでは特別な注意を払って行動している。社会保障番号は誰にも告げない。銀行に口座も持たない。源泉徴収票も関係ない。すべてがコンピュータ化されているいま、レーダーに引っ掛からないようにするのは至難の業だ。彼はコンピュータに詳しいことを自慢していた。ほらを吹いているのだと思っていたが、そうではなかったようだ。ダラスにいることがどうしてばれたのかわからないが、彼は突き止めた。カーリンは命からがら逃げ出せたが、ジーナはそうはいかなかった。

なにがあったのか考え出すとパニックで胃がでんぐり返り、息ができなくなるので、記憶は脇に押しやり、動きつづけることだけを、生き延びるためにはなにをすればいいかだけを考えるようにしていた。ブラッドはまたやるだろう。だが、かんたんにやられてたまるものか。いずれ彼を出し抜き、罠《わな》にかける方法を考えなければならない。なにかあるはずだ。こんな暮らしはいつまでもつづかないもの。

とりあえずは、一カ所に長くとどまらないようにするだけだ。国中を動き回って暮らせるだけの現金は持ち合わせていないから、働かなければならない。できれば冬のあいだだけ、どこかに腰を据えたかったので北を目指した。人は逃げるとき、あたたかな気候の大都会を目指しがちだ。彼女はその逆をいっていた。

寒いのが苦手だから、老後をフロリダで送りたいと、ブラッドに冗談めかして言ったことがあった。彼があのときのやりとりを覚えていたら、ワイオミング州を探そうとは思わないだろう。

メニューを見る。かんたんな料理ばかりだ。卵、バーガー、よくわからない〝きょうのお薦め〟。それにもちろん〝きょうのお薦めパイ〟。きょうは木曜で、木曜のお薦めはたぶんアップルパイだ。

「なにになさいます?」ピンクの制服姿のブルネットがブースにやって来た。注文票を持っていないが、メニューはかぎられているから必要ないのだろう。

カーリンは顔をあげた。制服の胸ポケットに〝キャット〟と刺繍《ししゅう》してある。ウェイトレスの瞳は間近で見るとさらに印象的だった。ブルーにちかいエレクトリックグレー。山の湖のように澄んでいる。

「きょうのお薦めのパイは？」

「チェリーとレモンメレンゲです」

「アップルパイがよかったんだけど」カーリンは言った。「でも、チェリーも食べたいわ。それにコーヒーをブラックで」

「すぐにお持ちしますね」

キャットが去ると、カーリンは地図帳をテーブルに広げた。道を指でバトル・リッジまで辿《たど》る。その先にはべつの町があり、別の道があって、人の住まない場所が延々とつづいてモンタナ州に至る。そうこうするうち、キャットが注文したパイを持ってちかづいてくるのを目の端で捉えたので、地図帳をずらして場所を空けた。

ナプキンで包んだナイフとフォーク、それに大きく切ったチェリーパイが載った小さな皿が目の前に置かれ、ソーサーと空のカップがつづく。トレイからコーヒーポットを取り上げると、キャットは手際よくカップに注《つ》いだ。「道に迷った？」彼女は言い、地図帳を顎でしゃくった。

「いいえ、そういうわけじゃ」

「どこに行くつもり？」

まさに値千金の質問。「まだ決めてなくて」

「気まま旅ってとこか」ウェイトレスはそれだけ言うと去っていった。

カーリンはフォークを取りあげ、パイをひと口食べた。アップルパイではないけれど、すばらしくおいしい。一分間、いや二分間、いやなことはすべて忘れてひたすら味わった。パイの皮はサクサクとしてバターがたっぷりで、中身は絶妙な甘さ。コーヒーもおいしい。大きく息をついて気付いた。こんなふうにリラックスしたのは何週間ぶりだろう。長つづきしなくても、いまはこの気分を楽しもう。

カーリンが食べているあいだに男がひとりやって来て、パイを注文した。パイがめちゃくちゃおいしいと思っているのは、彼女ひとりではなさそうだ。男とキャットのおしゃべりを、聞くともなく聞いていた。隣人の噂話《うわさばなし》、お天気の話。そう、パイもだけれど、ウェイトレス目当てで客は集まってくるのだ。少なくとも男の客は。

カーリンは窓の外に目をやった。バトル・リッジに見るものはなさそうだが、小さな町に必要なものは、それに、彼女にとって必要なものも、すべて揃《そろ》っている。食事をする場所、コインランドリー、雑貨店。通りすがりの人は〈パイ・ホール〉に入ってこなくても、店内を覗き込み、手を振る。

勘定を払おうとジャケットを引き寄せ、現金をしまってあるポケットのファスナーを開け、無意識のうちに札を数えていた。パイとコーヒー代になら充分に間に合うけれど、生活していくには充分でなかった。旅から旅への生活では、蓄えは食事代に消えてゆく。あっという間だ。

荷物をまとめ、お金を持ってレジに向かった。レモンメレンゲパイを食べに寄った男も店を出るところで、カーリンに視線を留めた。必要以上に長く。まただ。興味は持っているが悪意はない男がまたひとり、彼女を記憶にとどめた。

キャットは現金を受け取るとレジをチンと鳴らして札をしまい、おつりをよこした。カーリンはチップを一ドル置いた。たいした額ではないが、代金を考えれば気前のいいチップだ。いくら貧しくても、チップをもらって当然の人に出し渋るような真似はしたくなかった。

地図帳を手に先へ進むべきだとわかっていたが、そうしなかった。この町に仕事の口があるかもしれない。尋ねてみなければわからない。カーリンはスツールに尻を半分乗せて尋ねた。「ここで働いてどれぐらいですか?」

キャットの口元にゆっくりと笑みが浮かんだ。「永遠とも思えるほど。あたしの店なのよ。料理人でウェイトレスで、経営者で、皿洗い頭」

肝心なのはいちばん先に挙がった役目だ。「つまり、あなたがパイを焼いているのね?すごい」

「そうよ。ありがと」笑顔が大きくなった。「アップルパイはあした。まだこのへんにいるとしたらね」

「それは、このへんに人手を求めている人がいるかどうかによるわ」町の情報を集めるのに適した場所がふたつある。美容院とカフェだ。空腹を満たし、車にガソリンを入れたら町を出るつもりだったが、いきあたりばったりの旅だからいくらでも変更はきく。

キャットは長いこと黙り込んでいた。その瞳は澄んだままだが、こっちをどう思っているのか表情からは読み取れなかった。「だったら、そうね。あなた、料理はできるの？」

「習えばできます」いちおうのことはできるが、とてもキャットのレベルにはおよばない。いま誰かに、なにになりたいかと尋ねられたら、〝料理人〟はリストの下のほうにくるだろう。オーケー、リストを作ることすらしないかも。人生はすっかり変わってしまい、いまはどんな仕事だって喜んでやるつもりだ。

「皿洗いや床掃除をしろと言われたら、むっとする？」

「いいえ」贅沢《ぜいたく》は言っていられない。それでお金が稼げるなら、這《は》いつくばって床磨きでもなんでもする。

「ウェイトレスの経験は？」

「ちょっとだけ。ずっと昔に」

「昔と変わらないものもあるわ」キャットは口をすぼめた。「パートタイムでしか雇えないし、お給料もたいしたことないのよ」

仕事の口はないかと尋ねたときは、まさかこの小さなカフェで雇ってもらえるとは思っていなかった。断るつもりはないが、ここからが難しいところだ。「それはかまいません。ただ……」口ごもり、三人の客に聞こえていないことを確信してから、窓の外に目をやって通りの様子を窺い、大きく深呼吸してキャットに顔を戻した。「現金で払ってもらいたいんです。就労記録も税金も履歴書もなしで」

キャットの笑顔が消え、澄んだ目になにかがよぎった。「面倒に巻き込まれているの？　もっとはっきり言うと、面倒を起こしたの？」

カーリンは首を傾げて考え込み、肩をすくめた。「見方によればどっちともとれるけど、あたしは、面倒に巻き込まれたと思ってます」

「どんな面倒？　違法行為、それとも男？　面倒っていったらどっちかでしょ」

「それがそうでもなくて」カーリンは口ごもった。「男。ストーカーです、正確に言えば」

小さな町に住んでいるからって、世事に疎いわけではない。「どうして警察に訴えなかったの？」

「相手が警官だから」カーリンはこともなげに言った。

「そりゃ話がややこしくなるわね」キャットは目を細めた。「あなたのいた町にだって、善良な警官はいたでしょうに。たったひとりのろくでなしのために逃げ回るなんて、あたしには考えられない。もう一度、訴えてみるべきじゃないの？」

「二度やれば充分です」

「そうだったんだ」キャットの視線はナイフの切っ先のように鋭かった。なにを考えているのか、カーリンにはわからなかったが、つづきの言葉はきっぱりと歯切れがよかった。「ここで働いてもらう。いまも言ったけど、パートタイムで。かんたんな料理は作ってもらうけど、おもな仕事は掃除と給仕ね。焼くほうはあたしがやる。店は繁盛しているけど、大儲《おおもう》けするほどじゃないわ。でも、あなたに無駄な骨折りはさせない。それでどうかしら？」

「はい」カーリンは一瞬の迷いもなく言った。

「泊まる場所のあては？」

たったいま――キャットに話を持ち出されてはじめて――ここにしばらくいようと思ったぐらいだから、答えは特大の〝ノー〟だ。カーリンは頭を振った。「どこかに部屋を借りられないかしら？　家賃の高くないところで、ベッドさえあればいいんですから」ドライブインのモーテルは目にしなかったが、彼女に部屋を貸してくれる人がひとりぐらいはいるだろう。

キャットは奥のトイレのドアのほうに頭を倒した。その隣に〝立ち入り禁止〟と書かれたドアがある。「二階に部屋があるわ。そこに住めばいい。従業員から部屋代はとらないわよ。屋根裏部屋と言ったほうがいいくらいだけど、冬のあいだ、天気が悪くて自宅と往復するのが面倒なときに使っているの」こともなげな言い方だが、カーリンにとってはどれほどありがたいことか。格好をつけて部屋代を払いますとは言わない。一ドルでも貯《た》めておければ、生き延びられるチャンスが増えるのだ。

それに、長くいるわけではなかった。少し稼いで、ちょっと息をついたら、先のことを考えられるようになるだろう。「ありがとうございます」なんとか笑顔を作った。とりあえず居場所が決まったことで、不安が少しやわらいだ。「いまからはじめましょうか。なにをしたらいいか言ってください」

「よし、決まった」キャットがカウンター越しに手を差し出した。「一緒に働くんだから、自己紹介しておくわね。キャット・ベイリーよ」

カーリンはちょっとためらい、よく考えてからその手を握った。まだ本名を告げる心の準備ができていなかった。ブラッドがどうして居所を突き止めたのかわかるまでは、本名を誰にも言えない。だからといって、キャットを信じていないわけではなかった。用心するに越したことはないと、身に染みてわかっているからだ。視線をカウンターに走らせる。そこにケチャップの瓶があった。「ハントです」早口に言う。「カーリン・ハント」

キャットは握手しながら鼻を鳴らした。「まあいいわ。床に目をやって、リノリウムって名前です、なんて言わなかっただけね」

やられた。嘘《うそ》は苦手だなんて言っていられない。平気な顔で出まかせを言えるようにならないと。だが、カーリンは鼻にしわを寄せただけで、否定もしなかった。仕事口と住む場所を提供するのはやめにする、と言われるのを覚悟した。

でも、キャットはちょっとうなずいただけだった。「荷物を運んできたらいいわ。仕事にかかる前に、荷物の整理ぐらいしていいわよ」偽名を使われたことぐらいで、キャット・ベイリーの決心は変わらなかった。

荷物を取りにスバルに戻りながら、カーリンは大きく安堵《あんど》のため息をついた。泊まる場所と数ドル稼げる口が見つかった。芝刈りも草むしりもしなくていい。それに、あすはアップルパイの日だ。

不安や心配なしに〝あす〟のことを考えるのは、ほんとうにひさしぶりだった。

2

「なにもないわよ」キャットは暗くて狭い階段をあがりながら、きっぱりと言った。建物の内部に作られた階段なので、光源といったら二階の天井の裸電球ひとつきりだった。頑丈な木の階段に足音が響く。カーリンは少し不安になった。二階に行くには、この階段だけ？

階段をのぼりきるとドアがあり、キャットが鍵を開けた。カーリンもあとにつづき、部屋をぐるっと見回した。ほんとうだ。なにもない。最低限の家具が置かれた、バスルーム付きの部屋。通りに面して窓がひとつあり、閉じ込められたらどうしようという不安がやわらいだ。バックパックを床に置き、窓から外を見おろして、地面までの距離を測った。

「景色はいいのよ」キャットが言う。それではじめて、カーリンは遠くに目をやった。小さな町を見おろすようにそそり立つ雄大な山々。

「まあ」驚きが声に滲《にじ》んだ。

沈黙があった。「気付いていなかったのね」質問ではなく意見を述べただけだ。キャットが横に並んで腕を組み、カーリンに倣って通りを見おろした。つぎに見比べるように山に視線を移す。通りの眺めが山の景観にかなうわけがない。「誰か探しているの？」

「いいえ。高さを測ってるだけです」

「飛び降りるつもり？」

「やむをえなければ」カーリンは静かに言った。そうならないともかぎらない。そこが問題なのだ。どうなるか自分にもわからないところが。

キャットにじっと見つめられても、カーリンはひるまなかった。ホテルに泊まったら出入り口がいくつあって、どこにあるかチェックをする注意深い人間であることを、ごまかす努力はしなかった。ここにいる原因はもう話したのだから、ごまかしても無駄なだけだ。詳しい話をしたものかどうか、まだ決心がつかないし、この世であてになるのは自分以外にいない。自分の直感を信じるだけだ。ブラッドに居所を突き止められてからは、出口がどこにあって、どうやってそこに辿り着くか、頭の中でイメージしないうちはけっして眠るな、と直感が告げていた。

でも、知り合って間もないのに、キャットには気を許せそうだ。どこがどうとは言えないし、どうして信用できると思うのかはっきりとはわからないが、そうなのだ。これも直感なのだろう。直感が彼女を生き延びさせる。〝彼がそんなことをするはずがない〟という他人の意見に耳を傾けるとろくなことにならない。そのことでは、こっちにも非があった。ブラッドがあそこまでするとは思いたくなかった。そのせいで、罪もない人が死んだ。

窓に背を向け、室内を詳しく見てゆく。ソファーとベッドを兼ねたフトン、その左脇に小さなテーブルと読書用ランプ。壁際にはキャスター付きのラックが置かれ、もう一方の幅二メートルほどの壁には、電子レンジとホットプレートが載った作りつけのキッチンキャビネットとクロゼットが並んでいた。それ以外には、直径六十センチほどの円テーブルと椅子が一脚あるだけだ。バスルームにはトイレとあまり広くないシャワーユニット、それに洗面台があり、その上に旧式の戸棚が作りつけてあった。

この部屋を見ただけで、キャットのことがある程度わかる。ここで男性をもてなしたりせず、細々としたもので部屋を飾り立てたりもせず、もっぱら実用本位に考える人だ。

「充分です」カーリンは言った。贅沢？　いいえ。でも、必要なものはすべて揃っている。湯船に浸《つ》かることはできなくても、車の中で寝ることを考えたら天国だ。車の中で寝るのはどうも好きになれない。

「ここにテレビはないけど」キャットが言った。「厨房にあるわ。トースターもあるから、持ってあがってもいいわよ。食事は日に二度、残りものになるけどね。店では朝食と昼食を出しているの。四月から九月までは朝の五時開店で、十月からは六時開店。店を閉めるのは午後三時——つまり、あなたはいいときに来たってわけよ。荷物を片付けたら店を閉める手伝いをしてね。それからゆっくりおしゃべりしましょ」

「片付けはあとでいいです。仕事をさせてください」自分の幸運がにわかには信じられなかった。寝泊まりできる場所があるうえに、食事まで？　給料が安くても充分におつりがくる。朝と昼の食事がついているなら、時間をうまく調整すれば夕食はとらなくていい。朝食を遅めにとって、昼食は閉店時間ぎりぎりにとるとか。昼食を半分食べて、残りは夕食に回すとか。どっちにしてもお金をずいぶん節約できる。

「だったら、はじめましょうか」キャットはドアの鍵を置くと廊下をおりていった。カーリンは鍵をポケットにしまった。急いで動くとき、ドアに鍵がかかっていないほうがいい。ジャケットをフトンの上に置きかけて思い直した。ここから逃げ出すようなことにはまずならないだろうが、ジャケットは手元にあったほうがいい。

カウンターの客三人はまだ居座っていたが、キャットが戻ると、それぞれ勘定書を手に席を立ち、カウンターの端にあるレジスターに向かっていった。カーリンは壁の時計をちらっと見て、閉店まで十分あることを知った。キャットはてきぱきとレジスターに金額を打ち込み、男のひとりの口説き文句を聞き流し、最後の客が出ていくとさっと〝閉店〟の札をおもてに出し、ドアに鍵をかけた。

「閉店ぎりぎりに飛び込んでくる客には迷惑するのよね」彼女がぼやき口調で言った。「こっちにも都合があるんだし」

閉店時間より前に店じまいをしたのは〝おしゃべり〟がしたいからだろう、とカーリンは思ったものの、ジャケットを入り口にちかいコートラックに掛けるついでに尋ねてみた。

「パイはいつ焼くの?」

「特別な注文が入ったときには、居残って焼くこともあるわ。営業時間中に慌てなくてすむようにね。遅くまで店にいることもあって、そういうときは翌日の分を焼いておくの。そうでないときは、店じまいをしたらさっさと家に帰るわ。パイを焼くのは朝食の客が引けてからね」

カーリンは自分からカウンターの皿を片付けはじめ、キャットの許可を得てから、厨房に持っていった。短期間だがウェイトレスをやった経験から、守らなければならない保健省の条例がたくさんあることを知っていた。州ごとのきまりもあり、なんでも取り決めに従ってやらねばならない。それでも料理を客に提供することに変わりはないから、仕事の内容は多かれ少なかれどこもおなじだ。

即決で仕事をくれたとはいえ、キャットは人を信じやすいお人よしではなさそうだから、いろいろ質問されるだろうと覚悟していた。カーリンを雇ったのには、彼女なりの理由があるはずだ。それを話してくれるかどうかはべつにして。こっちも本名を隠しているのだから、おたがいさまだ、とカーリンは思った。

巨大な業務用食器洗い機がまわっているあいだに、店の掃除をした。カーリンが床をモップで拭き、キャットはその仕事ぶりに目を光らせながら、テーブルに出ているものを片付け、中身が減っているものは入れ足した。カーリンは奥の壁際からはじめて厨房へと移動した。

漂白剤のような匂いの床磨き剤で床を擦《こす》ると、ツンとくる刺激臭に思わず鼻にしわを寄せた。

「これにやられて死なない細菌は、どこに行っても楽に生きていけるわね」

「生き残る細菌がいたらただじゃおかない。ドアを閉めて、死に絶えるまで徹底的に追い詰めるわ」キャットが言う。

「了解です」二、三匹の細菌ごときのせいで職を失うわけにはいかないから、カーリンは隅っこにさらに床磨き剤を振りかけ、仇敵《きゅうてき》にでも語りかけるような口調で言った。「死ね、馬鹿クソ野郎」口に出したとたん、頭の中で自分を殴り、ちらっとキャットを見た。「ごめんなさい。つい口が滑って」

キャットは肩をすくめた。「いいのよ。あたしなんか、もっとひどい言い方をしてるもの」

「口には気をつけます」カーリンは念のためもう一度隅っこに床磨き剤を振りかけた。「問題は、口の悪い家族に揉まれて育ったことなの。うちは代々そう。だから……ぽろっと言っちゃうの」

「遺伝なのね」キャットは彼女を見てにやりとした。目が輝いている。「それでわかったわ、あなたの名前」

「カーリン？　そうよ。ジョージって名前をつけられないだけよかったわ」

ふたりともクスクス笑った。悪態をつくたびに口を押さえる必要がないと思うと、カーリンは気が楽になった。口が悪いせいで人の注意を引いてしまうのは困ったものだった。いまは生き延びることがなにより大事だから、できるだけ人目につかないようにしなければならない。

「母がジョージ・カーリンの大ファンなのよ」キャットが言った。「彼ほど笑わせてくれる人はいないって……」言葉が尻つぼみになった。不意になにか思い出したことがあって、そっちに気をとられたのだろう。

しばらく黙って仕事に励んだが、カーリンはだんだん沈黙に耐えきれなくなってきた。向こうから質問してくるのを待つことはないんじゃない？ こっちから質問したら？

「それで、どうしてあたしを雇う気になったの？ あたしが内緒でお金を払ってくれって頼んだすぐあとで、あなた、即決したみたいだったから」

キャットはちょっと驚いた顔をした。雇ったばかりの従業員から質問攻めに遭うとは思っていなかったのだろう。彼女はちょっと首を傾げ、考える顔つきになった。澄んだ目が鋭くなる。「男を恐れるのがどういうことか知っているから」彼女はいたって落ち着いた口調で言った。「二度とごめんだわ」

それだけ聞けば充分だった。もしこの難局を無事に切り抜けられ、自由の身になれたら……おなじ境遇の女性に手を差し伸べてあげよう。それを宿命と呼ぶか、恩返しと呼ぶか……女同士で手を取り合うことと呼ぶか。いまはそれを幸運と呼ぼう、とカーリンは思った。

キャットは雇い主なのだから、詳しい説明を求めてもいいのにそうしなかった。カーリンがせっせとモップをかけた床を汚さないよう注意してジュークボックスまで辿り着くと、大きなエプロンのポケットから小銭を取り出してスロットに入れ、ボタンを押した。キャットが振り返ったとき、最初の曲が流れだした。前奏を聞いてもカーリンにはなんの曲かわからなかった。音楽が静かなカフェを満たしてゆく。キャットは目をなかば閉じ、音楽に合わせて体をゆったりと揺らした。じきにマイケル・ブーブレが歌い出した。アップビートのアレンジの『クライ・ミー・ア・リヴァー』だ。

どうしてこの曲を？　カーリンはもっと話をしたくてたまらなくなった。あたらしいボスに言いたかった。ブラッドを思って泣いたことなんて一度もない。彼がしでかしたことで泣いたことはあるけれど、それより怒り、失望した——ジーナが死ぬまでは。それですっかり変わった。いまはもう泣きもしない。生き延びるために懸命に働くだけだ。

でも、キャットは音楽をかけ、仕事に戻った。彼女がなにも話さないので、カーリンは話したい気持ちを脇に押しやった。キャットは片付けをするあいだいつも音楽を流しているのか、おしゃべりしないですむから音楽を流したのか、どちらだろう？　いまはなにも尋ねないつもりのようだ。それはそれでいい。

『クライ・ミー・ア・リヴァー』のつぎはトレイス・アドキンズの、監獄やら、いかした尻やらが出てくるカントリー・ソングだった。キャットは音楽の趣味が広い。カーリンは興味を覚えたが、驚きはしなかった。

音楽のおかげで仕事ははかどり、気まずい沈黙を意識することもなかった。もともと気まずさなどなかったからだ。

バトル・リッジに着いたときには、見込みのない町だと思った。いちおう仕事の口がないか尋ねてみたが、期待はしていなかった。自分がここにいることになるとは思ってもみなかった。それなのにまたたく間に仕事口が見つかり、〈パイ・ホール〉の床をモップで擦っている。それに、寝る場所も日に二度の食事も与えられるうえに、少ないながら現金までもらえるのだ。願ってもないことだった。長くいるつもりはない。どこであろうと一カ所に長くとどまることはできない。でも、さしあたり安全だ。それだけで充分だった。

店内がぴかぴかになり、片付けも終わると、ふたりは厨房に移動した。音楽が鳴りやみ、そこには……沈黙が流れた。口にしなかった言葉が宙ぶらりんになっていた。キャットは仕事の手をとめて、あの印象的な瞳でカーリンをじっと見た。

さあ、いよいよね。息を詰めるまではいかなかったが、そっと待った。そのときがきた。さあ、どっちに転ぶか。尋ねられなければ、自分から言うつもりはなかった。尋ねられたら、嘘をつくか、答えを拒否するかだ。すべてを打ち明けられたらと思う。わかってくれる人に、なにもかもぶちまけられたら……でも、キャットはなにも知らないほうがいい。

ところが、キャットは思いもよらぬ領域にまっすぐ入ってきた。「ここにしばらくいるつもりなら、知っておくべきことがいくつかあるの」

キャットの言う〝しばらく〟がどれぐらいかによる。

「町はずれにドラッグストアと雑貨屋があるわ。どちらもたいして見るものはないけれど、必要なものは揃ってる。マスカラ、タンポン、クッキーにミルク。珍しいものが欲しかったら、シャイエン（ワイオミング州の州都）に行かないと」

「それだけあれば充分だわ」キャットが思う必要なものの取り合わせがおかしくて、カーリンは口元をひくつかせた。でも、シャイエンまで遠出するつもりはなかった。ろくなことにならない。大都市は彼女を不安にさせる。よそ者を見分けることができないうえ、いたるところに防犯カメラが設置してあり、詮索好きな警官がいる。小さな町の警官よりも、もっと詮索好きな。だいいち、珍しいものなんて欲しくなかった。ワイオミング州バトル・リッジで欲しいものはすべて手に入りそうだ。

「金物屋の先に図書館がある」キャットがつづけた。「なんでも揃っているわけじゃないけど、フィクションの棚はそれなりに充実しているし、来館者用のコンピュータも二台あるから、調べ物がしたければ利用するといいわ」

「ありがとう」来館者用コンピュータ。それ以上なにも望まない。「ここにいるあいだに、読書するのもいいかも」コンピュータと聞いて心臓がドキドキしはじめたことまで、言う必要はない。

「それから、ひとつ忠告しておくわ」キャットが不吉なことを言い出した。「カウボーイにはちかづかないこと」

「カウボーイ?」

「バトル・リッジにはカウボーイがうじゃうじゃいるのよ」

「カウボーイが好きじゃないのね」キャットが〝カウボーイ〟と言ったときの口調から、そうだとわかった。

「彼らは女心をずたずたにしておいて、砂埃《すなぼこり》を巻きあげて去っていくのよ」キャットは目を見開いて芝居がかった言い方をしたが、自分で笑い出してせっかくの効果を台無しにした。

「カウボーイに心をずたずたにされたことがあるの?」カーリンは尋ねた。ボスに倣《なら》って皮肉交じりに言う。

「まさか。あたしはこの土地で生まれ育ったのよ。生まれたときから、カウボーイだけは避けるべきだってわかってた」

それなら大丈夫。ブラッドに出会ってから、男と関係を結ぼうとは思わなくなったもの。感情的にも現実的にも、もう懲りた。感情面で言うと、悪くなったピザを食べて、その晩から翌日まで吐きつづけているような感じ。数カ月はピザを食べたくなくなる。現実面で言えば、地方を渡り歩く生活だから関係を築けないし、ブラッドに見つかったら、相手も巻き込むことになり、その人の命まで危険に曝《さら》すことになる。だが、そういうことには触れず、代わりにこう言った。いっぱしにジョン・ウェインを気取って。「そりゃ残念だな、お嬢さん」

キャットはまた笑い、大きなレンジの隣にあるステンレスのカウンターを拭き終え、カーリンに大型冷凍庫の横の部分にモップをかけるよう指示した。掃除をつづけるあいだも、カーリンの笑みは消えなかった。笑い声をあげられるぐらいリラックスしたのは、いったいいつ以来？

大昔。だが、バトル・リッジでのんびりしすぎるのもどうだろう。

ほぼおなじときに掃除を終えると、キャットが言った。「さあ、終わりにしましょう。あたしひとりでやるのの半分の時間ですんだわ。上出来よ。カフェイン抜きのコーヒーか紅茶はいかが？」

カーリンは壁の時計を見て驚いた。二時間も掃除していたことになる。重労働のあとは一服しなくちゃ。「紅茶をいただくわ」

「なにか食べる？　パイが残ってるわ。それとも、サンドイッチを作りましょうか――」

「いいえ、そこまでしてもらっちゃ――」

「いいのよ。あたしも食べるつもりだったし。ここで食べるか、家に戻って食べるかのちがいだけ。どっちにしてもサンドイッチだし。一日中料理をしていると、自分の分の夕食を作る気にならないのよ」

うんざりした口調に本心が出ていた。カーリンは空腹を感じなかったが、いま食べておかないとあとでお腹がすくだろう。この小さな町だって、まったく安全とは言い難いし、ブラいッドに見つからないとは言いきれない。彼がどうやって見つけるかまではわからないが、いままで彼を見くびりすぎていた。あす、また逃げ出すことになるかもしれないのだ。

「ありがとう。助かります。味にうるさいわけじゃないし、好き嫌いはそう多くないわ。ただし、キャベツだけは苦手。大嫌いなの。それに、キャビア。魚の卵を食べようって人の気が知れない。それにスウェーデンカブ。あれは嫌い」

キャットはしばらく待ってから言った。「それで全部？」

「ほとんど全部」

「よし。キャベツとキャビアとスウェーデンカブのサンドイッチは作らないと約束する」

「おやまあ、なんて恐ろしい組み合わせ」カーリンはぶるっと身震いした。

キャットが作ったサンドイッチは、ハムとチーズのふつうのやつで、ふたりは厨房のスツールに腰掛けて食べ、合間にキャットがバトル・リッジのあれこれを話してくれた。生まれ故郷だから愛しているけれど、だからこそ欠点も目につく。それでもここで暮らしている。どうして、とカーリンは尋ねかけてやめた。知る必要はない。キャット・ベイリーをこれ以上好きになってはならない。キャットがここにいるのは、〝故郷だから〟。それ以上の理由はいらないのだろう。

カーリンは相手の私生活に踏み込まず、買い物や駐車場や商売のこと、彼女の仕事のことや客筋について質問した。客の大半はカウボーイのようだ。それから、パイの話もした。どちらにとっても、いちばん話しやすい話題だ。キャットはパイ作りを母親から学び、カーリンはパイが大好物だから、たちどころに絆《きずな》が生まれた。カーリンの友人の中には、共通の話題のない男を結婚相手に選んだ人も多かった。

食事をしながらおしゃべりをするのは楽しいし、くつろげる。体の中でなにかがほどけてゆくような居心地のよさを、カーリンは感じていた。こんなことをしていてはいけない、と頭の中で自分の脇腹を突いた。

くつろぐことは、彼女の選択肢に入っていなかった。気のゆるみが死につながる。

3

ジークは二時間前に目覚めていた。日が昇ったのが一時間前だ。欲求不満で苛立ち、腹がすきすぎて、食べ物に似通っているものならなんにでもかぶりつきたい気分だった——スペンサーの失敗作だろうがなんだろうが。

その日は朝の五時から作業がはじまった。柵の一部が壊れていて、馬がすべて逃げ出したことがわかったのだ。彼も牧童たちも、牧草地で作業する予定だったのに、悪態を吐き散らしながら馬を探す羽目に陥った。もっとも、馬たちはそう遠くへは行っていなかったし、群れで動いていた。だが、柵で囲われた放牧地に戻るのをいやがったので、駆り集めるのに思いのほか時間がかかった。スペンサーは牧童たちの中で動物の扱いがいちばんうまいから、集牧に欠かせなかった。スペンサー自身は大喜びだった。料理が大嫌いなことを、彼はあからさまに態度で示していた。つまり、ほかの男たちはあたたかい食事抜きで一日の作業をはじめるか、開始時間を遅らせるかだ。ここはジークの牧場であり、牧童の面倒をみるのは彼の責任だ。残された選択肢はひとつ、開始時間を遅らせることだ。

スペンサーが出す朝食はマフィンとシリアルだった。一度、それがドーナッツになったこともある。だが、腹持ちのいいものを食べないと、牧童たちは午前のなかばで腹をすかせ、作業の能率ががくんと落ちる。彼らが必要とするのは腹に溜《た》まるあたたかい食事で、それを作るのがいまのスペンサーの仕事だ。マフィンとシリアル以外になにか作らねばならない。

馬たちが無事放牧地におさまると、ジークはスペンサーに言った。「おれたちが柵を直しているあいだに、あたたかい料理をちゃちゃっと作ってくれ」壊れた柵と脱走した馬たちのせいで、きょうは遅くまで作業することになりそうだった。

「もちろんですよ、ボス」スペンサーは大きくうなずき、牧童たちの宿舎のキッチンへと足早に向かった。ジークはそのうしろ姿をしばらく見送った。ほかの牧童からからかわれ、こき使われ、厄介な仕事を押しつけられても、スペンサーは文句ひとつ言わずに黙々とこなして底力のあることを見せつけていた。あと十年もしたら牧童頭になり、彼に辛《つら》く当たった男たちに命令をくだしているだろう。いまいる牧童が十年後もいるとはかぎらない。よその牧場に移っていく者もいれば、他の仕事に鞍替《くらが》えする者もいるだろうが、何人かは残るはずだ。いまは腕のいい連中が揃っているから、あと数年はなんとか持ち堪えたいとジークは思っていた。

「きょうもまたオートミールの化け物でないことを願いますよ」ダービーが重い板に釘《くぎ》を打ちつけながらだみ声で言った。

「彼がいなかったら、おれたちはいまも馬を追いかけてただろうさ」ジークは言った。穏やかな口調には、スペンサーがなにを出そうが文句を言うなという含みがあった。だからといって、オートミールが出てきたら大喜びするわけではけっしてない。オートミールは嫌いではない……ふつうのやつなら。だが、スペンサーのオートミールはにかわ並みの粘り気があった。

長い一日に備えて、もっと栄養のあるものを食べなければ。牧場の仕事は時間どおりにはいかない。夏は短いから、長い冬に備えて、できるだけ大量の牧草を刈り取らねばならない。

彼の元妻のレイチェルは、ここの冬の天気を〝非人間的〟で〝残酷〟と評し、まともな人間の住む場所じゃないと言いつづけた。厳密に言えば、彼女の言うことにも一理あるが、〝厳密〟なんてものは離婚とともに窓から飛んでいった。ジークに言わせれば、彼女は甘ったれの馬鹿女で、ほんものの仕事のなんたるかなど、爪の先ほどもわかってはいなかった。彼はワイオミングで生まれ育ち、住んでいる場所とやっている仕事を愛している。それだけあれば、冬の天気を埋め合わせるのに充分だ。

出ていったレイチェルを恋しいと思わなかったのだから、困ったものだ。また静かな生活に戻れてほっとしたぐらいだ。料理と洗濯をしてくれるリビーがいるのだから、結婚前の生活に戻っただけのこと。レイチェルはここを自分の色に染めることもなく、なんの責任も負わず、なんの足跡も残さなかった。家のことはリビーに任せっきりにして、買い物をしたくても店はなく、まともなコーヒーショップもなく、ちかくに友達もいないと文句ばかり並べていた。友達を作ろうと思えばできたはずだ。町に女がいないわけじゃなし。だが、レイチェルはワイオミングの友達は欲しくなかったのだ。欲しかったのはデンバーの友達、都会の友達だった。

そう、冬になったら、デンバーに大挙して移動していくような連中だ。

レイチェルにはワイオミングの夏も気に入らなかった。夏は働きづめに働く季節だ。冬に備え、日の出前から夜遅くまで働く。彼の人生でいちばん大事なのは干し草であり、牧草の生育時期に悪天候に祟《たた》られると、農場の存続そのものが怪しくなる。牧童たちは馬や四輪駆動車を売ってトラクターを買う。毎晩、あすは天気になりますように、と祈る。雨が降れば刈り入れができないからだ。彼の牧草地の大きさはエーカー単位ではなく、平方マイル単位だから、刈り入れる牧草はすごい量になる。それを干して梱《こり》にする。十八時間の労働を終え、夜の十時にくたびれ果てて戻ると、あとはもうシャワーを浴びて寝るだけだ。それがレイチェルには気に入らなかった。もっと関心を示してくれと不満たらたらだった。

レイチェルはいなくなっても困らないが、リビーはそうはいかない。けさもけさで、洗った靴下が底をついたことを発見した。リビーがしてくれていたように、洗濯物を畳んで箪笥《たんす》の抽斗《ひきだし》にしまっていれば、もっと早くに気づいただろう。だが、いまは夏だから、乾燥機から手当たりしだいに服を取り出し、汚れ物は洗濯籠《かご》に放り込むことしかできない。乾燥機の中で絡まった下着の中に、残念ながら靴下は見つからなかった。汚れ物を洗濯機に放り込んで回した。今夜、ずたぼろになって戻ってきたときに、洗いあがった洗濯物を乾燥機に移すことを思い出せるといいのだが。

思い出すといえば、洗濯機に洗剤を入れたかどうか思い出せない。洗濯物の匂いを嗅げば、水洗いだけだったかどうかわかるだろう。もしそうなら、もう一度洗濯機を回さねばならない。まったく家事ってのはどうしてこうも面倒なんだ?

ハンマーを打ちおろしたら釘をかすめて、親指の脇に当たった。「クソッ!」頭を振りながら、さらに悪態をつきまくる。ハンマーでなにかを打つときは、よけいなことを考えてはならない。馬に乗っていたら落馬しているところだ。

だが、家の中のこと――家の中がうまく回っていないこと――はよけいなことではない。リビーがいなくなってから、家事は死活問題になっていた。牧場の仕事は重労働だ。牧童たちにはちゃんとした料理を出してやらねばならない。彼だって洗濯ずみの衣類が底をつき、家の中ときたらゴミを出すのにピッチフォークが必要なくらいだ。おかげで牧場の運営にも支障をきたしている。

ところが、解決策が見つからない。リビーが出ていってから数カ月のあいだ、彼女の代わりを務める女を三人雇った。まあ、リビーの代わりは誰にも務められないが、料理と掃除と洗濯をしてくれさえすればいい。たったそれだけのことが、そんなに難しいか? それなりの給料も出すと言っているのに。ところが難しいらしく、三人ともいつかなかった。ひとりは家事をやる代わりに、テレビの前にドデンと座ったままだった。ふたり目は、こんな辺鄙《へんぴ》なところにずっといたら頭が変になる、とのたまった。ずっといなくても変になったようだが。三人目は、男たちのあいだに悶着《もんちゃく》を起こした。魅力的とはとても言い難いご面相でも、若い独身女を雇うとろくなことにならないと、ジークは身に染みてわかった。

そんなわけで、スペンサーの料理に逆戻りで、ジークは自分で洗濯をする羽目に陥った。洗濯のことが記憶にあるときには。掃除となると……まあ、いずれそのうちやろう。

苛立ちをべつにすれば、ジークは身のほどを心得ている幸せな男だ――洗った靴下がないにしては、幸せな男だ。ほかの農場主たちが金に困って農場を売りに出したり、よりによって観光牧場や、金はあるが常識のない映画スターの夏の別荘に作り変えたりするなか、ジークは懸命に働いて、自分の居場所を思うように維持してきた。現金が絶え間なく入ってくるわけではないが、なんとか方策を考えて黒字を出せるようにしてきた。好景気のときにせっせと貯金したおかげだ。いま、それが役にたっていた。

遠くの山に目をやる。感傷的な人間ではないが、ここはわが家だ。よそに移りたくはなかった。

柵の修理が終わるころ、スペンサーが宿舎のポーチに出てくるのが見えた。「支度ができたよ！」若者は叫ぶなり引っ込んだ。

ジークは手袋を脱いでベルトに挟んだ。牧童たちも道具をしまい、宿舎に向かった。牧場の施設の基準からいって、この宿舎はそう悪くはなかった。いまここに寝泊まりしているのは五人だけだ。既婚のふたりにはそれぞれ家があり、牧童頭で最年長の、ジークといちばん長いつきあいのウォルトは、宿舎の隣に小さな家を持っていた。宿舎にはベッドルームが六つ、バスルームが三つ、使い古した安楽椅子と大型テレビが置かれた広い居間と、設備は古いがちゃんとしたキッチンがあった。頑丈な造りの建物で、暖房装置は整っており、もし壊れても薪《まき》ストーブがあるから大丈夫だった。長い架台式テーブルは全員が食事をするのに充分な大きさだ。ジークもたまにここで一緒に食事をするが、母屋でひとりサンドイッチを食べながら書類仕事を片付けることが多かった。

宿舎に入ったとたん、気持ちが沈んだ。またオートミールだ。まあそれはいい。彼が望むのは〝熱々で早い〟ことだけだから。スペンサーはそれにチーズトーストを付けていた。スペンサーのオートミールの粘っこさはべつにして、チーズトーストをオートミールと一緒に食べたいとは思わない。喉がつかえてしょうがない。ほかの男たちの表情から、そう思うのは自分だけでないことがわかった。まいった。時間ができたら、本気で料理人を探さなければ。

だが、女はだめだ。この前のことで懲りたから、中年で結婚していて、欲情したカウボーイにまったく関心がないという三つの条件をクリアしていないかぎり、女は雇わない。いま欲しいのは男の料理人だ。男だって女とおなじぐらい料理ができる。有名なシェフはみんな男だろ？　九人の野郎とひとりの女がこの土地でうまくやっていくには、その女が野郎のひとりと結婚するしかないのだ。

男たちの何人かは、見るからにつまらなそうな顔で、にかわ状のオートミールをせっせとほじくり返していた。残りはチーズトーストを選んだ。両方食べる者はいなかった。パトリックがなにげなく言った。前にインスタントのオートミールを食べたことがあり、そうまずくなかった、と。チーズのほうが、オートミールより彼の喉につっかえるのだろう。ジークはなくならないうちにと、トーストを二枚つかんだ。

スペンサーを責めるわけにはいかない。料理人として雇われたわけでも、料理人になりたがっているわけでもないのだから。ジークに言われてやっているだけだ。キッチンで最低限のことはやっているが、彼がなりたいのはカウボーイだった。まさか脳外科医になるつもりはないだろう。

「つぎはなにをしたらいいですか、ボス？」スペンサーがトーストをもぐもぐ食べながら、目を輝かせて尋ねた。そのまま窓へと視線を移し、遠くの山を畏敬の目で眺めた。この雄大な景色に向かうときの気持ちは、ジークもおなじだった。スペンサーに家事ばかりやらせておくのは残酷だ。「皿洗いは一分もかかりませんから」

「総がかりで牧草の刈り取りだ」ジークはぶっきらぼうに言った。刈り取りが終わるまで、ほかの作業はおあずけだ。たとえば、品評会で入賞した雄牛のサントスの精子を集めることも。雄牛の精子を売ることは、デッカー牧場にとって実入りのいい商売だが、スペンサーほど動物を上手に扱える人間はほかにいなかった。動物の気持ちをやわらげるなにかが彼にはあるのだ。馬でも犬でも、雄牛でさえも。九百キロを超す雄牛から精子を集めようと思えば、まず相手の気を落ち着かせることが――事情が事情だから、できる範囲で気を落ち着かせることが肝心だ。だから、スペンサーは牧童の中でいちばん若く、ここに来て日も浅いとはいえ、この仕事の責任者にするのが順当というものだろう。

精子採取と料理。履歴書の特技にそう記したら、感心されるんじゃないか？

ウォルトが咳払《せきばら》いした。「求人広告に応募はありましたか？」

スペンサーが顔をあげた。期待の眼差《まなざ》しだ。

「いや、思うようなのはなかった」問い合わせが一件あったが、家事労働はしないという条件をつけてきたので断った。求人広告を書き直したほうがいいかもしれない。まさか〝求む、中年のガミガミ女〟とは書けないが、男のほうが望ましい、と書き加えるのも手だろう。

「だが、そのうち見つかるさ。さて、仕事にかかるとするか。牧草はほっといても自分で刈って、梱になっちゃくれない」

夏の昼間でも、気温は二十度を超えるか超えないかだった。テキサスのうだるような暑さを経験したカーリンにとっては、快適でありがたいが、冬はどんなに厳しいのだろうと思わずにいられない——それまでここにいるつもりはなかったが。冬はまだ何カ月も先だし、そのころどこにいるかは見当もつかない。ここにいないことだけはたしかだ。

また移動することを考えるとうんざりする。店の常連客は、カーリンをこの土地の人間のように扱ってくれていた。どこからともなくやってきたよそ者という目で見られて当然なのに、キャットが友達だと紹介してくれたおかげで、すんなり受け入れてもらえた。

こんなふうに信頼されたことが、いままでにあっただろうか？　ええ、あった……ずっと昔に。でも、これからは二度とないだろう。給仕の仕事をはじめる前に、客にはカーリーと呼んでくれと言うことに決めていた。キャットが本名で呼んでくれるのはありがたい。偽りの自分の中に完全に埋没せずにすむ。でも、町中の人に——それがどんなに小さい町でも——本名を知られるのはまずい。万が一誰かがソーシャルサイトに〈パイ・ホール〉のカーリンのことを投稿したら、ブラッドをここにおびき寄せることになる。そんな危険は冒せなかった。それに、カーリーとカーリンは似ているから、その名前で呼ばれてもまごつくことはない。

両親がもっとふつうの名前をつけてくれなかったことを恨みに思うのは、これで何度目だろう。メアリーとかマギーとか、どこにでもあるふつうの名前を。兄も姉も名前では祟られているが、ロビンは女の名前としてはまだましだし、キニソンは縮めればキンになる。両親は笑うことが大好きだったから、三人の子供たちに大好きなコメディアンの名前をつけた。ああ、両親が恋しい。ふたりとも死ぬのが早すぎた。

きょうのランチの客はよかった。いつもながら大半が男性だったが、女性がふたり、隅っこでおしゃべりしていた。常連のひとりである痩せたカウボーイのサムは、帰りがけに帽子をちょっと持ち上げてウィンクした。キャットに倣って、そういう誘いかけは無視することにしていた。気付かないふりをすればいいのだ。それができないときは、冷ややかな表情を浮かべる。独身女性が少ないから、ただいるだけで男たちの興味を掻《か》き立てるのだろう。

カーリンが働くようになって売り上げが伸びた、とキャットは言う。ふたりの独身女性がパイやバーガーを運んでくれて、コーヒーはお代わり自由なのだから、カウボーイたちにはたまらない魅力だ。

興味を示されるとちょっと不安になったが、悪気はないみたいだし、たいていの男たちは一度拒絶されると、パイとカフェインと、ときどきちらちら見るだけで満足するようだ。誰とも面倒なことにならなかったので、働きつづけてこられた。

仕事にもすっかり慣れた。慣れは気のゆるみを生むから危険だと、頭の隅で思っていたが、ほんの少しだけリラックスしてガードをゆるめ、ふつうの生活に戻ったように振る舞うのは気分がよかった。いまの仕事が好きだったし、雇い主も好きだし、平穏な毎日が好きだった。もう少しだけここにいたかった。

手順は決まっている。ランチが終わると店のドアを閉めて鍵をかけ、キャットがその日の気分に合わせて選んだ曲を流し、ふたりで掃除をする。特別な注文が入っているときは、カーリンが掃除をするあいだ、キャットはパイを焼く。それから一緒に早めの夕食をとり、キャットは家に戻り、カーリンは二階に引きあげる。ひとりで過ごす静かな時間が、ズタズタになった神経を徐々にやわらげてくれた。毎日がおなじことの繰り返し。日曜はお休みだ。

二日後の日曜日、カーリンはなにをして過ごすか決めていなかった。とくに予定は入っていない。むろん洗濯や部屋の掃除はするが、たいして時間はかからない。そんな贅沢な時間を持ったのは、ずっと昔のことに思える。

読書をするのもいいかも。それとも、厨房のテレビで野球を観《み》ようか。

考える時間がありすぎるのも困りものだ。あまりにも恵まれているから不安になり、逃げ出したくなるかもしれない。

4

ジークはバトル・リッジにやってきた。週明けのいつもの用事を片付けるためだ。牧童のひとりに頼んでもよかったのだが、自分でやることにした。金物屋と飼料店で買い物をしてから、キャットの店に寄って頼んでおいた二枚のパイを受け取る。一週間分の食料品はスペンサーが買っておいてくれた。ひとりで車を走らせるあいだに、考えることは山ほどあった。牧場経営が〝考えるべきこと〟リストのトップにくる。というか、ほかに考えるべきことはなかった。牧場にふさわしい料理人と家政婦を見つけ出す能力もそこには含まれる。週末に進展があった。きょうからでも働いてくれないかと、応募者ふたりと電話で話をした。冬のあいだだけでもいてくれる料理人が見つかりさえすれば……。

だが、どちらの応募者も条件に合わなかった。たしかに、女はだめだと決めたことで条件を狭めてしまったが、この不景気だから、履歴書に書かれたことに嘘のない、正直な男の応募者がわんさかやって来ると思っていた。いまとなっては、犯罪歴がなければそれでいいという気になってくる。

このままでいくと、これからずっとスペンサーが料理を受け持つことになりそうで、それはスペンサー本人はもとより、誰にとってもありがたくない話だ。家事を巡る問題を解決しないままだと、若い牧童を失う羽目に陥りかねない。ジークは洗濯も家事全般も大嫌いだった。仕事そのものがというよりは、よけいな時間を食われるのが我慢できないのだ。だが、ほかにどうすればいい？　スペンサーに三食作らせるわけにはいかない。牧場の通常業務と雄牛の精子採取に加えて、フルタイムで家政婦をやらせるなんて無理だ。精子を採取したその手で料理をするんだぞ。食事のたびに尋ねないといけない。〝スペンサー、おまえ、手を洗ったか？〟と。

スペンサーはいい奴だ。からかわれても気にしない――いまのところは。状況は安定している。なにも完璧を求めているわけではなく――リビーは完璧だったが――まだ諦めてはいない。牧場暮らしが性に合うと言ってくれて、料理ができて、洗濯やほかの家事を厭《いと》わずにやってくれる中年男がそのうち見つかるだろう。焦って決めることはない。

バトル・リッジは閑散としていた。このごろはいつもこうだ。これ以上潰れる店が増えたらどうすればいいのだろう。そう思うのはこれがはじめてではなかった。金物屋や飼料店が潰れたら大変なことになる。オンラインで注文するのはいやだから、何時間もかけてシャイエンまで買い出しに出掛けることになる。馴染《なじ》みの店があるのはいいものだ。おれは世界一社交的な男ではないかもしれないが、だからといって世捨て人になりたいわけではない。

金物屋の前に駐車スペースを見つけ、そこに車を入れようとしたら、目の前をジョギング中の女が横切った。車のスピードを落とし、横切る女をすばやく品定めした。ブロンドのポニーテール、野球帽、サングラス……ぴったり合ったジーンズに包まれたみごとな尻。彼女は気さくに手を振り、そのままのスピードで横切っていった。野球帽のせいで顔はよく見えなかったが、会ったことのない女だ。バトル・リッジの近郊に住む人やここで買い物をする連中をすべて知っているわけではないが、あの尻を見たら忘れるはずがない。

まさにおれの好みだ。視線はすばらしい尻に釘付けになったまま図書館まで追っていった。一瞬にして股間が熱くなり、ずいぶんと長いことセックスしていないことを思い知らされた。自分の手を使ってやることすらしていない。牧草の刈り入れで疲れてそんな気にもなれなかった。だが、おかげで刈り入れは無事に終わり、冬のあいだの飼料にする干し草に困ることはなくなり、気分は上々だった。これでほかのことを考えられる。真っ先に頭に浮かんだのが、女と体を重ねる感触がどんなものだったか――相手はあの元気いっぱいのブロンドでもいい。いままでに彼女を見た覚えはないが、小さな町だから、ちょっと尋ねれば彼女が何者かわかるだろう。

図書館に本を見に行くのもいいかも……。

車を駐めると、金物屋に向かった。図書館ではなく。好みの尻の前にやるべきことがある。それに、あのブロンドには夫か恋人がいるだろう。あるいは、交通をストップさせるほどのご面相かも――いい意味ではなく。見事な尻だからといって、残りもすべて魅力的だとはかぎらない。思いがけず目の保養をしたことに満足して、きょう一日を過ごすべきだろう。それでも、ぴったりしたジーンズに包まれたハート形の尻を見ただけでこんな上機嫌になるなんて、驚くべきことだ。

カーリンがバトル・リッジに来て十一日が過ぎた。町のリズムを知るにはそれで充分だ。朝食時の混雑が終わると、キャットはその日のお薦めのパイを焼きはじめた。カーリンは十五分の休憩時間を利用し、道を斜めに横切って金物屋の二軒先の小さな図書館に出掛けた。ピックアップ・トラックがスピードをゆるめ、彼女に道を渡らせてくれた。運転手の顔に見覚えがあるかどうかまではたしかめられなかったが、〝ありがとう〟と手を振って走るスピードをあげた。そういうことに慣れてきた。すでに何人かは――〈パイ・ホール〉の常連たちだが――彼女の姿を見つけるとほほえんで手を振る。ここで生まれ育った人たちにするように。

そのことに彼女は少し面食らっていた。ブラッドのせいで快適な生活を捨てざるをえなくなるまで、友人や知人以外の人たちの目を気にすることなんてなかった。見知らぬ他人でいることで、安心感が得られていた。それで充分にうまくいっていた、そうでしょ？　そうでなくても、人目につくと自分が無防備な気がする。

あけっぴろげな親しみを示されると、うしろめたい気にもなる。ここの人間ではないし、ここに長くいるつもりもなかった。でも、そうすることが礼儀にかなっているし、よけいな注意を引かないことでもあるから、いつもほほえんで手を振り返すことにしていた。

図書館のひんやりとした静寂に包まれると、まっすぐに来館者用コンピュータに向かった。じかに連絡して家族を危険に曝すつもりはないが、キニソンやロビンと音信不通になるつもりもなかった。フェイスブックの偽のプロフィールで、フリーのEメール・アカウントに接続したり、古い友人を仲介役にして、ときどき彼らの近況を知ることができた。家族に自分の無事を知らせることもできるし、姪《めい》たちや甥《おい》の写真を見ることもできる。彼らの成長は早く、日々変化していた。人生がめちゃめちゃになる前だって、そう頻繁に連絡を取り合っていたわけではないけれど、なにかあれば電話していた。それに、いつでも好きなときに会いに行けると思っていた。いまはそれができない。それがどんなにこたえるか。家族の近況をわずかでも知りたくてコンピュータの前に座っているときが、なんといってもいちばん腹がたつ。ブラッドが彼女から家族を奪った。いつになったら取り戻せるかわからない。

ゾーイ・ハリスという偽名で、フェイスブックにログインする。この名前にしたのは、平凡で目立たない名前を探している人間には思いつかない程度には変わった名前だという、姉の意見に従ったからだ。〝木は森に隠せ〟のことわざに倣って。

ゾーイ・ハリスはフロリダ在住で、姉のちょっとした友人ということになっている。フェイスブックのアカウントはハッカーに狙われやすいそうだから、姉のページに個人的なメッセージを残したことはなかった。ハッカーに狙われるとどうなるのかよくわからないが、あえて危険を冒すこともない。姉のウォールに投稿するときは、目立たない、ごくあたりまえのことを書くようにしていた。

ロビンの投稿をすべて読む。とくに変わったことはないようだ。ふつうの家族の営みばかり。つぎに兄のページに移った。やはり変わったことはない。しいて言えば、キンのコメントがもっぱらスポーツに偏《かたよ》っていることぐらいだ。もう一度姉のページに戻り、夏休みが早く終わって、子供たちが学校に行く日を心待ちにしている、と書き込んだ。おもしろみのないメッセージは、無事でいるという暗号だ。

コンピュータを前にすると、ブラッドが逮捕されたかどうか調べたい衝動に駆られる。ジーナの殺害容疑で捕まらなかったとしても、ほかの誰かにつきまとって問題を起こしているかもしれない。だが、どんなにそうしたいと思っても、彼の名前を検索バーに打ち込むことはできない。そんな勇気はない。自分の名前を誰が検索したのか調べるプログラムがあるらしい。ブラッドがもしそれをセットしていたら、どのコンピュータから検索したか、たちどころにわかる。もし検索するとしたら、この町を出る直前にやるしかない。

いいえ、それもできない。

背筋が寒くなった。ブラッドをここに、彼女が好きになった人たちが住んで、働いている場所に引き寄せるわけにはいかない。小さな町だから、彼女についての情報を集めるのはたやすい。つぎに大都会に行くことがあれば、そこで検索しよう。シカゴとか。彼女の居場所を突き止めるのに数週間はかかるだろう。それまでにはつぎの場所に移っていられる。

制服に着替える時間の余裕をもって〈パイ・ホール〉に戻り、ランチの支度にかかった。制服はキャットのとおなじピンクで、ポケットに〝C〟と縫い取りがしてある。ちょうどパイとケーキが焼きあがるところで、店内にはおいしそうな匂いが満ちていた。それは……〝わが家の匂い〟。家事は得意なほうではないので、それがどんなものかはわからないけれど、ほかに形容のしようがない匂いだ。

店が混んでいると時間はあっという間に経《た》つ。忙しくなればなるほど、彼女とキャットの動きにリズムが生まれる。まるでダンスだ。料理を出し、客とおしゃべりし、おもしろくてもおもしろくなくても冗談に笑い声をあげ、客のグラスやマグが空になっていないか気を配り、きょうのお薦め以外の注文が入ればそれを作る。どちらかと言えばつまらない仕事の部類に入るかもしれないが、カーリンは楽しんでやっていた。店の客が好きだし、キャットはほんものの友人になりつつあった。

そんなふうに忙しくしている最中だった――カーリンはカウンターの奥にいて、キャットは片手に紅茶のピッチャーを、もう一方の手にコーヒーポットを持ってテーブルを回っていた――カウボーイがぶらりと入ってきたのは。いやでも目につく。血の通った女なら気付かないわけがない。長身で筋肉質で、自分の強さを熟知した負け知らずの男に特有の、自信に満ちた歩き方をしている。いわゆるハンサムではない。バランスのとれた彫りの深い顔立ちというより、無骨なタイプだ。目で見たもの以上に、彼には人を惹きつけるなにかがあった。体が熱くなって息ができなくなり、カーリンは目を逸《そ》らした。これ以上見つめていたら大変なことになると、危険なことになると感じたからだ。どこがどう危険かわからないけれど。キャットが、彼には用心しなさいよ、と言った、女心をズタズタにするカウボーイそのものだった。彼が店に入ってきたとたん、空気が電気を帯びた。

彼と関わったらろくなことにはならない。彼女は瞬時に悟った。胸の高まりは無視し、カウンターに座る年配の男にコーヒーのお代わりを注ぎ、ほほえみかけながら、彼のほうを見てはダメと自分に言い聞かせた。

カウボーイが会釈すると、キャットがあかるい笑顔で応えた。紅茶のピッチャーとコーヒーポットを持っていなかったら、手を振っていただろう。それぐらい嬉《うれ》しそうだった。彼はブースに席をとった。カーリンがはじめてここに来たときに座ったのとおなじ、壁に背を向ける場所で、入り口がよく見渡せる。あなたはいったい誰から逃げているの？

誰からも。彼のことは知らないけれど、けっして人に背中を見せない人なのだろう。敵に回したら手ごわい相手になる。表情からわかる。でも、見ている分にはすてきだ。

カウンターに座っていたカウボーイふたりが、親しげに挨拶した。「やあ、ジーク」彼も挨拶を返したが、それだけだった。わずかにしかめた表情から不機嫌なのがわかるが、あるいは、あれがふつうなのかもしれない。

キャットが彼のほうに向かっていくのを、目の端で捉えた。古くからの友人のようにおしゃべりして、注文をとると――いつものように、メモをとることもなく――カウンターに戻ってきた。「あたしの気まぐれないとこに、きょうのお薦めとコーヒーをブラックで」

「気まぐれ？」彼女のいとこ？

「めったに訪ねてきもしないで。あたしのパイがなかったら、一年に二度顔を合わせればいいところよ」

〈パイ・ホール〉は小さな店だから、キャットのおしゃべりはジークに筒抜けだ。「忙しいんでね」彼はキャットに聞こえるよう少しだけ声を大きくして言った。「少しはわかってくれよ」

それから、彼の視線がカーリンに移って、そこに留まった。じっと見つめられ、彼女は思わずぶるっと震えた。機嫌は悪いのかもしれないが、シャイではない。男の常連客たちは、キャットをじっと見つめていたことがばれると慌てて目を逸らすが、彼はそうではなかった。じっと見つめたまま、視線は揺るがないし、それに……危険だった。震えが背筋をおりてゆく。本能的なものだ。腹をすかせた男がキャットのアップルパイを眺めるような目で、ジークはカーリンを見ていた。

しまった。声に出して言ったわけではないけれど、たとえが悪かった。顔が赤くなる。

「あたしが作るわ」そう言うとカーリンは踵《きびす》を返し、厨房に飛び込んだ。まるで逃げ出すみたいに。

ペニスがくっついているというだけの理由で、世界はおれのものだと思っているマッチョから、どうぞあたしをお守りください。そう、彼はその類の男だから、関わりになったらろくなことはない。これほど強く彼に惹かれること自体、充分に危ない。

注文の品を皿に並べる。ミートローフ、マッシュポテトとグレービーソース。サヤインゲン。これはカーリンの好みからすると生すぎる。でも、彼女の好みの茹《ゆ》で方だと、サヤインゲンはもやは豆の体裁をとどめなくなる。母のやり方だ。それから、ロールパン――うっとりするぐらい美味な自家製ロールパン。できあいのおいしいパンが手に入るこのご時世に、誰がロールパンを自分で作る？　そりゃまあ、抜群のおいしさだけれど。キャットは毎日ロールパンを焼くわけではないが、週に一度は店全体がパンの匂いに包まれる。カーリンが二度とできあいのロールパンで満足できなくなったとしたら、それはキャットの責任だ。客の評判もすごくいい。焼きたてのロールパンがメニューに載ったという噂は、またたくまに広まる。

用意ができた。カーリンは皿をトレイに載せて厨房を出た。キャットに運んでもらうつもりだったのに、彼女はカウンターの客と話し込んでいて、手を振っていとこのテーブルを指した。

わかりました。

カーリンが料理を皿に並べているあいだに、キャットはジークのテーブルにコーヒーとナプキンで包んだフォークやナイフを置いておいてくれた。あとは皿を彼の前に置き、ほかになにかお持ちしましょうか、と尋ねて、すたこら逃げ出せばいいのだ。彼を見る必要はないし、彼がこっちを見ているかどうか気にする必要もない。

でも、もちろん彼はこっちを見ていた。じっと。だからいやでも気になる。

カウボーイとキャットはいとこ同士だというけれど、似てはいない。でも、目のあたりがなんとなく似ている。瞳の色はちがう——彼のはグリーンで、キャットのはすばらしいブルーグレーだ——し、形もちがう。けれど、眼差しがきつくなると似てくる。すべてを見とおすような目だ。彼にちかづいていくと、カーリンはまるで自分がスーパーマンになって、超能力を無力化し、死をもたらすという物質、クリプトナイトに吸い寄せられていくような気がした。

カーリンが皿をテーブルに置くあいだも、彼の視線はまったく揺るがなかった。にこやかとはけっして言えない、値踏みするような、男そのものの視線だ。自分が考えていることを隠そうともしない。頭の中で、すでに彼女を裸にしているのがわかる。本能的に惹かれるものを感じていなかったら無視できるのに、カーリンはそんな自分を持て余してすっかりピリピリしていた。

「ありがとう」彼は言ったが、皿を見ようともしない。

彼女は努めて無表情を装い、声にも感情を表さなかった。「ほかになにかお持ちしましょうか？」上出来。就業時間を無事に務め終えることだけを願っている、どこにでもいるウェイトレスの口調そのものだ。

「いや、いい」

ほらね。かんたんじゃない。内心でほっとため息をついた。だが、逃げ出そうとしたとき、彼が言った。「新顔だな」

やだ！　これだもの。苛立ちが募る。自分を完璧にコントロールできないと感じるのが、いやでたまらない。男臭さをムンムンさせている彼に腹がたつし、感じやすい自分に腹がたった。興味を持たれるのも、質問されるのもいやだった。ほかのとき、ほかの場所でならかまわないが、いま、ここでは困る。それでなくても心配事は山ほどあるのだから、頑固なカウボーイの相手なんてしていられない。

「前からいますよ」彼女はそっけなく言った。それに、「それに、見た目より歳食ってますから」

ジークの眉がわずかに吊《つ》りあがった。視線が揺らぎ、前よりきつくなった。彼女の反応にひるむどころか、ますます押してきた。

彼女の胸にちらっと目をやる。「その〝C〟ってのは？」

「〝用心《コーシャス》〟の略です」切り返す。胸に名前の頭文字をつけることを考え出したのはいったい誰よ？　どうして袖にしなかったの？　襟だってよかったじゃない。

　ジークが喉の奥でうなった。彼女が送った〝近寄らないで〟というシグナルを受け取ったというように。受け取りはしたが、諦めるわけではなかった。「どこから来たんだ、〝ゴーシャス〟さん？　ここらの人間じゃないよな」

「バトル・リッジから半径百六十キロ以内に住む人たちを、すべてご存じなんですか？」

「いや、でも発音がまったくちがうし、日に焼けている。だいぶ褪《さ》めてるが、日焼けはまだ残っているからな。日焼けサロンで焼いたものじゃない。通りできみを見た。ジャケットを羽織っていた。軽いジャケットだが、地元の人間が着るようなもんじゃない。つまり、もっとあたたかい気候に馴染んでいるってことだ。発音から推測すると……テキサス」

　彼の鋭さに背筋が凍った。推測なんてしてほしくない。とくに出身地は。発音を変える練習をしたほうがよさそうだ。「あなたはほんもののシャーロック・ホームズってわけね」まったくの無関心を装おうとし、自分で墓穴を掘った。「あなただって日焼けしてるじゃない」

「おれは屋外で働いている。きみはちがう」

「生まれてからずっと屋内で暮らしてたわけじゃないわ。お料理が冷める前に召しあがったら」彼女は言うと、これ以上ドジを踏まないうちに退散することにした。

　彼がようやく皿に目をやり、大きなため息をついた。思いがけず、とても……人間らしい振る舞いだったから、彼女は足をとめた。「冷めていようが、まともな食事にありつくのは数週間ぶりだ」それから、鋭い視線をまた彼女に向けた。「質問に答えてないぞ」

カーリンは作り笑いを彼に向けた。「答えるつもりはありません」くるりと踵を返してカウンターに戻ると、コーヒーポットをつかんでお代わりを注いで回った。キャットがほんの数分前に回ったばかりだが、かまうものか。ジークとだけは目を合わせたくなかった。常連客たちに笑顔を振りまきながらも、頭の中は激しく回転していた。鋭いグリーンの目をしたジークに関心を持たれたせいで、心の準備もできていないうちに、こんなにいい職場を捨てることになるの？　あるいは。おそらく。

バトル・リッジもキャットも〈パイ・ホール〉も、いずれ離れることになるのはわかっていた。ずっといるつもりはなかった。偶然に見つけた職場だし、偶然に出会った人たちだし、覚悟はできていた。きっと真夜中に、さよならも言わず、なんの説明もしないままここを出ていくのだ。いずれ飛ばなければいけないとわかっていて、崖っぷちに立っているようなものだ。

でも、飛びたくなかった。まだいやだ。カウボーイにいろいろ質問されただけで、ここを去らなければいけないなんてひどすぎる。どこの出身だろうが関係ないでしょ？　まったく、冗談じゃない。

自分の欠点は頑固なところだ。内心で、足を踏ん張っていた。ここにずっとはいられないかもしれない。完全に気をゆるめることはできないかもしれない。でも、心の準備ができていないうちに、お節介なカウボーイに町を追い出されてたまるものか。

5

ジークはがつがつ食べた。視線は新入りのウェイトレスに向けたまま熱い料理を掻き込む。〝ゴーシャス〟だと？　馬鹿言うな。彼女はどこか嘘っぽい。なにがどうとは言えないが。おそらくなにも問題はないのだろう。イチモツがしゃしゃりでているせいかもしれない。

カウンターの男たちに給仕したあと、キャットは両手にパイの箱を持ってやって来た。スペンサーの料理がつづいたから、牧童たちはパイを貪り食うだろう。

彼女は箱をテーブルに置くと、向かい合った席に腰をおろした。「どうしてた？」

「忙しかった」

「牧場の夏は大忙しだものね」同情しているのか？　らしくもない。ふざけたことを許さない、〝さっさとやることやんなさい〟タイプの女だ。「あたらしい家政婦は見つかったの？」

彼女の目が光る。なにを企んでいるんだ？　彼を気遣って口にした質問とは思えなかった。

「いや」

キャットの母親のエリーおばさんは、数年前に再婚してバトル・リッジを離れた。相手はなかなかの男で、この町に見切りをつけてさっさと出ていった。キャットは母親とよく似ており、料理の腕も母親譲りだった。

「こんな店やめて、おれんとこで働かないか」そう言うのはこれがはじめてではないし、彼女がその提案を笑い飛ばすのもこれがはじめてではない。彼のほうも本気で言っているわけではなかった。彼女には自分の店があり、自分の生活がある。血は水よりも濃いとはいっても、彼が料理人と家政婦を見つけられないからといって、彼女がいままで築いてきたものをすべて投げ打つ必要はないのだ。

「おあいにくさま。でも、あたしに考えがあるのよ……」ほら、また目が光った。なんだか怪しい。これまでの経験からして、あんなふうに目が光るとろくなことにならない。「新入りの子、カーリーだけど――」

「だめだ」ジークはきっぱり言った。

「最後まで言わせてくれたっていいでしょ！」

「必要ない。迷い子を拾ったけど、冬じゅう面倒を見ることはできないから、おれに押しつけようってんだろ。だいたいがそんなところだってわかってる」

キャットは顔をしかめた。「カーリーは迷い子じゃない」そう言うと声をひそめた。「彼女はたいていのものなら上手に作れるし、求職中だし、あなたはあとがないんでしょ」

「そこまでいってない」彼にはわかっていた。〝ゴーシャス〟・カーリーは牧場で面倒を起こす。すでに一度そういうことがあった。彼が雇ったまだ若い部類の未婚の女を、牧童三人が追いかけ、いちばん必要としているときに、その三人をあやうくクビにするところだったのだ。牧草の刈り取り作業の最中に人手が足りなくなるのは、死活問題だ。必要なのは男の料理人。それが無理なら中年の女だ。キャットの迷い子の仔犬、生意気な口を叩くあの女だけはご免こうむる。彼女がどんな面倒を起こすか目に見えるようだ。

それに、彼女に身のまわりの世話をしてもらうとなると、ややこしいことになる。お世辞にも美人とは言えない女が牧場で働いても大変なことになったのだ。それが若くて美人で、彼のナニをピンと立たせて、敬礼させるような女だとしたら？　破滅的だ。

そんなこんなで、あの震い付きたくなるような見事な尻を頭から締め出すことができない。時間に余裕ができたら、そっちはなんとかしよう。

キャットはブースから出るとき、彼にしか見えないように手を下にさげ、中指を突き立ててみせた。彼は笑い、食事に戻った。といってもほとんど残っていなかったが。なにも考えずにガツガツ食べたからだ。男の客たちが食事を終えても、コーヒーを飲んだり、おしゃべりしたり、デザートを食べたりしてぐずぐず居残って、ふたりの女が店内を歩き回るのを眺めるのも無理はない。ここは男の夢見る場所そのものだ。キャットとカーリー――ひとりはブルネットで、もうひとりはブロンド。どっちも美人だ。料理はうまい。唯一欠けているのはストリッパー・ポール――いや、ストリッパー・ポールは忘れよう。キャットはいとこなんだから。それともストリッパー・ポールはカーリーに任せようか。ああ、それがいい。

カーリーをカウンターに残して、キャットは厨房に引っ込んだ。ジークはカーリーと目を合わせ、ちょうど聞こえるぐらいの声で言った。「ヘイ、〝ゴーシャス〟さん、パイとコーヒーのお代わりを頼めないか？」半分空のマグを掲げてみせる。〈パイ・ホール〉は気取らない店だから、客たちはおたがいに呼び合ったり、キャットに声をかけたりする。いま、カーリーがそれに加わっただけだ。

「もちろん、ホームズ」打てば響く、だ。「ブルーベリー、それともキャラメル？」

どっちもいいが、いまはアップルパイの気分だった。「任せる」さて、彼女がなにを持ってくるか、お手並み拝見といこう。牛の糞《ふん》でなけりゃ、なんでもかまわない。


「あなたのいとこって……」カーリンは言葉を探した。キャットとふたり、厨房のスツールに腰掛けてサンドイッチを食べていた。一日の仕事を終えたあと、夕食を一緒にとることが決まりごとになり、カーリンはそれを楽しみにしていた。

「刺激的？」キャットがにやりとした。「おなじDNAを持ってるからって、見えてないわけじゃないのよ。感じないだけで、見えてないわけじゃない」

カーリンは全粒粉のパンにチキンサラダを挟んだサンドイッチを呑《の》み込み、プッと吹いた。

「あたしが言いたかったのは、〝厄介な人〟だけど」

　キャットは肩をすくめた。「当たってる。彼にはいろんな面があるけど、退屈でないことはたしかね」

「彼はカウボーイなんでしょ？」履き古したブーツ、荒れた手、日焼けした肌を見ればそういう結論に達する。

「そうよ。車で一時間ほどのところに、そうとう大きな牧場を持ってるの」

「あなたたち、いとこなの？」

「ええ。彼のお父さんとあたしの母親が兄妹《きょうだい》なのよ。あたしたち、一緒にここで育ったの……ほとんど一緒にね。彼はあたしより数歳年上」

「ジークって、イジーキエルを縮めたの？」珍しい名前だが、この土地には合っているし、彼自身にもぴったりだ。

「ジークはニックネームなの。本名はＡＺ。文字を並べただけで意味はないの。でも、小学校に入学した日に、担任の先生がＡＺと呼んだのを、クラスの子供たちは〝ヘイ、ジーク〟だと思ったの。それで彼をジークって呼ぶようになった。それ以来、ジークでとおしてるってわけ」キャットはスツールの上で身じろぎした。「ヘレンおばさんがどういうつもりでそんな名前をつけたのか、あたしは知らない。おばさんのほうの親戚にそういう名前の人がいたみたい。大おじさんだったかな。おじいさんか、いとこのおじいさんだったかもしれないわ。親戚ってそんなものよね」

「ええ、まあね」カーリンは自分の名前の由来を考えて顔をしかめた。キャットが心得顔で彼女を見る。あの魔女っぽい目だからインパクトがある。「つまり、彼に興味があるってことね？」

「なんですって？　まさか！」でも、たしかにいろいろ質問している。たくさんではないけれど、まあ、いろいろ。いま、いちばん必要のないもの、それは男だ。詮索好きな男だったら、なおのこと。彼の名前がなにかの略かどうかなんて、どうだっていいでしょ？　そうよ。どうだっていい。いまから口には気をつけよう。

カーリンは無関心を装い、スツールの上で身じろぎした。「そうね、ああいうタイプが好きなら、彼はちょっと刺激的ね」カーリンは認めた。背が高くて、がっしりしていて、顔もよくて……って、そういうタイプ。ウフフ！　自分の反応は押し殺し、軽く嘘をついた。

「でも、彼はカウボーイだし、あなたはこの土地のことも人のこともよく知っているから、そのアドバイスには慎んで耳を傾けなくちゃね。だから、ジョン・ウェイン予備軍はパスするわ」これ以上人生をややこしくしたくなかった。でも、それは口にしなかった。

「嘘ばっかり」キャットはにやりとした。それから、真顔になった。「正直に言うとね、ジークが料理人兼家政婦としてあなたを雇ってくれたらいいなって思ってたの。去年、リビーが出ていってから、代わりがなかなか見つからなくて、彼、切羽詰まってきてるのよ」

なんですって？　カーリンは足元の床が消え去ったような気がした。キャットはあたしを追い出すつもり？　そうじゃなきゃ、あたしを雇ってくれる人を探そうとは思わないはずよね？　まさに不意打ちだ。さっきまでリラックスして、幸せで、友達のことで冗談を言っていたのに、いまは頭の中で地図帳を広げてどっちを目指そうか思案しているなんて。もっと貯金するつもりだったし、キャットやこの店が大好きだったのに。でも、人生はままならないものだ。なんとかするしかない。「べつの仕事を探してくれなくっていいわよ。あたしがここで働くのが迷惑なら――」

「ちがう！」キャットが声を張りあげた。「そういうことじゃないの。あなたがいてくれて、どれだけ助かってるか。あたしたち、すごくうまくいってるもの。ただ、冬になるとお客さんの数がめっきり減るのよ。そうなると、あなたにお給料を払えなくなる。あと二カ月は大丈夫だけど、いまから先のことを考えておかないとね」

たしかにそうだ。ここを離れるなんていやだけれど、長くいられないことはわかっていた。「お給料を払えなくなったら、よそへ移るわ」ものわかりよく言う。客の数に目を光らせておいて、そうなったら自分から出ていこう。キャットが言う前に。逃亡生活をはじめてからいままでに、何度も仕事を辞めてきた。たいていは、どこへ移るのかいっさい言わずに突然辞めた。もっとも、彼女がしてきた仕事はどれも、事前通知を必要としない類のものだった。しかし、キャットとはそんなふうに別れたくない。「どっちにしても、あなたのいとこのお守りをするつもりはないわ。とても気難しい人のように思えるし、人生は短いもの」それに、彼は好奇心が強すぎるし、質問が多すぎる。違法な雇い方に文句もつけるだろう。

「それはよかった」キャットの目がキラリと光った。「彼のほうも乗り気じゃなかったから」

動悸《どうき》が速くなった。「もう彼に話したの？」悲鳴にちかかった。恥ずかしくなって咳払いする。

「それとなくね。心配しないで。彼はその場で却下したから。細かいことまで話す間もなかった。給料の支払い方とか、彼はなにも知らないわ」

カーリンにとってなによりもショックだったのは、ジークが牧場に彼女を入れたがらなかったことだ。こっちも行く気はないのだからべつにかまわないが、彼に拒絶されたのは頭にくる。

記憶が甦《よみがえ》り、怒りで顔が赤くなった。そのときはなんとも思わなかったが、それでも……。「あたしが厨房から出てきたとき、あなたたち、おしゃべりしてたでしょ。それで、彼が迷い子がどうとか言ってた。あたしはてっきり、犬か猫のことだと思ってたんだけど、そうじゃなかったのね？　あたしのことを言ってたんだ」ブラッドは彼女のことをいろんな呼び名で呼んだが、どれもお世辞ではなかったし、彼女が傷つくこともなかった。二度目のデートのあとで、彼はどこかおかしいとカーリンは思ったからだ。ところが、ジーク・デッカーに迷い子と呼ばれたと知ると、カーリンの負けん気に火がついた。

「べつに悪気があったわけじゃないのよ」キャットはなだめにかかり、それから口をつぐんだ。「ねえ、べつに彼の尻拭いをするつもりはないけど、このところ心配事が多くてまいっていたのよ。だから、大目に見てあげて」

カーリンだって、いとこのことでキャットと言い争うつもりはない。でも、内心は煮えくり返っていた。〝迷い子〟ですって！　冗談じゃない。

くそったれ。

スペンサーはようやくオートミールの作り方を体得したようだ。けさのはかなりよかった。だが、トースターで焼いたワッフルはいただけない。ジークは二枚のあたたかいワッフルにピーナツバターを塗り、サンドイッチにした。ほかの者たちもおなじことをやった。ランチタイムが来るまでにプロテインを摂取しておくべきだとわかっているからだ。冷たい料理でなかっただけましだ。腹持ちが悪くて二時間もすると腹が減る。粘つく塊を流し込むのに、コーヒーだけはたっぷり用意してあった。

牧草を梱《こり》にする作業が終わり、一日の仕事のペースは少しゆったりしてきた。洗濯ができるようになり、清潔な靴下や下着を身につけられるようになった。まったく、不思議なものだ。清潔な下着が洗濯籠にいっぱいあるだけで、これほどありがたいと思うとは。牧童たちは仕事に出て、ジークは二杯めのコーヒーを飲みながら、銀行記録をじっくり眺めて頭を悩ませているところだった。そのときキッチンのドアがバタンと開き、うわずった声が聞こえた。「ボス！」

ボーの声だ。けっして慌てないボーがあんな声を出すとは、なにか悪いことがあったのだ。ドタドタと足音がして、ジークの書斎の戸口にボーが現れた。張り詰めた表情だ。ジークはすでに立ち上がって戸口に向かっていた。「なにがあった？」

「スペンサーがサントスにやられた」

クソッ！　巨大な雄牛にやられたら大変なことになる。サントスに角はないが、大きな頭を振るだけで人間は吹っ飛ぶ。蹴られて当たりどころが悪ければ骨が折れる。体の下にもぐったスペンサーに、サントスが襲いかかったのか？　ふだんは穏やかだし、ほかの動物たちと同様、スペンサーにはよくなついているが、雄牛はやはり雄牛だ。ペットではない。

ジークはボーを押しのけるように書斎を出ると、廊下を走り抜け、キッチンの開いたままのドアを出て納屋に向かった。クソッ！　けさ、スペンサーはサントスの精子を採取することになっていた。これまで事故はなかった。スペンサーは料理人としてより、カウボーイとしてのほうがはるかに優秀だ。

「どんな様子だ？」彼は走りながら尋ねた。

「腕をやられましたが、ちかづいて調べてみないとどれぐらいの傷かわかりません。頭はやられてない。意識はあるし、しゃべってました。ただ、雄牛があいだにいるので動くに動けないんです。人に精子を抜かれて売られたら、おれだって頭にきますもん」

納屋の中は、ボーが言っていたとおりの様相を呈していた。牧童三人――ウォルトとエリとパトリック――がサントスと扉のあいだに立っていた。サントスは動揺してしきりに地面を掻き、大きな頭を振りながら男たちと向かい合っていた。いつ突撃してもおかしくない。スペンサーは左腕をかばいながら、壁に寄りかかって座っていた。顔には血の気がなかった。

「大丈夫か？」ジークは雄牛を睨んだまま尋ねた。

「はい」スペンサーはそう言って唾を飲み込んだ。「おれが悪いんです。サントスをヘッドキャッチ（牛の頭を固定して動けないようにする装置）に誘導しようとしてて、ほかに気をとられたんです。おれの動きが速すぎて、怯《おび》えさせちまった。サントスが後ずさりをはじめて、おれはたまたまいた場所が悪かった。サントスを責めないで、ボス、ただの雄牛なんだから」

スペンサーがここに長くいるだろうと思うもうひとつの理由がこれだ。怪我《けが》をしているのに、まず雄牛をかばった。「その心配はあとにしよう。みんな、外に出ろ」サントスの動揺がおさまらないのは、たくさんの人間が取り囲んでいるからだ。それに、ほかの連中が外に出れば、サントスの標的もそれだけ減る。

ふたりと一頭だけになると――スペンサーとサントスとジーク――ジークは雄牛にやさしく声をかけながらちかづいた。すでにだいぶ落ち着いているようだ。これまでだって、よしよしと何度か叩いてやったことだってある。スペンサーは叩くどころか体を撫でてやっていた。性格は悪くないようだ。ただ大きいだけで。なんといっても雄牛だ。仕方がない。ジークとしては、まずサントスを仕切りの中に入れて閉じ込め、つぎにスペンサーを医者に連れていくつもりだった。そう考えるのはかんたんだが、それを実行するのは大変だろう。だが、思っていたほどではなかった。へそを曲げたのは最初のうちだけで、そのうち退屈してきたとみえ、くるっと向きを変え、すたすたと仕切りに入った。ジークは扉を閉めて閂《かんぬき》をかけ、牧童たちを呼び入れてから、スペンサーのかたわらに膝をついた。「どこが痛む？」

スペンサーの青ざめた顔が痛みに歪《ゆが》んでいた。「肩だけです。すっごく痛い」

ありがたいことに肩以外は怪我をしていなかった。それだけだって充分に大変だが。頭を蹴られていたら、いまごろこんな会話はしていられない。「おれが町に連れていって医者に診せるからな」捻挫ですんでいれば、町の診療所の医者でなんとかなるだろう。もっと面倒なことになっていれば、暗くなる前にシャイエンまで車を飛ばさなければならない。

「すみません、ボス」手を貸して立たせようとするジークに、スペンサーが言った。「こんなときに、数時間だって倒れてちゃいけないってわかってます。料理はダービーかエリがやってくれます。料理なんてできないって言ってるけど、夕食は作らないとね」

「そんなことは心配するな」ジークは言った。「おれたちはみんな大人だ。自分たちでなんとかするさ」スペンサーが怪我をしたとなると、ほかの連中の労働時間はそのぶん長くなる。そんな連中に料理しろって言えるか？　ひと晩ぐらいはなんとかなっても、手術することになれば、スペンサーは長いこと片腕が使えない。最悪の場合、ジークが見よう見まねで料理する羽目に陥るのだ。スペンサーを休ませてやるために、一、二度、料理をしてみたことがあるが、目も当てられなかった。なんでも焦がす癖があるうえに、作る過程でキッチンにある皿をすべて使わないと料理ができあがらないのだ。

ケネスとマイカは結婚している。女房のどっちか、あるいは両方が一度ぐらいは料理を引き受けてくれるだろう。なんせ緊急事態だ。前に頼んだときには断られた。ずるずるとそのままやらされることになったら大変だと思ったのだろう。ふたりとも小さな子供がいるから、そもそも無理な話だったのだ。だが、なんとかしてみんなに食わせなければならない。

リビーに甘やかされてきたから大変だ。日に三度の食事——それもただあたたかいだけでなく、心のこもったうまい食事は、腹持ちがよく、長時間の労働に必要なエネルギーを与えてくれた。サンドイッチとシリアルでしばらくはしのげても、彼らには最低でも一日四、五千カロリーは必要だ。なんとかしなければ。

左腕を抱えた無口なスペンサーを横に乗せ、バトル・リッジに向かううち、ジークはますます暗澹《あんたん》たる気分になっていった。

6

空気がひんやりとしてきた。カーリンにとっては嬉しくないことだ。朝起きるたび、きのうより寒いと感じる。日が暮れるのも早い。冬はすぐそこだ。〈パイ・ホール〉の客足はまだ落ちていないが、キャットのこれまでの経験から言って、いずれそうなるのだろう。この二日間は、夜になると地図帳のワイオミング州のページを開き、バトル・リッジから出ていく道を指で辿った。ここに来た最初の日とおなじだ。あのときは、食事をするだけのつもりで、なにも期待していなかった。

この数週間でいろんなことが変わった。いまはここを離れたくなかった。でも、望むことと現実のあいだには大きな隔たりがある。そろそろ移動する時期だ。

いままでは、どこかに入ってもいちいち出入り口をチェックしない。どこも馴染みの場所になったから、細部まで脳裏に焼きついていた。毎日のように出掛ける場所がいくつかあり、従業員とも馴染みになって、店の常連客と顔を合わせることもある。雑貨店に小さな薬局、図書館。〈パイ・ホール〉を出て、目指す場所はその三カ所だ。人目を気にしてびくびくすることもなくなった。通りやカフェで見る顔のすべてを知っているわけではないが、地元の人はすぐにわかる。数週間前の彼女がそうだったように、よそ者は目立つ。

去っていくことは、あたらしくやり直すことだ。ここを去ればもう誰も信用できず、夜はぐっすり眠れず、笑ったり、モップをかけながら踊ったりできなくなる。それに、キャットのことが心配だ。いまではよい友達だから、カーリンの行き先や連絡方法を知りたがるに決まっている。

連絡をとりたいとは思う。すごくそう思うけれど、できない。彼女がバトル・リッジにいることをブラッドは知らないが、彼がダラスでどうやって彼女を見つけたのかわからない以上、へたに連絡はとれない。携帯電話の通話記録だったのか、公共料金の請求書だったのか、社会保障番号だったのか……なんだったの？　居所を突き止めるには様々な方法があり、彼女は地下に潜ることに長《た》けてはいない。いろいろ学んできて、前よりは賢くなったが、ブラッドにはとうていおよばない。二度のデートで彼がよく言っていたように、コンピュータの天才というだけでなく、彼は警官だから、ふつうの人間が存在することも知らないような情報源にアクセスできるのだろう。キャットに行き先を告げることはできない。危険すぎる。連絡をとらないのがいちばん安全だ――カーリンにとっても、キャットにとっても。ジーナの不運をけっして忘れてはならない。キャットをおなじ目に遭わせるわけにはいかない。

いちばんいいのは、真夜中にスバルに荷物を積んで出ていくことだ。キャットは寂しがるだろうけれど、それがいちばんいい。

冬になってからでは雪や氷に行く手を阻まれる。本格的な冬になる前に、どこか落ち着ける場所を見つけなければ。でも、バトル・リッジから出ていく道を辿る指は、どこにも行きつかない。ページを滑って、それでおしまい。

まだ出ていく覚悟ができていないのだ。


ジークは〈パイ・ホール〉のドアを開けて中に入った。ランチの客で混み合う時間まではまだ時間があるが、テーブルふたつがすでに埋まっていた。キャットはカウンターを拭いている。コーヒーポットがゴボゴボと音をたて、焼きたてのパイと香りで張り合っている。疲れ果てた不安な心をその香りがほぐしてくれた。

キャットが同情の眼差しを寄越した。「スペンサーのこと、聞いたわよ。どうしてる？」

ジークはカウンターのスツールに腰をおろした。彼女がカップを置き、手際よくなみなみとコーヒーを注いだ。ジークはそっとカップを持ち上げ、ひと口飲んでため息をついた。味わいもだが、この状況に。「よくなってきている。もっとひどいことになってても不思議はなかった」

「あなた、ずたぼろね」

そのとおりだった。スペンサーがサントスと対決して一週間が経ち、ジークはもう限界だった。肩関節を取り巻く回旋腱板《けんばん》が裂けていたので手術が必要だった。つまりシャイエンに運ばなければならなかった。来週から理学療法がはじまる。ありがたいことに、理学療法士が、バトル・リッジの診療所に週に一度出向いてくれることになったので、シャイエンまでは通わずにすむ。だが、スペンサーを連れていく人間が必要なわけで、その日の午後はひとりではなくふたり足りなくなる。これまではジークが料理を担当してきたが、かぎられた時間の中で彼に作れるものはたいしてない。その結果、みんなが胸焼けを起こした。「長い一週間だった」今年いちばんの控え目な表現。まだ今年は終わってもいないのに。これからも困ったことが起きるだろう。「スペンサーは向こう六週間、三角巾をはずせない」

「料理人はまだ見つからないの？」キャットが言った。ほんのわずか、声がうわずっていなかったら、無邪気な質問だと思っただろう。

彼は顔をしかめた。「知ってるくせに。試しにふたりほど雇ってみたが、料理人なんて大嘘だった。ケネスの女房に頼み込んで一度だけ来てもらった」彼女は、家のことで手いっぱいで、とてもそこまで手が回らない、とぶつぶつ言い、二度とやるもんですか、と捨て台詞《ぜりふ》を残して宿舎をあとにした。マイカの女房は言下に断った。「たいていおれが作ってる」

キャットはにこやかな笑みを浮かべた。「うまくいっているような口ぶりじゃないの。ランチにする、それともパイだけ？　きょうはアップルパイよ」

〝うまくいっている〟だって？　よく言うぜ。ジークはコーヒーを飲みながら、彼女が隠そうともしない自己満足の表情を無視した。コーヒーはうまかった。熱くて濃くて好みの味だ。
「両方とも」熱々の、ちゃんとした料理を食べられると思うとほっとする。だが、苛々していたから笑みは浮かばない。

キャットがこっちに背中を向けて、厨房に引きあげようとした。カーリーが中できょうのお薦めの支度をしているのだろう。ジークはため息をつき、困難に立ち向かう覚悟を決めた。キャットを呼び止める。「あの……」

彼女がくるっと振り返る。それみたことか、と言いたげな意地の悪い表情を浮かべている。
「なあに?」小首を傾げて、彼に先を促した。

お見通しだ。彼がここに来た理由を知っていながら、懇願させようとしている。懇願でもなんでもしようじゃないか。そこまで追い詰められているってことだが、このままではどうにもならない。牧童たちがみんな辞めたとしても責められない。だって、彼自身が辞めたい気分なのだから。「新入りの子……カーリーだったか。もし彼女がその気なら、牧場で雇ってやってもいい」いやいや言い、こう言い添えた。「むろん、臨時雇いだ」

客のひとりが立ち上がり、レジに向かった。キャットは指を立てて、待ってて、とジークに伝え、金額をレジに打ち込んだ。そのうえ客と世間話までして、わざとジークを待たせているようにも見える。いや、見えるんじゃなくて、彼を焦《じ》らして楽しんでいるのだ。

じきにキャットが戻ってきた。カウンターにもたれかかる。乙にすました笑みを浮かべたままだ。「なんて言ったの?」

「クソッ、キャット」声をひそめて怒鳴る。「こっちは必死なんだ。スペンサーが料理番に復帰できるようになるまで、代わりがいるんだ。たとえそれがブロンドで……」

「なに?」彼が言いすぎる前に口ごもると、キャットがまたいじめる。

頭の検査を受ける必要がある。いや、彼に必要なのはリビーみたいな人だ。そうでなければ、料理のできる男。彼に必要ないのは、生意気なブロンドとひとつ屋根の下で暮らすことだ。彼をその気にさせると同時に苛立たせるブロンドと。キャットがいじめるって? 〝コーシャス〟・カーリーを家に置くことに比べたら、どうってことない。だが、そんなことは口にしない。「彼女のこと、どれぐらい知ってるんだ? 時間ができたら身元を照会してみるつもりだが、それまでは——」

キャットの笑顔が消えた。彼をじっと睨む。「そのことについては話し合わないとね」やっぱり。ミス・コーシャスにはなにかあると思っていた。キャットの言葉がそれを裏づけた。

彼女は厨房に消えると、チキンとグレービーソースとライスが盛られた皿を持って戻ってきた。見ただけで唾が湧く。

「まず食べて」彼女が言う。「話はそれから」

いやな予感がする。話をつづける前に、彼の機嫌をよくしておこうという腹だ。

ジークがひとりで食事をするあいだ、キャットはほかの客たちのあいだを回って、カップやグラスにお代わりを注いだ。客がみんな引きあげるのを待って、彼女は戻ってきた。つまり、内密の話があるということだ。

厄介なことに巻き込まれるのか？

こっちに選択権はあるのか？

ジーク・デッカーが店に来ている。遠くからでも声でわかった。低くて深くて掠《かす》れている。一日中命令をくだしているせいだ。最後の審判をくだす声はあんなかもしれない。これってすごいたとえじゃない？　カウンターに立つのではなく、きょうのお薦めを作る番でよかった。キャットのレシピだけれど、かんたんな料理は練習のために作らせてもらっていた。人のことを無神経にも〝迷い子〟と呼ぶような人でなしの給仕なんて、誰がするもんですか。キャットによると、牧場で働いてくれる人を必死に探しているにもかかわらず、あたしを雇う気はないと言うなんて。彼のところで働きたいわけじゃないけれど、これは主義の問題だ。

キャットが厨房に顔を覗かせた。「ねえ、火を全部消したら、ちょっと出てきてくれない？」カーリンの心臓が飛び跳ねた。馬鹿みたい。でも、衝撃を受けたのは脳ではなく、心臓の筋肉だったんだからしょうがない。

大きく深呼吸し、火を消し、手を洗い、丁寧に拭いて――二度も――厨房をあとにした。

最初に気づいたのは、ジーク以外に客がいないことだった。常連客がランチにやって来る時間までまだ間があり、朝食の客で最後まで居残っていた人たちも引きあげたあとだ。ジークは皿の料理をきれいに平らげ、食べかけのアップルパイの皿を前にして座っていた。目に入るものがまるで気に入らないという顔で、彼はカーリンを見た。これでうなり声を発したら完璧だ。グレービーソースが飛び散ったエプロンにヘアネットをつけて、なおかつすてきに見えたらたいしたものだ。彼女もおなじように見返した。歯を剝《む》きだしてうならなかっただけでも、ありがたいと思いなさいよね。

キャットは彼を睨み、拳でカウンターをトントン叩いて問題点をはっきりさせた。「これだけは言っておく。これから話すことはいっさい誰にもしゃべらないって約束してほしいの」

ジークがますます顔をしかめ、顔を擦りながらうなった。「クソッ。なんだか気に入らないな」

「約束して」キャットが食いさがる。「そうでないと先に進まないし、あなたは料理人を探すのによそを当たることになるのよ」

なんですって？　カーリンは頭を振って抗議した。この不機嫌男と、彼の愉快とは言えないカウボーイ集団のために、料理をするつもりはない。いい考えとは言えない。彼を睨みつけた。ところで、キャットは彼になにを話すつもり？　まさか……

彼は睨み返したが、こう言った。「いいだろう。約束する」その口調から、彼は納得していないようだが、キャットは満足したみたいだ。

彼女はずばっと本題に入った。「カーリンはストーカーに悩まされているの。それで、しばらく身を隠してなきゃならないの」

「キャット！」カーリンは唖然《あぜん》として彼女を見つめた。本名は秘密にする約束だったのに。カーリーとカーリンは発音がよく似ているから、彼は気づかなかったかも。ところが、彼は鋭い目でこっちを見ている。やっぱり、気づいたのだ。

キャットは手をあげて、カーリンの抗議を遮った。「あたしを信じて。彼が助けてくれるわ」

「いったいどうやって？」

「彼のほうは事態が悪化の一途を辿っている。いまではあなたが主導権を握っているのよ。あなたが彼を必要とする以上に、彼はあなたを必要としているから」ジークを前にしながら、キャットは得意満面だ。にっこりする。ジークは喉の奥から声を発した。うなっているのだろう。

ジークは頭を振った。「信じられない。これ以上問題を抱え込むのはご免だ――」

キャットは鼻を鳴らした。「そうね、あなたはあなたで、うまくやっていけるんですものね。カーリンは料理も掃除もできる。そして牧場は彼女にとって、数カ月身を隠すのにはもってこいの場所よ」両手を開いて掲げる。「どっちにとっても有利な取引だわ」

「スペンサーの三角巾がはずれるまででいいんだ。身を隠さなきゃならないような人間を必要とはしない」

「それに、どうしてあたしが牧場で身を隠さなきゃならないの?」カーリンが尋ねた。「ここに寝泊まりして、毎日牧場に通えばいいでしょ? あたしが彼のところで働きたがっていることが前提のようだけど、そうじゃないわ。なんせ迷い子ですから、あたしは。迷い子は、重労働はしないいんです」彼女は口を歪め、彼の言葉をどんなふうに評価しているか知らしめた。つまり、全然、まるっきり、少しも評価していない。

ところが、キャットは頭を振った。「車で一時間以上かかるのよ。そんな長い距離、往復したくないでしょ。帰りは夜になるのよ。朝食の支度に間に合うためには、朝の三時に起きなきゃならない。家に帰るのは、そうね、十時か十一時。天気のいい日だって無理でしょ。これから日は短くなる一方なのよ。冬になれば道路は凍る。この仕事は住み込みじゃなきゃ無理」そこで肩をすくめる。「それにね、冬で道が悪くなると、あたし、二階に寝泊まりするの」

そうだった。前にそう言っていた。でも、カーリンは屋根裏部屋をすっかり自分のものみたいに思っていて、そのことを忘れていた。「ああ」二者択一だ。不機嫌男を選ぶか、流れ者の身に戻るか。

「あたしの聞いたところでは、スペンサーは事故に遭う前も、たいしたものを作ってなかったんでしょ」キャットは言い、ジークに視線を戻した。自分の思いどおりに話を進める気満々だ。

「まあそうだが、誰も飢えてはいない」口にされなかった〝まだ〟が、宙に浮いたままだ。それから、彼は負けを認めた。ますますしかめ面がきつくなる。「ちくしょう、ほかに選択肢があったら、ぜったいに――」

カーリンが手をあげて彼を黙らせた。もうたくさん。頭の検査を受けるべきなのかもしれない――たぶん。でも、彼の気乗りが薄そうな態度は、カーリンを思いとどまらせるどころか逆の効果をおよぼしたのだ。彼のところで働きたい。でも、こっちの条件で、彼の条件ではなく。彼に自分の言った言葉をしっかり味わわせてやりたい。彼女の料理よりよっぽどおいしいだろう。彼女はいろいろ学んだ。でも、〝学んだ〟というのは、きわめて適切な言葉だ。それに、キャットの言うとおりだ。これはとりあえず、完璧にちかい解決策だ。「あなたは助けを必要としているようね。あたしは喜んでその仕事を引き受けます。でも、それはあなたがあることに同意してくれたらの話。ワイオミングで、真冬にクビになるのはいやなの」主導権を握ったことで元気が出てきた。彼の目がどんどん細くなって敵意が丸出しだ。その調子。「あたしとしては、二週間のうちにここから出ていくか、春までいるかどっちかにしたいの」

ジークは突き刺さるような視線を向けるグリーンの目に同情のかけらも浮かべず、彼女をじっと見つめていた。「おれが雇わなかったら、きみはどこに行くつもりだ?」

「それはあなたに関係ないでしょ。たとえ関係があるとしても、言うつもりはありません」

キャットが一歩さがって腕を組んだ。会話が実りのあるものになったことに満足しているのだ。当事者どうしで、最後まで戦わせるつもりらしい。

冬のあいだ、食事と寝泊まりできるところが提供される場所として、人里離れた牧場は最高だ。不機嫌で頑固な牧場主さえいなければ。逃げつづけることにうんざりしていたから、バトル・リッジで過ごした数週間は楽しかった。彼ごときに台無しにされてたまるものか。カーリンが彼を必要とする以上に、彼はカーリンを必要としている。それでも、少しは譲歩してもいいだろう。

「一所懸命働くし、あなたの邪魔はしません」彼女は早口に言った。「あたしが望むのは、給料を現金で払ってもらうことと、カーリンという名は誰にも言わないこと、それにあたしの邪魔をしないこと。それから、春まで置いてくれること。春になったら出ていきます」そのころには、かなりのお金が貯まっているだろうし——運がよければ——ブラッドが作ったこの牢獄《ろうごく》から自分を解き放つ方法を考え出せるかもしれない。

ジークは納得していないようだ。まだ疑っている。「そのストーカー話が嘘っぱちで、きみは警察に追われているかもしれない。ほんとうかどうか、どうやったらたしかめられる?

きみはペテン師か、前の雇い主を殺したお尋ね者かもしれない」

「ちょっと！」キャットが叫んだ。カーリンの代わりに憤慨している。「前の雇い主ってあたしじゃないの」

怒るべきなのだろうが、カーリンはそんな気になれなかった。ジークがそう思うのも無理はないが、彼に細かなところまで話すことはできない。自分の言い分を述べることもできない。ただ、懇願するつもりはなかった。冬のあいだ彼女を雇うかどうか、決めるのはジーク・デッカーだ。

「あたしの言葉を信じてもらうしかありません。あたしに非があったとしたら、世間知らずだったということ。それだけです」

彼は考え込んだ。この展開を喜んでいないのはたしかだが、カーリンを雇うことをその場で拒否はしなかった。よほど困っているのだろう。

「料理はできるんだな？」

「できます」カーリンは自信満々に言う。キャットのレベルにはおよばないが、〈パイ・ホール〉で働いて学んだし、レシピどおりになら作れる。これからもっと学べるだろう。

「洗濯するのはいやだなんて言わないか？」

「言いません」なんでも喜んでやると言おうかと思ったが、やめておいた。〝なんでも〟に含まれることについて、彼に誤った考えを持たせたくない。「窓拭きもやります」

ジークはパイの残りを口に入れ、噛《か》みながら考えた。頭の中で選択肢を選り分けているのだろう。彼女が聞いたところでは、その選択肢もたいして多くはないのだろうが。やがて彼は、見るからに不満そうな顔でうなるように言った。「よし、きみを雇おう。公平を期すために警告しておく。窓は一年ちかく磨いていない」

カーリンは思わず笑いそうになり、慌てて口元を引きしめた。彼に誤解を与えたくない。感謝しているなんて思われたくない。たしかに感謝していたが、それは彼の考えているのとはちがう。この仕事上の関係に対して、彼がすべての権限を持っているなんて思わせたくなかった。彼だってこっちを必要としているのだ。いいえ、こっち以上に。それを忘れてもらっては困る。

まだ給料の交渉が残っていた。それに、彼がそばにいると動悸が速くなるという問題をどうするか、考えなければ。

にわかに不安になってきた。何カ月も、男性を魅力的だと思ったことはなかった。ブラッドが彼女の心にひどい傷を残したからだ。ところが、つむじ曲がりの心が、いずれ別れるとわかっている男性を意識しはじめた。いったいどうしたの？

正気を失ったのだ。これが公式見解。

7

ジーク・デッカーが運転するダークグリーンのピックアップ・トラックのあとについて、狭い道からもっと狭い道へと車を進めるあいだ、カーリンの心臓は馬鹿みたいな速さで脈打っていた。キャットの言うとおりだ。バトル・リッジから牧場までは、人気のまったくない道を延々とドライブすることになる。なにを興奮してるの、馬鹿みたい。気持ちを落ち着かせようとした。なんとか気を紛らわせようと、関係のないことを考えようとした。でも、ジーク・デッカーの家で働こうとしているという事実は変えようがなかった。

男性がちかくにいると思っただけでわくわくする十代の少女みたい。これを馬鹿と呼ばなかったら、ほかになにを馬鹿と呼ぶのよ。彼とデートするわけじゃなし、しゃかりきに働くだけなのに、でも――彼のそばにいるのよ！　毎日、彼と顔を合わせるのよ！　彼の汚れた下着に触れるのよ！

精神的に不安定になっていた。当然でしょ。彼にこんな気持ちを抱いてはいけないのに。ただ馬鹿なだけでなく、あってはならないことだ。それに、危険だ。置かれた状況を考えれば、けっしてあってはならない――

ワオ！

壮大な景色に口をぽかんと開けた。いくら頑張っても気を紛らわせられなかったのに、神と母なる自然がそれを見事にやってのけた。

アスファルトのハイウェイを左に折れ、つぎに砂利敷きの道を右に折れ、また左に折れると砂利はまばらになって泥道に変わり、あっちにこっちに蛇行していた。昼時で太陽は真上から射《さ》しており、いったいどの方向に向かっているのかまるでわからない。ひとつだけわかっているのは、標高が高くなっていることだ。さっきからずっと耳がおかしい。

景色は美しかった。〝美しい〟という言葉では足りない。まさに息を呑むようだ。目の覚めるような渓谷や畏怖の念すら覚える山々を、ひとつも見逃すまいときょろきょろした。バトル・リッジから眺める山々は美しい。でも、ちかづいてみると、言葉ではとても言い表せないなにかにちかづいてゆくような気がして、息も絶えだえになった。頭を右に左にせわしなく動かすものだから、よけいに方向がわからなくなった。でも、もともとわからなかったのだから、観念してドライブを楽しもう。

現実問題として、デッカー牧場で仕事をしくじるわけにはいかなくなった。バトル・リッジに戻ろうにも道がわからないからだ。ここで道に迷うのがおちだ。ジークと知り合ってまだ日が浅いし、けっして友好的とは言えない関係だから、彼が哀れに思って町まで送り届けてくれるとは思えなかった。それに、〝迷い子〟を雇わねばならないほど、料理人兼家政婦を必要としている。

「迷い子だって」口に出してつぶやく。「迷い子の実力を見せてやろうじゃない」

そう思ったら、ふたたび怒りが湧いてきた。いいえ、〝ふたたび〟というのはちがう。そもそも怒るのをやめていたわけじゃないんだから。それはいいことだ。実力を見せるって、具体的になにをするのか自分でもわかっていないけれど、なんとしても彼に仕返しをしたかった。お金も仕事も必要だが、いまは彼のほうがよけいに困っているのだから、こっちのほうが立場は有利だ。ずっと怒っていよう。それがいちばんいい。でないと、ジークはあまりに魅力的すぎるもの。

でも、こっちが怒っていても、彼が魅力的なことに変わりはない。

もう、いやっ。どうしてあんなにセクシーなの？　しかも、彼のほうは、なんのそぶりも見せていない！　どうか、神さま、彼が変なそぶりを見せませんように。迫られたら、抵抗しきれるかどうか。むかしむかし、ブラッドが現れる前は、ジークみたいな男性に迫られると、めちゃくちゃ盛り上がったものだ。動悸は激しくなり、不安と興奮で鳩尾《みぞおち》のあたりがざわめき、いてもたってもいられず、肌がカッと火照ってピンと張り詰めたものだ。強烈な魅力は猛毒とおなじ症状を引き起こすというのは、偶然なのか、はたまた警告なのか。そういう症状を起こしてERに運び込まれたら、集中治療室に入れられるのか、隔離されるのか、それともその両方？

でも、いまはめちゃくちゃ盛り上がってはいられない。彼女はあくまでも穴埋めにすぎないと、彼にはっきり言い渡されたのだ。常勤の、できれば男の料理人を見つけるまでの。そのほうがこっちも助かる。さしあたり、デッカー牧場は——ものすごく人里離れたデッカー牧場は——身を潜めるのにもってこいだ。冬が終わる前に常勤の料理人が見つかったら、彼は約束をたがえて彼女を解雇するかもしれない。それはそれでかまわない。彼に約束させたのは、彼を怒らせたかったからだもの。彼がこっちを怒らせたように。五分と五分、でしょ？

あとはただ、彼を遠ざけておくことだ。彼女の活発すぎるホルモンからジークを遠ざけておくこと。あたしならできる、と彼女は思い、作り笑いを浮かべた。しかも楽しんでやれる。目の保養になるものを見て、ホルモンを甘やかすのも一興だし。彼の汚れた下着を洗えば熱も冷めて、頭がすっきりするだろう。彼のシャツの匂いを嗅がないでいるかぎり、大丈夫だ。

彼はピックアップ・トラックを、門のある砂利道に入れた。門といっても、二本の木を——それも大木を——伐《き》って枝を落とし、地面に立てただけのような大雑把《おおざっぱ》な造りだ。高さ六メートルの門柱が支えるのは、これも木を切り倒して枝を払っただけの丸太で、太さは彼女の胴体のゆうに二倍はあり、〝ロッキング・D牧場〟と彫ってあった。カーリンはスバルを轍《わだち》の残る道に入れながら、武装した監視がいるバリケードで塞がれた国境を越えて、よその国に入るような気がした。むろん機関銃の据えつけ台はないけれど……それでも。もしかしたら隠れているのかもしれないし。

「ワオ」門構えはとても印象的だ。素朴だけれど、印象的。あんな太い丸太を渡すのは大変だったろうに、どうしてもこういう門構えにしたかったのだろう。フーヴァーダムをはじめて見たときも、おなじ感想を抱いた。あの川をどうしても堰《せ》き止めたかった人がいて、実現するための努力を惜しまなかった。フーヴァーダムとは比べようがないけれど、でも、そうなのだ。

やっと文明に辿り着いた……文明らしきものに。最初に見えたのは柵で、牧草地で数頭の馬がのんびり草を食《は》んでいた。馬をどう思っているのか、自分でもわからない。かわいいけれど大きい。予想外の動きをする。でも、関係ない。ここには料理と掃除をしに来たのだ。馬に乗りに来たのではない。

貯蔵庫のような建物がふたつあり、巨大な納屋があった。納屋を通り過ぎると母屋が見えてきた。すてきな家だ。改築と増築をしてある。白い二階家で、前面に幅いっぱいのポーチがある。増築部分は一階建てで、階段を一段あがると屋根のある長方形のコンクリートのポーチだ。右手にある長くて天井の低い建物は、牧童たちの宿舎だろう。母屋と宿舎のあいだに、部屋数ふたつほどの小さな丸木小屋があった。部屋はどちらも狭そうだ。

ジークは小さいほうのポーチの前に、トラックを斜めに駐めた。賭けてもいい、ポーチのドアの向こうはキッチンか、キッチンに通じるマッドルーム（濡れて汚れた衣類や靴を脱ぐ玄関の間）だ。あたりに人気はなかった。キャットから聞いた話から、カーリンは慌ただしい場所を想像していたが、草を食む馬以外に生き物は目に入らなかった。そうそう、ジークがいる。彼だって〝生き物〟のうちだ。

車を降りてまわりを見回したとたん、疑念が湧いてきた。背筋がぞくぞくしてきた。筋がとおらないことは百も承知だ。キャットが意地悪をするはずがない。危険な目に遭わせるはずがない。それでも……もしかしたら、ろくに知りもしない男とここにふたりきりなのではないか。どんなに彼女のホルモンを焦らし、幸せにする男であっても。大丈夫、と自分の中の常識は言うが、ブラッドのときはその常識がまちがっていた。右足をフロアマットにつき、いつでも車に飛び込んでドアをロックできる姿勢をとり、きつい目でジークを見た。表情のない声で尋ねた。「ほかの人たちはどこにいるの？」

「働いている」彼がぼそっと言う。「家畜は家の中に住んではいない」

そんな説明で納得したくなかったが、筋はとおっている。カーリンは車の鍵をポケットにしまい、右足を車から出して地面におろした。「案内して」

彼が車のドアに手を伸ばした。彼女のわずかばかりの荷物を出すつもりだろう。カーリンはとっさに親指でリモコンを押し、すべてのドアをロックした。ジークは上体を起こして彼女を睨んだ。

「なにをするんだ？」

「荷物は自分で運びます」

つっけんどんに言う。こんなことで意地を張るのは馬鹿みたいだけれど、彼を苛立たせるにはもってこいだ。

グリーンの目が冷たくなり、細められた。親指をベルトに引っかける。唇が見えなくなるぐらい、彼は口をきつく引き締めた。「おれが運ぼうが、きみが運ぼうが、どうだっていい。荷物が自分で歩いて中に入ってくれてもかまわない。だが、くだらないことで時間を無駄にせず、さっさと仕事にとりかかってくれ。そうすりゃ、おれも自分の仕事に戻れる」彼が吠えた。

おやまあ、不貞腐《ふてくさ》れてる。自分を抑えきれずにほくそ笑んでしまった場合に備え、カーリンは顔をそらして車のロックを解除し、荷物を出した。彼がなにかつぶやいたが、ありがたいことになにを言っているのかわからなかった。威勢よくポーチへと向かう。

彼がドアを開けた。その前に鍵を開けなかった。彼のお気に召さないだろうけれど、鍵を開けっ放しにしておくのはきょうで最後だ。家にいるあいだ、カーリンはドアに鍵をかけておく。それで思い出した。「家の鍵を持たせてほしいわ」彼の背中に向かって言う。

「なぜ？」

カーリンはびっくり仰天して足を止め、彼を見つめた。「あなたが家にいないときでも、中に入れるから」英語を習いたての人に言うように、ゆっくり、はっきりと説明した。「きみに見せたいものがある」彼女とおなじ口調だ。ドアをバタンと閉める。「あの丸いものが見えるか？　あれはドアノブと呼ばれるもので、ドアを開けるのに使う。よく見てろよ、いいか。こうやってドアノブに手をやる。これを右に回す、すると――」彼はゆっくりと実演してみせ、誇らしげにドアを開けた。「ドアはかならず開く。おれがここにいないときでも、こうすればきみは中に入れる」

へえ、実演と皮肉にボーナスポイントをあげよう。思いあがりとはどういうものか、見ればわかる。これはチャンピオン級の思いあがりだ。

「訂正」やさしく言う。「これまではそうだったかもしれないけど、これからは、あなたも鍵を持って出てください。昼間、ここにひとりでいるあいだ、ドアに鍵をかけておきますから。バトル・リッジに買い物に出掛けるときも、鍵をかけていきます。鍵がふたつあるといいんだけど。さもないと、あなたは自分の家に入るのに、ドアを蹴破ることになる」ほくそ笑むのをどうしてもやめられなかった。

彼は腕を組み、広い肩をドア枠にもたせかけた。表情はあかるくなっていないが、グリーンの目が輝いている。もしかして、彼はこのやりとりを楽しんでいるの？「鍵は見つからないと思う」

「錠前屋を呼んで、鍵を取り替えてもらってもいいかしら？」

「費用はきみ持ちなんだろうな？」

「そうしろと言うなら、自分で持つわよ」まったく、ああ言えばこう言う、なんだから。いつまで経っても終わりゃしない。

「あたらしい鍵を渡してくれるんだろうな？」

鍵代を払ってくれるんなら渡してあげてもいい、と言い返しそうになり、不意に気づいた。彼がおもしろがっている理由に。「まあ、ひどい！　家の鍵がどこにあるのか、ほんとうに知らないのね？」

彼は肩をすくめた。「どこかそのへんにある」

彼は体でドア枠の片側を占領していたが、反対側は空いていた。彼女はそこに頭を三度打ちつけた。しかめ面で彼を見上げる。「あたしは女なの。お、ん、な。あなたは家に鍵をかけずにいても安心できるかもしれない。でも、あたしはできない。知らない人に注意しなさい、ドアには鍵をかけなさい、夜、外出するときには街灯の下に車を駐めなさいって、幼稚園で教わったの。それに、男の目を鍵で抉《えぐ》り取るやり方も。家の鍵が必要です。鍵をかけない家では眠れない」

「それに、誰の目も抉り取れない」

「車の鍵を使うわ」

彼の口元がわずかにゆるんだ。首を傾げて、長いこと彼女を見つめていた。この数カ月間、そういうふうに見つめられないように努めてきた。そしていま、痛感していた。ジークが相手だと、レーダーに引っ掛からないために自分で決めたきまりをことごとく破っていた。職探しに必死になっている、彼女のような人間は口を慎まなければいけないのに、彼の前だとつい減らず口を叩いてしまう。

いったいなぜなの？　彼に強く惹かれているため、彼をやっつけていないとバランスがとれないからだ。彼はひと目でこっちを嫌ったにちがいない。そう思うと心がズキンと痛むけれど、嫌われつづけるためには、できることはなんでもするつもりだった。

「いいだろう。きみの言うことは正しい。今夜のうちに鍵を探しておく。鍵が見つかったら、合鍵を作ってきみに渡す」

「あす中に作ってください。それ以上は待てません。あなたがやらないなら、あした、錠前屋を呼ぶから」ドアの錠に目をやる。「どっちにしても錠前屋は呼ばなきゃならないみたい。鍵を探す必要はないわ。デッドボルトすら付いていない。出入り口のドアにはすべてデッドボルトを付けてもらいます」

彼は目をくるっと回した。「きみは被害妄想癖があるようだな。ここらの人間はみんなライフルなんかを持っている。押し入ろうと思ったら――」

「あなたのライフルを一丁と肉切り包丁を貸してください。ドアにちゃんとした鍵が付くまで、ベッドルームに備えておきたいの」

彼は口をつぐんでカーリンを見つめ、怪訝《けげん》な面持ちで言った。「肉切り包丁?」

「接近戦になった場合に備えて」冗談を言っているのではない。ちょっとおおげさかもしれないが、冗談ではなかった。ブラッドのことがあって以来、ありそうもないことに備え、用心に用心を重ね、相手に傷を負わせられるような武器を手元に置くか、逃げ出す時間を確保するようにしてきた。ベッドにチェーンソーを持ち込んだことはまだないが、可能性として除外したわけではない。

「被害妄想だし、殺人傾向があるし、思いちがいもはなはだしい。ライフルにナイフで立ち向かって勝てるわけがない」

「銃よりナイフのほうが恐ろしいのよ。銃の弾はたいていはずれる」

彼は尊大に鼻を鳴らした。「おれははずさない」

彼が撃つ弾ははずれないかもしれない。よちよち歩きのころから、狩りをやっていたのだろう。まあ、これもおおげさだけれど、大きくはずれてはいないはずだ。「あたしは生まれてから一度も銃を撃ったことがないから、きっとはずすでしょうね。ショットガンを貸してもらおうかしら」

「いや、拘束衣に一票」

「フン」彼女は鼻にしわを寄せ、笑えない冗談はやめて、と表情で示した。頭をちょっと傾げる。「家の中を案内していただけるのかしら。それとも、荷物を持ったままで日が暮れるまでここに立たせておくつもり？」

荷物は自分で運ぶと言い張った以上、彼に悪態のひとつも叩かれることは覚悟していた。ところが、彼は目をくるっと回して深々とお辞儀をし、ドアを手で示した。「お先にどうぞ」

足を踏み入れたのはマッドルーム兼洗濯室だった。右手の表側の壁際にベンチが置かれ、その前にいろんな種類のブーツが並んでいた――ふつうのブーツ、防水ブーツ、カウボーイ・ブーツ、それにスニーカーもあった。ブーツはきちんと一列に並んでいない。歩哨《ほしょう》のように立っているものもあれば、負傷した兵士のように倒れているものもある。スニーカーの片割れは兵士の列に紛れ込み、もう片方は寂しくベンチの下に潜り込んでいる。高窓の下の壁にはフックがずらっと並び、コートやジャケットが三層に重なって掛けてあった。この男は外套《がいとう》の類がよほど好きらしい。

左手にはモダンなドラム式の洗濯機と乾燥機が、台の上に置かれて……いるのだろう。それとも、洗濯物の山の上に載っかっているのだろうか。洗濯機と乾燥機の下の部分をすっかり覆い尽くすほどの、とんでもない量の洗濯物だから、そう思いたくもなる。二個の洗濯籠の一部が見えるが、これもまた洗濯物でほぼ覆いつくされている。

カーリンはなにも言わなかった。言えなかった。これを全部洗い終わるまで、いったい何回洗濯機を回せばいいのか、頭の中で一所懸命計算していたからだ。乾かして、片付ける作業もある。洗濯だけで何カ月もかかりそうだ。

狭い部屋には、上半分にガラスが嵌《はま》ったドアがあった。ガラス越しにキッチンが見えた。そのとたん、足が止まり、思わずあとじさった。カトリック教徒ではないが、叫びたくなった——聖母マリアさま、お助けください！

彼はキッチンにつうじるドアを開いて中に入り、振り返って苛立たしげな表情を浮かべた。「来るのか、来ないのか？」

「行かない」彼女は言い、彼の背後に広がる荒廃に目を瞠《みは》った。「なんなのよ、これ！ 嘘つき。野良犬並みの嘘つき、って言ったら野良犬に悪いわ」

眉がひそめられ、目が細められた。「嘘つき？」

彼女はキッチンを指差した。「家畜が家の中に住んでるじゃないの！」

彼は前を向き、キッチンをゆっくりと見回して考え込んだ。それから、嬉しそうにほほえんだ。「当分、きみに忙しくしてもらおうと思って」愉快そうに言う。「さあ、きみの寝場所に案内する」

彼女は目を瞠ったまま、黙って彼のあとにしたがい、汚れた皿や鍋やフライパンや、空の買い物袋やこぼれた小麦粉や……塩や……砂糖や……その三つが混ざったもの——それに、そこここに汚れた服が山と積まれたキッチンを通り過ぎた。なんとまあ、この男は、デパートをいっぱいにできるほどの服を持っている。ただし、デニムとコットンとフランネル専門のデパートだが。

キッチンから左に出て短い廊下を進んだ。ここも増築部分のうちだろう。「リビーの部屋だったんだ」彼が言い、ドアを開けた。「前はベッドルームがふたつだったんだ。娘が一緒に住んでいたから。ジェンが大きくなって家を出たんで改築して、リビーがくつろげる居間を造った。バスルームもむろん付いてる。洒落《しゃれ》てはいないが、プライバシーは確保できる」大喜びしてしかるべきなのに、洗濯物の山とキッチンの惨状を見たショックをいまも引きずっていた。

ドアを入ると居間で、こぢんまりとして、居心地がよさそうだ。というか、積んである箱をどかせば、居心地のよい部屋になるだろう。空の箱に、半分空の箱に、封をしたままの箱。キッチンに比べればなんてことはない。あっという間に片付く。

壁はどちらかといえば暖色系の淡いベージュに塗ってある。小さなソファに椅子、エンドテーブルがふたつあり、それぞれにランプが置かれ、コーヒーテーブルもある。最新型のフラットスクリーンのテレビが壁に掛けてあるのは、部屋の狭さからいって必要な措置だったのだ。歩く隙間を確保するための。小さなガスストーブが置かれた暖炉まであり、冬は心休まる場所になるのだろう。

「ベッドルームは奥だ」彼がドアを指差した。「バスルームはベッドルームに付いている。それですべてだ」帽子の位置を直す彼の満足げな表情を見て、カーリンはひっぱたいてやりたくなった。「それじゃ、おれはこれで。おれたちは全部で九人。つまり、九人分の朝食と昼食を用意してくれ。夕食は七人分でいい。牧童のうちふたりは結婚しているから、夜は自宅に帰る」

「当然よね」カーリンは言い、荷物を床におろした。ベッドルームには埃がたまっていたが、箱は置いていなかった。

「ここで料理して出すか、宿舎のほうでやるかは、きみの好きにしてくれ。スペンサーは宿舎のほうが使い心地がいいみたいだが、キッチンがああなったのはあなたのせいね」

彼を睨む。「つまり、キッチンがああなったのはあなたのせいね」

彼がにやりとする。「これからはきみのせいになる」

七人とか九人とかの男がいるとどれぐらい散らかるものだろう。場所がどこだろうが、それを掃除するのが彼女の役目だ。日に三度、母屋と宿舎を往復するのは、いまはそれほど大変ではないが、冬が来れば話はべつだ。「母屋で料理するわ」

ジークがうなずいた。「暗くなってから戻るから、夕食を用意しといてくれ」彼の口調も表情とおなじだった。つまり、二度ひっぱたきたいということだ。

九人、九人。食事の支度自体はなんとかなる。キャットの店で大勢の客を相手に料理することを考えたら、なんてことはない。でも、きょうは、腹をすかせた男七人分の夕食を作る前に、やるべきことが山ほどある！　サンドイッチですますにしたって、料理にとりかかる前に、キッチンの汚れ物をなんとかしなければ。

そう思うと気持ちが挫けた。こんなに大変な仕事はいままでしたことがなかった。

ジークが部屋を出ていこうとして立ち止まり、振り返った。「ああ、そうだ――自分の分も作るのを忘れるなよ」

8

ジークは満面の笑みを浮かべて母屋からトラックを出した。安堵感《あんどかん》はあまりにも強く、トラックから飛び降りて帽子を空に放りあげ、そこらじゅうを駆け回りたい衝動に駆られたほどだ。ああ、助かった！　夕食の支度をしなくてすむんだ！　カーリンの料理の腕がリビーの半分だろうがかまうもんか。食べられるものをテーブルに載せてくれさえすればいい。彼やスペンサーが作るものに比べたら、ずっとましに決まっている。朝、牧場での長時間の労働を前にした慌ただしいときに、忘れずに汚れ物を洗濯機に放り込む必要もないし、夕方、くたびれた体を引きずるようにして戻ってきたときにも、洗濯のことを考えずにすむ。食器洗い機になにをすると、そこらじゅうに石鹸水《せっけんすい》が溢れ出るのか首を傾げる必要もなくなるのだ。食器洗い機専用の洗剤と食器洗い機と皿。この取り合わせで、なぜヴェスヴィオ山並みの噴火が起きるんだ？　わからなくてももういい。いまやそれはカーリンの問題なのだから。

料理を作らなくてよくて、服は洗いたてだ。スペンサーが怪我をして以来、散らかり放題だった家の中を、ものを掻き分けて歩かずにすむ――これを天国と呼ばずして、なにを天国と呼ぶんだ？

キッチンを見たときのカーリンの恐怖の表情があまりにも愉快だったから、気まずい思いをせずにすんだ。大混乱の中に彼女を残してくるのは、まったくもって愉快だった。あの彼女が、減らず口すら叩けなかったんだから。

正直に言えば、彼女の減らず口を楽しんでいた。ストーカーのトラブルがあるにもかかわらず——彼女の話はほんとうだとしても、ジークは物事を額面どおりには受け取らない質《たち》だから、判断は差し控えていた——彼女はこれっぽっちも怖がっていなかった。ふつうの女なら臆病《おくびょう》になるだろうに、カーリンはちがう。ジークをまったく怖がらない。彼女のそういうところが気に入っていた。

いや、そうじゃない。比べようがない。ハート形の尻とおなじぐらい気に入っている。

ジークは三十分後に作業現場に着いた。彼女の尻はなにと比べても圧勝する。牧草を刈っているときにトラクターが突っ込んで壊したポンプ場の修繕作業に、ダービーとエリがあたっていた。ばん機械に詳しい。ダービーはオールラウンド・プレーヤーだ。なんにでも文句をつけ、愚痴ばかり言うダービーを雇っているのはそのためだ。こっちの機嫌が悪いときはそばにいたくない相手だが、満足するということを知らない人間はいるもので、ダービーもそのひとりというわけだ。

ジークがトラックを降りると、ポンプに屈《かが》み込んで作業をしていたふたりが顔をあげた。

エリは油で汚れた手で額を擦り、汗を拭う代わりに黒い筋をつけた。

「どんな具合だ？」ジークは尋ね、手を貸そうと手袋をした。

「もうじきすみますよ」エリが答える。「三十分もあれば」

「よかった」

ダービーはうしろにのけぞって背中の凝りをほぐした。「あたらしい料理人は落ち着きましたか？」

「来るには来た。落ち着いたかどうかまではわからない」家を出るときに見た彼女の表情を思い出すと、また笑いたくなった。

「スペンサーより料理がうまけりゃいいが」ダービーがぶつぶつ言う。「まあ、スペンサーより料理がへたな奴はそういないですけどね……あんたはべつだけど、ボス」

事実だから腹もたたない。ダービーがつづけて言った。「彼女、いくつなんです？」

それだけでジークの中の警報が鳴り出した。前の料理人を失うことになった状況に、ダービーも一枚噛んでいたからだ。「まだ若い」きつい口調で言う。「彼女にちかづくんじゃないぞ」

「おやおや！」ダービーはにやりとしたが、その表情にはユーモアのかけらもなかった。

「気があるんですか？」

気があろうとなかろうと——正直に言えば、肉体的には惹かれていた——関係のないことだし、カーリンに個人的な関心を抱いていると牧童たちに思われたくはなかった。彼女は敬意を払われてしかるべきで、そのことを徹底しておくつもりだった。それとはべつに、ダービーがなにを考えているにしろ、芽のうちに摘み取っておくべきだ。

「いや、おれが雇ったのは料理人兼家政婦だ。長続きしないような状況を作ることは、おれが許さないからな」

「それは、おれのせいじゃ――」ダービーがめそめそしだした。

「あんたのせいだとは言ってない。そんなことはどうだっていい。ただし、これだけは言っておく。牧童の代わりはかんたんに見つかるが、料理人となるとそうはいかない。だから、彼女にちょっかいを出すな。さもないと、路頭に迷うのは彼女じゃなく、あんたってことになるぞ。ここで働く全員に言えることだから、ほかのみんなにも伝えておいてくれ」

注意を怠ってはならない。カーリンはきれいだ。美人というのではないし、色気ムンムンというのでもないが、女らしく優美な顔立ちは男の目を引く。高い位置にある小ぶりの胸や丸い尻を勘定に入れなくても、だ。男なら彼女に反応する。女に飢えている独身の牧童たちに、彼女は〝立ち入り禁止《オフリミット》〟だということをはっきりさせておかないと。

彼自身も戒めとしなければならない。彼女をはじめて見たとき、彼のイチモツは即座に反応していたのだから。べつの状況なら――いや、べつのもなにもない。彼女は難しい状況にあり、刺々《とげとげ》しい態度から、たとえ行きずりであってもロマンスは望んでいないことはあきらかだ。彼のほうは、行きずりのロマンスなら大歓迎なのだが。世の中そううまくはいかない。それでも生きてゆく。セックス日照りがつづくのはイラつくが、命にかかわることはない。

とはいえ、欲しいものに背を向けて立ち去らねばならないのも、そうとうイラつく。そもそも負けることに慣れていない。負けていいことなんてあるか？ いや、ない。

彼女を雇って、こんなところに連れてくるとは、なにを考えていたんだ？

答えはかんたん。きれいな家ときれいな服と、食べ甲斐《がい》のある料理のことを考えていた。もう必死だったから、彼女に肉体的に惹かれていることは無視した。ほんとうは干し草のベッドで、減らず口を叩くカーリンとくんずほぐれつをやりたかった。見事な尻は言うにおよばず。これから数カ月間――おそらく――自分を殺して生きるのかと思ったら、上機嫌は一瞬にして消えた。彼女がいつまでいるのかわからないが、ひとつだけたしかなことがある。ここにずっとはいないということだ。安全でないと思った瞬間、風に吹かれて飛んでいってしまう。

「彼女の名前は？」エリが尋ねた。彼も独身だが、ダービーのように女の尻ばかり追いかけてはいない。四十代で、ずっと昔、ロデオをやっていたころに結婚したことがある。酒場に行くし、ダンスもするが、デートはめったにしない。だが、デートをしたくないわけではないようだ。目を光らせるべき男のリストにエリも加えておこう。

「カーリー・ハント」よかった。〝カーリー〟と〝カーリン〟が似た発音で。うっかり本名を口にしても、誰も気づかないだろう。「ダービーに言ったことはあんたにも当てはまるんだからな、エリ。全員に当てはまる」そしておれにも。クソッ。

「おれのことは心配いらないですよ、ボス」エリが真顔で言う。「まともな食事にありつけさえすればいい。ほかのみんなもそうですよ」口元がちょっと引きつったが、お世辞笑いをするほど馬鹿ではない。

しかし、ダービーはちがった。


カーリンはひと息入れた——それもごく短時間。長く休んだりしたら、洗濯物の雪崩に押しつぶされる。洗濯機も乾燥機もこの三時間というもの回りっぱなしだ。食器洗い機も。汚れがとくにひどい鍋やフライパンは手で擦って洗った。焼け焦げた鍋をきれいにしてくれる食器洗い機は、この世に存在しない。それでもせっせと働いているうちに気分はよくなった。きれいになってゆくのを見るのは気持ちがいいし、この三時間、ジークの顔を見ないですんだのだ。ここでなにを求められているのかはわかっていた。彼は自分で認める以上に助けを求めていたのだ。

彼の姿を見ずにすめば、手に負えないホルモンのいたずらを心配することもない。それに、一日が終わるころにはくたびれ果て、どんなにしつこいホルモンだってざわつく元気は残っていないだろう。

最初にした仕事は、食料貯蔵室と冷蔵庫の中身を調べることだった。使える材料がわかれば献立を作れる。買い置きがたくさんあったのでほっとした。それに、着いた早々、九人分の――自分を入れれば十人分の――昼食を作れと言われなくてほっとした。ボスに感謝しなければ。きっとお昼は宿舎でサンドイッチでも食べるのだろう。それとも、もうすませたのか。〝どうやって〟というのは考えないようにしよう。結果的に見れば、料理にとりかかる前に片付けに費やす時間が持てたのだから。

夕食はツナのキャセロールに決めた。あとはオーブンで焼くだけだ。キャセロールはレシピを見ずに作れる数少ない料理のひとつだった。何度も作ってきたから。でも、これだけ大人数の分を作ったのははじめてだ。作り方はかんたん。ライスとマッシュルーム・スープ、大量のツナとミックスベジタブル、スパイス、そして象を便秘させられるぐらい大量のチーズがあればいい。いまさら遅いけれど、乳製品アレルギーの人がいたら大変なことになる。そういうことは前もって言ってくれなきゃ。

たっぷり作ったから、残った分はあすの昼食に回せる。コーンブレッドも作ることにした。コーンブレッド・ミックスの箱に記された作り方がかんたんそうだったからだ。うまくできるようなら、時間がないときに便利だ。ブラウニー・ミックスとアイスクリームもあった。毎日、デザートを出すことも期待されている？　デザートのことは訊《き》きそびれたが、初日にデザートを出せばポイントを稼げるだろう。

あすの晩はローストビーフを作るつもりで、冷凍庫にあった肉を冷蔵庫に移しておいた。

前もって計画しておくことが、ここで生き延びるコツなのだろう。グリーンの瞳も、洗濯物の山も、すてきなお尻も、散らかり放題のキッチンもなんとか片付けることができた。生き延びること、いま大事なのはそれだけだ。

裏口のドアを執拗《しつよう》に叩く音がした。彼女の注意を引くために、おもてにいる誰かさんはいったい何度ドアを叩いたのだろう。誰かさんですって！　ジークに決まってるじゃないの。彼女の様子を見に戻ってきたのだ。カーリンはキッチンタオルで両手を拭き、ほつれ毛を手櫛《てぐし》で直し、キッチンを見回して仕事の成果をチェックした。彼は待たせておけばいい。当然ながら、彼は長く待たされればそれだけ機嫌が悪くなるだろう。立場が強いのはこっちだということを、いまのうちにわからせておかないと。

ところが、ドアの二重ガラスの窓の向こうにいたのは、ブロンドの初々しい顔の若者だった。恥ずかしさと失望が全身を襲う。ジークではなかった。ほかの人を待たせてしまった。やだやだ。

錠を開け、ドアを開く。ひと目で誰だかわかった。「あなたはスペンサーね」

「腕にこんなものをしてるからすぐにわかる、でしょ？」彼はにっこりした。敵はおらず、心が傷ついたこともなく、複雑な構造の三角巾に包まれた腕以外に心配事はなにもない、大人になりきっていない若者のあけっぴろげな笑顔だった。「ドアが壊れてる？　なにやっても開かないからノックしつづけたんだ。壊れたに決まってる。ジークに言っとかなくちゃ」

ここにも鍵のかかったドアに慣れていない男がいる。「いいえ、ドアは壊れていないわ。鍵がかかってたの」

彼は驚いた顔をした。「どうして?」

なにか口実を考えないと。「人里離れた場所に慣れないもんだから。あなたから見れば、びくびくしすぎなんでしょうね。あたしはカーリー」彼が鍵の話題に飛びついてくる前に、自己紹介した。カーリンは話の種になるから、カーリーでとおすつもりだった。「すぐに出なくてごめんなさいね。洗濯機と乾燥機と食器洗い機をいっぺんに回してたんで、ノックの音が聞こえなかったの」

「はじめまして、カーリー」スペンサーはマッドルームを見回して目をまん丸にした。「ワオ!　さぞ忙しかったろうな。おれが最後にここに来たときには、汚れ物の山が六十センチぐらいになってたもの。ボスは洗濯があまり好きじゃないから」

「ほかにも好きじゃないものがあるみたいね」カーリンはつぶやいた。「なにかご用、スペンサー?」彼が寄ったのにはわけがあるはずだ。彼女には訪ねていっておしゃべりする暇はない。きょうのところは。

「なにか手伝うことはないかと思って。医者からは休んでろって言われてるし、ジークはなにもさせてくれないし、それで、暇すぎて頭がおかしくなりそうなんだ。昼間のテレビはろくな番組をやってないでしょ?」

「ええ、そうね」彼女は大真面目に言いながら、彼と一緒になにをしたものか考えた。

彼の気遣いは嬉しいが、片腕が使えない男になにをやってもらえばいいのやら。足手まといになるだけだし、こっちが掃除や料理をしているときに、蹴つまずきでもされたら困る。でも、スペンサーはやる気満々だから、邪魔だなんて口が裂けても言えない。内心でため息をつきながら、我慢しようと思った。彼の気持ちを傷つけることはできない。

「だったら座って、牧場のことを話してくれないかしら？　あたしが料理を作って出す男性たちのことについて」キッチンテーブルから椅子を引き出し、邪魔にならない隅っこに置いた。「みんなはどんなものが好きかとか、作らないほうがいい料理はなにかとか、知っておくべきことがあったら教えて……」たとえば、ジーク・デッカーみたいな男性がなぜ結婚しないのか、とか。下着を洗ってくれる彼女はいないのか、とか。だめだめ、そんなことは訊けない。知りたいとは思うけれど。

「おれたちみんな、好き嫌いはないよ。だけどダービーはべつ。彼は愚痴っぽいんだ。なんにでも文句つける」スペンサーは口をすぼめて考え込んだ。「ほんとう言うと、あなたがなにを作ったって、おれの料理よりましだと思うよ。それから、おれが言ったって言わないでほしいんだけど、ボスはおれよりもっと料理がへた。なんでも焦がすんだ。長い一日が終わるとものすごく腹が減ってるから、なにが出てこようがかまわない。量さえたっぷりあればね。でも、ボスの料理ときたら……グヘッ。それぐらいまずいんだ。だから、心配することはないよ。おれたち、なんだって食べるからね。焦がさないようにすればね」

「よく覚えておくわ」

乾燥機がビーッと鳴って、乾燥が終わったことを知らせた。カーリンは、ちょっと失礼、と言ってその場を離れ、乾燥機から洗濯物を取り出して洗濯籠に入れ、隣のダイニングルームに持ち込んだ。牧童たちはここで食事をするのだろう。楽に十二人は食事ができる長い木のテーブルは、服を畳むのにもってこいだ。

カーリンはテーブルの真ん中に籠の中身を空け、畳みはじめた。効率の名のもと、洗濯物はここで畳み、隣の部屋のソファに重ねていった。時間があれば、畳んだ服を二階のジークの部屋まで持ってあがるつもりだった。

彼の部屋は見ればすぐにわかるだろう。整えられていないベッドと、床に散らかった汚れ物でそれとわかるはずだ。

スペンサーがキッチンとダイニングルームをつなぐ戸口に立った。「まさか、おれたちが食事するテーブルで、ボスの下着を畳んだりしてないよね」

「してないわ」山ほどのフランネルとコットンのシャツを畳む彼女を眺めている若者を、安心させるための小さな嘘。「ほかの牧童たちのことを話してくれない？」ワークシャツを振って広げながら言った。

彼は椅子に腰をおろし、同僚のひとりひとりについて話しはじめた。彼女の気持ちが少しやわらいだ。スペンサーは人のよい面ばかりを見ている。まわりの人たちを疑うことをまだ知らないのだ。彼女のことをなにも知らなくても、きっと信じてくれるのだろう。彼の話に耳を傾けながら思った。彼の話を半分に割り引いても、牧童たちはみな気のいい連中のようだ。ほんとうにそうでありますように。

母屋に戻ったのは、いつもながら暗くなってからだった。ジークは家にあかりがついているのを見て、なんだろう、満足感か？　そんな気持ちになった。キッチンには煌々《こうこう》とあかりがつき、カーテンが開いているので動き回るカーリンの姿が見えた。リビングルームのランプもつけてあり、歓迎されているような気がした。宿舎のあかりはスペンサーがつけたのだろう。

裏口から出てきたスペンサーは大きな笑みを浮かべ、ポーチに立ってみんなを出迎えた。まいった。ジークはどっと疲れを覚えた。感受性に服を着せたらスペンサーになる。彼女に手を出すな、とはとても言えない。彼女に牧場のことを教えたり、手を——片手だが——貸したりする役目をスペンサーに担ってもらわねばならない。彼に警告するのは、風に吹くなと言うのとおなじだ。だったら、カーリンに警告しよう。きっと怒らせることになるだろうが。まったく、面倒なことだ。

「クソッ」ピックアップ・トラックから降りてきたウォルトが、スペンサーに言った。「今夜はほんものの食事にありつけそうだって、期待に胸躍らせてたのに、なんでおまえがキッチンから出てくるんだ」

スペンサーは気を悪くすることもなく、にっこりした。料理をしなくてすんだから、ほかの連中の気分をすべて足した以上に幸せなのだ。「おれはなんにも触ってないから。ミス・カーリーが支度するのを眺めてただけ。話し相手になってただけだ」

「ほんものの食事にありつけるってことか？　熱々の？」マイカが言う。

「真っ黒焦げじゃないよな？」パトリックが声に期待を滲ませて尋ねた。

ドアがまた開いて、カーリンが出てきた。ポーチのライトを受けてブロンドの髪が艶めく。ポニーテールがゆるんで、ほつれ毛が顔のまわりを縁取っていた。襟元から膝までを覆うエプロンをつけ、そのエプロンには様々な色のしみがついているが、六十ワットの電球の下だから、なんの色なのか判別できない。朝は化粧をしていたとしても――ジークは覚えていなかったが――すっかり落ちていた。そんなこんなで、缶切りと格闘した揚句《あげく》に缶切りに負けた女みたいに見える。あるいは負けていないのかもしれない。まだ立っていられるところを見ると。

「はじめまして、あたらしい料理人です」彼女は牧童たちに言った。「名前はカーリー。きょうは一日、キッチンの掃除と汚れ物の退治に費やしたけど、食事の用意はできてます。あしたはもうちょっと余裕が持てるでしょうけど。今夜はツナのキャセロールとコーンブレッド・マフィン、デザートはブラウニーとアイスクリーム」

「ツナのキャセロール？」ボーがつぶやいた。

「食料貯蔵室にツナがたんまりあったの。嫌いな人がいたら、あんなに買い置きはしないだろうと思って」

まさに正論だ。気に入った、とジークは思った。彼もときどきツナのサンドイッチを作ったし、リビーもよくツナが入った料理を作っていた。だが、スペンサーが大量に買い込んだのは、安売りをしていたからだろう。ジークは率先して言った。「おれの好物だ」やっと希望が——それに清潔な下着が——見えてきたのだから、牧童たちが文句を言って料理人を追い出したりしないようにしなければ。

だが、好物だと言った以上は食べなければならない。どうかおいしい料理でありますように。まあまあでもいい。食べられればいい。喉に詰まりさえしなければ、死んだ気で食べよう。それとも、食べて死ぬか。

「心配しないで」ツナ・キャセロールが熱狂的に受け入れられていないと感じ取ったらしく、カーリンが言った。「チーズとツナの割合は二対一だから」

よかった。

男たちは顔や手を洗いに宿舎に戻り、ウォルトはおなじことをしに丸太小屋に戻った。カーリンは家の中に取って返し、スペンサーがあとにつづいた。ジークも急いでシャワーを浴びることにした。さもないと牛の糞みたいな匂いをさせてテーブルにつくことになる。マッドルームに足を踏み入れ、汚れたブーツを脱いで横に置き、キッチンのドアを開いた。
そのとたん、あたたかな匂いを浴び、動けなくなった。なにがどうとは言えないが、家庭の匂い、あたたかく迎えてくれる匂いだ。チョコレート——そうだ、ブラウニーの匂いがする。カウンターの上にはナプキンをかぶせたボウルが置いてあり、コーンブレッド・マフィンが山のように入っていた。ナプキンの下から金茶色のマフィンの端っこが覗いている。焦げていない。ハレルヤ。

つぎに気づいたのは、汚れた皿がどこにも山積みになっていないことだ。シンクには調理道具が突っ込んであるが、おぞましい汚れ物はどこにもない。

カーリンがオーブンの扉を開いて中を覗いた。「あと七分で焼きあがるわ」きびきびと言う。「急いだほうがいいわよ」

靴を脱いだままの足で階段を一段飛ばしに駆け上がる。ベッドルームのドアを入ったときにはシャツを脱いで椅子に放っていた。ジーンズはドレッサーの前の床に、下着と靴下はバスルームの前の床に放った。三十秒後にはシャワーを浴びていた。まだ湯にもなっていないが、だんだんに熱くなってきた。

蛇口を閉めてざっと体を拭いても、まだ四分残っていた。濡れた髪を手で梳《す》いて、服を着ると階段を駆けおりた。まだ二分余っている。こんなになにかを食べたいと思うのは久しぶりだった。たとえ喉に詰まるような料理でも。キャセロールは好きじゃないが、かまうもんか。デザートはブラウニーだ！

男たちはみなおなじことを考えていたのだろう。ほぼおなじときに、全員が顔を揃えた。

カーリンはジークの顔を見ると、そっけなく言った。「手伝って」

これはまた、なにがあったんだ？　けっきょく夕食を焦がしたとか？　気分がぐんと落ち込む。「どうかしたか？」

「キャセロールよ。なんとかオーブンには入れました。でも、熱くなってるからあたしの力じゃとても扱えないの。小さいほうの容器ふたつに分けて作ればよかったんだけど、気づいたときにはあとの祭りだった」

それなら処理できる危機だ——いや、彼の見るところ、危機とは言えない。鍋つかみが大きな手に合ったためしがないので、キッチンタオル二枚を畳んで使うことにして、オーブンの扉を開き、巨大なキャセロール鍋を取り出した。黄金色のチーズがグツグツいい、縁はカリカリの茶色になっている。匂いは……いい。味がこの匂いの半分でもよければ、言うことなしだ。

彼女がダイニングルームのテーブルに鍋敷き二枚を置き、ジークがその上にキャセロールを置いた。テーブルには皿と銀器と、氷の入ったグラスが並んでいた。彼女はキッチンにとって返し、大きな紅茶のピッチャーとコーンブレッド・マフィンのボウルを持って戻ってきた。「飲み物の好みがわからなかったので、とりあえず紅茶を作りました」彼女が言う。トレイにはほかにもふたつのものが載っていた。大きな長柄のスプーン二個。彼女はそれを的を狙う二本の矢のようにツナのキャセロールに埋《うず》めた。

彼女の負担を軽くしようと、スペンサーがトレイからコーンブレッド・マフィンのボウルをとろうとしたが、ジークのほうが早かった。片手が不自由な若者が持つには、ボウルは大きすぎるし、重すぎる。カーリンが言った。「ありがとう」ジークのほうを見もしない。

「どういたしまして」

彼女が紅茶のピッチャーを扱う手際は、経験豊富なウェイトレスのそれだった。実際、彼女はそうだったのだが。〈パイ・ホール〉で働いて、またたく間に仕事をマスターしたのだ。これでキャットの料理の腕も受け継いでいたら、言うことなしだ。

ツナのキャセロールは好物だと言った手前、それにボスなのだから、彼が率先してたっぷりの量を皿に取った。

コメが入っている。それはまあいい。好きでも嫌いでもない。ミックスベジタブルも入っている。好きなほうだから、これはプラスだ。それにツナ。彼女が言ったとおり、チーズが大量に入っていた。湯気をあげる熱々の混ざり物にフォークを突き立て、内心の不安は露ほども見せないようにして口に運んだ。

フーフーして冷ますべきだったが、安堵のあまり熱いのも気にならなかった。

「なんとまあ」驚きが声に出た。「うまい！」

9

疲れ果てていたのでバタンキューで眠れるとカーリンは思っていたのに、そうはならなかった。頭が冴《さ》えわたり、くつろぐどころではなかった。部屋は——それもふた部屋とも——とても快適なのに。これほどくつろげる場所はなかったのに。キャットの部屋のフトンとは格段の差なのに。もちろん、キャットもあの屋根裏部屋もとても気に入っていた。

ドアに鍵はかかっているが、この家自体、楽に押し入ることのできる造りだった。窓ガラスを割り、そこから手を入れて鍵を開ければすむ。もっともそれにはよっぽど腕が長くないとだめだが、道具を使えば解決できる。朝になったら錠前屋に連絡する段取りを考え、ブラッドに見つかるはずがないと自分に言い聞かせた。たとえ見つかったとしても、彼女と外界とのあいだには、鍵のかかった三枚のドアが立ちはだかっているし——玄関と裏口、それにベッドルームのちゃちな錠がついたドア——窓の錠はドアのそれより頑丈だ。部屋のドアノブには椅子をかませておいた。押し入ることはできるかもしれないが、忍び込むのは無理だ。

それに、ベッドサイドテーブルのいちばん上の抽斗《ひきだし》に肉切り包丁を忍ばせてある。いざというときのために。

恐怖を覚えながらも眠れるようになった。生き延びるためには眠りが必要で、長く眠らないでいると体の動きが鈍くなることもわかった。これまでに過ごしたどの場所よりも、ここは安全だ。

寝心地のよいやわらかなベッド。肉切り包丁。外界から隔離された場所。

天井を見上げる。眠れないのはジーク・デッカーのせいだ――ジーク・デッカーと彼女のおてんばなホルモンのせい。闇の中でじっと横たわり、自分を納得させにかかる。彼は粗削りなハンサムで、筋肉質で、一日のうち何時間かは一緒に過ごさなければならない相手だ。それに加え、カーリンはもう何年も、自分から男性に関心を持ったことはなかった。

ちょっと待ってよ。そんなに昔から？　ブラッドが現れてすべてをめちゃめちゃにする前だって、男性との付き合いは活発なほうではなかった。選り好みしすぎだと、友達によく言われた。でも、男性がベッドと体に入ってくるのを許すにあたって、基準を設けることのどこが悪いの？

いまの状態は、たんに体内時計のギヤが入っただけのこと。そして、ジークはいちばん身近な好ましい男性というだけのことだ。魅力の生態について読んだことがあり、自分なりに分析も試みたことがある。男が大きな胸の女を好むのは、すべての赤ん坊に乳を与えられるからだ。女が細胞レベルで惹かれるのは、洞窟に侵入しようとする剣歯虎《けんしこ》をやっつけることのできる男だ。遺伝学的に見れば、ジークは穴居人《けっきょじん》にちかい。いまのところはまだ彼女にうなりはしないが、いずれそうなるにちがいない。

論理は友達だ。なのになぜ助けてくれないの？　目を閉じると、体の一部が、快適なベッドでのひとり寝はいやだとごねる。逃亡生活をつづけて数カ月、誰にも触れられない孤独な日々を送ってきたいま、男性の体の重みや体に触れる唇の感触をこんなに求めている。解き放たれる喜び……。

そう、それで眠れるかもしれない。

カーリンは目を閉じて寝返りを打ち、深々と息を吸い込んだ。抗《あらが》うことをやめればいい。自分の気持ちに素直になって、現実と向き合えばいい。そう、ボスと体を重ねたい。だからといって衝動のままに動くわけではない。胸がキュンとしたり、鳩尾のあたりがザワザワしたり、体の一部がピクッとしたりするのは、人生がまだ終わっていない証拠、生きている証《あかし》だ。ブラッドは彼女からすべてを奪おうとしたが、できなかった。その一方で、男性に臆病になったのは彼のせいだ。ブラッドなんか、地獄で焼かれてしまえ。

上掛けに潜り込んで、ジークがかたわらにいることを想像してみる。長身で筋肉質の体がかたわらにある。そこにない体の熱まで感じられそう。手を触れれば、そこにはいない彼の重みでベッドがたわんでいそうな気がしてきた。

それから、夢でいっぱいの深い眠りに落ちてゆくところを想像した。

一日めいっぱい肉体労働をした男の食欲がどれほどのものなのか、カーリンはわかっていなかった。考えればわかりそうなものだが、それだけの量の食事を用意するのは不可能だと思っていたのだ。ふつうの仕事をする人がこれだけの量を平らげれば、すぐに肥満体になるだろう。ところが、ジークや牧童たちは、彼女の予想の二倍の量を平らげる。

残り物を期待してはいけない。

九人の男が、山盛りのスクランブルエッグや何キロものベーコンや、ひと焼き分のパンを数分のうちに食べつくすのだ。男たちが午前中の作業について話し合いながら食事をするのを、カーリンはうしろに控えて見守る。イナゴの群れがテーブルにたかっているようなものだ。

ところが、困ったことに、彼らが食べるのを眺めているうち、思いがけない感情が湧きあがった。彼女は必要とされている。ごく基本的なところでだけれど、ほかの誰にもできない仕事をやっているわけではないけれど、必要とされるのは気持ちのいいものだ。

彼らは朝食をすますと仕事に出掛けてゆく。数時間は家にひとりきりだ。男たちは――ジークも含め――全員が文字どおり食べてすぐに動く。スペンサーも、食後に鎮痛剤を飲むのでリクライニングチェアでうたた寝する、と言って引きあげてゆく。怪我をしてから、彼はずっとリクライニングチェアをベッド代わりにしていた。それで、カーリンはいまひと息ついていた。食器洗い機を回し、洗濯機と乾燥機をフル稼働させた——洗濯が追いつくまでに一カ月かそこらはかかりそうだ。錠前屋は午後の一時から三時のあいだに来ることになっていた。コーヒーを淹《い》れ、キッチンテーブルに座った。ダイニングルームの棚にたくさん並ぶ料理本の中から使えそうな三冊を選んで、持ってきておいた。背表紙に折れ目がついていたり、料理のはねが飛んでいるページを探して開いてみた。そういうのはみんなの好物のレシピで、この家で繰り返し作られた料理、でしょ？　理に適《かな》っている。

チリ。ビーフシチュー。ストロガノフ。コーンとタマネギで飾られたコーンブレッド。ビスケット。チョコレートケーキ。アップルパイ。

　パイ部門でキャットと張り合おうなんて。コブラー（深皿で焼くフルーツパイ）ならなんとかなっても、ほんものの格子柄のパイは？　ぜったいに無理。ジークがパイを食べたいと言ったら、キャットに注文しよう。

　電化製品がたてる音に交じって、裏口のドアをノックする音が聞こえた。鎮痛剤の効き目が長つづきしなかったのね！　スペンサーを長く待たせたらかわいそう。パッと立ち上がり、ドアに駆け寄った。

　ついてない。そこに立っているのはスペンサーではなくジークだった。ガラス越しにこっちを睨んでいる。いまさら遅い。踵を返し、コーヒーを飲んでひと息入れてから引き返してくるわけにはいかない。

「鍵は見つからないのね」彼女はそう言いながらドアを開けた。

「見つかった」彼が食いしばった歯のあいだから言う。「けさ、部屋に置き忘れた」

「若年性アルツハイマーなの？」

彼が睨む。「真っ昼間に自分の家に入るのに、なんで鍵が必要なんだと思っただけだ」

カーリンは踵を返し、キッチンに戻った。「意見の相違は認め合わないとね。でも、あなたが家を出たらドアに鍵をかけます」

「しばらく出ない」

なんですって！　ジーク・デッカーに邪魔されるなんてまっぴらだ。彼女は睨みつけて尋ねた。「どうして？」

「おれの家だから。きみに理由を説明する必要はない。おれにはおれの……」言いかけて鼻から息を吸い込み、彼女を見つめた。「なんの匂いだ？」

「昼食のメキシカン・シェパードパイがオーブンに入ってて、夕食用のローストビーフが電気鍋に入ってるの」

「電気鍋なんてあったか？」頭から一角獣の角が生えている、と彼女が言ったとしても、ジークはこれほど驚かなかっただろう。

カーリンは笑いを押し殺した。「食料貯蔵室の奥で見つけたの」

彼は喉の奥でうなり、コーヒーポットに向かった。「リビーが買ったんだな」

嫉妬の波に襲われたなんて認めたくなかった。でも、思いがけず嫉妬していた。リビーのことはキャットから聞いていたし、部屋に案内してくれたときにジークも口にした。でも、その人がどんな立場でここにいたのか、誰も詳しいことは教えてくれなかった。恋人？ 妻？ ジークは一度結婚したことがある、とキャットは言っていた。どうしてこんなときに好奇心が湧いてくるの？ ちょっと苛立つのはなぜだろうと思いながらも、尋ねずにいられなかった。「リビーって誰？」

ジークはコーヒーを注ぎ、彼女に顔を向けた。「彼女はこの仕事……きみの仕事を長いことやっていた。料理人で家政婦で、ここの男どもにとっては母親代わりだった。料理して、掃除して、その肩で泣きたいと思う人間の話に耳を傾けた。家畜の出産シーズンには手を借りた」そこでコーヒーをぐーっと飲む。「彼女の膝が痛むようになるまでは」

「完璧な人だったのね」

「完璧にちかかったな」

完璧にこなすなんてカーリンにはとても無理だし、努力してなれるものでもない。だから、自分の限界はここまでとはっきりさせておいたほうがいい。「あの、出産シーズンになっても、あたしは手伝うつもりはないわ」それがいつなのか、どんな手伝いをするのかまったくわからないし。「それに、あなたたちの母親代わりにもなれない」

ジークは笑おうとしてやめた。「わかった」椅子を引いて立ち上がり、書斎に向かった。

「書類仕事があるから」口にされなかった〝クソッ〟が、ふたりのあいだにわだかまる。

「行く前に訊いておきたいことが」カーリンは言い、ダイニングルームに通じるドアの前に立ちはだかった。「あたしの休みについて話し合っていないわ」

彼はぎょっとした顔をした。「休みが欲しいのか？　ここに来て二十四時間も経っていないのに、もう休みのことを持ち出すのか？」

「ええ！　半日でもいいわ。ワイオミングには労働法はないの？　休みを与えなくていいというきまりでもあるの？　誰も飢え死にしないように料理を作って出掛けますから。あたしだってキャットに会いに行きたいし、図書館に本を借りにも行きたいし、それに……まあいいわ」それに、図書館の来館者用コンピュータで家族と連絡をとりたい。でもそのことは、ジークにも誰にも言うつもりはなかった。

彼は困った顔をしている。

「リビーは休みをとらなかったの？」

「まあな」

「家政婦がいつかないのも無理ないわね」彼女がつぶやく。ジークの話しぶりから、完璧なリビーの代わりは誰にも務まらないことがよくわかった。料理本に載っていたレシピを試してみれば？　料理本はみなリビーのだったにちがいない。だが、カーリンがどんなに頑張ろうとリビーの料理に敵うわけがなかった。

ジークはさりげないようすでドア枠にもたれかかった。まるで彼女の体に絡みついてくるようだったから、もしかしたら故意にそうしたのかも。彼はコーヒーを飲み、ちょっとだけ、ほんのちょっとだけ体を離した。「キャットを訪ねたり、図書館に行きたいなら、食料の買い出しに町に行ったついでにやればいい」

「それじゃ休みをとったとは言えない、そうでしょ？」食料品の買い出しのことは考えていなかったが、たしかにそれも仕事の一部だ。九人の飢えた男たちのための買い出しについて考えてみる。計画的に買い物をしないと、バトル・リッジに週に四度も通う羽目に陥る。

「それに、町までの道順がまったくわからないわ」

「おれがあす、連れていく。道に迷わず行けるようになるまで、スペンサーかおれが一緒に行ってやる」

どんなことでも、彼はちゃんと答えを用意している！「あす、スペンサーに一緒に行ってもらってもいいんだけど」スペンサーなら一緒にいてドキドキしないし、口の中が乾かないし、夜、夢に出てもこない。スペンサーが相手なら、馬鹿な真似をしでかすこともないだろうし。

「彼はもうしばらく休ませてやりたい。それに、おれは金物屋と銀行に用があるしな」

彼に口答えををしても無意味だ。いまはただ、キッチンから出ていってほしかった。見えないところに行ってほしかった。「いいわ。休みの件はそのときに話し合いましょう」

「半日だ。半日なら休みをとってもいい」彼は言い、踵を返し、書類仕事をしに書斎に向かった。うしろ姿もすてきだ。ぴったりしたカウボーイ・ジーンズに包まれた、引き締まったカウボーイのお尻って、おいしそう。あたしったら、なにを考えてるんだろ。カーリンはその背中に言い返そうと思ったが、やめておいた。半日の休みをもらえるのだから。


彼女は長くつづかないだろう。

それがいいことか、悪いことか、ジークは決めかねていた。

目の前の給与台帳に集中しようとしても、意識は数字から離れてゆく。彼の家を占領し、彼の頭まで占領した女のことをつい考えてしまうのだ。いくら切羽詰まっていたとはいえ、カーリンを雇ったのはまちがいだった。料理の腕はまあまあだし――まあまあどころではない――家の中もすっかり片付いたが、それでもまちがいだった。

ほかの連中の前ではカーリーと呼ぶようにしていたが、カーリンのほうが彼女に似合っている。カーリンという名前の人間にお目にかかるのははじめてだ。彼女のような人間にお目にかかるのもはじめてだった。つまり、そこのところがまちがいのもとだ。

キャットがいけないんだ。キャットに言われなければ、カーリンを雇おうなんてけっして考えなかった。厄介なことになるかどうか見ればわかるし、その厄介がいま家に住みついている。どうして説得に負けたんだろう？　いま、彼は雇い主の立場にいる。ほんとうは対等な立場でいたいのに。もともと正常位が好みだし。素っ裸のカーリンが下で、脚を彼の腰に絡みつかせて――そう、それだ。目を半ば閉じたのは、イチモツをきつく締めあげる彼女の体の熱が伝わってきそうな気がしたからだ。

だが、彼女を雇う羽目に陥った。にっちもさっちもいかない。はじめて会った日、彼女が〝ほっといてよね〟のサインをでかでかと出していなければ、デートに誘っていただろう。いまはそのわけがわかるが、さしあたりふたりの関係は、彼女のほうからすれば、警戒から敵意とまではいかないが、それにちかいものへと変わってしまった。ふたりが反目し合うことを彼女は望んでいるかのように、その減らず口で彼を怒らせようとする。堪忍袋の緒が切れるぎりぎりを、彼はかろうじて滑っているような塩梅《あんばい》だ。ストーカーの話がほんとうなら、彼女がそういう態度をとるのもわからないではない。レイチェルとは〝円満〟に離婚した。おたがいに、二度と顔を見ずにすんでせいせいした。それでも、また女と付き合おうと思うまでにしばらくかかった。女を断つとかそういった愚かなことはしなかったが、女から自由でいられる時間が必要だったのだ。

彼女がしているのがそれなのか？　彼が想像の中で頻繁に彼女を裸にしてベッドに放り投げていることに気づき、距離を置くためにああいう態度に出ているのか？

カーリンの取り柄は口がたつことだろう。彼を男として見るつもりはないと思っているなら、口でそう言えばいいじゃないか。そんなことも言えないほど内気じゃあるまいし。雇い主だからって手加減はしないだろう。ほっといてよ、と暗にほのめかすことに喜びを見出《みいだ》しているとすれば、彼女はそうとうなへそ曲がりだ。

彼女にそうされることに喜びを見出しているのだから、彼自身もそうとうなへそ曲がりだが。リビーは彼の言うことをおとなしく聞くような女じゃなかった。カーリンもどうやらそうみたいだ。それはそれでいい。彼には人の機嫌をとっている暇はないし、牧場の仕事では彼がボスだが、料理や家のことはすべてカーリンに任せることができてどれほどほっとしているか。いまやそこでは彼女が責任者なのだから、おなじ立ち位置にある。

ある意味、ふたりは対等だ。ボスと雇い人ではない。彼が給料を払っていることは関係ない。彼女をクビにしないと約束したが、気に食わないことがあっても辞めないと、彼女はひと言も言っていない。

椅子にもたれかかり、そのことについて考えてみた。どうしていままで気づかなかったのだろう。まいった！　彼女が優位に立っていることに、いまのいままで気づかなかったとは！

最初から気づいていたのは、彼女がすこぶる魅力的だということだ。

あなたたちの母親代わりにもなれない、と彼女が言ったとき、うっかりこう言いそうになった。〝おれを乳離れさせるのは大変だぞ〟減らず口の前に常識が立ちはだかったからよかったものの。家の中に彼女がいることに、そのうち慣れるだろう。彼女の姿を見るたび、股間に一撃を食らったような気分にならなくなるだろう。そのうち彼女も、疫病神を見るような目でこっちを睨むのをやめるだろう。ああ、おそらく。

それで、これからどうすればいい？　彼女を遠ざけるか、そばに置いておくか。ストレスのより少ない解決法を見出すか、彼女がここにいるあいだは、彼女を思いきり怒らせて楽しむか。

六週間もすればスペンサーの三角巾がはずれるから、また料理ができるようになる。そのころまでには、汚れ物もなくなり、家の中も片付いているだろう。春まで彼女をクビにしないと言ったが、彼女が辞めれば話はべつだ。休みの件ですでに彼にうんざりしているだろうから、そのうち出ていくんじゃないか？

彼の一部は——パンツの中の部分は——彼女に春までいてほしがっている。それまでには、男か年配の女が仕事を引き受けてくれるだろうし、カーリンも出ていきやすくなる。それまで、牧童たちは腹いっぱい食うことができ、彼は家に帰れば熱い食事が待っているという生活を送れる。家の中は掃除が行き届き、洗濯物もたまらない。出産シーズンがはじまるころにはスペンサーも働けるだろうから、手も足りる。彼女がここにいるように仕向けるのが、常識的な人間のすることじゃないか。

ところが困ったことに、数カ月もカーリンとおなじ家に住んで、ベッドに引きずり込まずにいられる自信がなかった。我慢しつづけたらどうかなってしまうに決まってる。だが、そんなことはすべきじゃない。どうしてすべきじゃないんだ？　我慢できるかどうかは……これから考えよう。

いままでこんなにひとりの女を欲しいと思ったことはなかった。いずれにせよ、彼女は厄介な存在になるだろう。ベッドを共にしようとしまいと、それは疑いようもない事実だ。

冷めたコーヒーをぐっと飲む。クソッ、彼女のコーヒーは自分で淹れるコーヒーよりうまいじゃないか。

10

七人の男が、巨大なローストビーフを貪り食っていた。付け合わせのポテトとサヤインゲンもきれいになくなった。今夜のパンはかんたんなものにした――冷凍のロールパンだ。手抜きかもしれないし、キャットお手製のロールパンほどおいしくはないかもしれないが、男たちは気にしていない。文句ひとつ言わずに籠からつかみ取っていた。

電気鍋と冷凍パンを利用することで浮いた時間で食料貯蔵室をくまなく探し、料理本に出ていたデザートのレシピの材料を揃えることができた。そのページは汚れておらず、しわにもなっていなかったので、リビーは試していないはずだ。〝失敗知らずのホワイトケーキ〟。お誂え向きのレシピだ。

カーリンは男たちと一緒に食事をしない。キッチンでひとりで食べるようにしていた。ふたりばかり――ジークもそのひとりだ――一緒にどうかと誘ってくれたが、彼女は断った。ひとりのほうが気が楽だし、テーブルは十二人掛けられるぐらい広くても、椅子が九脚しかなかった。それに、ジークやダービーの隣に座るのはいやだった。ジークのそばにいるとドキドキするし、ダービーは落ち着きのない目をしている。

キッチンにひとりでいるほうが気持ちが安らいだ。

だが、デザートを出す時間になると、意気揚々、ホワイトケーキをダイニングルームに運んだ。層になったスポンジケーキで、正真正銘の自家製だ。それに見た目がきれい。白いクリームはふわふわで甘い。ケーキのほうは味見していないが、クリームは指ですくって舐《な》めてみた。おいしい。料理が得意だと思ったことはなかったけれど、キャットの店でみっちり修行したし、ここの男たちは彼女の料理を気に入ってくれているようだ。それでちょっぴり自信がついた。

ケーキをテーブルに置くと、男たちが歓声をあげた。彼らが感心して眺めているあいだに、デザート皿とコーヒーカップとフォークをとりにキッチンに戻った。コーヒー――男たちを寝不足にしたくないのでカフェイン抜きの――は沸かしてある。

ウォルトがケーキを切り、カーリンがコーヒーを注いで回った。大きく切り分けたケーキが彼女を含めた全員に回った。デザートはぜひ一緒に、とウォルトが言ったからだ。断るのは失礼だから――それに、彼らがケーキを食べて喜ぶ顔を見たかったから――誘いを受けた。ダービーに比べればジークのほうがましと思い、隣に座った。彼は頭にくるとはいっても、たいしたことのない胸の谷間をじろじろ見たりはしないし、ウィンクしてきたこともない。そんなことをされたら、こっちが椅子からずり落ちてしまうだろう。

男たちがいっせいにケーキをフォークで切った。カーリンはそれを見てから自分のケーキにフォークを入れた。

順繰りに男たちの表情が変わった。喜びから困惑へ、それから失望へと。男たちはケーキを噛んでいる。ひたすら噛んでいる。まだ噛むのをやめない。

カーリンもケーキを口に入れた。味はすばらしかった。なにが問題なの？　それから、噛んだ。一度。

まるでスポンジを噛んでいるみたいだった。ただし、古くなって硬くなったスポンジ。〝失敗知らず〟が聞いて呆《あき》れる！　彼女は恐ろしくなってテーブルを見回した。食事をガツガツ平らげ、喜んでデザートを口に運んだ男たちが驚きと失望の表情を浮かべていた。六人はまだ噛んでいた。ダービーだけが紙ナプキンにケーキを吐き出した。彼はなにか言おうと口を開いたが――なにを言うつもりか見当がつく――ジークがそれを遮った。

「もう腹いっぱいだ。ケーキまで食べきれない」

「ああ」ウォルトが言う。「これは……うまいんだが、ちょっとその……」

エリとボーは呑み込もうにも呑み込めない塊をコーヒーで流し込んでから、うんうんとうなずいた。

パトリックとスペンサーはクリームだけフォークですくいとり、うまそうに食べていた。

ダービーは男たちを見回し、頭を振った。「これを作ったのがかわい子ちゃんじゃなかったら、文句たらたらだったくせに」

「ダービー」ジークが脅しつけるような声で言った。

「いいのよ」カーリンが言うと、みんながいっせいに彼女のほうを見た。「ごめんなさい。このケーキ、失敗ね」

「そんなにまずくないよ」スペンサーが言う。「ただちょっと……」

「ゴムみたい」口ごもったスペンサーに、カウボーイのひとりが助け船を出した。

「嚙みごたえがある」べつのひとりが言う。

「古い鞍革みたいに硬い」これには全員が笑った。

カーリンはきまりが悪く、ろくでもないケーキを作って時間を無駄にしたことに腹をたてていた。でも、同時に……ひとりをのぞけば、みんな、彼女の気持ちを傷つけまいと気遣ってくれた。七人のうち六人は、ひどいケーキをなんとか呑み込んでくれた。彼女が失敗を認めていなければ、彼らはなにも言わなかっただろう。

この人たちはみんな、ある意味、紳士だ。ぶきっちょだけれど……紳士だ。

この数カ月のあいだに、困難にめげず物事をありのままに受け入れることだけは学んだ。このケーキは失敗作だけれど、惨事とまではいかない。

「参考までに言っておくと」彼女はフォークの歯でクリームをすくって言った。「このおいしそうなデザートの名前は〝失敗知らずのホワイトケーキ〟よ」

思ったとおり、みんな笑った。「どうぞ、クリームだけすくって食べてちょうだい。かなりおいしいから。それから、つぎはもっとうまく作るわ」

笑いが消えた。ふたりが彼女をじっと見つめた。親切にもスペンサーが言ってくれた。

「それはやめといたほうがいいよ、ミス・カーリー。リビーもたしかにそのケーキミックスを使ってた。それに卵と水を加えただけで、ヴィオラ、すごくうまいケーキのできあがり」

カーリンは唇を噛んで笑いを堪えた。ヴィオラ？　きっと〝ほら《ヴォアラ》〟と言いたかったのだろう。でも、ここで誤りを指摘してスペンサーに恥をかかせたりはしない。彼女に恥をかかせまいと気を遣ってくれたのはスペンサーだ。いつかふたりきりのときに、正しい使い方をしてみせれば、おそらく誤りに気づくだろう。「そうね。でも、小麦粉とショートニングにやられっぱなしは悔しいので、どうしてうまくできなかったのか原因を解明してみます」

「ゆうべ作ったブラウニーはうまかった」ウォルトが言う。

「それに」エリが言い添える。「キャットからパイを買えばいいしな」ジークに言う。「あんたが来てくれるまで、おれたちが口にしたまともな食べ物はパイだけだったんだ」

「ちょっと！」スペンサーが割り込む。「おれはできるだけのことをやったよ。誰も手伝いにも来てくれなかったくせに」言葉は乱暴だが悪意はなかった。カーリンを見て顔を赤く染め、おどおどと言った。「ぼくのフランス語、ひどいでしょ」

この人たちは家族なんだ、と彼女は思った。ジークの話から、リビーがその中心にいたのだろうと想像がつく。自分が彼らにそんなふうに受け入れられるとは思っていない。ここの中心的存在として。数カ月ではなく、何年もいればもしかしたら……。でも、臨時雇いだもの。歓迎され、必要とされても、臨時雇いの身だ。

立ち上がって後片付けをはじめた。「さて、嬉しいお知らせよ。きょうの午後、キャットを訪ねて、あすの夜のためにパイを二個予約してきます」

数人がにんまりし、ふたりは歓声をあげた。

カーリンはキッチンに戻る途中で言った。「でも、〝失敗知らずのホワイトケーキ〟はもう一度作るつもり。今度はそれなりのものができると思うわ」きっと牧場を去るころには、彼女と〝失敗知らずのホワイトケーキ〟は完璧なリビーとおなじぐらい有名になっているだろう。人目につかないようひっそりと暮らした数カ月のあとで、ここに自分のしるしを残していくのだ。

居残って書斎でジークとあすの段取りを相談していたウォルトが出ていくと、ジークは戸締まりをした。カーリンはきょうの午後、裏口にあたらしい錠を二個も取り付けさせた。恐れ入る。ひとつは鍵のない錠の代わりとして、もうひとつは丈夫なデッドボルトで、上のほうに取り付けてあった——窓を割って手を突っ込んでも届かないようにだろう。玄関もそれとおなじだった。

ぼやきながらキッチンに向かおうとして足をとめた。汚れ物の山が劇的に小さくなっている。それにブーツや靴が一列に並んでいるし、あきらかにきれいになっていた。

カーリンはこっちに背を向け、食器洗い機から食器を取り出していた。もう一度食器洗い機を回さないときょうの仕事は終わらない。その仕事を有能な――被害妄想気味だが――彼女に任せることができて嬉しかった。

「ここはニューヨークじゃないんだ」ちょっとむすっとして言った。

「残念ながらね。半日の休みにブロードウェイのショーを見に行くことはできない」彼女は振り返らず、穏やかに応じた。「オペラグラスは烏《からす》を見張るのに使おうかしら」

ジークはにんまりしそうになってやめ、ちょっとうなった。彼女に楽しませてもらいたくないし、その必要もない。だが、クソッ、つい反応してしまう。問題は、彼女が言葉のジャブで苛立たせようとしているとしか思えないことだ。「烏はあまり踊らないし、歌も歌わない。ミュージカルを期待してたらがっかりするだろうな」

てっきりやり返してくると思ったら、彼女は笑い出した。耳に心地いい笑い声だった。話題を変えなくては。キッチンでカーリンとやり合うのは、楽しすぎる。「頑丈な錠がついたじゃないか。でも、もしきみがもっと安心できると言うなら……」

「ええ、頑丈よ。鍵はあなたのベッドルームのドレッサーの上に置いときました。それから、合い鍵は書斎のフックに掛けておいたわ。あたしももちろん自分の分を持ってるけど、ここを出るときにはそっくりお渡しします」

そこでようやく彼に顔を向けた。朝はきちんと結ってあったポニーテールはだいぶほつれ、顔も紅潮していた。大きすぎるエプロンはしみだらけだ。なんてきれいなんだろう。食事のせいではないし、顔立ちがどうのというのではない。内からにじみ出る光のせいだ。

「ところで」彼女が咎《とが》めるような口調で言った。「あなたからスペンサーに言ってあげたほうがいいわ。〝ヴィオラ〟じゃなくて〝ヴォアラ〟だって。いつかそのことで彼が恥をかくといけないから」

ジークはにんまりした。「一度、言ってやったことがある。彼の家族はみんな〝ヴィオラ〟と発音するそうだ。彼にとってそれが〝ファイナル・アンサー〟なんだよ」

戸棚にもたれかかり、食器を片づける彼女の動きを目で追いながら、さて、どうしたものか、と思った。テレビでおもしろい番組をやっていれば観てもいいが、リビーが去ってからというもの忙しすぎてろくにテレビを観ていないので、いまどんな番組をやっているのか知らなかった。だったら、早めにベッドに入ればいいじゃないか。いずれにしても、カーリンの邪魔をせずにここを出ていくべきだ。今夜の彼女はそれほど棘々しくなかった。ここに来てまだ一日半だが、すでにわが家にいる気分になっているのだろう。

彼女が上体を起こし、睨んだ。〝ヘビのひと睨み〟と言えなくもない。「それじゃ、またあすの朝」退散だ。立派な退散。キッチンでなにをしてるの、とか、出ていきなさい、などとは言われなかったが、退散には変わりない。

「朝食がすんだら町に出掛ける」ジークは言った。そっちがそっけない態度をとるなら、こっちもビジネスライクにやるまでだ――さしあたり。銀行も図書館も開くのは九時で、彼女もそれはわかっている。

彼女はそっけない態度を崩さなかった。「買い出しにどれぐらいかかるかわからないから、昼食用にサンドイッチを作っておくつもり。それまでに戻れればいいけど、そうでなきゃ、みんな自分たちでなんとかするでしょ」

「そうだな」〝おやすみ〟を言って引きあげればいいものを、ジークは居残って彼女を眺めた。だって、見ているのが楽しいのに、どうして引きあげなきゃいけないんだ？　邪魔はしていない。彼女をいじめてもいない。言い寄ってもいない。眺めているだけだ――彼女もそれを意識している。彼女の体の中で、ゆっくりと緊張が高まっていくのが見て取れた。その視線を無視して彼女は片付けをつづけていたが、さっきよりも気を張っているようだ。その原因が自分だと思うと、ジークは申し訳ない気がしつつも嬉しかった。彼女がこっちを意識している証拠だ。だが、ここは戦法を考えないと。

「コーヒーをもらっていいかな？」ポットに一、二杯分はゆうに残っていた。「邪魔する気はないんだが、きみの淹れるコーヒーはうまいから、捨てるのがもったいない」

彼がぐずぐずしているのが彼女のせいではなく、コーヒーのせいだとわかって、彼女はいくらか気が楽になったようだ。彼の思いちがいではない。

「どうぞ」彼女はマグにコーヒーを注いだ。ジークは背後からちかづいていって、マグを受け取った。彼女がすぐそこにいる。ちょっとうつむけば髪の匂いがしそうなほど間近に。たしかに匂いがした。手を伸ばせば体に触れられるが、さすがにそれはしなかった。

ここにもストーカーがいると思わせてはならない。もっとも、彼女は、人から搾取する雇い主だと思っているだろうが。

「よくやってるよ」間近にいるので声をひそめた。「あのケーキはべつにして」彼がにやりとすると、カーリンは顔をほころばせた。

「どうして失敗したのかキャットに訊いてみなくちゃ」カーリンはするりとそばから離れ、片付けをつづけた。箒《ほうき》を手にせっせと掃きはじめたのだ。武器の代わりになるものを手にしたのは偶然ではないだろう。いまやふたりのあいだには箒がある。

ウェイトレスの制服の胸に刺繡された〝C〟は〝コーシャス〟だと言ったのは、冗談ではなかったのだ。

彼はコーヒーカップを掲げて小さく敬礼し、ドアへ向かった。「じゃあ、あすの朝」

「ええ」彼女が掃きながら言う。「お休みなさい」

ジークは振り返らなかったが、テレビを観ようと書斎に向かいながら思った。カーリン・ハントが家にいることに、おれは慣れつつあるぞ、と。

カーリンはキッチンの掃除を終えると自室に引きあげた。つぎの予定はシャワーとベッドだ。テレビの前に座り込んだりしたら、すぐに居眠りをはじめるに決まっている。

ドアを閉めると服を脱ぎ、汚れ物の籠に放り込んでバスルームに向かった。疲れていた。不思議と満ち足りていたが、疲れていた。ジークや牧童たちに食べさせ、溜まりに溜まった家事をこなそうと駆けずり回って忙しくしているのは好きだし、達成感を覚えられるのはいい。それに、先は見えている。家事の遅れを取り戻したら、午後は少し休めるようになるだろう。長い時間でなくていいが、昼寝をしたりテレビを観たり、読書をしたりして過ごしたい。読書をしないと、なんで図書館に行くんだ、とジークが不思議に思うだろう。

熱いシャワーが気持ちいい、ほんとうに気持ちいい。疲れた筋肉を湯に打たせたまま、しばらくじっとしていた。今夜は苦労なく眠れるだろう。

願ってもない仕事だった。玄関と裏口にはしっかりとした錠をつけたから、これで安心だし、牧童たちはいい人ぞろいだ。ダービーはいけすかないけれど、グループにひとりぐらいはああいうのがいるものだ。パトリックはとても物静かで、なにを考えているかわからない。でも、スペンサーはかわいいし、ウォルトはみんなにとって父親みたいな存在なのだろう。

でも、ジーク・デッカーはまるでつかみどころがない！　癪《しゃく》に障る人だと思っていると、つぎの瞬間、とても感じがよくなる。どうなってるの？　どっちかにしてほしい。彼がどう出るか、それにどう対応するか、始終頭を悩ませなきゃならないなんて。彼がいやな感じのときですら、肉体的に惹かれているんだから、これは問題だ。つねにジークが感じよく接してきたら、いったいどうすればいいの？

体をごしごし洗ってからシャワーを出て、手早くタオルで拭いた。なんとかやっていくしかない。ひとつだけたしかなことがあった。家に戻った彼をやさしく迎えて、〝お疲れさま〟と言うようになったら、ここを出る潮時だ。

11

カーリンはジークを従え、ワートンのグロサリーストアに入って行った。彼がいることが気に食わなかった。守ってやる必要があるとでも言いたげに、ぴったりついてくるのが気に食わなかった。自分のペースで買い物したい。彼女が手間取った場合に備え、片手に鞭《むち》を、片手にストップウォッチを持った彼に見張られているみたいで、落ち着かないったらない。彼はなに？　奴隷監督者？　ええ、そうよ。彼の脳天を叩き割らずにすんでいるのは、彼が人に対してとおなじぐらい――それ以上に――自分に厳しい人だからだ。

買い物リストを作ってきた。それに従って必要なものを集めれば、三十分、いえ二十分で店を出られるはずだ。でも、料理本を何冊も読んだせいで、頭の中にはたくさんのレシピが詰まっていた――というか、ふたつ、三つは。おいしそうで、なおかつ食べ物では冒険をしない男たちの口に合うようなものが作れないか考えながら、食材を見て回りたかった。リストにない食材を見て、なにかひらめくかもしれない。

冗談はよしたら？　いったいなにを考えているの？　料理は得意じゃないくせに。でも、いまここにいて、一日中料理のことを考え、料理の支度をして、料理して、料理の後片付けをして暮らしている。これってどこか変だ。

人里離れた牧場で働き、給料は現金で払ってもらい、偽名でとおしている。レーダーを掻い潜《くぐ》って生きるのにもってこいの状況であり、完璧な計画だ。しばらくここにいてお金を貯め、逃げ回る生活からくるストレスからつかの間解き放たれる。身を粉にして働くことはかまわなかったが、料理漬けの毎日を送ることになるなんて。DNAレベルで変化が起きているとしか思えない。そうでなきゃ、〝失敗知らず〟が聞いて呆れるホワイトケーキでしくじったとき、〝それがなにか〟と言ってさっさと出ていっていたはずだ。ところが、どうして失敗したのか原因を突き止めずにいられない気分になっている。

DNAレベルの変化ではないのかもしれない。精神的に病んでいるのでもない。負けず嫌いのなせる業《わざ》だ。負けず嫌いも悪くない。そう考えれば、もう一度作ってみようと思っても不思議はない。

ところが、〝ジーク・ザ・ドラゴン〟が人の肩越しに火を噴き、急げと急《せ》かすもんだから、効率よく買い物もできやしない。〝さっさとしろ〟という第一声がいまにも飛んできそうだ。たぶん……そう、五分以内に。きっと。

まあ好きなだけ火を噴くといい。買い物の責任者はあたしなのだから。こっちのやり方が気に入らないなら、どこかに座って待っていればいい――

おっと。現実が彼女の眉間にパンチを食らわせた。カーリンはもう一度リストを眺め、うめきそうになった。リストそのものはそう長くないが、量がはんぱじゃなかった。小麦粉は二・五キロではなく十キロは必要だ。砂糖もしかり。すべての材料をふつうの何倍も買わねばならないから、とてもカートひとつにおさまりきらない。カートがふたつ、へたすると三つ必要で、つまりジークの手が必要だ。

どんな不幸にもあかるい面がある、という諺《ことわざ》どおり、彼は退屈な仕事でも厭《いと》わずにやる。カートをひとつ引き出して彼のほうに押しやり、もうひとつ引き出す。「基本ルール」そっけなく言った。「急がせないで、さもないとなにか買い忘れるから。あたしが考えているときは邪魔しないで、さもないとなにか買い忘れ――」

「いったいなにを忘れるって言うんだ？　リストを作ってきてるじゃないか。それと照らし合わせて買えばすむことだ」

「それから、口を挟まないで」彼女は言い足した。「リストに載っているものを買うなら、どんな馬鹿だってできます。リストに載っていないものを買うことには、創造性が求められるの」

「これは買い物リストだろう。芸術じゃない」

「でも、不完全なリストなのよ。だから考えなきゃならないの。あなたは黙ってついてきてちょうだい」

ジーンズにブーツ、デニムのシャツという格好の、ほっそりとした白髪の女性がカートを押してやって来て、通りすがりに言った。「よく言ったわ、ハニー」

ジークは小さく頭を振り、年配の女性のうしろ姿に向かって、うんざりして言った。「こりゃどうも、ミセス・G」

「どういたしまして、ダーリン」ミセス・Gは振り返らなかった。野菜売り場に行くと、レタスを一個ずつ矯《た》めつ眇《すが》めつしはじめた。

カーリンは口をすぼめて考え込み、彼をじろっと見た。「別れた恋人？」

「一年生のときの先生」

すきっ歯の六歳児の彼を想像したら、なぜだか胸がキュンとなった。家を掃除していて彼の写真を二枚ばかり見ていたので――飾ってある写真が少ないのは、どこかにしまいこんでいるからだろう――思春期の顔がどんなふうにして強面《こわもて》の大人顔になったか、なんとなく想像がつく。でも、子供のころの写真はなかった。それは理解できる。赤ん坊のころの写真を飾りたい男がいる？　自分の子供の写真なら飾るだろうけれど、自分の子供時代の写真は飾らない。父親になったジークの姿を想像したら、また胸がキュンとなった。彼に慣れて免疫を作るどころか、事態は悪くなる一方だ。

「いまにも吐きそうな顔をしてるぞ」彼が言い、カートを押した。

カーリンは気を取り直し、彼の前の正しい位置にカートを押し出した。「子供のころのあなたを想像してたら、気分が悪くなってきたの」

ジークがうなった。「そりゃ無理ないな」にんまりする。「だが、ミセス・Gはすべてお見通しだったからな。先生のひと睨みで竦《すく》みあがったもんだ」

「彼女に話を聞いてこなくちゃ」ミセス・Gのほうへカートを向けようとしたら、思ったとおり、彼が手を伸ばしてカートの取っ手をつかみ、彼女を行かせまいとした。

「そんな暇はないんだ。さっさと買い物をすませてここを出よう」

彼が〝さっさとしろ〟と言うまでに――あるいは、おなじ効果を狙った言葉を口にするまでに――何分かかるか賭けをしていたら、がっぽり儲《もう》けられたのに残念だ。

「わかりました、でも――」彼に向かって人差し指を立てて振った。「基本ルールは守ってよね。あたしについてくること、あたしがとってちょうだいと言ったらとること、それに、無駄口は叩かないこと」

「へえ、つまりおれに肉体労働をしろって言ってるのか？」

「賢い労働者は手近にある道具はなんでも使うの」どういうつもりで言ったのか、考えるのは彼に任せた。

「賢い労働者は時間を無駄にせずに働くものだ」

彼のしっぺ返しに腹がたたなかったのは、そのとおりだったからだ。山ほどの食料品を買わなければならないし、品物が自分からカートに飛び込んではこない。

野菜の売り場は混んでいた。一緒にいる彼も含め、男はロメインレタスやセロリをあまり好まない。彼らの好物はタマネギとジャガイモと、それを潰したもの。そのジャガイモとタマネギも大量に買い込まないと。

通路を歩きながら、レシピを頭の中でこねくり回す。賽《さい》の目に切って売られているトマトや、粉末スープのパッケージをじっくり眺め、マカロニ以外のパスタを使っても、マカロニ・アンド・チーズと呼ぶのだろうか、と考えた。それに、果たしてマカロニ・アンド・チーズを作れるのだろうか。かんたんそうに見える料理のほうが、大失敗をやらかす可能性は高いような気がする。でも、材料はパスタとチーズなんだから、失敗のしようがないでしょ？

「そのチーズの箱がいったいどうしたんだ？　難しい顔をして、五分以上も眺めてるじゃないか」ジークがぶつくさ言う。「買うか買わないかどっちかにしろ」

「だから、いま考えているの」

「早く決めろ」

「マカロニ・アンド・チーズは好き？」

「おれは男だぞ。チーズがのっかってるものはなんでも好きだ」

「でも、食料貯蔵室にはなかったわよ」

「リビーは箱に入ってるやつを使わなかったんじゃないか。スペンサーはマカロニ・アンド・チーズなんて一度も作らなかったし、おれも作ろうなんて思いもしなかった。買うにしろ買わないにしろ、さっさと決めて先を急ごう」彼の声の端々から苛立ちが感じ取れる。たぶん作れると思い、カーリンは特大サイズの箱をつかんでカートに放った。

「ひと箱だけか？　マカロニ・アンド・チーズを作るつもりなら、買いだめしといたほうがいい。足りないのをひとつ、ふたつ買い足しに出るにも、町まで遠いからな」

「マカロニ・アンド・チーズは作ったことがないの」認めるのは屈辱だった。自分の能力不足を公言しているようなものだ。「うまくできたら、つぎはたくさん買い込むわ」

「つまり、おれたちは実験台ってことか」彼がつぶやく。

感謝することも同情することも知らない雇い主で助かった。カッとなったおかげで屈辱感も吹っ飛んだ。屈辱感は人をまごつかせる。怒りながら働くほうがましだ。カーリンは口を歪めて彼を睨んだ。「基本ルールの〝無駄口は叩かない〟の項目を忘れたの？　ちゃんと守ってね」

「ただの好奇心から訊くが、きみは専門のトレーニングを一度でも受けたことがあるのか？　ボスに減らず口を叩くなと教える授業を、きみはサボったんじゃないか？」

「あたしがどれだけ模範的な雇い人か、そのうちわかるわ。ただし、いまは事情がちがうの」

「へえ？　どうちがう？」

「臨時雇いであることを双方とも了解している。ゆえに、あなたのお尻にキスする必要はない——あくまでも比喩ですからね、もちろん。あたしはあくまで腰掛けでこの仕事をしてるの。だから、あたしが運転席に座る。だいいち、あなたの家事能力と、初日に見た母屋の状況からして、口に気をつけなきゃならないのはあなたのほうでしょ。だって、あたしを怒らせたらまずいことになるもの。あたしはいつでも出ていけるのよ。そして春が来て、自分のくさい汚れ物の山に埋まったあなたの死体が発見される」

ふたりは歩きながら言葉をぶつけ合っていた。彼女はそのあいだもリストを見て、欲しい品物を指差し、彼にカートに入れさせた——もちろん大量に。彼の家では、トマト缶をひとつ買うなんてことはありえない。十個は必要で、一週間それで持つことを願うばかりだ。

彼女はカートの向きを変え、粉物の棚に向かった。ここでたいていのものは揃う——まあ、ほかのおいしいもの、たとえばアイスクリームやキャンディやクッキーはべつだけれど。ずらっと並ぶケーキミックスが目に入り、不名誉な失敗を思い出した。ケーキミックス自体は悪くなかったのだろう。ふつうの人がふつうに作って大丈夫なんだから、彼女が作ったって——

黒っぽい髪の男が通路の先を横切った。顔は見えなかった。

ブラッド。あまりの恐怖にがんじがらめになり、あかるい店内が一瞬真っ暗になった気がした。足元の床が抜けた。心臓が文字どおり連続音を発した。まるで見えない壁にぶつかりでもしたように、彼女が不意に立ち止まったものだから、あとから来るジークは、ぶつからないようとっさにカートを左に向けた。

「クソッ、よく見て――」彼が言いかける。くるっと振り返ったカーリンの顔は蒼白《そうはく》だった。ただ本能のままにカートを放り出し、彼の横をすり抜けて店の裏口へと走った。そこにはかならず商品の搬入口がある。つまり逃げ出せる。

だが、ジークのほうがすばやかった。長い腕を伸ばして彼女のシャツの背中をつかみ、引き止めた。彼女はガラガラヘビのすばやさでジークを殴った。拳をハンマー代わりに彼の上腕を殴り、シャツを引き抜こうとした。「クソッ！」彼が歯を食いしばって言う。彼女の拳は強く、狙いは正確だったからだ。だが、彼女がシャツを引き抜く前に、空いたほうの手でその腕をつかんだ。「どうしたんだ？」

12

「放して」カーリンが恐怖に目を血走らせながら、無我夢中で抵抗するものだから、ジークは、攻撃しながら体をくねらすニンジャウォームと対戦しているような気になった。

もう、これじゃ、店中の関心を引きまくりじゃないのか？　グロサリーストアで、彼が家政婦に襲いかかったと思われるに決まっている。不幸中の幸いというか、この通路には彼らしかいなかった。カーリンが錯乱してから、誰も通りがかっていなかった。

「彼がいる！」彼女は声を殺して言い、ジークの脛《すね》を蹴った。

「痛ッ！　こら、やめろ！」彼女をうしろから羽交い締めにして持ちあげた。それが彼女を押さえるのにいちばんかんたんだったからだ。そうしながらも、彼女をパニックに陥《おとしい》れた男を探して顔を巡らせた。〝おれが始末をつけてやる〟というような恐ろしい形相を浮かべて。始末のつけかたによっては、血を流す者も出る。いまがそのときかもしれない。

彼女が踵で向こう脛を思いきり蹴飛ばしてくる。数カ月はあざが残りそうなほどの、小型のラバ並みの蹴り方だった。「やめろ」低い声で言う。「どこにいる？　指差して教えろ」

彼女は激しく頭を振った。「彼は殺すわ――あなたもあたしも、みんな!」

「いや、それは無理だ。この店にいる人間の半分は武器を持っている」大声を出さなくてすむよう、耳元で話した。肌の匂いやブロンドの髪のシルクのような感触を意識しながらも、この事態をおさめるよう全力を尽くした。まず第一に、彼女を落ち着かせてストーカーの居場所を言わせなければ。もっとも、よそ者がいないか探せばいいだけのことだ。そいつがストーカーだ。「ここの店主はよく知っている。おれたちできみを守るし、自分たちを守る。約束する。まず落ち着け。おれがいるかぎり、きみは大丈夫だ。どこでそいつを見た? 指差して教えてくれるか?」

「彼は……通路の端を……横切った」彼女は息も絶えだえで話すのもままならない。ほっそりした顔は蒼白で、意識を失わないのが不思議なぐらいだ。息を吸い込んで止め、なんとか落ち着こうとしていた。「黒髪で、グリーンのシャツ」

「わかった」彼女を床に立たせてこちら向きにさせた。「ここにいろ。走るな。わかったか? ぜったいに動くなよ」彼女の肩をつかんで揺すり、じっと見つめた。「約束しろ」

彼女は全身を震わせていた。緊張が全身に広がっていくのが見てわかる。顔の中で色があるのはブルーの目だけだった。唇まで白い。誰も演技でこんな反応はできない。彼女のストーカー話を疑う気持ちが、この瞬間に消え去った。何者かが彼女を恐れおののかせている。

その野郎をこの手で――

「約束しろ」彼はもう一度言った。

彼女は逃げ道を探そうとするように目をきょろきょろさせた。まるで生け捕りにされた怯える動物だ。彼女のそんな姿を見て、ジークの怒りはさらに燃えあがった。

とても約束できる状態ではない。見あげる彼女を見つめながら、ジークはどうしたものかと思った。げす野郎を追っ払うか、彼女が逃げ出さないようにつかんだままでいるか。

まあ、逃げ出すにしても歩きだが。トラックの鍵は彼のポケットの中だ。

「ここにいろ」命令口調で言い、彼女から手を離して通路を進み、角を曲がって標的を探す——

すると、拍子抜けするほどすぐに見つかった。ふたつ先の通路でスナックの棚を眺めていた。骨が砕けるほどのタックルをかけようとしたとき、目に入った情景を脳が認識して止まれという指令を出した。

一歩、二歩後退すると、カーリンを残してきた通路が見えた。彼女の姿はなく、二台のカートが残っているだけだろうとなかば覚悟していたが、彼女はそこにいた。真っ青な顔で立ち竦み、目を瞠ったまま通路の先を見つめていた。まるでそこから怪物が現れるのを待っているかのように。

ジークは左手をあげて彼女を手招きした。

彼女が激しく頭を振った。

手振りで強調しながら言う。「大丈夫だ。さあ、来い」

彼女は恐るおそる足を踏み出した。彼女が手の届くところまで来ると、ジークはその腕をつかんで、通路の先が見えるところまで引き寄せた。「あれが奴なのか？」グリーンのシャツの男を指差す。

彼女は怯えていたが、勇気を出してそっちを見た。本能的にひるんで体を硬くし、それからもう一度見た。

「そうよ」彼女はか細い声で言った。「でも、彼ではない」

「そうか。よかった。あれはカーソン・ライアンズだ。ここから南に行ったところに小さな牧場を持っていて、女房とふたりの子供と一緒に働いている」

彼女は空気を吸い込み、体をふたつ折りにして膝に両手をついた。「ああ、よかった。顔が見えなかったから……髪の毛と、頭の形だけしか。あたし……なにも考えられなかった。パニックになって。ごめんなさい、もう馬鹿やっちゃった……」

「気にするな」ジークは体を使って彼女をもといた通路に誘導した。「馬鹿なんかやっちゃいない。危険を察知し、反応したまでだ。大丈夫。そうすべきことをやったまでだ。だが、つぎにこういうことがあったら、指差してくれるだけでいい。あとはおれが片をつける。さて、買い物を終わらせて店を出よう。きょうはやることがいっぱいあるんだ。時間を無駄にしちゃいられない」

ここはへたに同情などせず、いつもどおりにやるのがいちばんだ。ジークは知らん顔でカートを押して通路を進んだが、彼女が落ち着きを取り戻し、いますべきことに意識を向けるのをこっそり見守っていた。カーリンはまだ震えているが、ふらついてはいない。たいしたものだと思う反面、かばってやりたいとも思った。彼が思っている以上に重大なことに、なんとか対処しようとしている。挫けまいとしている。そう、〝根性〟こそ彼女に似合いの言葉だ。

いまは彼の庇《ひ》護《ご》下《か》にいるこの女を危険な目に遭わせてたまるか。

ブラッド・ヘンダーソンはコンピュータのスクリーンを睨みつけ、目の前の情報に全神経を向けていた。正確に言えば、情報のなさに、だが。

カーリンは地図から消えた。どこかで働いているにしても、社会保障番号を使っていない。スピード違反のチケットを切られていない。ソ《S》ーシャル・ネ《N》ットワーキング・サ《S》ービスに参加していない。銀行口座を開いていない。彼女の姉のフェイスブックに侵入してみたが、時間の無駄だった。カーリンは兄や姉とそれほど親しくないのだろう。だが、なんらかの形で連絡をとり合っているはずだ。まだそれを見つけられないだけの話で。

目を細めてスクリーンを睨む。兄や姉とちかい関係でなくても、彼らが首を掻き切られれば動揺するだろう。彼女の家族に、カーリンのせいだと教えてやってから、ひとり残らず殺したら、さすがの彼女も逃げ出したことを後悔するだろう。

深呼吸する。カーリンに見せつけてやれないなら、家族を殺すことは彼の自己満足にすぎなくなる。時間の無駄だ。彼自身の安全や自由が脅かされることにもなる。

自分の好みに合わせてしつらえた自宅の書斎で、ブラッドは調査を行い、悪態をつき、カーリンを見つけたらどう料理してやるか想像していた。署のコンピュータを使い、警察の情報網を使って、自分ひとりでは収集できない情報を集めるのは危険だが、これ以上無駄骨ばかり折っていたら、いずれは危険を冒さざるをえない。

愚かな女め、逃げおおせると思っているのか？　いずれそのうち、間違いを犯す。それが法から逃れようとする者の末路だ。こっちの話に耳を傾けるべきだったんだ。ちゃんと説明しようとしたのに。彼女をどんなに大事に思っているか、どうしてわからないんだ？　彼女はおれのものだ。出会った瞬間からそうだった。彼女がほほえんだ瞬間に、それがわかった。

彼女はおれのものだ。彼女の命を奪うことを考えても、良心はまったく咎めない。おれのものだからだ。ゴミと一緒で、こっちの好きなように処分できる。人ちがいであの女を殺したとわかったときには――あの赤いレインコートがいけないんだ――ちょっと気が咎めたが、それも一瞬だった。邪魔しなければ、あの女はいまも生きていられただろう。おれのせいじゃない。

調べるのはやめて、べつのファイルを開いた。カーリンの写真がスクリーンを埋め尽くす。

スライドショーだ。こちらを見て笑っている写真もあれば、本人が撮られたことに気づいていない写真もあった。とりわけセクシーな写真に手を伸ばし、頰に指先を当てる。

そして、ささやく。「おれのもの」

買ってきたものをしまっているときも、体はまだ震えていた。牧童たちはキッチンを派手に散らかしてくれていた。サンドイッチを平らげ、チップスの袋を開け、紅茶やソーダやミルクを飲み、あっちにもこっちにもグラスや皿を置きっぱなしにしていた。もっとも初日の惨状に比べれば、これぐらいの散らかり様なら許容範囲だ。よけいな仕事ができて嬉しいぐらいだった。気がまぎれる。買ってきたものの片付けが終わったら、段取りをたてて掃除にとりかかろう。

それから夕食の支度だ。ミートソースのスパゲッティとガーリックブレッド、デザートはキャットの店から取ってきたパイ。買い出しから何時ごろ戻れるかわからなかったので、夕食は時間がかからない、かんたんなものに決めていた。

目の前の仕事に意識を向けようとしても、体の震えはおさまらなかった。そんな体の反応に苛立つ。それで事態がよくなるわけではないのに。

リラックスしなさい、気をゆるめなさいと自分に言い聞かせたのが逆効果だった。男の姿を見てブラッドだと思ったときの衝撃は、心の準備ができていなかっただけに激しかった。

ここにいれば安全だと思いはじめ、バトル・リッジの生活に満足しはじめていたときだったから。それに、あのときはほかのことを考えていた。食事の支度やレシピや、あのとんでもないホワイトケーキや、ジーク・デッカーのことを。いちばん気の散る相手だから頭から離れない。それに、さしあたり最大の危険でもある。距離を保ち、自分の立場に幻想を抱かないようにしてきたのに、彼のことが好きだった。セクシーで癪に障って、男そのものだから、耐えられないほど気が散る。

彼の魅力に抗えるのはきっとスーパーウーマンぐらいだ。彼に対する自分の反応には、〝スーパー〟な部分はまったくなかった。〝ウーマン〟の部分は……まあ、それはべつの話。もう、頭にくる。

そんなことを考えていたから、彼が背後に来たことに気づかなかった。彼が手を伸ばして手に手を添えようとしたので——彼女は豆の缶詰を棚にしまう途中だった——体が凍りついた。いままでジークは彼女に触れなかった。一度も。ああ、もう。それがいま、彼は触れようとしている。触れると言えば、彼はきょう、何度も体に触れた。でも、グロサリーストアから逃げ出そうとして羽交い締めにされたのは、のぞ……かなくてもいいかな。

彼の手は熱くて硬くて大きかった。彼の体は、間近にある彼の体は、薪ストーヴみたいな熱を発散している。彼が自分よりどれぐらい大きいかなんて、あんまり考えたことがなかったけれど、こんなふうに体を密着させていたら、考えずにいるほうがおかしいんじゃない？

「ここにいれば安全だ」ジークが低い声で言った。いつもより穏やかで、すごくやさしい口調だった。

カーリンは彼を見ないようにしながら、頭を振った。「どこにいても、ほんとうに安全なことなんてない」

彼は動かなかった。手をおろさなかった。「男なら、どんな男だって、なんとかしてやろうと思ってあたりまえだ」

彼女は手を伸ばし、棚に缶詰を置いた。それで手は離れたが、ジークは動かなかった。彼女はちょっと膝を曲げ、彼の体を撫でるようにして離れた。まるでスクエアダンスだ。

彼は話題を変えようとしなかった。

「きみを助けたい」

笑おうとしたのに、笑い声が喉に引っかかった。ジークであれ、誰であれ、巻き込みたくなかった。「なにをしてくれるつもりなの？」彼女は尋ねた。声がきつかった。「彼を追い詰めて、殺してくれる？」

「彼を逮捕させることができるんじゃないかな」ジークは真顔で言った。「ここには馬も銃もあるが、おれは牧場主だ。ガンマンじゃない」

彼女の唇が弧を描いて小さな笑みが浮かんだが、すぐに歪んだ笑みになった。「彼を逮捕させようとしたわ。でも、うまくいかなかった」

　ブラッドのことは話したくなかったし、ここしばらくは頭から締め出しておけた悪夢を、甦《よみがえ》らせたくなかった。ジーナが身代わりに殺されたことを悔やんで苦しむ代わりに、将来のことを考えようとするのは不謹慎だろうか？　それが生存のメカニズムだから仕方がないのだろうか？

「ずっと逃げつづけるつもりか？」

「それはすごい質問ね」毎日、何度となく自問してきたことで、答えはいつもノーだった。でも、あたしになにができるというの？　悪夢を終わらせる方法を思いつけない。だから、ジークにも正直に答えた。「わからないわ」

「彼の名前を教えてくれ、おれがなんとか……」

「だめ！」彼女は叫び、くるっと振り返った。ブラッドをここに引き寄せるようなことをジークがやったらと思うと、心臓が喉まで跳ねあがった。指で彼の胸をつつく。「あいつはね、コンピュータおたくなの。あたしの身代わりに友人が死んだ。彼があたしと間違えて殺したのよ、わかる？　わかるの、どうなの、クソッたれ」めったに悪態はつかないが、ブラッドのこととなると言葉が悪くなった。

　ジークは眉をわずかに吊り上げ、彼女をじっと見つめていた。悪態のひとつもつけないような、かわいい娘だと思ってたの？　彼女は一歩も引かず、睨み返した。

「いいだろう」彼の声は張り詰めていたが、口調は穏やかだった。「勝手な真似はしない。

ただし、ひとつだけ約束してくれ」

　あなたには関係のないことだし、約束なんてできない、と言いかけてやめた。彼が本気だとわかったから、とりあえずは彼に合わせておこう。「そうね。どんな約束？」

「ここを出ることに決めたら、真っ先におれに言ってくれ」

「どうして？」顔を見ただけで、どうして逃げ出そうとしているとわかったの？　ああ、そうだ……グロサリーストアでパニックになったし、裏の搬入口から逃げ出そうとしたからだ。

「きみを助けることができる。よそに移るにしても、まあ、きっとそうするんだろうが、計画を立てる必要がある。計画だ、カーリン、やみくもに車を走らせて、ガス欠になったら止まるってんじゃなく」彼はちょっと怒っているようだ。「クソ馬鹿野郎に人生をめちゃめちゃにさせるな。ほかのどこよりもここにいれば安全だ。おれたちがいるし、きみのためなら戦おうっていう人間に、それも銃を持った人間に囲まれているからだ」

　彼女がなにか言う前に、ジークは裏口に向かった。「ドアには鍵をかけていく」彼が振り返らずに言った。「心配するな。鍵は持ってる」


　夕食の給仕をするカーリンを、ジークはこっそり見守った。このころにはすっかり落ち着きを取り戻していたから、グロサリーストアであんなに怯えたなんて誰も気づかないだろう。みんなを席につかせ、料理がくまなく渡ったことをたしかめながら、彼女はほほえんで冗談まで飛ばした。そして今夜も、キッチンでひとり食事をした。

スパゲッティはうまかった。腹持ちもいい。ガーリックブレッドもサクサクしてうまかった。男たちはガツガツ食べた。長時間の労働を終えたあとだから、飢えるのも無理はない。スペンサーは片手で食べるのに苦労していたが、だいぶうまくなった。〝ロッキング・D牧場〟の食事がよくなったことにみんな喜んでいるから、カーリンが出ていったらさぞがっかりするだろう。

腹立たしいことに、彼女はいずれ出ていくのだ。スペンサーが家事に復帰したら、彼女には出ていってもらうつもりで雇った。彼女をいやいや雇ったときはそのつもりだったし、春までいることに同意したのもいやいやだった。ところがものの二日で、彼女はここに自分のしるしをつけた。彼女にずっといてほしいと思う自分がいた。家に帰ると熱々の食事と清潔な服が待っているのはいいものだ。そこに減らず口と、よからぬことを考えずにいられない見事な尻がついているとしても。

彼女はベッドのシーツを洗って、ベッドメーキングまでしてくれた。リビーが出ていってからはじめてのことだ。有能な家政婦兼料理人という以上の存在だ。彼女が逃げ出すそぶりを見せたとき、引き止めた理由はそれだった。

ああ、そのとおり。

十月の市《オクトーバー・マーケット》に出す準備のため、放し飼いの牛を母屋にちかい牧草地に移す作業で向こう二週間は多忙をきわめる。それはたぶんいいことなのだ。カーリンは一日中ひとりで過ごせるし、つぎの買い出しはスペンサーを道案内に――それに監視役に――つけるつもりだ。ストーカーのことは誰にも知られたくなかったが、彼女が誰にも悩まされないよう目を光らせておけ、とスペンサーには言っておかないと。自分に嘘はつかない。彼女の安全は、重大な関心事項だ。

牛を追ってゆく旅を、スペンサーは逃したくないだろう。彼にとって一年でいちばん好きな季節なのだから。牛追いは大変だが、伝統的なカウボーイの仕事だ。牧場主の中には四輪駆動車を使う者もいるが――ヘリコプターを使う者もいるそうだ――〝ロッキング・D牧場〟では、昔ながらのやり方で、つまり馬に乗って牛を追ってゆく。

腕の骨を折っただけならなんとかなるだろうが、鞍にまたがるつもりなら肩の怪我がよくなっていないと無理だ。彼に落馬の経験はないが、サントスにやられた例を持ち出すまでもなく、何事にもはじめがある。回旋腱板の怪我を甘く見てはならない。

つまり、スペンサーはカーリンと牧場に残るということだ。そのほうがジークも安心できる。リビーをひとり残して出掛けることに、不安を感じたことはなかったが、それはリビーの存在をそんなに強く意識していなかったからだ。母親のように愛していたが、彼女は毎日の生活の一部、そこにいてあたりまえの存在だった。

カーリンはちがう。彼女が家にいて、料理や掃除をしたり、男が女房にやってもらうのを期待するようなことをしたりするのを、彼は心の隅でつねに意識していた。彼女がシャワーを浴びていると、裸を想像する。彼女がベッドに入る時間になると、かたわらに寝そべる彼女の裸体を想像する。リビーの裸なんて想像したこともない——よしてくれ！　ぞっとする。だが、カーリンは……ああ。裸を想像する。彼女は呼吸するだけでいい。すると裸で呼吸している姿が頭に浮かぶのだから。

テーブルについているのになにも食べず、カーリンの裸を想像している自分に気づいて、ぎょっとした。テーブルの上からは料理がどんどん消えつつあったので、彼は慌てて最後のガーリックブレッドをつかみ、胃袋を満たす作業にとりかかった。

男たちは腹いっぱいになると、間近に迫る牛追いの旅の話をしはじめた。せっかくの楽しみを味わえないとわかっているので、スペンサーはむっつりしていた。だが、その表情はじきに晴れた。いつまでもくよくよしないタイプなのだ。ジークはこの話題に意識を集中した。牧場の収入の多くがこれにかかっているから、牧童たち全員が何度も経験してきているとはいえ、仕事の段取りを決めるのは大事なことだった。仕事のことだけ考えようと思っていた矢先、カーリンが二種類のパイ、アップルとキーライムを持ってきた。彼女を見て、パイを見たとたん、裸で運んでくる姿が目に浮かんだ。むろん、その姿を眺めるのは彼ひとりだ。

むらむらしてきた。いまなら、蝿が体にとまっただけでもいってしまいそうだ。

「やったね！」スペンサーがにっこりして言った。牧童たちのうちのふたりが手を叩き、エリは歓声をあげた。ジークとウォルトが立ち、彼女からパイを受け取ってテーブルに置いた。

彼女を見つめて思った。ほんの数時間前、彼女がどれほど怯えていたか、おまえたちには想像もつかないだろう。

彼女はほほえみ、冗談を言った。「そのうちあたしがパイを運んできたら、あなたたち、きっと言うようになるわ。『ああ、カーリー、がっかりさせないでくれよ。デザートはやっぱり〝失敗知らずのホワイトケーキ〟じゃなきゃ』ってね」最後のくだりは裏声で言って、自分を茶化した。

「ああ、そうなるとも」ダービーが皮肉たっぷりに言って、パイサーバーに手を伸ばした。

カーリンは夕食のテーブルをセットしたとき、デザート皿とフォークを一緒に用意していた。

「おい！　アップルパイがひとかけなくなってるぞ」

「なくなったんじゃないわよ」カーリンがやさしく言う。「どこにあるか知ってるもの。キッチンのお皿の上。あたしの名前が書いてある」

「なんであんたの分を先に切り分けるんだよ」ダービーがぶつぶつ言う。

その背後で、カーリンが舌を出す。それを見た男たちが噴き出し、咳払いや歓声でごまかした。

彼女がキッチンに戻っていった。ジークは彼女を手伝おうかと思った。ここからでも香りがする淹れたてのカフェイン抜きのコーヒーのポットや、マグを運ぶのを手伝おうかと。だが、やめておいた。いま彼女にまとわりついたら、きっと迷惑がられる。

それに、まわりの誰とも、肉体的にも感情的にも関係を持ちたくないと、彼女は明言していた。気持ちはわかる。かならずしも賛成はできないが、理解はできる。彼女は難しい立場にある。無理に孤立することは彼女の性格に合わないだろうに、それでいっそう立場が難しくなっているのだ。もう何年もここにいるかのように、男どもに交じって対等にやり合っている姿を見ると、なおさらそう思う。

フムフム。彼女はそれとない敵意を彼らに向けてはいない――こっちにだけだ。それでも、嫌われているとは思わない。彼女が距離を置こうとしているのはおれだけで、それはつまり――

狩りをする狼《おおかみ》のように、相手のことがわかった。彼女の弱みがどこにあるのか、感じ取ることができる。彼女は距離をとろうとしているのに、ジークがそれを縮めようとするから脅威になるのだ。ほかの男たちはそうではない。脅威だからこそ、彼が強く出れば――もし、いまそれをすれば――彼女は逃げ出すだろう。

本能はしたいようにしろと言う。たいていの場合、たゆまぬ努力と揺るがぬ決意で状況をねじ曲げ、ねじ伏せ、思いどおりの結果を出してきたし、諦めぬことを学んできた。後退するのは本能に背くことだが、頭はそうすべきだと言い張る。だがそれは、諦めるのとはちがう。それも戦略だ。まずは彼女が築いた壁を通り抜け、信頼を勝ち取るのだ。それから先は、化学反応やセックスや、はたまた魅力的な黒魔術が働いてくれるのを祈るだけだ。

戦略家としての彼は、成功に持っていくために、カーリンを牧童たちとおなじように扱うべきだとわかっていた——さしあたり。状況は変わらず、あと数カ月は彼のところで働いて、それから出ていけばいい、と彼女に思わせることだ。彼女がここにいるあいだは、幸せに、安心して暮らせるようにするのが彼の役目だ。

デッドボルトが誘惑の手口になるとは思いもしなかったが、いくらでも好きなだけ錠を取り付ければいい。それで彼女が安心できるなら。

13

「やあ、ミス・カーリー」スペンサーが声をかけながらキッチンに入ってきた。「町に出掛けるのは何時ごろにする?」

ジークは出たあとだった。スペンサーが来るのはわかっていたので、彼はマッドルームのドアに鍵をかけず、そのことをカーリンに伝えてから家を出た。ここ数日来、彼女がボスと交わした会話らしい会話はそれだけだった。彼女の仕事に、ジークはいっさい口出ししなかった。給料日が来ると、現金を封筒に入れて渡した。そういう形で給料を払うことに異存があるとしても、彼は口にしなかった。

カーリンはほっとしたが、ちょっと憤慨もした。彼が放っておいてくれるのはありがたい。でも、こんなふうに自分から距離を置くことに、うんざりもしていた。人生はままならないものだ。

スペンサーはほほえんでいた。まあ、彼の場合、たいてい笑っているが。こんなにあかるい人は見たことがない。二週間ほどで三角巾はとれるだろうに、それが待ちきれないらしい。

彼女は、そんなふうに縛られて不自由な思いをしたことがないが、さぞかし惨めな気分だろう。物事のいい面ばかり見るようにするのは、端から見る以上に大変なことかもしれない。

まだ朝食の片付けを終えたところだった。九人の男の胃袋におさまるベーコンと卵の量の多さには、いまだに驚かされる。ビスケット（小さくやわらかいケーキ状のパン）のレシピを見つけたので、そのうち試してみるつもりだが、いまは卵とベーコンとトーストを出すのでせいいっぱいで、それより難しいものは加えられない。朝は四時半に起き、五時半に朝食をテーブルに載せる。男たちは六時には仕事に出ていく。コーヒーメーカーにタイマーがついていなかったら、とても予定どおりにはこなせないだろう。コーヒーを自分で淹れていたのでは、ほかの料理の支度が間に合わない。つまり、ビスケットまで作っている余裕はない。夕食に作ったらどうだろうか。そのほうが時間に余裕がある。

「洗った食器を片付けるのに数分ちょうだい。そうしたら出掛けられるわ」彼女はスペンサーに言った。

買い出しは仕事のうちでいちばんいやな部分だ。食料品を買うのが嫌いだからではなく、自分でどうにでもなる安全な領域から出なければならないからだ。定期的にバトル・リッジに行くのは、ほぼ完璧な仕事のうちの唯一の欠点だった。なにもシェイエンまで出掛けていくわけでもないのに。

ジークとはじめて買い出しに出掛けた日をべつにすれば、怖い思いをしたことはないが、あの日のことは忘れられなかった。グロサリーストアでブラッドを見たと思った恐怖の一瞬を迎えるまでは、バトル・リッジでのんびりできていたのに。心からリラックスしていた。安心だった。だが、あの事件――あの恐怖――のせいで、ふたたび警戒態勢に入った。安心できなくなったのはいやだけれど、実際になにか起きたときに心構えができていないのはもっといやだ。だから、町に出掛けるときは必要以上に警戒していた。その結果、くたくたになって牧場に戻ることになる。

あの日以来、ジークは道案内をスペンサーに任せるようになった。彼が理学療法を受ける日に合わせて出掛ける。彼女は買い出しをし、図書館に行き、キャットを訪ねる。片手で運転できる、とスペンサーは言い張るが、カーリンは聞き入れなかった。いまではもう、ひとりで町まで行って帰ってこられるが、グロサリーストアでもう一台のカートを押してくれる手があるのは助かる。重たいものを運ぶのに、スペンサーに片方の手を添えてもらえば楽だ。

キャットに会い、コンピュータでロビンとキンの近況をチェックするだけでも、町に出掛ける甲斐はある。安全な牧場から離れるのはいやでも、人と接することが生活に潤いを与えてくれる。キャットに毎日会えればいいのに。大勢の男たちに囲まれて過ごしていると、女友達とおしゃべりしたくなる。男性ホルモンに長時間曝されていると、脳がおかしくなるんじゃないの？　あるとき、キャットの前でそのことを口に出したら、それからの五分間、キャットの笑いは止まらなかった。

過剰な男性ホルモンやくさい靴下や長時間労働ですら、彼女は楽しんでいた。牧童たちが満腹で満足していて、家がきれいに片付いていれば文句を言われないのだから、いい仕事だ。ジークの邪魔が入らないかぎりは。牧場に引きこもることには、欠点もあれば利点もある。来る日も来る日も、目に入るのはおなじ顔ばかりだ。気に食わないのも中にはいるが、どんな職場でもそれはおなじだ。問題はなにも起きない。驚きもない代わりに恐怖も感じないですむ。振り返ったら人込みの中にブラッドが立っていたなんてことはありえない。ここに人込みはないのだから。

ここでならリラックスできる。日々、生活に馴染んでいく。気になって仕方がないジークがいることはべつにして——仕事は気に入っていたし、例外はあるにしても牧童たちはみないい人だし、自分の部屋が持てるのもありがたかった。特別なものはないけれど、逃亡中に暮らした場所に比べればはるかに贅沢だ。考えてみれば、ここには特別なものがある。愛情を込めて改装された場所だもの。完璧なリビーへの愛。その恩恵をこうむっているのだから、感謝しなくちゃ。

「買い物リストがテーブルの上にあるわ」カーリンはきれいになった白い食器を戸棚にしまいながら言った。「書き忘れたものがないかチェックして」

自室に向かおうと廊下を歩くカーリンに、スペンサーが声をかけた。「ブロッコリ？　おれたち、ブロッコリを食べさせられるの？」

彼女は笑った。この数日、楽に笑えるようになっていた。「そうよ!」日々の観察によって——それに、毎日観ている『フード・ネットワーク』でも言っていたのだが——男に出す料理はシンプルなのがいちばんだとわかった。ジークも牧童たちも、肉とジャガイモさえ与えておけばご満悦なのだから、そのふたつは大量に出している。でも、ときどきメニューに野菜を忍び込ませるのは、料理人としての——それに紅一点の女としての——義務だと思っていた。野菜をチーズで覆うとか、ソースに紛れ込ませるとかすれば、週に二度ぐらいは、男どもに緑のものを食べさせられる。

部屋に戻ると、ジャケットと帽子とサングラスをつかんだ。〈パイ・ホール〉に寄ってキャットに挨拶し、頼んでおいたパイを受け取る。パイにはジークの機嫌をよくする効果がある——一時的にだが。彼を我慢できる程度の人間にまで引きあげるには、ワイオミング州じゅうのパイを集めても足りないだろう。不機嫌が常態になっているようだ。でも、こっちの安寧を考えれば、そのままでいてくれたほうがいい。

彼はぶっきらぼうにうなるだけなので、話の内容を理解するのに苦労するし、べつに理解しなくてもいいと思わないでもなかった。このごろは放っておいてくれることが多かったが、帰宅した彼の気難しい顔を見ると、こっちまで気が滅入《めい》る。〝オクトーバー・マーケット〟の準備は気苦労の多い仕事だから、それが終わったらみんなの機嫌もよくなるよ、とスペンサーは言っていた。

牧童の中にはじきにここを出ていき、牛の出産シーズンに戻ってくる者もいる。実家に帰る者もいるし、ロデオに出る者もふたりいた。ウォルトとケネスとマイカ――牧童頭と妻子持ち――は一年とおしての雇い人だ。スペンサーも一、二週間は実家に帰るが、ほかの男たちよりは早く戻るよ、と言っている。ここが好きなのだ。この牧場のほうが実家よりわが家という気がするそうだ。

スペンサーの家族ってどんなだろう、とカーリンは思う。一家揃って楽観主義者《ポリアンナ》なんだろうか。スペンサーは性格から見るとジークとは正反対だ。いつもにこにこしていて、冗談を飛ばし、片手が使えないハンデもたいしたことはないという顔をしている。彼は抽斗の中のいちばん切れるナイフではないかもしれないが、自分らしいやり方で友達を助けられる人だ。おかげでカーリンはどれほど助かっているか。彼は彼らしいやり方であたたかく迎え入れてくれたもの。

スペンサーと過ごす時間は長かった。事故のせいで肉体労働をあまりできないから、彼女がここに馴染む手助けをしてくれたし、彼女が連発する質問にちゃんと答えてくれた。料理番をしていたので、スパイスの置き場所を知っているし、男たちの飲み物の好みや、嫌いな食べ物――リストのトップに躍り出るのが野菜のラザニア――を知っていた。それに、前の家政婦――つまり完璧で天使のようなリビー――が作るチョコレートケーキは世界一だと思っている。それはジークもおなじだった。ときどきリビーという人間が心底憎らしくなる。

彼女を知らないのに、こんなことを言うのはおかしいかもしれないけれど。でも、キッチンに残るリビーの存在感には嫉妬していた。

リビーや彼女のチョコレートケーキ、キャットの作るおいしいパイ、それにホワイトケーキの失敗があるから、デザート部門で張り合うのは時間の無駄だとわかっていた。パイは〈パイ・ホール〉のがあるし、アイスクリームも大量に買ってある。アイスクリームが嫌いな人なんている？　ケーキミックスで作るブラウニーは好評だし、かんたんだ。そのうちホワイトケーキをもう一度試してみるつもりだが、なにかと理由をつけては先延ばしにしていた。ケーキ種を掻き混ぜすぎたせいよ、とキャットは言うが、ケーキがどうして使い古しのスポンジみたいな代物に変化するのか、カーリンにはわけがわからなかった。コーンミールを入れないコーンブレッド・ケーキのレシピを見つけ——驚いたことに——おいしくできあがった。でも、それはシートケーキだからべつなのだろう。問題なのは層になったケーキだ。

スペンサーとしては、左腕を三角巾でしっかり固定すれば、牧童としての仕事をある程度つづけられると思っていたのに、完全に治るまでは彼女の手伝いをしろ、とジークは言って聞かなかった。それは若い牧童を思いやってのことだろうか？　それとも、ジークは彼女をあまり信用しておらず、スペンサーに見張らせるつもりなのだろうか？　見くびられたと思うこともあったが、いまははっきりわかっている。彼はカーリンをまったく信用していないのだ。

つぎつぎに現れる長く曲がりくねった道《ロング・アンド・ワインディング・ロード》——ビートルズの曲に引っかけるわけじゃないけれど——に車を進めながら、カーリンはスペンサーをちらっと見て尋ねた。「どこでどうやってそんな怪我を負ったのか、話してくれる気ある?」実はこの二週間のあいだに、おなじ質問を何度かぶつけていた。

彼は頬を赤く染めた。まだ二十一歳、子供に毛が生えたようなものだ。「男が女にする話じゃないから、ミス・カーリー。ひどい怪我だった。それだけ知っとけばいいって」

「雄牛から精子を採取しようとして起きた事故なんでしょ。どんな状況だったのか、あたしには想像できないもんだから……」

「おばさん《マム》、そんなこと想像しなくていいから」彼が必死に言う。「おれだって想像したくないもの。でも、おれはその場にいたわけだから、どうしようもない。痛めたのが右肩じゃなくてよかった。右手が使えないとなにもできないもの」

九歳しかちがわないんだから〝マム〟はよしてよ、と思うが、習慣だから仕方がない。スペンサーもほかの牧童たちも、彼女を呼ぶときは〝マム〟かミス・カーリーだ——ジークはべつだけれど。

図書館のコンピュータで、雄牛から精子を採取する方法を調べてみた。そのうちのいくつかは、彼女から見ると残酷なやり方だったが、電気ショックで勃起させられることを、ふつう雄牛はあまり気にしないようだ。

〝ふつう〟というのは便利な言葉で、スペンサーがこの前それをやろうとしたときには、なにかまずいことが起きたのだろう。

「おれからも質問があるんだけど」スペンサーが言い、ふたりのあいだに置かれた彼女の帽子とサングラスを指差した。「町に出掛けるときは、どうしていつも変装するの？〝公然と《インフラグランテ》〟行動する映画スターか歌手みたい」

カーリンは笑いを堪えた。笑うのは失礼だし、スペンサーに恥をかかせたらかわいそうだ。彼はよく言い間違いをする。「〝お忍びで《インコグニート》〟でしょ」彼女は言った。

「ええ？」

「〝インフラグランテ〟じゃなくて〝インコグニート〟」

「どっちでもいいからさ、どうしてなの？」

ある程度事情を知っているのは、キャットとジークのふたりだけだ。それだって、給料を現金で払ってもらうのに、理由を説明しなければならなかったからで、ほかの誰もなにも知る必要はないと彼女は思っていた。知る人が増えれば、それだけ安心感は薄れる。いまのところ、バトル・リッジにいるかぎりは気を抜けるし、サングラスや帽子で顔を隠す必要もなかったが、TECのジャケットだけはつねに身近に置いてあった。でも、グロサリーストアで心臓が止まったあの瞬間以来――ああ、もう、早く忘れてしまいたい――肝に銘じて、忘れる。でも、いまはまだ無理だ。つぎの買い出しのときまでには、たぶん大丈夫。

スペンサーは知りたがっている。放っておけば、何度でも質問するだろう。彼をうまく煙《けむ》に巻く女の子っぽい答えをでっちあげなければ。「あたしの髪ったらお行儀が悪くて、うまくまとまらないの。それで野球帽をかぶって、浮ついた髪を押さえてるってわけ」

「あんたの髪、好きだよ」スペンサーが大真面目に言う。「ほんとうにきれいだし、やわらかいし。それにブロンドだもの」彼はブロンドに弱いらしい。でもきっと、どんな女性に対しても、好きなところを見つけてあげるのだろう。

「それに、乱れてばっかり」

「サングラスのほうは?」

「目が弱いの」理屈はとおっている。

「でも、いまはしていないじゃないか。運転してるのに」

「太陽が目に入らないもの」それはそうだが、説得力に欠ける。

彼が頭を振って言った。「わかった、わかった。話したくないなら話さなくていいよ。あんたが正体を隠しているポップシンガーだとしても、リアリティ・ショーのスターだとしても、おれは告げ口したりしないから。音楽はカントリー・ミュージックしか聴かないし、テレビはめったに観ない。そんな時間ないしね。まさか、人を殺しちゃいないよね?」

「もちろんよ」

「ニュースも観ないんだ。気が滅入るばっかかだから」彼のような気性の人間にとって、たしかにニュースは気が滅入るばかりだろう。「あんたが家族全員を殺して、この郡の全員があんたを捜しているとしても、おれは気づかないだろうな」そういうことが、彼には気にならないらしい。「でも、そんなタイプには見えないもんね。それに、ジークはニュースを観てるから、あんたが警察に追われていたら、彼が雇うわけない。まあ、彼が知っていればだけど」

「警察に追われてなんかいないわよ」カーリンは言った。警官には追われてるけど。いまのところ、ブラッドは偽の罪をでっちあげて、郡警察に彼女を捜させてはいないようだ。

だって、彼女を見つけ出したとき、まわりに人がいたら困るだろうから。ジーナのことを思い出したら体が震えた。スペンサーみたいに人のいい単純な若者に、打ち明け話などできるわけがない。

「そうだと思ってた」彼が言った。「でも、誓って言うよ。あんたの髪はすっごくすてきだ」

買い出しの前に、スペンサーは理学療法を受けに行った。カーリンはその時間を利用し、まず図書館に行き、それから頼んでおいたパイを取りにキャットの店に寄った。朝食の客は引きあげたあとで、昼食までには間がある。きょうの分のパンは焼いてあったためキャットは忙しくなく、カーリンの姿を見ると嬉しそうにほほえんだ。

ドアを入ると、心からの笑顔で迎えてもらえる。ここに来るまで、そういうこととは無縁の生活だったのだとあらためて思う。

「あら、いらっしゃい。元気だった？」

「ええ」

「ジークの態度はどう？」

カーリンはカウンターの席に座った。「あたしのこと、料理人兼皿洗いとしか見てないわ。ほかに選択肢がないから我慢してるんでしょ」多少おおげさだけれど、嘘ではない。

「つまり、うまみのない妻ってとこね」

「うまみ？」カーリンは何食わぬ顔で言った。心のうちはキャットにも知られたくなかった。ジークは癪の種だ。不機嫌だし、彼女のことをまるで信用していない。でも、タフで厄介なほんものの男だ。彼女の気持ちがときどき――日に数度――行ってはいけない方向に向かうとしても、わざわざ人に言うことではない。

ところが、キャットの魔女のような目はなんでもお見通しだった。いつもながら。「ハニー、ジーク・デッカーの見てくれに惑わされちゃだめよ。繰り返すけど、だめだからね。女の中には、彼をひとり占めしてつなぎ止めておきたいと願う人もいるけど、彼はあのとおりだから、つなぎ止められやしない」

「つなぎ止める？　どうやって？」カーリンは尋ねた。彼は思いどおりにできるような人ではない。融通がきかなくて、頑固で、それにとびきりセクシーだけど、けっして思いどおりにはならない。「彼はいいとこでしょ。少しは褒めたらどう？」

「彼はいとこだから、あたしにはよくわかるのよ」

「いまいちばん必要としないもの、欲しくないもの、それは男よ。思いどおりになろうとなるまいと」自由でいなければ。逃げ出す自由、いつでもやり直せる自由。いつも自分にそう言い聞かせていた。関係を築けば——キャットとのあいだに築いたような関係でも——ひとつ所に長くいたくなる。心残りがあってはならない。すべてを置いて逃げ出したあと、振り返ってはならない。そう自分に言い聞かせるのは、そうしてしまいそうで怖いからだった。

「スペンサーがもっと歳を食ってて、頭が切れるとよかったのにね」キャットが言う。「頭が悪いっていうんじゃないけど、わかるでしょ。でも、長所がふたつある。キュートなこと、若くて頑丈な体を持ってること」

「キャットったら！」

「でも、彼はカウボーイだから」キャットが楽しげにつづける。「あたしがカウボーイをどう思っているか、知ってるわよね。ところで、あたしの見るところじゃ、彼は童貞よ。はじめての相手と結婚すべきだと思ってるわね。こっちが教えてあげなきゃならない男性を恋人に持つと、退屈するわよ。あなたはどうか知らないけど、あたしはそういう義理堅いのは苦手。寝る相手としてはね。めくるめく絶頂を迎えられればいい。〝きみなしじゃ生きていけない〟みたいな義理堅いのは願い下げよ。重たいだけだもの。どんなにすてきなお尻をしててもね」

カーリンは笑った。「もう、やめて！　あたしは毎日スペンサーと顔を合わせるのよ。彼が童貞かどうかなんて知りたくないし、彼のお尻の話なんて聞きたくない。彼は、まるで……仔犬」

「ごめんね、でも、このあたりにはふさわしい男性がいないもんだから、乙女心はつい暴走しちゃうの」キャットはカウンターに手をついて立ち上がった。「ご注文のパイはできてるわよ。来週の分、いま注文していく？」

カーリンは注文を入れてから、アップルパイをひとり分だけ頼んだ。きょうはアップルパイの日だったからだ。キャットがコーヒーを注いでくれるあいだに、カーリンはふと思った。スペンサーが仔犬なら、ジーク・デッカーは狼だ、と。チャンスがあれば、彼女を生きたまま食おうとしている狼。

あら、やだ。

ちょっと待って。巻き戻して。自分が考えたことにドキドキしている。体の奥深くが疼《うず》く。だめだめ、パイに集中しなさい。ジークに食われるところなんて想像しないの。

「それで」キャットがカウンターにもたれかかって、パイを食べるカーリンをじっと見つめた。「しばらくいるつもりなのね？」

「春まで」よくないことが起こらないかぎり。

「だとしたら、あたたかなコートが必要になるわね」キャットがＴＥＣのジャケットに顔をしかめた。「それにブーツ」

「わかってる」日に日に寒くなっていたから、そろそろ冬支度を考えなければと思っていた。ジークは重たいコートを山ほど持っているから、必要なときに借りることもできる。袖を折れば着られるだろう。ホームレスみたいに見えるだろうが、来年は必要なくなるかもしれないコートにお金を注ぎ込むのはもったいない。

来年の冬は、フロリダとかあたたかい場所にいるかもしれないし、いまは一ドルでも貯金したかった。お給料はしっかり貯めてあるので、お金はある。

コートはなんとかなっても、ジークのブーツを借りるわけにはいかない。「必要なものを揃えるとしたら、どのお店がいい？」

「通りの先のティルマンの店。冬を越すのに必要なものはすべて手に入るわよ」

その話が終わると、キャットは尋ねた。「呪われた〝失敗知らずのホワイトケーキ〟は試してみたの？」「いいえ」とカーリンが答えると、失敗の原因と思われることを、キャットがいくつか挙げていった。小麦粉の種類がちがった。材料が古くなっていた。それから、彼女の得意のやつ――掻き混ぜすぎ。カーリンが知りたいのは、〝かもしれない〟原因ではない。これこそは、という原因だ。それがわかれば、おなじ間違いを繰り返さずにすむ。

もう一度試してみる時機かもしれない。買い出しリストにケーキ用の小麦粉をつけ足して、ひと袋買って帰ろう。ひと袋だけ。それでちがいが出るかどうかはわからない。小麦粉は小麦粉、そうでしょ？　でも、キャットに話すつもりはなかった。お菓子作りのプロとして、彼女にはべつの見解があるだろうから。

客がふたりやって来た。キャットは受け取ろうとしなかったが、いま食べたパイの料金は払った。注文しておいたパイを持って店を出るとトラックに向かい、パイを後部座席の狭い床に置いた。

スペンサーはまだ戻っていなかったので、ティルマンの店を覗いてみることにした。TＥＣのジャケットは肌寒いいまの季節ならいいが、寒さはこれからが本番だ。十月でこんなに寒いとなると、ワイオミングの十二月や一月ってどこまで寒いの？

ティルマンの店のドアを開けるとベルが鳴り、カウンターの向こうにいる年配の女性に客が来たことを告げた。ほかに客はいない。さびれつつある町で、はたしてこういう店は生き残れるのだろうか。ほほえみを浮かべ、見るだけです、と言ったものの、ふとコートに目が奪われた。ああ、借り物の古着よりはるかにすてきだ。コートを手にとり、値段を見て……すぐにラックに戻した。

この店が商売をつづけられるわけはこれね。コートが一着売れれば、一カ月は食べていける！　ラックにはそこまで高くないコートが掛かっていたが、それにしても安いとは言えない。ジークの古いコートを借りるしかない。なめし革の手触りがどんなによかろうと、コート一枚にそんな大金は払えなかった。見ても無駄ではないかと思いながら靴売り場に向かった。スーパーに行けばなにかあるかもしれない。あるいは量販店。でも、バトル・リッジに量販店なんてあるの？

〝セール品〟の売り場でサイズの合うブーツを見つけた。そもそもが高くないうえに半値で出ていた。色が気に入らなくてもしょうがないし——大量生産のブーツにこんなグリーンを選ぶっていったい誰の考え？——素材も頑丈そうには見えなかった。ひと冬持てばそれでいい。分厚い靴下を履けばなんとかなるだろう。

ブーツのお金を払い、店を出ようとしてまた高価なコートに目がいった。ほんとうにすてき。それにとてもあたたかそうだ。

でも、逃げることになれば、安いホテルならあのコートの値段で一カ月は泊まれる。コートを買わなければ二カ月泊まれるということだ。コートに注ぎ込むお金があったら、貯《たくわ》えておかなくちゃ。

そう思ったら胃がねじれた。もう逃げ回りたくない。つぎの仕事が見つかるかどうかでやきもきしたくなかった。もしかしたら、ずっとここにいられるかも……。

いいえ。希望を持ってはいけない。数カ月先にはよその土地にいるという前提で、物事を進めていかなければ。

あたらしいブーツを持ってトラックに戻ると、スペンサーが待っていた。ほほえみを浮かべ、金物屋の小さな茶色い紙袋を手にしている。あとはグロサリーストアに行って、リスト

「なにを買ったの？」スペンサーが助手席に乗り込みながら尋ねた。

「ブーツ」カーリンはグリーンのブーツをバックシートに置いた。パイの上に転がり落ちないよう気をつけて。

「ああ、そうだよね。今月末にはあったかな服がいっぱい必要になる」彼女が揃えるべきものを、スペンサーはリストにしていった。ブーツのほかには分厚いコート——それも二枚。帽子、手袋、鼻と口を覆うためのスカーフ。そうでないと肺が凍りつくから、と。コートはジークのおさがりですますつもりだとは言えない。どうしてそんなにけちるんだと、彼は不思議に思うだろう。それどころか、彼女を哀れに思い、服を買い与えるための寄付を募るだろう。スペンサーがそうする姿が目に浮かぶようだ。

そして、あくまでも善意から、みんなお金を出すだろう。

バトル・リッジに行き着いたのは幸運だった。キャットに出会えて……ジークに出会えたことだって幸運だった。春が来るころには、どこにでも行けるだけのお金が貯まっているだろう——たくさんのお金と、心あたたまる思い出と、およそ不細工な安物のグリーンのブーツと。

14

　ジークとほかにも数人の男たちが昼食をとろうと母屋に戻ってくると、裏口のドアがすさまじい勢いで開き、カーリンが火を噴くフライパンを手に駆け出してきた。声をかぎりに「キャァァァァァ！」と叫びながら。ジークはブレーキを踏み込み、ギアを〝パーク〟に入れるとトラックから飛びおりた。トラックの前を回り、彼女を追って走った。心臓が口から出そうだ。あの炎が逆流して彼女の顔を包んだら――

「捨てろ！」ジークは叫んだ。

　彼女は驚いて捨てた。足元に。フライパンが逆さに落ちたのは不幸中の幸いだった。縁から小さな炎が覗いて消えた。

　彼女はフライパンを見おろしながら立ち竦み、荒い息をしていた。男たちがそれぞれのトラックから恐るおそる降りてきた。焼け焦げて潰れたのは――というより、焼け焦げて死に絶えたのは――おれたちの昼食だったのだろうか、と彼らは思った。ジークが彼女に追いつき、前に回った。「怪我してないか？」

「ええ」彼女は息をあえがせたまま、フライパンを睨みつけている。それから、蹴った。最初のひと蹴りでフライパンは五十センチほど転がった。黒くてねばねばしたものが出てきた。ふた蹴り目は距離をかせいだ。もうそれほど重くないのだろう。それでも満足しないらしく、彼女はピックアップ・トラックに向かっていくと荷台からハンマーをつかんだ。片膝をついて、ハンマーを思いきり振りおろし、フライパンを叩いた。それから立ちあがり、もう一度思いきり蹴った。

「なんとまあ」ウォルトがつぶやく。「彼女の料理にけちつけるの、やめた」

「そうだな」と、エリ。「なに出されても死ぬ気で食う。あのケーキでも」

「というより、食うか、死ぬかだ」パトリックが言った。

恐怖で心臓がバクバクしていなければ、ジークも笑っていただろう。「なに考えてんだ」彼女に向かって吠えた。「火を噴くフライパンを持って走るなんて——」

「消火器が作動しなかったら、あなただってそうしてたはずよ」彼女が言い返した。フライパンに当たり散らして気がすんだようだ。ハンマーをトラックに戻し、おののきながら彼女を見守る男たちを怖い顔で見渡した。

彼女をよく知っているスペンサーは、勇気を掻き集めて言った。「あの……なにがどうなってるの、ミス・カーリー？」

「実験よ」彼女が言った。その口調が、それ以上の質問は許さないと告げていた。「心配しないで。昼食じゃないから。中に入って、どうぞ食べて。さあ」

ジークを含め、全員が一列になって母屋に向かった。

昼食を交替で食べることがある。手が空いた者から戻って食べるのだ。理想的とは言えないが、カーリンには事情がわかっているから従ってきた。きょうはそれで助かった。気持ちを鎮める時間が持てたからだ。ビスケットのクソッたれ。ビスケットに見えないどころか、まるで火を噴くホッケーのパックだった。でも、どこでまちがったのかはわかっていた。ただ、ビスケットがあんなふうに火を噴くとは思っていなかった。

彼女がキッチンで紅茶を飲んでいるあいだに、最後のふたりのダービーとパトリックが食べ終えた。彼らが出ていったら後片付けをして、洗濯にとりかかるつもりだった。洗濯はやってもやっても終わらない。でも、洗濯機と乾燥機の前に汚れ物の山ができることはなくなり、仕事はずいぶんと楽になっていた。彼女は自分の洗濯物とジークのそれを別々の籠に入れている。タオル用にも籠をひとつ用意した。どの籠も洗濯物で溢れてはいない。自分のと彼の洗濯物を一緒に洗うほうが効率的なのだろうが、そうはできない。それほど親しい間柄ではないもの。

パトリックがキッチンをとおりしな、昼食の礼を言い——彼はいつも礼儀正しい——仕事に戻っていった。残っているのはダービーだけだ。まいった。立ち去り際にどんな不平を聞かされるのだろう。彼はなににでも文句をつける。彼が『白雪姫』の七人の小人のひとりだったら、きっと〝不平屋〟と名付けられるだろう。

数分後、ダービーがダイニングルームから出てきて言った。「キャセロールはすごくうまかった」

カーリンは紅茶のグラスを落としそうになった。お世辞？ ダービーが？ 自分が口にする物になにが入っているのかわからないのは嫌だ、と常々言っている人が？ キャセロールの中身がなにか、彼にはわからないことのほうが多い。なにかあったのだ。彼が小さなキッチンテーブルのそばで立ち止まり、不愉快な目でこっちをまじまじと見るので、カーリンはうなじの毛が逆立つのを感じた。

「ここにいるのもあと少しなんだ」彼が言った。

なんて返事をすればいいの？ 〝それは寂しくなるわ〟なんて心にもないことは言えないし、〝せいせいするわ〟じゃあまりにも失礼だろう。だから、あいまいに言葉を濁し、彼と距離を置こうと立ち上がった。いざというときのために。彼のことは好きじゃないし、信用してもいない。

彼はぴんときていないようだ。それどころかうぬぼれたことを言った。「〝オクトーバー・マーケット〟が終わったら、おれはテキサスに行く。ロデオに出るんでね。冬のロデオでブルライディング（暴れる雄牛に乗る競技）をやってるんだ。跳ね馬にも乗る。優勝したときのバックルを見たくないか？」

これって、女性をベッドルームに誘う決まり文句である〝ぼくの部屋にエッチングを見に来ない?〟の別バージョン? 紅茶が口に残ってなかったら、鼻を鳴らしているところだ。

「いいえ、けっこうです」カーリンは答え、彼が出ていってくれることを願った。「でも、ええと、幸運を祈るわ」キンタマを角で突き刺されればいいわね、なんて言える? そんなことを考えた自分がいやだった。反省しなくちゃ。

「ほんとうか?」彼は気取って母音を引き延ばし、本人はセクシーだと思っているらしい表情を浮かべたが、彼女にはきざにしか見えなかった。「宿舎にしまってあるんだ。ロデオに行ったことあるか? おれがやるみたいに、男が動物を見事に扱う姿を見ると、女はみんな夢中になるぜ」

彼は妙に意味深長な言い方をした。なにか下心があるのだ。さっきの反省が一瞬にして吹き飛んだ。彼女のただのお愛想を、深い意味に解釈して、自分に気があると思い込んだにちがいない。

あるわけないじゃないの。あいまいなままにしてはいけない。二度のデートでブラッドにストーカー行為をされたとき、自分に落ち度があったのではないかと思った。彼に誤解させるような言動をしたのではないか、と。最初のデートはまあまあだった。つぎのデートの誘いを受ける程度には楽しかった。でも、二度目のデートで白けた。ぞっとするというのではないが、なんとなくこの人とは関わり合いになりたくないと思ったのだ。その直感は正しかったが、気づいたときにはあとの祭りだった。ブラッドはすでに彼女に執着していたからだ。ダービーにも似たような感じを受ける。ふたりきりになりたくないと思わせるなにかが、ダービーにはあった。ストーカー？　いいえ、そうではない。いやな奴？　そう、それだ。

「ロデオに魅力を感じたことはないの」彼女はきっぱりと言った。ほんとうのことだ。ヒューストン生まれだが、ロデオを観たことはないし、関心もない。

「一度ぐらい観てみるといい。ほんものの男が戦う姿をな」

「そうは思わない。関心がないの」

ここまではっきり言って、通じない？

彼がちかづいてきた。カーリンの動悸が激しくなるほど間近に。彼の顔にきざな笑みが浮かんだ。「寂しいんじゃないのか、カーリー？　あんたみたいな美人が、料理と掃除をするだけで満足できるとは思えない。ダービーがここにいるぜ、シュガー、そう言ってくれりゃ――」

カーリンは横にずれて箒をつかみ、武器のように握って柄をダービーに向けた。「出てって」

「ワオ！」ダービーが驚いた顔をする。無邪気な表情を浮かべ、両手を上げた。彼女に銃を突きつけられ、降参するかのように。「そんなつもりじゃなかった。仲よくしようと思っただけだ」

「仲よくするならよそでやってちょうだい。出てって！」さっきよりきつい調子で言った。

「わかった、行くよ、行くってば。なあ、どうかしてるんじゃないか？　反応がおおげさだって言われたことはないか？」

「二度とふざけた真似はしないで。あたしが関心を持ってると思ったら、大きなまちがいだから」箒を突きつけたまま、彼のあとについてマッドルームまで行った。ここにいるのもあと少しなんだ、と彼は言ったが、いまはまだここにいる以上、安心はできない。

彼はドアのところで不安げに言った。「おれたちのあいだに小さな誤解があったことは、ボスに言う必要ないからな」

「あたしは誤解してません」カーリンはぴしゃりと言い返した。ジークに言いつけるつもりはなかったが、ダービーにそのことを言うつもりはなかった。びびらせてやる。おとなしくなるだろうから。牧童のひとりがあたしにいやがらせをしたところで、ジークは気にすると思う？　思わない。ダービーは彼女に触れてもいないのだから、自分で解決しなければ。

「この家の中で、あたしとふたりきりにならないようにして」つっけんどんに言う。「早めに来るのも、最後まで残るのもやめて。あなたが守らないようなら、ジークには言いつけないけど、牧童たちには話すわよ。パイやブラウニーを食べながらおしゃべりしているときに。その誤解とやらが生じたために、あなたにつきまとわれるのはご免だとあたしが思っていることを、みんなわかってくれるでしょうね」

「なんでもないことに大騒ぎして」彼はぶつぶつ言いながらドアを出た。「言い寄られたからって、男を責めるのはおかしいぜ」

「むろん責めるわよ」彼女はドアを叩きつけ、鍵をかけた。激しい動悸を鎮めようと、しばらくその場に立っていた。

馬鹿を相手にパニックに陥ったり、自分を責めたりするのはやめにしよう。自分らしくもない。すごい美人というわけでもないし、最近では化粧すらしなくなった。正直に言えば、髪を梳《と》かしてポニーテールにするのも面倒くさい。牧場でただひとりの女だから目立つだけだ。恋人募集中というシグナルを発したこともない。牧童の中にはふざけて声をかけてくる人もいるけれど、そういう環境に育ったのだから仕方がない。残念なことに、声をかけてくるのがいちばん嫌いな人だったというだけのことだ。でも、うんざりする。

気まずい思いをしたことを、誰かに話すべき？　ヒューストンにいたころは、ブラッドにはがっかりした、と友達に話した。彼にあとをつけられていることも話した。でも、誰も現場を見たわけではないし、ブラッドは頭が切れるし能力もあるから、ばれないようにしていた。けっきょく、聞き入れられたのは彼の言い分だった。彼の言葉のほうが重みがあったのだ。

またああいうことになったら？　だいいち、誰に話せばいいの？　ジークに話すのが妥当だろうが、ダービーは不愉快だというだけで、なにかしたわけではない。それに、めそめそするのも、告げ口するのも性に合わない。牧場でいちばんちかい間柄のスペンサーに話してみる？　だめだめ、彼は純粋すぎる。ダービーが彼女に不愉快な思いをさせていると知ったら、彼女の名誉を守るのが自分の義務だと思ってよけいなことをしそうだ。ようやく三角巾がとれるというのに、また怪我でもされたらたまらない。

自分で解決すべきだ。自分の身は自分で守る。つぎにこういうことがあったら、箒ではなくナイフを手に立ち向かおう。

家の中でふたりきりにならないようにして、と言ったのがただの脅しでないところを示してやるのだ。


〝オクトーバー・マーケット〟がようやく終わり、ジークは本を読む時間が持てるようになった。市場ではうまく取引して、予想以上の高値で売ることができた。これから冬の閑散期に入る。寒くなると作業は大変だが、やることはそれほど多くない。やっとひと息ついて、来年の予定を立て、リラックスできる。メンテナンスはつねにやらねばならず、家畜の給餌もあるが、彼にとっては休息期間で、すべてが思いどおりにいっていた。

カーリンだけは例外だ。

彼女との関係は進展なしだった。押しの一手で攻めたわけではない。そんなことをすれば彼女を怯えさせるだけだ。だが、彼女は警戒を解くそぶりすら見せない。穏やかな暮らしで彼女の気持ちがやわらぐことを期待していたのに。たしかに牧童たちとは仲よくしている。だが、ジークに対しては、いまだに全身棘だらけだった。

彼のほうは、カーリンが家にいることにすぐに慣れた。料理も上手だし、掃除や洗濯もきちんとやってくれている。牧童たちに気に入られているようだし、彼らとうまくやっている。仕事から戻ってキッチンのあかりを目にすると、あるいは昼間でも、彼女がそばにいると感じるだけで動悸が速くなった。それは彼女が家の中をきれいにしてくれていることとは関係がない。

彼女がふたりのあいだに壁を築いていることが気に入らなかった。彼女にその気がなければ、あからさまに壁は築かないだろう。それがわかっているからよけいに苛立つ。彼を名前で呼ぼうとしないのも、気がある証拠だ。ほかの連中には名前で呼びかけているのだから。ところが、彼のことは、ジークともAZとも、ミスター・デッカーとも、ボスとさえ呼ばない。〝ねえ、あなた!〟とすら言わない。古いカントリー・ソングじゃないが……彼女はけっして名前で呼んでくれないし、〝ダーリン〟とも言ってくれない。

いままで忙しかったから、彼女には好きにさせておいた。おたがいに自分の仕事をやり、食事のときだけ顔を合わせる。だが、〝オクトーバー・マーケット〟が終わって家にいる時間が長くなったいまとなっては、いったいどうすればいいんだ？　日は短くなり、それぞれ自分の部屋を持っているとはいっても、いままでよりずっと頻繁に顔を合わせることになる。

彼女の仕事もだんだん少なくなる。スペンサーの三角巾はもうじきはずれる。ボーとダービーは大好きなロデオに出るためにテキサスに行き、パトリックとエリは二カ月ほど実家に帰るから、食事をする人数がぐんと減る。そのあいだ、いったいなにをすればいいんだ？言葉を交わすこともなく、家に閉じこもりっぱなしか？　それとも、彼に昼間は納屋で過ごしてほしいとでも思っているのか？

休戦協定を結ばなければ。彼女が築いた壁に裂け目を作らなければ。それに、どんな呼び方でもいいから、彼女に名前で呼んでほしかった。

そんなことを考えながらデスクを離れ、彼女を捜しに行った。見つけだすのはかんたんだ。家事をしていないときはキッチンにいて、マッドサイエンティストみたいに実験に励んでいる。まだ失敗もするが、料理の腕は確実にあがっており、本人もそのことを証明したいらしい。やはり、彼女はキッチンにいた。ラジオをつけて、掃き掃除をしながら踊っていた。箒をパートナーに見立て、見事な尻を揺らしながら。いやでもそこに目がいく。前々から気に入っている部分だからなおのことだ。

彼女はまたあたらしい料理を試していた。オーブンからやけにいい匂いがしている。どうやら小麦粉の小爆発が起こったらしい。床にもカウンターにも、彼女の顔にも白いものが降りそそいでいた。髪にもついているにちがいない。

箒はあまり役にたっていなかった。小麦粉を掃き集めるというよりは、白い染みを広げているだけだが、彼女が踊りつづけてくれるならそれでいい。

箒に関して、彼女もおなじ結論に達したらしく、踊るのをやめて振り返った。彼の姿を見ると背筋を強張らせた。

「カーリン」挨拶のつもりで言い、彼女がそっけなく〝ジーク〟と返してくれるのを期待した。

だが、彼女はこう言った。「なにかご用ですか?」ほんとうはこう言いたかったんだろう。〝あたしのキッチンでいったいなにしてるの?〟

ほんとうのことは言えない。きみに迫ってみようかと思って、とは。「いい匂いがしたもんだから」

「〝失敗知らずのホワイトケーキ〟よ」彼女ときたら、喧嘩腰だ。つぎに箒をクロゼットにしまい、モップを取り出した。

ジークは顔をしかめた。「ほんとうか?」

「もう一度作ってみようと思っていたんだけど、忙しくて時間がなかったの」

「スペンサーのアドバイスに従って、ケーキミックスを使ったんじゃないみたいだな?」

「ええ。それじゃペテンだもの。屈服することになる。馬鹿なケーキにしてやられるなんていやだもの」彼女はにやっとした。自分を茶化すように。「なんだか怖がっているみたい」

「ああ、そりゃ怖いさ」ぶっきらぼうに言う。「あの最初のやつが、まだ消化されずに残っている気がしてならない」

「今度のはずっとましだから」彼女が自信たっぷりに言った。「正しい種類の小麦粉を使ったし、ケーキ種を掻き混ぜすぎなかったもの」

「今度は、コンクリートを入れなかったんだ」

「とってもおもしろい」彼女は笑おうとしてはっとわれに返り、まるでライトのスイッチを切るように表情を消した。モップを武器のように持ち、もう一度尋ねた。「なにかご用ですか？」

　頭にひょいと浮かんだイメージはとても口に出せるものではなかったが、イチモツは即座に反応した。まいった、いま彼女が視線を下にさげたら……だが、その心配はいらなかった。彼の顔さえろくすっぽ見ていないのだから、股間に目を向けるわけがない。

「いい匂いがしたもんだから、なんだろうと見に来た。男が自分のキッチンをうろついちゃいけないのか？」

「いまはあなたのキッチンではありません。あたしのキッチンです。うろつくならよそでやってください。鳥でも見物したら？」

「いまはやめとく」

「だったら馬とか」

「そういう気分じゃない」

「そうですか。あたしも見られたい気分じゃないわ」彼女は言い、シッシと言って彼をマッドルームに追い払った。「おもてで穴でも掘ったら？　そこに支柱を立てれば柵ができるわ」彼女の信用を勝ち取るのが先決だから、おとなしく追い払われた。やはり彼女は名前で呼んではくれなかった。このままだと〝くそ馬鹿野郎〟あたりに落ち着きそうだ。

マッドルームでコートを羽織る。足元に目をやると、みっともないグリーンのブーツが見えた。屈んでブーツをとりあげ、ひっくり返して踵をチェックした。とんでもない安物だ。

「きみのブーツじゃないと言ってくれ」カーリンに聞こえるよう声を張り上げた。

聞こえたのは鼻を鳴らす音だろうか。それから彼女は鋭く言い返してきた。「いいえ、牧童の誰かのだと思うわ。女性用のサイズ7の靴を履く誰か」

ジークはサイズ7のブーツの片方を持って、キッチンに戻った。彼女は金を無駄にした。こんなブーツじゃワイオミングの冬は越せない。雨の日に履くのがせいぜいだ。彼女にはなにが必要なのか、きっちり教えてやらないと。ちゃんとしたブーツに厚手のコート、防寒用の靴下と下着、頭を覆うもの。だが、そこで立ち止まった。彼女がどうしてこのブーツを買ったのかわかったからだ。安いから。彼女を恐れおののかせるサイコ野郎から逃げつづけるために、一セントでも無駄にはできないのだ。

ブーツをもとの場所に置き、冷たい風の中に足を踏み出した。数歩進んでからジークは気づいた。カーリンは彼を見事に家から追い出した。

カーリンは牧童たちの顔を窺いながら、ケーキをテーブルに置いた。彼らはむろん気づいている。浮かべた表情は不安から警戒まで様々だった。悪態をつぶやいた人もひとり、ふたり。それから、悲しげなため息をついた人も。やがてスペンサーが言った。「ミス・カーリー、おいしそうなケーキだね。でも、腹がいっぱいでひと口も入りそうにない」

それからみんなが口々に言った。礼儀正しく「もう腹がいっぱいで」と言う者、「きょうはちょっと食べすぎた」と言う者、それから申し訳なさそうに「ホワイトケーキのアレルギーみたいだ」と言う者。

予想はしていたものの、ちょっとがっかりした。せっかく一所懸命に作ったのに。ケーキ種はおいしかったが、完成品はまだ味見していないので、最初のよりましになっているかどうかわからない。彼女が実験台ということだろうか。たとえおいしくても、誰も彼女の言葉など信じないだろう。

ケーキを持ってキッチンに戻ろうとすると、ジークが立ちあがり、手を伸ばしてウォルトから皿とナイフを受け取った。それから彼女に、こっちに来いと手招きした。

勇敢な人。それとも馬鹿なの？　彼女にはどっちかわからなかった。それでも、感謝せずにはいられない。ケーキをジークの前に置いて、彼が自分の分を大きく切り分けるのを見守った。「みんな腹いっぱいなら、おれの分が増えるってことだ」彼女のほうは見ずに言う。

カーリンはキッチンからコーヒーを持ってきてカップに注いだ。ジークは腰をおろし、まるで乗り越えねばならない障害物を見るような目で大きなケーキを見つめた。たしかに避けてはとおれない困難な仕事であり、挑戦だろう。彼を睨む。感謝の気持ちは怒りに変わっていた。もったいをつけすぎた、と彼は気づいたのだろう、ケーキにフォークを刺した。大きく切り取り、口に持っていく。みなが見守る。カーリンは息もできない。きっとほかのみんなもだろう。ジークはケーキを嚙んで呑み込んだ。目に浮かぶ安堵の色がすべてを物語っていた。

おいしいのだ。

彼女はやったと言って拳を突きあげた。ダービーをのぞく全員が笑った。

ジークは口の中のケーキをコーヒーで流し込んだ。「せっかくのうまいケーキを食べ逃すとはな。言ったろ、おれの分が増える」

ウォルトが自分の分を切り分け、スペンサーは、それほど満腹ではなかったと気づいたようだ。ひとり、またひとりと、男たちは自分でケーキを切り分け、笑ったり冗談を飛ばしたりした。ケーキはおおむね好評だった。まあ、ダービーはいいことを言わなかったが、それはいつものことだ。彼がお世辞を言ったら、ここにいる全員が椅子から転げ落ちるだろう。

カーリンはマグカップを取りにキッチンに戻ろうとして足を止め、ジークを見た。目が合う。しないほうがいいと思いながら、口の動きだけで伝えた。「ありがとう」

彼はわかったしるしに小さくうなずいた。このささやかなドラマに気づいた者はいなかった。食べるのに忙しかったから。

マグをとりに行く彼女の足取りは軽かった。ホワイトケーキは成功！　戦って、勝った。

おつぎは？

ビスケット。

15

カーリンは便器の内側の縁をブラシで擦り、水を流した。バスルームには爽やかな松の香りが漂っている。シャワーもきれいにしたし、バスタブも水垢《みずあか》を擦り落とし——ジークがこのマスター・ベッドルームに移ってきてから、バスタブに湯が張られたことはなさそうだ——トイレの便器もきれいになった。タイルの床にモップをかけ、洗面台の上の鏡も磨き、水道の蛇口もドアの取っ手も磨きあげた。

やりすぎかもしれないが、掃除をするあいだ、バスルームにもベッドルームにも香り付きのキャンドルをともした。部屋がくさかったわけではない。実のところ、男の——ジークの——匂いは好きだ。彼が選んだ服や、革のブーツにベルト、フェルトの帽子、フランネルのシャツやジーンズ、それに彼自身の匂いが混然となった匂いだ。クロゼットを占領するシルクのスーツとは、まったくべつの匂いだった。外交官の男性ホルモンは、きつい肉体労働をこなす男のそれにはとても太刀打ちできないんじゃない？　人にもよるだろうが、カーリンの中の原始人の女は、肉体労働で鍛えた筋肉をだんぜん好む。だから、キャンドルの香りでフェロモンに打ち勝とうとしているのだ。うまくいくはず。たぶん。害にはならない。

シンクについた彼のシェービングクリームを拭き取ったり、彼のトイレを掃除したりできるのだから、〝ジーク中毒〟はかなり進行している。そりゃまあ、お金をもらってやっている仕事だと思えば気は楽になるが、自分に嘘はつけない。彼に対して素直になるぐらいなら、足の爪を剝《は》がされるほうがましだと思っていても。彼のベッドルームにいるのが好きだった。彼の汚れ物を洗濯することも、それを干すことも好きだし、ベッドからジークの匂いのするシーツを引き剝がして、洗いたてのシーツと取り替えることも好きだ。

とはいっても、彼のトイレを掃除するのは、苦にならないけれど好きではない。フェロモンで酔っぱらった脳みそにも、一縷《いちる》の正気は残っているのだろう。

ラックに新しいタオルと洗面用タオルを掛け、家中を掃除して回るのに持ち歩いているバケツに掃除道具をしまった。床に落としておいた汚れたタオルを片手で掻き集め、もう一方の手でバスルームのドアを開け、腰を屈めて掃除道具のバケツをとりあげた。両手が塞がった格好で、うつむきがちに考え事をしながらバスルームを出ると、硬い障害物にぶつかった。

まるで電流を浴びたように、アドレナリンが全身を駆け巡った。パニックにちかかったが、なにかちがう。グロサリーストアでブラッドに似た人を見たのとはちがっていた。部屋に人がいたと気づいた恐怖は、あれとはまったくちがう。彼女は悲鳴をあげた。考える前に体が反応していた。良識が働く間もなかった。そもそも良識など残っていなかった。誰かが家にいるという恐ろしい認識。おそらく安全だと思っていた聖域が汚されたという思い。一瞬のうちに安全が覆され、竦みあがった。肉体は生き残ろうと原始的な反応をしているのに、意識は体の奥深くの安全な場所へと沈んでいくような、不思議な感覚を味わった。すべてが遠くかすんで見える。自分の悲鳴が妙にくぐもって聞こえる。深い声がする。言葉は聞き取れない。裸の肉体がちらっと見えたが、本能が邪魔をするので、ベッドルームにいる半裸の男の正体をつかみたくても筋道だって考えることができない。シナプスがつながって、脳の中でジークという名前が形作られる前に、体が動き出していた。持っていたものをすべて放り出し、ありったけの力で右の拳を振りだしたのだ。

頭と体が次元のちがう場所に存在しているため、なにがなんだかわからない。自分がなにをしているのか理解できないまま、行動に移っていた。体はこっちにいて動いているのに、脳はどこかべつの場所にあって、事態を把握しようと必死になっている。まるで口パクで歌を歌っているようなものだ。しかも、あらかじめ録音しておいた音楽に口の動きが二拍遅れている。どうしても追いつけない。頭と体をひとつにできない。ただ動くのではなく、考えようとした矢先、彼がさっと体をかわした。歯の一本が、あるいは鼻の骨が折れるのを避けるために。つぎに腰を屈め、彼女の胴体に肩から体当たりした。その衝撃で彼女は吹っ飛んだ。世界がさかさまになり、足が床から離れ、なにがなんだかわからないうちに床にあおむけに倒れていた。彼に組み敷かれていた。大きな手が彼女の両手首をつかんで頭の上に持ち上げた。ぼうっとして見上げると、細められたグリーンの目が見おろしていた。その目に浮かぶ感情を読み取れない。読み取りたくもなかった。

「ここでなにしてるの?」彼女はだしぬけに言った。恐怖が怒りへと一瞬にして切り替わった。彼が入ってきたことに憤慨するのは馬鹿げている。それはよくわかっていたが、心の平衡を保つことができない。パニック、怒り、やみくもな生存本能――それがなんであれ、なにがどう交ざり合っているのであれ、そのせいで脳がうまく働かず、状況を把握しようと、自分が口に出した言葉を理解しようと必死になっていた。

「おれはまだここに住んでいるはずだが」彼が言う。彼がいま抱いている感情がこれではっきりした。腹をたてている。いいえ、激怒している。

カーリンは目をしばたたき、息を整え、頭の中が落ち着くのを待った。正気を失ったリスみたいに駆けずり回っていた思考が、ようやく落ち着いてきた。「そうじゃなくて……いま、ここでなにしてるの? ごめんなさい、でも……ああ、ごめんなさい。あなただとわかったら、ぜったいに殴ったりしなかった。待って。そうじゃない。〝ぜったいに〟ではない。いつか本気であなたを殴りたいと思うかもしれない。でも、きょうは、そんなつもりはなかったの。だから、ごめんなさい」

彼は首を傾げて、わけのわからない彼女の言い訳を聞いていたが、やおらため息をついた。疲れたと言いたげなため息だ。それで裸の胸が動いたせいで、彼女の乳房が押されてぺたんこになり、はっとわれに返った。頭の中でカチリと音がして、脳と体がまた一体となった。

ああ、だめよ、こんなの。彼を遠ざけようと必死になってきて、うっかりにでも彼に触れないよう頑張ってきたのに。なぜって、彼がどれほど魅力的か、どれほど心そそられる存在かわかっていたから。彼を大事に思うことは、どちらにとってもフェアじゃない。心に境界線を引いて、手に触れられることさえ撥《は》ねつけてきたのに……いまここに彼がいる。筋肉質の熱い体にのしかかられ、封じ込められる感覚はあまりにも刺激的で、鳩尾のあたりが、いいえ、全身が反応して張り詰める。

飢えが彼女を貪った。食べ物とは関係ない。すべてが女であることに関わっているのだ。ブラッドのことがあるから、ロマンティックな関係を築くことを避けてきただけでなく、こと男に関して、自分の直感が信じられなくなっていた。人と感情的に交わらないようにしてきた。いちゃつくことも自分に許さなかった。真剣な付き合いはもとより、気楽なデートもしたことがない。

これだけ用心してきたのに、いま、床にあおむけに横たわり、ジークが覆いかぶさっていて――そして、すべてが刺激的だった。筋肉は強張り、体が勝手に動いて弓なりになり、ずっと渇望してきたものを強く求めていた。必死に自分を抑えて、弓なりになる体をもぞもぞ動かした。彼の下から這いだそうとするかのように。

あまりにもちかかった。彼の顎のひげが一本一本見えるぐらいちかかった。剃《そ》ってから数時間経ってひげが少し伸びている。顔が真上にあって、グリーンの目がいっそう濃くなる。その瞳の真ん中に自分の姿が映っているのが見える。虹彩《こうさい》の濃淡の筋まで見える。彼の体の熱が、とりわけ剝き出しの上半身の熱が服を通して伝わってきた。熱い肌の匂いは、彼が乗っていた馬の匂いと、干し草と革と外気の匂いだ。たくさんの匂いが混ざり合って彼らしい匂いを形作っていた。乳首が疼く。ツンと立っている証拠だ。彼は感づいているの？　そう思ったら頰が火照ったが、それでいてわくわくしていた。

それよりもっとわくわくするのは、彼のジーンズの中で硬くなったものが、彼女の腿のあいだの敏感な部分を押していることだ。女と体を合わせれば、勃起するのは自然な反応なのだろう。でも、彼が覆いかぶさっている女はほかでもないカーリンだし、その表情から自然な反応ではないものが感じ取れた。

ああ、助けて！　脚を開きたい、彼の体に絡ませてぐいっと引き寄せたい。込み上げる欲望の声を必死に堪えた。もう一度、ふつうの女になって、あたりまえの生活を送りたい。彼が欲しかった。

でも、それはできない。してはいけない。こんなこと、あってはいけないことだ。たとえどんな代償を払おうと、彼を押しのけなければ。心から、体から。

心はなんとかなる――かろうじて。体はそうはいかない。彼の肩に手をあてがって押してみたが、無駄だった。肩の分厚い筋肉に力なく指を食い込ませると、その力強さと熱と命のパワーに心がときめいた。彼の顔を見あげた。浅く、速くなった吐息が彼の唇をかすめた。「起こしてちょうだい」弱々しい声で言う。本気でそう思っていたら、しっかりした声が出ただろう。でも、本気でそう思っていたら、いまごろは彼を突き飛ばしてひとりで起きあがっている。彼もそれはわかっているようだ。長い沈黙があった。鼓動が二倍のペースにまで跳ねあがるほど長い沈黙が。重たげにかぶさる瞼《まぶた》の奥で、彼の視線はカーリンの唇に注がれていた。キスをする気だ。ああ、どうしよう、彼がキスをする気でいる。そして、カーリンはそうしてほしかった。常識で考えればふたりのあいだに関係を築かないのがいちばんだというのに、この瞬間、欲望はあまりにも荒々しく剝き出しで、彼を止めることも、自分を止めることもできないとわかった。

そのとき、彼が両手を床について上体を起こし、アスリートのようなしなやかな動きで足をついた。そのために必要な力の量など、ほとんど感じさせない動きだった。ほとんど。猶予なのか、拒絶なのか。彼女にはどちらかわからなかった。どちらでもいい。肝心なのは、愚かな真似をする前に、彼が救い出してくれたことだ。

彼が力仕事で硬くなった大きな手を伸ばしたので、カーリンは無意識に右手を差し出していた。彼は引っ張り上げて立たせてくれたが、握った手は放さなかった。動悸がまた激しくなる。彼はキスするつもりだ。またしても彼女は、体が反応して頭がくらくらしてきた。ところが、彼はカーリンを引き寄せると、その目をじっと覗き込んだ。「きみがパニックになったのはこれが二度目だ」鋭い声で言う。「最初のときは逃げ出そうとした。今回は、十歳の子供でもかわせるようなパンチを繰り出そうとした。きみが置かれた状況を考えれば、自己防衛術のレッスンを受けてこなかったことが不思議だ」

まさかそんなことを言われるとは思っていなかったので、彼女はまごつき、返す言葉を失った。口を開いても返事が出てこないから口を閉じた。それから文字どおり体を震わせた。理由はふたつ、立派なのがある。

「問題はお金と時間。殴り方を覚えたって、銃弾からは身を守れない」

彼が顔をぱっとあげた。グリーンの目がまた暗くなった。彼女は不意に気づいた。彼が怒ったのは、彼女が殴りかかったからではない。殴り損ねたからだ。「あの野郎はきみを撃ったのか？」

あたしを、ではない。ジーナを。でも、ブラッドはあたしを狙ったつもりだった。ジーナは身代わりに命を落としたのだ。また体が震えた。恐怖に駆られたせいだ。恐怖と悲嘆と深い後悔。細かいことには触れず、ただこう言った。「ええ」ブラッドは彼女を狙ったつもりだったのだし、結果がああなっても彼の気持ちは変わっていない。

ジークは奥歯を食いしばり、口を歪めた。苦虫を嚙み潰したような顔だ。「射撃練習をすべきだ」

「どうして？　銃は持ってないわ」それに買うこともできない。身元照会でブラッドに居場所を知られる。身元照会がどんなふうに行われるか知らないし、州レベルなのか連邦レベルなのかも知らないし、データにかんたんにアクセスできるものかどうかも知らない。ジークのコンピュータを使えば調べられるだろうが、銃を買うのはやはり問題が多かった。

彼が冷ややかな笑みを浮かべたが、顔は怖いままだ。

「銃を手に入れるのは問題ない」

「でも、身元照会――」

「個人が買う分には適用されない」

「ああ」一瞬前には不可能に思えたことが選択肢のひとつになり、カーリンはぐっと唾を呑んだ。銃を持たなければ、実際に使用するかどうかという難しい選択を迫られることもない。彼女は暴力的な人間ではない。ブラッドのせいで、本来の自分とはかけ離れたライフスタイルを強いられてきた。おかげで、自分で自分がわからなくなることもある。それとも、人格のべつの面を発見しただけのことだろうか。これほど過酷な状況に置かれなければ、おもてに現れなかった面を。

「武器を手に入れる心配はしなくていい。おれがやる。きみは自分の身を守る術《すべ》を身につけるべきだ。ここを出るまでに、銃の撃ち方だけでなく、戦い方も仕込んでやる」

16

寒くなってきた。肌寒いのではなく、ほんものの寒さだ。ジークと牧童たちは牧場のメンテナンスに忙しかった。冬になると人手が減るから、一週間のうちに終わらせる必要があった。ダービーとボーはロデオに出るため南に移り、パトリックとエリはさらに南に向かい、春まで べつの仕事に従事する――この数年はそうだったが、あるいは来年はここに戻ってこないかもしれない。ケネスとマイカは家族がいるからここに残り、ジークが必要とするときに手を貸してくれる。ウォルトは常勤だし、スペンサーもそうだが、冬のあいだは休みをとって実家に帰る。

そういう雇用体系であることは、みんな承知していた。牧場の仕事は季節ごとにちがう。ポンプ小屋の修理がそろそろ終わるというときに、ダービーが上体を起こして肩を回した。

「そろそろ終わりですね、ボス?」

「そうだな。あと一週間というところか」

「ここまで来れば、おれがいなくても大丈夫ですよね? トゥーソンでロデオが開かれるん

りです」

「早めに宿舎に戻ってもいいですか？　荷造りをしたいんで。あすの朝早くに出発するつもりで、テキサスに移る前に出たいんです」

「ああ、あとはおれたちでなんとかなる」

ジークはウォルトをちらっと見た。ダービーの手が必要なことがあるかどうかたしかめたのだ。ウォルトは〝かまいませんよ〟と言うように肩をすくめた。ほかの牧童たちではできない仕事は残っていない。

「あがっていいぞ。ここはおれたちでやる」

「ありがとうございます」ダービーは道具を集めて牧場のトラックに積み、宿舎に戻った。トラック四台で来ていたから、残りの者が帰るのに問題はなかった。

ダービーが去って十分ほどすると、ジークは不安を覚えた。まず、荷造りなら今夜やれば充分に間に合う。引っ越しのトラックを頼むほどの荷物があるわけじゃない。それに、カーリンはひとりだ。ドアに鍵をかけることは、彼女にとって信念になっていたが、昼間だし、牧童たちは全員出払っているので、宿舎やウォルトの丸太小屋の掃除をすることもあった。思いすごしだろう。彼の知るかぎり、ダービーは最初の警告で身に染みてカーリンにちょっかいは出さないはずだ。それに、彼女がいつどこを掃除するかなど知らないだろう。ただ、たまたま必要な道具をとりに宿舎に戻ったときに、彼女が出入りしているのを見たかもしれない。考えすぎだ。それでも……彼女が家にいるあいだドアに鍵をかけることにひどく神経質になっているのを、ダービーは知っているだろうか？　だが、宿舎となるとべつだ。ずっといるわけではない。埃を払い、床を掃除するだけで、それ以上の整理整頓は牧童たちに任せていた。

母屋のドアに鍵がかかっていることを、牧童たちは知らない。知っているのはジークとスペンサーだけだ。夜になれば宿舎のほうも戸締まりをするが、昼間も鍵がかかっていることを、ジークは彼らに言った覚えはない。スペンサーも言わないだろう。

なにも心配することはない。

そうはいっても、彼女がダービーに冷ややかな態度で接していることに、彼もほかの連中も気づいており、それを冗談のネタにされて、ダービーはよく思っていなかった。ロデオのグルーピーたちにちやほやされるせいか、生まれつきなのか、うぬぼれが強い男だ。すでに一度、家政婦と問題を起こしている。もっともあれには、ダービーだけでなくほかにもふたりが関わっていた。

だが、彼はカーリンに恨みを抱いているんじゃないか？　ああ、たしかに。

ジークは自分の直感を無視しようとしたができず、上体を起こして手袋を脱いだ。「母屋に戻る」藪《やぶ》から棒に言った。「ダービーは信用できない」

ウォルトも上体を起こし、考える顔になった。「それがいい」

そこにいた全員がトラックに分散して乗り込んだ。きょうの仕事は終わっていないが、それがなんだ？　カーリンの無事をたしかめるほうが大事だ。

ジークがいつも以上に強くアクセルを踏み込むと、牧草地の寒さで硬くなった土の上でトラックが跳ねた。いつも使っている道のほうがなだらかだが、乗り心地よりもトラックのスプリングよりも、スピードをとった。ほかの二台もすぐあとについてきた。

助手席のスペンサーは、右手でシートにつかまっていた。珍しく笑顔を浮かべていない。

「ダービーだって、ミス・カーリーを傷つけたりはしないですよね」彼が心配そうに言った。「でも、ちょっかい出して、彼女に嫌な思いをさせるかも」

ジークはうなった。こと彼女の身の安全に関して、運を天に任せるつもりはなかった。助けを必要とされないのに泡食って戻って馬鹿を見るとしても、それはそれでよかった。ダービーは宿舎で荷造りをしており、カーリンはキッチンで料理をしているなら、それはそれでいい。だが、人を疑うことをしないスペンサーが、カーリンの身を案じるようなことを言うのを耳にしては、ますますアクセルを踏み込むしかない。ダービーは十分ほど前に帰ったが、牧草地を横切ってトラックを飛ばせば時間を稼げる。

牧童たちは宿舎をきれいに使っていた。洗濯も自分たちでやるし、みんなで使う場所に私物を置きっぱなしにはしなかった。カーリンは彼らの個室には入らず、居間だけを毎日掃除していた。だから、宿舎の掃除には三十分、せいぜい四十五分しかかからない。ウォルトに丸太小屋の掃除を頼まれると、ささっと拭き掃除をしてあげるが、それも十五分あれば片付く。一度にすべてをやる必要もなかった。ほかにやるべきことがあれば掃除はあとまわしにするし、スケジュールは自分で決められる。きょうはまず掃き掃除だけにして、母屋に戻って洗濯をするか食事の支度をして、また戻ってきてほかの掃除を終わらせよう。

宿舎の掃き掃除が終わるころ、トラックがちかづいてくる音がした。牧場のリズムや日常の業務に馴染んでいたから、トラックが宿舎の裏口に向かっていると即座にわかった。牧童たちはみなメンテナンス作業に出ているから、ジークに言われて誰かが必要な道具か備品をとりに戻ってきたのだろう。ちかづいてくるトラックの音を聞くともなく聞きながら、彼女は掃除をつづけた。

寒いからドアは閉めてあったので、ちかづいてくる足音は耳にしなかった。不意にドアが開き、背中から射す日射しに筋肉質のがっしりとした男の姿が浮かびあがった。カーリンは驚いて飛びあがった。男はややあってから中に入ってきてドアを閉めた。

「おや、誰かと思えば」ダービーが無遠慮に彼女を見つめた。

「いま終わるところよ」抑揚のない声で言い、キッチンへと入った。共有の場はキッチンとダイニングと書斎がひとつにつながっている。ダービーとのあいだに家具を挟みたかったし、カウンターの上のナイフスタンドに少しでもちかづきたかった。

「おれのことなら気にしないで、ゆっくりやればいい」彼はドア枠に肩をもたせかけ、なかば閉じた目で彼女を見つめた。恨みがましい目だ。「荷造りをするんで戻ってきた。あす出発だ」

せいせいするわ。そう言いたかったが、そっけなくうなずくだけにした。

彼の目の光が変化した。「笑顔で送り出してくれたっていいじゃないか」

恐怖に鳩尾のあたりがひんやりした。きょうは、声をかぎりに叫ぼうが、誰にも聞こえない。ここに彼とふたりきりだ。前のときは、悲鳴をあげれば聞こえる範囲に人がいた。きょうは、声をかぎりに叫ぼうが、誰にも聞こえない。でも、怖がっていることを気取られてはならない。慎重に手を伸ばし、いちばん大きなナイフを抜くと刃を動かし、光に当てて光らせた。

なにも言わず、ただナイフを持って立っていた。心臓が激しく脈打つ。彼に聞こえないことのほうが驚きだ。でも、内心の怯えを知られてはならない。ダービーはそれほど背が高くはないが、がっしりしているから、両手でつかまれたら、体を振りほどけるかどうかわからない。へたすると自分が怪我をするかもしれないと思えば、彼も引きさがるだろう。たぶん。

ところが、彼は目に卑しい光を浮かべ、一歩ちかづいてきた。

「さがって」カーリンは一歩も引かず、落ち着いた声で言った。

「さがらなかったら？　包丁でおれに切りかかる？　そんなわけない」彼がもう一歩踏み出す。

「考え直したら?」彼女はナイフスタンドからもう一本引き抜き、二本とも構えた。腕をつかんで捩じり、ナイフを手から落とすためには、彼は両手を使わざるをえない。そのあいだに、やるべきことをやるまでだ。彼女が戦士でないように、ダービーは守備が得意ではない。多少のダメージは与えることができる。彼の顔に一瞬浮かんだ表情から、彼もおなじ結論に達したのがわかった。

ダービーが戦術を変えてきた。なにもしないからと言うように両手をあげて、ほほえんだ。「なあ、馬鹿な真似はあんただってしたくないんだろう。おれは友達になりたいだけだ。そんなに怒るなよ。出発前にちょっと楽しもうと思っただけじゃないか。いい思いをさせてやるぜ。どうせ乗るなら八秒なんて短いのはなしだ。おれの言いたいことわかるだろ」

「いいえ」彼女は冷ややかに言った。テキサスに住んでいたのだから、むろんわかる。ロデオで暴れ牛に八秒間乗っていられたら勝ちだ。

彼がもう一歩踏み出す。「うぶなふりして。毎晩、あかりが消えたあと、ボスにサービスしてるんだろう。おれはかまわないさ――ボスだってかまわないだろうよ。なにも知らなきゃな」

「もう一歩でもちかづいたら、彼になにもかも言うから」体が震え出した。なんとかごまかさないと。怯えていることを、ぜったいに悟られてはならない。そのとたんに彼は大胆になるだろう。背筋を冷たいものが這いあがり、這いおりる。絶望が胃の中で塊になる。

「それはないだろう、シュガー。いい口してるよ、わかってるんだろ？　ファックしなくたっていい。おれを立たせてくれりゃいい。その口なら、バンパーからクロム合金だって吸い出せる——」

彼の背後でドアがバタンと開き、ダービーははっとなって振り返った。ジークがドアを塞ぐ。カーリンは膝から力が抜けるのを感じた。ジークの姿を見たとたん、喉の奥から掠れた声が出た。

ジークはまずダービーを、それからカーリンを見た。彼女が握っている二本のナイフから真っ青な顔へと視線を移し、またダービーを見た。この場の張り詰めた空気から、なにがあったのか、彼女がなぜナイフ二本で身を守ろうとしているのか、言われなくてもわかるだろう。彼のこんな姿を、カーリンははじめて見た。日焼けした肌が青くなり、目はグリーンの氷のようだ。

「ボス、おれは——」ダービーが言いかけると、ジークは長い脚を一歩前に出し、ダービーを殴った。強烈なアッパーカットを顎に食らい、ダービーはリクライニングチェアに倒れ込んだ。それが倒れて、テーブルとランプも巻き添えにした。ランプが壊れ、セラミックの傘が砕けて飛び散った。ジークは、獲物を襲う豹《ひょう》のように飛びかかると、ダービーのベルトをつかんでドアに向かって投げつけた。ダービーが悲鳴をあげる。「待てよ！　なにも——」ジークはまたつかみかかり、ドアから外へ投げ出した。

カーリンは動かなかった。動けなかった。息は荒く、いまにも気を失いそうだ。目をしばたたき、溢れる涙を払う。ナイフは握ったままだった。キッチンの窓に顔を向けると、ジークが片手でダービーのシャツをつかみ、もう一方の拳で顔を殴るのが見えた。何度も何度も。血と鼻水が飛び散った。

ふたりの男が宿舎に飛び込んできた。彼女は瞬《まばた》きをして、ウォルトとスペンサーだとわかった。ふたりともナイフを見て慌てて立ち止まった。カーリンは自分の手を見おろした。ナイフの片方は大ぶりのシェフナイフだった。ジークと同様、ふたりともたちどころに事情を察した。

彼女は慎重に体の向きを変え、ナイフスタンドのそれぞれの位置にナイフをおさめた。

「大丈夫か、ミス・カーリー？」ウォルトがだみ声で慎重に尋ねた。

彼女は深呼吸し、なんとかまともな声を出そうとした。「ええ。彼はなにもしてないわ。挑発的なことを言って自分を奮い立たせようとしていたけど……なにもしていない」われながらか細い声だったが、泣いてはいない。

「それはよかった」

彼女はまた窓の外を見た。ダービーが応戦し、パンチを二発繰り出した。彼女は顔をしかめ、横を向いた。喧嘩をやめさせるためになにかすべきだ、とぼんやり思った——女ならそうするんじゃない？　だが、自分にそれができるとは思えなかった。それどころか、彼女の中の原始的な部分は、ダービーがパンチを食らうのを見て喜んでいた。でも、ジークが殴られるのは嬉しくない。

「あの……ジークを止めたほうがいいんじゃない？」

スペンサーはドアの外に目をやり、口をぎゅっと結んで考え込んだ。殴り、ののしり合い、取っ組み合う音が激しさを増す。「まだだな。ボスにあと何発か殴らせてやろう」

カーリンは椅子を引き出して腰をおろした。膝ががくがくしていたし、喧嘩はまだしばらくつづきそうだ。

そうではなかった。何発か殴る音がしたと思ったら、誰かが——マイカだろう——言うのが聞こえた。「もういいでしょう、ボス。これ以上やると、彼は運転できなくなる」

荒い息遣いが聞こえ、それからジークがかなった。「そうだな。起きろ、クソ野郎。荷物をまとめてさっさと出ていけ。春に戻ってこようなんて思うなよ」

「こんなクソ溜め、こっちから願いさげだ」ダービーが怒鳴り返した。唾を吐く音がする。

「暴行罪で訴えてやるからな」

「暴行罪が聞いて呆れる」誰かが馬鹿にして言う。エリだ。「おまえが自分のトラックから転がり落ちるのを、おれは見てたからな」

「ああ、おれも、おまえが事故を偽装してボスを訴えるって、自慢げにしゃべってるのを聞いた覚えがある」これはボーだ。

「嘘つきのクソ馬鹿野郎！」

「彼らが嘘を言うのを聞いたことがないな」スペンサーが戸口から加勢する。無邪気な顔は修道女のように貞淑だ。

「荷造りを手伝ってやるよ」ケネスが言った。「そこに立ってろ。おまえのクソ荷物をドアから放ってやる。それを拾い集めりゃいい。十分で道に出られる」

泣くかもしれない、とカーリンは思った。これが西部の流儀なのだろう。男たちは彼女を助けに来てくれたのだ。ジークが喧嘩したのは彼女のためだ——いいえ、彼女のためではない、ダービーが人でなしのげす野郎だからだ。それでも、ジークは彼女に代わって戦ってくれた。彼にキスしたかった。みんなにキスしたかった。泣くのだけはやめよう。男たちにいたたまれない思いをさせるだけだもの。

「彼女がいやがることはなにもしちゃいない」ダービーがむっつりと言った。怒りが彼女を立ちあがらせた。膝ががくがくすることも忘れていた。

ウォルトが警戒するように彼女を見て、自分の体でドアを塞いだ。「ああ」嘲るようにダービーに言った。「それで彼女は二本のナイフを手にしたのか？」

ほかの男たちが怒ってぶつぶつ言うのが聞こえた。ダービーの言い訳がましい声がしたが、彼女には聞き取れなかった。そのほうがいいのだろう。

なんだか急に疲れた。いますぐ母屋に戻りたかった。もうじきダービーは出てゆき、あたしは二度と彼の顔を見ずにすむのだ。こっちはなにも疾しいことはないのだから、裏口からこそこそ逃げ出すような真似はしない。「大丈夫」彼女はウォルトの背中に言った。「彼はろくでなしだけど、あたしは大丈夫。いまはただ、母屋に戻って夕食の支度をはじめたいだけ」

ウォルトは振り返り、彼女の精神状態を見極めようとするかのようにじっと見つめ、小さくうなずいた。「わかった」彼は言い、横にずれた。

カーリンは掃除道具を持って裏口を出ると、男たちひとりひとりと目を合わせて言った。「ありがとう」男たちのうちふたりは、ジークの前に立っていた。彼がまたダービーに飛びかかるのではないかと用心しているのだ。それでも、彼女からジークの顔はよく見えた。怪我はたいしたことないようだ。片方の頬が赤く腫れているだけだ。ダービーはそうはいかなかった。でも、それがなに？ 彼がどれほどの怪我を負おうがどうでもいい。そんなふうに思うなんて、彼女の性格に問題があるのかもしれないが、いまはそれもどうでもよかった。

足を止めて、もう一度ジークの怪我の具合を見てみた。赤く腫れた部分はすぐに冷やさないと、ひどいあざになるだろう。

「あなたも母屋に来てちょうだい」彼女はきびきびと言った。「顔を氷で冷やすから」

「だったら両手も冷やさないと」スペンサーがかたわらに来て、いいほうの手で掃除道具の入ったバケツを持ってくれた。

たしかにそうだ。ジークが動こうとしないので、彼女は立ち止まって彼を睨みつけ、眉を吊りあげた。牧童たちの前ではそれ以上なにも言いたくなかった。誰も聞いていないところでは、彼に減らず口を叩くことに意地悪な喜びを感じるが、男たちの前なのだから、ふつうの雇い人のように振る舞うべきだろう。

「スペンサーの言うとおりだ」ウォルトが言った。「両手を冷やさないと、あすになったら腫れあがって仕事ができなくなる」

常識のある説得が功を奏した。さもないと、ジークは持ち前の頑固さを発揮し、ダービーが荷物をまとめて出ていくまで、その場を梃子《てこ》でも動かなかっただろう。顔色は前ほど青くなかったが、顎は岩のようで、口は一本の細い線だ。彼がまた爆発するのにそう時間はかからないだろう。氷で冷やすのは一石二鳥だ。

「さあ」彼女が言い、スペンサーと並んで母屋に向かうと、ジークがあとからついてきた。

カーリンは眠れなかった。寒さを乗せて吹き寄せる風の咆哮《ほうこう》のせいばかりではなかった。夕食は気まずかった。ダービーはいなくなったものの、空気は張り詰めていた。みなが一様に動揺していた。ダービーはとくに誰かと親しかったわけではないが、彼の不平をみんなが受け入れ、うまくやっていた。いつもとちがって、誰も冗談を飛ばさなかった。もっとも、彼がいなくなって寂しがっているわけでもなかった。時間が経てばみんなの気持ちも落ち着くだろう、とカーリンは思った。

ジークの両手は関節の部分の皮膚が擦り剝けていたが、氷水に浸けて冷やしたおかげで腫れは最小限にとどまった。両手ともに曲げ伸ばしができるので、骨は折れていない。左頰はいくらか腫れていたが、やはり氷がめざましい効果を発揮した。

ジークがカーリンのために戦ったことで、彼女の心は乱れていた。ブラッドのことがあったから、人と関係を結ぼうとは思わなくなっていた。でも、ジークは一種の解毒剤だ。ブラッドは彼女を脅かした。ジークは守ってくれた。ああいう状況になれば、彼女だけでなく、どんな女性でも守ろうとするだろう。彼はそういう質《たち》なんだと思うと、ちょっと悲しい。

でも、それだけじゃない。ふたりのあいだには炎が燃えていた。それを無視することがだんだん難しくなっていた。ときおり彼に見られていることに気づいていなかったら、もっと楽だったのに。物思わしげな激しい視線に息が止まる。ふつうなら、ああ、この人は頭の中であたしを裸にしてるなとわかると、プライバシーを侵された気がして憤慨するのに。ジークが〝透視〟していると気づくと、息が止まって、肌の内側があたたかくなって、ざわつく。

彼のベッドルームで驚かされ、気がついたら彼の下に横たわっていて、求めてはいけないものを強烈に求め、彼もおなじ思いだとわかったとき、刺激は一気に高まった。

何週間も前に出ていくべきだった。

いまなら、まだ出ていけるだろう。今夜。

でも、行きたくない。危ういバランスの上に立っているようなものだ。ここはブラッドから隠れるのに理想的な場所だ。お金を貯めることができるし、やっている仕事もけっして嫌いじゃない。シーソーのもう一方の側には、ここにいることで払う感情的な代償という重しが載っている。その代償は時間を追うごとに大きくなってゆく。その転換点はあるはずで、きっと自分にはその瞬間を察知することができると信じていた。ここにいることで払う代償が恩恵を越える瞬間。そのとき、ここを出ていこう。

でも、いまはなんとか眠らないと。きょうあんなことがあっても、朝になったら、罰あたりなほど早い時間に起きて朝食の支度をしなければならない。リラックスして、気持ちを鎮めなければ。

上掛けを撥ねあげ、あたたかなスリッパに足を滑り込ませ、フットボードに掛けてあるバスローブをつかみ、勢いよくドアへと向かった。アップルパイがひと切れ残っている。それにミルクを一杯飲めば眠れるだろう。眠れなくても、お腹は満たされる。眠れずに悶々《もんもん》とするよりはいい。どっちもうまくおさまらなくても、片方は満たされる。

廊下にもキッチンにも終夜灯がついていた。家の中は静かで、聞こえるのは風の音だけだった。ジークは早起きだから、早く休む。二時間前には眠っているはずだ。彼女が動き回る音が二階のベッドルームまで聞こえるとは思わないが、なるべく音をたてないようにして冷蔵庫に急襲をかけた。

アップルパイの最後のひと切れとフォークとミルクの小さなグラスをキッチンテーブルに並べ、椅子に座った。真夜中に軽食の準備をしても乱れた心は鎮まらなかったし、風もやまなかったが、それでも……アップルパイはあらゆることを少しはましにしてくれるだろう。

彼がおりてくる足音は聞かなかった。なんの前触れもなく、彼がそこにいた。ダイニングルームとキッチンをつなぐ戸口を塞ぐように立ち、身にまとうオーラで空気を帯電させた。彼はその場を支配してしまう。

ジークが戸口で立ち止まり、驚きの表情を浮かべた。そりゃ驚くでしょう。彼女がキッチンにいるとわかっていれば、ジーンズ一枚でおりては来ない。つまり、彼は寝るときにパジャマを着ないのだ——なに言ってるの、知ってたくせに。彼の洗濯物の中にパジャマのズボンはなかった。素っ裸で眠っているのか、ボックスショーツ一枚なのかはわからない。もう、そんなこと考えちゃだめ。ただでさえ、彼はすごくすてきに見えるんだから。裸足《はだし》で、上半身裸で。長身でしなやかで、がっしりしている。ジムで鍛えた筋肉ではない。昔ながらのやり方、重労働でつけた筋肉だ。肩が輝いている。腕は筋張り、筋肉が畝を作り、大きな手はたこができてざらざらし、喧嘩をしたせいで関節は擦り剝け——

今度はパニックにならなかった。パニックからは程遠い心境だ。彼を見つめてごくりと唾を飲み込んだ。筋肉の手触りを知っているから、肌の匂いもぬくもりも、体の重さも知っているから。ああ、パイを食べていてよかった。ごくりと飲み込んでも言い訳ができる。文字どおり唾が湧いてきた。

「ごめん」彼は言い、踵を返して立ち去ろうとした。

「待って」ああ、そんなこと言っちゃだめなのに。彼をベッドに送り返すのが、賢いやり方というものだ。裸足で上半身裸の彼の姿だって、忘れようと思えば忘れられる。彼の匂いだって、忘れられる。そう、ベッドの下から魔法の杖《つえ》を引っ張り出してひと振りすれば、苦労もなにもかも消えてなくなる。

でも、そもそもここは彼の家なのだから、キッチンから追い出したりしてはいけない。いまはあたしのキッチンだと思っているにしても。

ジークが立ち止まり、振り返った。いま彼がいる場所は暗がりになっていて、刺激的な姿は見えない。助かった、と思うべきなのだろう。また唾を飲み込む。「なにかご用？」

彼は鋭く息を吐いた。鼻を鳴らしたと言えなくもない。「アップルパイの残りのひと切れを食べようと思って。きみに先を越された」彼の声からやわらかなユーモアを聞き取る。意地悪なときの彼が発する辛辣さは微塵《みじん》もなかった。

「あたしひとりじゃ食べきれないから、半分どうぞ」なにか言われる前に、カーリンは立ちあがって戸棚から皿を出した。フォークとパイを切り分けるナイフも出した。「ミルクは？」

彼はふだんはミルクをあまり飲まないが、カフェイン抜きのコーヒーは用意していない。

「ああ、いただくよ」

彼が自分でミルクを注ぐあいだに、カーリンはパイを大きめに切り分けて、テーブルの向かいの席に置いた。ジークは腰をおろすと、二枚の皿の上のパイの大きさを見比べ、彼女にウィンクしてフォークを刺した。気がつくとパイで遊んでいた。小さなひとかけを口に入れ、サクサクの皮を歯で突いて粉々にする。どうしよう、彼にウィンクされた。ふざけてじゃない！　ふざけるのは許せないもの。

風が勢いを増した。吹き荒れる風はまるで狼の咆哮のようだ。「風がすごいことになってるわ」

「寒冷前線だ」

「そうだろうと思った」

「今週末には雪になるだろうな」

ああ、どうしよう。真夜中の薄暗いキッチンで、半裸の男と向かい合って座っている。つぎの場所へ移動すべきだということを、彼女に忘れさせる男、見ているだけで口に唾が湧く男、いろんなやり方で彼女を怒らせる男と。その人と天気の話をしている。なんて悲しいの？　もっと悲しいのは、天気の話をしているのをありがたいと思っていることだ。

「雪はあまり見たことないの」にわか雪を勘定に入れなければ――それもめったに降らないにわか雪。太陽と浜辺を愛する彼女が、ワイオミングで冬を越すことを楽しみにしいてるなんて。

彼が半笑いのような声をあげた。「さぞ珍しいだろう」彼が視線をあげた。強いグリーンのレーザーが彼女を穿《うが》つ。「それじゃ、逃げ出さないのか？」毎日、こんなに悩んでいるのに、気づかないの？　ここにいたい気持ちは強まるばかりだから、とどまることが怖くなるのだ。無理にさりげない口調で言った。「あたしにいてほしくないんだと思ってたわ。あと数日で、スペンサーの三角巾がとれるから――」

「逃げ出さないと約束してくれ」

カーリンはパイをほんの少し口に入れ、ミルクで流し込んだ。ジークの視線を感じる。待っているのがわかる。「いいえ」ようやく言った。「約束はしないわ。でも、春までいるように努力します」約束にちかい。それに、警告にも。

食べ終わると、皿とフォークとグラスをシンクに運び、水で濯《すす》いでそのままにしておいた。朝食のあとに食器洗い機を回すから一緒に入れればいい。パイを食べてリラックスするどころではなかった。パイを食べれば眠れるだろうなんて、どこの誰が考えたの？　いつのまにかボスにすっかり魅了されていて、それが少しもいやじゃない。忌々しいことに。

そして、彼がそこにいた。裸足で足音もたてずに皿をシンクに置きに来た。すぐそこにいるためカーリンは彼の体の熱を感じ、自分の全身の産毛の一本一本が立っているのがわかった。まるで血管を電流が流れているみたい。体の内側が火と氷に変わってしまったみたいだ。彼が離れてくれることを願ったが、離れない。ただそこにいて、すぐ間近で、熱くて、刺激的だ。

カーリンは顔を巡らせ、見あげた。なぜだかわからないが、そうせずにはいられなかった。残虐な場面が売りのスラッシャー・ムービーに出てくる、よせばいいのに地下室におりてゆく馬鹿な娘みたいだ。彼がそこにいる。裸の胸がそこにある。ほんの数センチ体をずらすだけで、その胸に唇を当てて、彼を味わうことができる。身悶《みもだ》えしたけれど、体は引かなかった。ジークの顔がちかづいてきて、その目がじっとこちらの唇を見つめている。どうなるかわかっているし、体を引いて、やめて、と言う時間はたっぷりあるというのに……動かなかった。

彼がキスした。そこで起きたことを表現するのに、〝キス〟はあまりに単純すぎる言葉だ。体の芯を揺り動かす強烈な接触を表すには、あまりに単純すぎる。カーリンはキスを爪先で感じた。頭の先で感じた。全身で感じた。生きている――ほんとうに生きていると実感するのは、なんて久しぶりだろう。彼の唇が触れているかぎり、逃げ出そうなんて思わない。うなる風もじきに降り出す雪も、ブラッドもジーナも、心を抉るような後悔も、どうでもよかった。なにも考えない。ただ感じるだけ。

彼がゆっくりと離した唇を舐めた。そうやって彼女を味わっているのだろうか。彼が発した荒々しい音は悪態だったのだろうか。キスはすばらしかった――すばらしいなんてものではなかった。けれど、ここでやめなければ、出ていくことになる。彼もわかっているようだ。そこでやめて、腕を彼女に回したりはしない。そうしてほしかった。でもそれは、〝いけない考え〟リストのトップにくる。

「おれに手伝わせてくれ」

彼の言いたいことはわかったが、カーリンは頭を振った。「いいえ、あなたを巻き込むことはできない」

「きみは巻き込んじゃいない。おれが勝手にやることだ」

「殴り方を教えてちょうだい。それなら役にたつわ」なんとか苦い笑みを浮かべた。「今度からキッチンナイフを握らなくてすむ」

「それに射撃も」

「そうね」

彼がカーリンの顎の下に手をあてがい、上を向かせた。顎を親指でなぞる。「気づいてるのか？　おれの名前を呼んでくれたことがない」

「ごめんなさい、ミスター・デッカー」彼の言うとおり。呼んだことがない。理由は自分でもわからない。彼を遠ざけるために本能的にそうしていたのだ――無駄だったけれど。頑張ったのに、声に感情が出ていた。

「そうくるか？」彼が苦笑いをする。「ミスター・デッカー？」

「だったら、デッカー。それとも、ボス」

「いや」彼が低い声で言う。「もう一度言ってみろ」彼が親指で顎を撫でる。「なあ、カーリン、そんなに難しいことか？」

ただの名前じゃないの、と言いたかった。どう呼ぼうと変わらない。でも、変わるのだ。

だって、彼だから。動悸が速くなった。

「おやすみ、ジーク」彼女はささやいた。

彼がほほえんだ。「おやすみ、カーリン」

17

天気がはっきりと変わった。ジークは金物屋からキャットの店に向かった。客の数はやはり減っていた。カーリンが注文したパイは町を出るときに受け取りに寄る、とキャットに告げて店を出た。まだ用事が少し残っていた。キャットの知恵を借りることもできたが、やめておいた。彼女のことだから、なんでもないことでも大騒ぎするだろうし、いまの時間は店を離れることができないだろう。

食料品の買い出しは、カーリンとスペンサーが二日前にすませていた。きょう、町に出るが一緒に来るか、とジークは彼女に尋ねもしなかった。あんなキスをしたあとだから、彼女と長い時間を過ごすのはよくない。彼女を追いつめたくなかった。彼女が落ち着くのを待とう。女がよくやるように、彼女も気持ちを整理するのに時間がかかるだろう。ダービーとあんなことがあったあとだから、彼女を安心させてやりたかっただけだ。そのためのキスだった。フフン。よく言うぜ。女を安心させたくて、あんなキスをする男がいるか？　だが、こっちのしたいようにしたら、彼女は拒絶するに決まっている。

ティルマンの店に入る。彼にこういうことをさせるカーリンに、ちょっと腹がたっていた。だが、彼女が金をあんなにけちる気持ちも理解できる。自分がこうすると決めて来たんだ。カーリンは冬のあいだとどまるつもりらしいから、初雪が舞う前に冬支度を整えるべきだ。雲の動きを見ると、いつ雪が降ってもおかしくなかった。

アリス・ティルマンとは顔馴染みだ。彼女の息子たちと一緒に通学した。彼らはずっと昔にバトル・リッジを離れた。この数年で、さらに多くの者たちがこの町を見限った。ミセス・ティルマンに会釈し、厚手のコートのラックに向かうと、調子はどう？と彼女から声をかけてきた。彼の返事はありきたりの「まあまあだ」だった。狭い店の中で、彼が女物の売り場に向かったのを不思議に思ったとしても、彼女は口に出さなかった。

彼は冷やかして回るタイプでは断じてない。目についたコートを手にとり、掲げてみてからサイズをチェックした。ちょうどいいと判断し、ブーツ売り場に移動する。サイズは7だと、本人が言っていた。買うべきものはわかっている。見てくれとかスタイルはどうでもいい。彼女に必要なのは防水と防寒がしっかりしていて、踵が分厚いブーツだ。膝までの雪の中を歩いても、足が濡れず、あたたかなブーツだ。一足取りあげ、上にあげる。「これのサイズ7はあるかな？」

「あんた向きじゃないし、サイズもちがうでしょ」ミセス・ティルマンがユーモアたっぷりに言った。

「なんとかなるさ」彼女の冗談につき合い、奥に引っ込むその背中に向かって言った。ミセス・ティルマンがいないあいだに、セール品を並べたテーブルを覗いてみた。カーリンがみっともないグリーンのブーツを見つけたのはここだろう。潰れていたり、蓋がなくなったりした箱がいくつか、誰にも欲しがられず寂しげにテーブルに並んでいた。カーリンがここから選ばざるをえなかったことが、腹立たしかった。逃げ出すための軍資金が足りなくなることを恐れるあまり、バーゲン品を漁《あさ》るしかなかったのだ。

ミセス・ティルマンが大きくて頑丈な靴の箱をカウンターに置いた。「まさか、履いてみるつもりはないんでしょ」彼女がからかう。

「いや、マム」彼が手に持っているコートを見て、ミセス・ティルマンの笑顔がちょっと曇った。彼は悲しげな笑みを浮かべ、先手を打った。「これも、おれのじゃないからな」

彼女が困った顔をして言った。「なにも売りたくないってわけじゃないのよ。それはほんとにいい品だからよけいにね。でも、レジを打つ前に確認しときたいの。そのコートの値段、見たの？」

「いや、見るべきなのか？」

「ええ、そうよ」

彼は値札を見つけて持ちあげ、通路の真ん中で立ち止まった。「なんとまあ――」驚きの言葉の先がつづかない。「ポケットの内側が金張りとか？」羊のなめし革のコートは自分でも持っているから、安いとは思わなかったが、まさか千ドルを超えるとも思っていなかった。

ミセス・ティルマンが説明をはじめた。「店でいちばん上等な品なのよ。ものがいいの。でも、レジを打つ前に、値段を知らせておくべきだと思って。毎年、数枚は仕入れておくの。金持ちのハンターがやって来て、あたたかなコートを欲しがるときのためにね。つぎのシーズンに持ち越すことはめったにないんだから、驚くでしょ」

彼には出せない金額ではなかった。カーリンには質がよくてあたたかなコートが必要だ。だが、はじめて買ったトラックもここまでの値段はしなかった。

「まさか、おたくのあたらしい料理人に買ってあげるんじゃないわよね？　カーリーっていったかしら？」ミセス・ティルマンは彼の顔色を窺い、ちかづいてくると彼の手からコートをひったくった。

彼は内心で肩をすくめた。小さな町だ。こういうことを秘密にしておきたければ、シェイエンまで出掛けるしかない。「どっちの質問も、答えはイエスだ」

「ちょっと前に彼女が店に来て、このコートを見ていたわよ。とても気に入ったみたいだったけど、もっとずっと実用的なコートがいくらでもあるわよ」

「彼女に会ったんだな。おれが選んだサイズは合ってた？」

「そうね。うちの嫁とおなじぐらいの背格好だと思う」ミセス・ティルマンは羊のなめし革のコートをラックに戻し、ダークブルーのパーカを選び出した。ふわふわで分厚く、重さはなめし革の四分の一ほどだ。「これならあたたかいし、手入れもずっと楽よ」

ふたりはカウンターに戻った。パーカと靴箱が並んで置かれた。それを見て、彼はため息をついた。まだ足りない。カーリンはワイオミングの冬に慣れていないから、帽子と手袋とスカーフ、それに厚手の下着も必要だ。

彼が必要なものを集めるのに、ミセス・ティルマンが喜んで協力してくれた。すごく高くはないがものがいい品を選んだ。選んだ品がカウンターに山となった。

どこかで線を引かねばならない。下着は自分で買わせよう。厚手のでもなんでも。


ジークがプレゼントしてくれた品物を、彼女は見つめるばかりだった。パンパカパーンと贈呈の儀式があったわけではむろんなく、彼は買い物袋を彼女の腕に押しつけて、家を出ていった。牛が呼んでいるのだそうだが、町から戻ったばかりでどうしてそんなことがわかるのか、カーリンには理解不能だ。牛の交霊術とか？　買ってくれたものをベッドに広げてみてはじめて、彼が高いお金を払ってくれたことがわかった。

ばつが悪いと同時に困惑した。彼女にだってこれぐらいのものを買うお金はあるが、なしですませるか、あるものですませる決心をしたのだ。いざというときのために、一セントでも貯金しておきたかったから。それなのに、彼にこんなにお金を使わせてしまったのがいやだった。

〝いざというときのために〟という言葉には、もううんざりだった。生活が限定されることが、いやでたまらない。

〝困惑する〟のほうだが、なにを想像していたの？　彼がランジェリーを買ってくれるわけがない。実用的で飾りけのない、冬に必要なアウトドア用品ばかりだ。

彼はパイとワイオミングの冬仕様の防寒具を持って町から戻ってくると、二時間ほど外出した。その帰りを、カーリンは待ちわびていた。間が悪いことに、彼女は全身粉だらけだった。待つことに苛立ち、気を紛らわそうと夕食用のビスケットを作ることにした。冷凍や缶詰のビスケットでも、ビスケットミックスを使って作るのでもない、ほんものの自家製ビスケット。これが厄介な代物だった。危険を孕《はら》んでいることは、前の実験でわかっていた。

「いったいなにを考えていたの？」彼がマッドルームから入ってきたので、カーリンは尋ねた。

いったいなんの話をしているのかまるっきりわからない、とでも言いたげに、彼は眉を吊りあげたが、そんなに鈍い人ではない。彼女は指を、ショートニングと粉で覆われた指を突きつけた。

「コートは高すぎるし、ブーツだって……どれぐらいしたのか知りたくもないけど」

「きみには必要なものだ。だからおれが買った。それだけのことだ」彼がにべもなく言った。キッチンと粉だらけの彼女を見つめた。「誰かが粉入り爆弾を仕掛けて、それがきみの上で

「爆発したのか？」

「話をそらさないで」彼にとってはそれだけのことかもしれない。でも、彼女にとっては一大事だ。誰にも借りを作りたくないし、束縛されたくなかった。でも、つかまってしまった。品物を返品するのは彼を侮辱することになるし、傷つけることにもなるだろう――ジーク・デッカーが傷つく？　――それに、彼女のためにダービーを殴ってくれた人だ。「こうしましょう、お金は払います」彼女は言い、反抗的に顎を突き出した。

「そうしたければすればいい」彼ががなる。

そうする。贈り物を受け取れば、彼やこの場所に結びつけられる。いまでも充分結びついているのに。「高価すぎるわ。とても受け取れない……」

「きみの気持ちが楽になるなら、クリスマス・プレゼントと思えばいいじゃないか」

「クリスマスは二カ月も先よ！」

「それがなんだ。どうしてふつうの女みたいに、素直にありがとうって言えないんだ？　ガレージに行くまでに滑って転んでほしくないだけだ。あの安物のブーツじゃ滑りやすいからな。〈パイ・ホール〉から図書館まで歩くあいだに、凍え死んでほしくない。雇い人の安全に気を配るこのおれが、いつから悪者になったんだ？」

「怒鳴らなくたっていいじゃない」彼女は穏やかな声で言った。それが彼を怒らせることは百も承知だ。

「怒鳴ってない!」

「怒鳴ってるわよ」彼女はため息をついた。

「お気持ちは嬉しいです。でも、あたしは凍えるつもりはないもの。必要になったら、あなたの古いコートを借りるつもりだった。この家には手袋が百双とその倍の数の帽子があるわ。ブーツはあたしが買ったので間に合うし。おもてが滑りやすければ、慎重に歩くもの。コートは……とってもすてきだけど、でも、高すぎる」

「いいだろう」ジークが吐き捨てるように言った。少なくとも怒鳴ってはいない。「ブーツとコートはこの仕事に付属するものだ。春に辞めるときには、つぎの料理人のために置いていってくれ。それできみの気がすむなら」

「気がすむわ」

「よし」彼はドアへと向かった。その足取りにも声にも怒りが表れていた。「夕食の前にシャワーを浴びる」

彼がダイニングルームから玄関にちかい階段へと向かいかけると、カーリンがやさしい声で呼びとめた。「ジーク?」

名前を呼ばれると、彼はすぐに立ち止まり、ゆっくりと振り返った。カーリンの動悸がまた速くなった。いったいどうなってしまうの? コートとブーツがどんなに高価なものであっても、それだけでここに縛りつけられたりはしない。素直になりなさい。物ではない。彼だ。心の奥深くで、そのことをちゃんと感じ取っていた。ジークに必要とされているからこそ、ここにいるのだと。キスでも、肉体的魅力でもない。それなら逃げ出していたはずだ。ここにいようと決心などしない。ジーク・デッカー――怒りっぽくてタフな男が、彼女を必要としている。少なくともしばらくのあいだは。

「ありがとう」彼女は言った。

「どういたしまして」彼は踵を返し、歩み去った。彼女に聞こえていることを承知で、彼はちょっと声を大きくして言った。「最初から素直にそう言えばよかったんだ」

18

雪は見たことがあるけれど、これほどの雪ははじめてだった。にわか雪でも粉雪でもない、深く積もる雪を見たのはテレビの中だけだ。

雪は降りはじめたら、そのままずっと降りつづけた。夜のあいだに、一、二度、ベッドルームの窓から外を見て、すべてがやわらかく輝く雪景色に魅了された。降りしきる雪が、あたりをやさしく、美しく覆って静寂の世界へと変えてしまう。朝には三十センチ以上積もっていた。おなじ窓から見ると、すべてが無垢《むく》な白い毛布に覆い隠されていた。

材料をすべてキャセロールに詰め込んでオーブンに入れた。ここで働き出してから、一品料理は最高の友となった。朝食にはめったに作らなかったが、けさはべつだ。無邪気な子供に戻った気分で、雪に最初の足跡をつけたくてたまらなかった。誰にも汚されていない真っ白な毛布が、果てしなく広がる様を見てみたかった。

ジークが買ってくれたあたらしいコートでなく、ラックから重たいコートをとって羽織った。これを彼が着ているのは見たことがないから、借りても文句を言わないだろう。大きすぎたが、袖をまくりあげればなんとかなる。彼が買ってくれたあたらしいブーツはぴったりだった。いまは防水ブーツが必要だ。それに、彼が買ってくれたニットの帽子と手袋でぬくぬくだ。

玄関ポーチを出たとたん、寒風に顔を叩かれた。清冽《せいれつ》な空気に体が震えたが無視して、慎重に階段をおりた。雪をかぶった階段に氷が張っていて、滑りやすくなっているかもしれない。一歩ずつ、よちよち歩きの幼児みたいに足を出す。借り物のコートのフードをかぶって頰を寒気から守り、地面におりると雪の深さを足で探った。やっぱり、三十センチは積もっている。一歩歩くのも大変だ。足をまっすぐ上に持ち上げてから、つぎの一歩を踏み出した。楽隊の行進みたい。風がおさまると、それほど寒さは感じない。

地平線を見つめながら、長いあいだその場に立っていた。これ以上美しい景色を一生のうちに何度見られるだろう。浜辺が大好きで、果てしなく広がる大海原ほど心打たれるものはないと思っていた。でも、いまは……この景色にはべつの美しさがあり、畏怖の念を感じる。

用心しながら暮らさずにすんで、逃げ回らずにすむとしたら……ここがわが家になっていたかもしれない。どんな場所も中継地点としか思えなくなって、もうずいぶんになる。ブラッドと出会う前だって、仕事をつぎつぎに変え、再出発のときを待ち、わが家と呼べる場所に巡り合うのを待っていた。

待つことにはもう飽きあきだ。でも、バトル・リッジ——この牧場——はちがった。そして、ここで彼女も変わった。

気に入ろうと入るまいと、思いがけずここをわが家と思う原因の大部分はジークだった。いけない考えだ。春が来たら、また移動する。そのことを肝に銘じておかないと。ブラッドに立ち向かう策を講じるか、彼が自分を過信してやりすぎ、捕まるまでは、彼女の生活はつねに通過点でしかない。ここには立ち寄っただけ、ちょっと寄り道しただけだ。わが家ではない。そう思うと心が痛み、目の前の美しい景色を心に刻みつけようと思った。忘れないように。ものすごく寒いけれど、それだけの価値はある。

いちばんちかい牧草地まで歩き、振り返って雪についた深い足跡を眺めた。目がくらむほど、というのはおおげさにしても、美しい雪を見てこんな気持ちになるなんて、誰も想像できないだろう。でも、いまは、この瞬間は……幸福だった。満たされていた。母屋から柵まで行くあいだに膝をつき、雪をすくった。粉のように軽い。雲が流れて早朝の日が射すと、雪はキラキラ輝いた。

朝日が雪に照り返して、まわりのすべてがあかるく澄みわたる。まぶしさに目を細めた。つぎに外に出るときにはサングラスをしてこよう。雪を払い落とし、落ちてゆく様を眺めた。ゆうべ、降る雪を眺めたように。

あたりはしんと静まり返っていたから、ドアが開いて閉じる音が聞こえた。ジークはそっとやったつもりだろうが。振り返ると彼がいた。彼女とおなじで、寒さに備え、たくさん着込んでいた。

まっすぐこっちにやって来る——ドシドシと。彼はほほえんではいなかった。

「どうしてあたらしいコートを着ないんだ?」

満足感が吹き飛ぶ。「汚したくなかったから」

彼はため息をついた。「コートは着るためにあるんだ。汚れるためにあるんだぞ!」

「ああいう高いコートは、額に入れて壁に飾っておくべきだわ」

「きみのあたらしいコートは……」

「料理人のコートでしょ。あたしのじゃないもの」

彼が歯を食いしばる。それから言った。「いいだろう、あのクソ忌々しい料理人のコートは、それよりずっとあたたかい」

「寒くないもの。とってもあったかいわよ。言っとくけど、あなたのお古のコートを着てるの。あたたかくないのなら、どうして買ったの? どう?」言い合いに勝って満足したので、もう彼を見たくなかった。彼といると落ち着かない気分になる。感情を刺激されて、けっきょくは過剰に反応してしまう。彼女のボタンを——それもひとつ残らず——どう押せばいいか彼は知り抜いていて、こちらをカッとさせる。そんな必要はないのに。この平和な朝に、カッとなりたくはない。だから、また山々に顔を向けた。「美しいわね?」

「ああ」ジークのそのひと言から怒りは消えていた。ここで生まれ育っても、景色を眺めるたびに感動するのだろうか？　彼はカーリンを追い越して納屋へと向かった。雪を踏むやわらかな音をたて、足跡を残す。ただし、彼女の足跡よりはるかに間隔が広い。「これも美しいが、こんなもんじゃない。大雪が降るのを楽しみにしてろ」

カーリンはそのうしろ姿を眺めた。いくら眺めても飽きることはない。ああ、カウボーイのお尻ときたら。気を取り直して、彼に言う。「どういう意味なの、大雪って。これがそうじゃないの？　三十センチも積もったのよ！」

ジークは笑った。「これだから素人は」

「みんなに言ってちょうだい。三十分で朝食だからって」

彼は手を振って、聞こえたことを示した。カーリンはため息をつき、彼に、雪をかぶった牧草地や山々に背を向けた。「どうせあたしはキッチン所で働く奴隷だもの」ひとり笑いを浮かべ、母屋に戻った。


ブラッドは新任の警察署長のデスクの前に、気をつけの姿勢で立っていた。腹は煮えくり返っていたが、怒りを表には出さない。デスクを飛び越してあたらしいボスの首を絞めても、事態は変わらない。

ヒューストン郊外の小さな自治市の警察署長が、やる気のない人任せの老いぼれだったころはよかった。ブラッドの主張はなんでもとおった。だが、新任の署長は規則にうるさく、誰も信用していない。

「ヘンダーソン巡査、きみに対する苦情申し立てはこの三カ月足らずで二度目だ。どちらも過剰暴力を訴えている。申し開きはできるのか？」

あの野郎がおれを怒らせたからだ。薬漬けの盗人や不細工な売春婦のことなんか、誰が気にする？　自業自得だろうよ。それが本心だったが、口にはしない。仕事を失いたくないからだ。それに、カーリンを見つけ出せない苛立ちで、怒りがつねに煮え滾《たぎ》っていることも口には出せなかった。このところ、ちょっとしたことですぐにカッとなる。この三カ月で彼が叩きのめした犯罪者がみんな苦情を申し立てたら、彼は即座に解雇されるだろう。

「どちらのケースも、危険に直面していると判断しました」

よし、いいぞ。事実ではないが、かまうものか。所長が懐疑的な目で彼を見つめた――こんなことじゃ騙《だま》されないのだろう。「ほかに道はない。本日付で公務休暇を命ずる。そのあいだに、徹底的な調査がなされる」

ブラッドの体は動かなかったが、頭は数歩先を行っていた。徹底的な調査が行われれば、前年のカーリンの訴えや、彼にアリバイのある殺人事件についてダラス警察から照会があったことがあかるみに出るだろう。コンピュータに詳しい人間が彼の自宅のコンピュータを調べれば、ダラスで人が殺された時間、自宅でチャットをしていたというアリバイはかんたんに崩れる。クソッ、赤いレインコートがいけないんだ。

カーリンは頭がおかしくて、こっちが迷惑している、という彼の説明を、前署長は信じた。だが、今度の署長には通用しないだろう。

ブラッドはうなずいた。「なんでも協力します」そう言うにとどめた。なにを言っても言い訳に聞こえる。署から支給された武器を返し――ほかにも持っているし、闇でかんたんに手に入る――ふだんどおりに歩いて署をあとにした。急ぎ足になると怪しまれる。走るわけにはいかない。ドアを抜け、車に向かう。きょうは肌寒い。秋の匂いがする。冬はまだ先だ。テキサスは南に位置するから、冬といってもそれほど寒くなかった。たまに寒い日もあるという程度だ。

踵を返して署に戻り、腹いせに新任署長を撃ってやろうかと、ほんの一瞬だが思った。だが、まわりに人が多すぎるし、監視カメラもやたらに設置されている。調査がいつから、どんな形ではじまるのかはわからない。時間はまだあると思うが、それもさだかではなかった。時間はまったくないような気もした。

家に戻ってコンピュータと現金をとり、逃げ出すのだ。町を出る途中で銀行に寄り、口座を空にする。署長が感づく前に行動に出なければならない。カーリンのことはなんとか言い逃れができるだろう。だが、ダラスの一件は……あっちの警察に切れる奴がいて、彼をじっくり調べたら、科学捜査研究所のコンピュータの専門家に解析を依頼したら……。ハードドライヴに手をつけられたら大変だ。廃棄しなければ。だが、あれだけの時間と労力を費やしてセットアップしたんだから、破壊したくなかった。

ブラッドは家に車を走らせた。頭が混乱し、あたふたしていた。仕事は好きだったが、辞表を出したほうがいいのだろう。今回は深く掘り下げた調査が行われなくても、苦情申し立てのひとつも、規則違反のひとつもあれば、すぐにクビだ。仕組みはわかっている。〝トラブルメーカー〟のレッテルが貼られた者は、すぐにお払い箱なのだ。

カーリンのせいだ。これから先、どこの警察も彼を雇ってはくれない。そのうえ慎重に動かないと、人ちがいで女を殺した罪で刑務所行きだ。ブラッドはあやうくパニックに陥るところだった。呼吸が浅くなり動悸が速くなった。つねにおれは狩る側だった。獲物になったことはない。そっちの側になるなんてまっぴらだ。

だが、じきに動悸はおさまり、深く息を吸えるようになった。こんなひどいことになったが、いい面もある。

これからは二十四時間をカーリン捜しに費やすことができる。彼女を追い詰めることは、もはや趣味ではない……人生そのものだ。

ジークは認めたくなかったが、リビーにまんまと乗せられた。〝あたらしい奥さんを見つけることね〟彼女のそのひと言で、へそ曲がりのジークは、誰が結婚なんかするもんか、という気になったが、同時にひどく意識するようになった。だが、いまごろ彼女は、そんなことを言ったことも忘れているだろう。

だが、彼はことあるごとに思い出した。そう言ったときのリビーの声が、いまにも聞こえそうだ。すると、あのとき感じた苛立ちが甦る。

彼はよく働く。土地に愛着がある。結婚して家族を作らないつもりなら、土地を守ってなんになる？　ひとりで年老いて、作業ができなくなったら、土地を売って老人介護施設に入所するのか？　姉たちは牧場に関心がなかった。さっさと家を出て、馬のことなどこれっぽっちも知らない専門職の男と結婚した。たまにやって来て、短期間滞在していくだけだ。母親もおなじだ。牧場主のよい妻だったが、それは牧場主を愛していたからで、この土地を愛していたからではなかった。

〝ロッキング・D牧場〟が生き残って繁栄するためには、彼と一緒に働き、彼とおなじように土地を愛する子供たちが必要だ。子供が何人かいれば、中のひとりぐらいは牧場を愛するだろう。息子でも娘でもかまわない。そのためには女房が必要だ。

レイチェルのような女はだめだ。美人だが、人生を舐めていて、ベッドルーム以外では使い道がなかった。最初の女房はイチモツに選ばせてしまった。つぎのは脳みそに選ばせるつもりだ。

彼のイチモツはカーリン・ハントを指差す。彼女はここにずっといるわけではない、と脳みそはわかっているのに。春までいるように努力します、と彼女は言ったが、毎朝目が覚めると、彼女はいなくなっているんじゃないかと不安になる。それなのに、カーリンがそばにいると、かならずリビーの言葉が甦るのはなぜなんだ？

彼女がマッドルームからキッチンに入ってきて、寒さを払おうと体を震わせた。コーヒーポットの前に立つ彼に気づいても、最初のころのようなためらいは見せなかった。それどころかほほえみ、頭を傾け戸外を指した。「あまりきれいじゃなくなったわ。ほんの数時間なのに、美しい白雪から灰色のどろどろしたものに変わってしまった」鼻にしわを寄せ、彼のほうにやって来る。正確に言えば、コーヒーポットのほうに。彼が横にずれると、カーリンはマグに手を伸ばした。

「夕食はチリよ」彼を見ずに言う。「チリとコーンブレッド。あたしにとっては、寒い季節にぴったりの食事なの」

「こんなの寒いうちに入らないぜ」

「そうなの？」彼女は振り返り、カウンターにもたれかかってコーヒーを飲んだ。「外にいると凍えるわよ」

「そのうち零下三十度とか四十度になる」

「脅かそうとしてるだけでしょ」彼女の目がキラリと光った。「この土地が寒いのは知ってるけど、そこまで寒くはならないはずよ」

「なるんだ」

彼女はしばらく考えた。「そうなったらおもてに出ないわ。料理して洗濯して、暖炉の前に座ってテレビを観る」

「きみが暖炉の前であたたまってるあいだ、誰が買い出しに行くんだ？」

「スペンサー、それともウォルト？　それとも……そう、いいこと考えたわ。あなたよ！」

彼を怒らせようとからかっているのだ。怒らせるのはかんたんだ。彼女はまたコーヒーを飲んだ。「零下三十度の戸外に出掛けるのは、あたしの職務内容に含まれていません」

ボスと寝ることも含まれていないが、彼女が春までいるなら……。

女房を見つけるのは時間がかかる。ずっと先、カーリンのことがただの思い出になったら。

「コーンブレッドの代わりにビスケットを焼こうかしら。練習しなくちゃ」

「コーンブレッドにしてくれ。この前のビスケットは、釘が打てた」

彼女がため息ともうなり声ともつかない声を出した。「練習しないと、いつまで経っても上手にならないわ。ホワイトケーキを忘れないで」

それは一種のスローガンだ。カーリン版〝アラモの砦《とりで》を忘れるな〟だ。「ひとつ取引しよう。きょうはコーンブレッドを作り、コンクリートは——つまりビスケットは——べつの日に作る。そうしてくれたら、護身術を教えてやる」

「それってつまり、あたしがあなたを殴るの？」

ジークはほほえんだ。「やれるもんならな」

カーリンは重大な問題を抱えているにもかかわらず、彼の助けを借りようとしない。彼の思うようにはさせてくれない。やりたいことは山ほどあるのに。だが、彼女に身を守る術を教えることはできる。

19

ジークはマッドルームのドアを開けて怒鳴った。「カーリー！」

彼女はキッチンで、食器洗い機から食器を取り出すところだった。一歩中に入れば、彼からも見えただろう。「ここにいるわ」彼女は叫び返した。声が聞こえる場所に誰かいるのだ。さもなければカーリンと呼んだはずだ。彼はけっして間違えない。ふたりきりのときはカーリンと呼び、まわりに人がいるときはカーリーと呼ぶ。考えるより口が先に動いている彼女からすると、彼の正確な判断力は脅威だ。

「手を休めて、納屋の裏手に来い。射撃練習用に的を作った」ドアが閉まった。彼は待つつもりがないのだ。

射撃練習ですって！　ほんものの射撃？　動悸が激しくなったのは、それだけが理由ではなかった。ジークに言われてから、射撃訓練を受けようかどうしようかさんざん考えた。でも、まだそこまでやりたいのかどうか気持ちがはっきりしていない。武器を持つことは、大きな変化だ。その一方で、ブラッドは確実に銃を持っているから、万が一にも彼と顔を合わせることになったら、無防備でいたくはなかった。

しぶしぶだろうが、彼女の答えはそこにあった。

ジーク自ら教えてくれるというのだから、動悸が一気に激しくなるのも無理はない。彼女の中のマゾヒストな部分は、ジークに教えてもらいたいと願っていた。射撃練習はゴルフの練習と一緒で、インストラクターに抱きかかえられるような格好でやり方を習う。あるいはちがうのかも。あれは映画の中の作りごとかもしれない。現実はどうだっていい。しかし彼女はいまだにそうであればいいのに、と願っていた――もう、馬鹿みたい。それも興奮した馬鹿。

ずらっと並ぶコートから一枚つかんで腕をとおした。茶色のコートで、馬と牛の匂いがした。強烈な匂いが鼻孔を焼いた。どうしていままで気づかなかったの？　ああ、そうだ――ジークの汚れ物のせい。洗濯籠に入っている汚れ物はおなじ匂いがする。戻ったらコートを洗濯機に放り込むこと、と頭の中にメモした。匂いがきつかろうが、着てきてよかった。外は身を切る寒さだった。手袋をはめてくればよかった。戻って自分のをとってこようかと思ったが、手袋をしたままで銃を撃てるものなのかどうかわからない。映画の中で暗殺者がはめるようななめらかな革の手袋ではなく、分厚いフリースの手袋だ。指紋を残さないためにするのではなく、あたたかければいいという手袋だ。

カーリンは納屋の裏手に回り込み、はっと足を止めた。男たちがずらっと並んで彼女が来るのを待っていた。

　全員が振り返った。そう、全員がそこにいた。ウォルト、スペンサー、パトリック、マイカ、ボー、ケネス、エリ、それにジーク。いったいどうなってるの？

「どうかしたの？」彼女は不安になって尋ね、じりじりとあとずさった。だからいやだったのに。射撃を習うなんて。みんなの前で恥をかくのは、楽しい余暇の過ごし方ではない。

　彼女が思い描いていた射撃練習は、少人数で行うものだった。〝ロッキング・D牧場〟の牧童たちが集まって、彼女の失敗を見物する催しではない。彼女の料理がほんとうは気に食わなかったとか？　〝失敗知らずのホワイトケーキ〟の報復とか？　彼らがあれを実際に食べたのなら、仕返しされてもしょうがないけれど。でも、もし彼らに食べさせていたら、いまもまだテーブルを囲んで、料理の謎に思いを馳《は》せながら嚙む作業をつづけているだろう。埋め合わせに、二トンのジャガイモを料理してあげたじゃないの。

「みんな、手伝いたいそうだ」ジークが言った。その目に宿る邪《よこしま》な光が、彼女のうろたえぶりをおもしろがっていることを物語っていた。邪な光は笑っているからかもしれないが、そうなると胃袋がでんぐり返ってしまう。彼は納屋の裏手に作業台を置き、その上に様々な武器を並べていた。

「いろんな銃を試してみたいだろうと思ってね」ウォルトが言った。ショットガンを掲げてみせる。「だが、この双銃身のやつなら、あんたが出くわす人間相手の厄介事をすべて片付けてくれるぜ。動物相手でもたいていはな」

カーリンは咳払いした。ショットガンは映画で見たことがあり、銃身が二連になっているのがショットガンだということも知っていた。ライフルはたしか単銃身だ。ショットガンは反動がすごいんじゃない？「ああ、そういうことね。あたしがショットガンを撃って尻もちをつくのを、見物するつもりでしょ？」

スペンサーはショックを受けたようだ。「そんなつもりないよ、ミス・カーリー！」そこでためらい、ほかの男たちをちらっと見た。「たぶん、ないと思う」それがスペンサーだ、隠しておけない。

「いや、ママ、あんたが扱えない銃を撃たせるようなことはしない」ウォルトがきっぱり言った。「こいつは多少反動があるが、たいしたことはない。おれの十歳の孫だって上手に扱える」

「おれは三十六口径が好きだな」エリが照準器つきのライフルをとりあげた。

「彼女は鹿やエルクを撃ちに行くんじゃないぜ」ケネスが言い、拳銃を掲げた。保安官のワイアット・アープが誇らしげにぶらさげていそうな銃だ。「もっと持ち運び楽がで、扱いもかんたんなのがいい」

それが、持ち運びが楽で、扱いがかんたんな銃なの？　よしてよ、長さが三十センチはあるじゃない！　自分が持っている姿を想像したらあまりにも馬鹿ばかしくて、銃を指差しながらゲラゲラ笑った。「それをホルスターに入れて腰にさげたら、銃口が膝に届くわ！　どう考えてもバッグに入らないし」

「大きなバッグを買えよ」ケネスが言う。男の視点から見れば、理屈にかなった解決策なのだろう。でも、男はバッグを持ち歩かない。彼女もだ。TECのジャケットのポケットか、ジーンズのポケットに入らなければ、携帯できない。ここでべつの問題が生じる。

「ピストルを所持するのに許可がいるんじゃないの？」身元確認が必要だとしたら、無理だ。

「ワイオミングでは必要じゃないんだ」ジークが言う。「凶器隠匿所持は合法なんだ」

あら、まあ。だったらすべてが変わってくる。ピストルにあらたな興味を覚えた。尻もちをつかずにショットガンを撃てたら、それってクールなんじゃない？　恐怖のほうだって、ショットガンを持っていたら、ちっぽけなピストルを向けられたって屁《へ》でもない。それに、ショットガンのほうがピストルより的に命中しやすいって言うし。

「彼女にはここにあるすべてを試してもらう」ジークが言い、テーブルからイヤープロテクターを取りあげた。「そうすれば、どれがいちばん自分に合うかわかる」

彼女のはじめての練習のために、みんながお気に入りの銃を提供してくれたのだ。それを知って胸が詰まった。彼女の料理の腕は一流とは言いがたいのに、みんなが彼女のためを思ってくれている。涙が込み上げ、洟《はな》をすすった。「みんな、とってもやさしいのね」彼女は声を震わせ、ちょっと湿っぽいながらも輝く笑みを浮かべた。

みんな照れて足踏みし、意味不明なつぶやきの合唱が起こった。どうやら、「いや、そんな、たいしたことしてないから」と言っているらしい。こんなに感動したのは久しぶりだ。数カ月前にバトル・リッジに着いたときには、恐ろしくて家族とも連絡がとれず、この世でまったくのひとりぼっちだと思っていたのに。安全な隠れ場所を探して逃げ回り、いつ最後の瞬間が訪れるかとびくびくしていた。〈パイ・ホール〉に足を踏み入れた日に友達が見つかり、安全な場所が見つかり、彼女の身を案じてくれる人たちに出会った。そして、ジークを見つけた——癪に障って、セクシーで、頑固で、有能で、セクシーで……ああ、待って、それはもう言った。そっち方面のことは、考えてはいけないのに。いつの日か、もしもブラッドの問題を解決する方法が見つけられ、うしろから狙われずにすむようになったら、バトル・リッジに戻ってこよう。そして、もしもジークがまだひとりでいたら——

やめなさい。想像力に、原始的衝動《リビドー》に、両方にきっぱりと命じた。〝もしも〟の話で先の計画を立てることはできない。現実を見なければ。自分にそう言い聞かせないと、とんでもないことになる。なぜだかそう思った。

ジークからイヤープロテクターを渡され、彼女はそれをかぶろうとして手を止めた。ひとつしかない。「みんなはどうするの?」

「耳に指を突っ込むさ」ジークは言い、ポケットから綿の塊を取り出し、ふたつに千切って耳に押し込んだ。「これがないと困るのは、ふたりだけだ」

「ほかのみんなはイヤープロテクターを持ってないの？」

「上等なのを持ってるさ」ウォルトがにやりとした。「銃声は消すが、鹿が茂みの中をこっそり動き回る音はちゃんと聞こえるようなやつをね。だが、ボスも言ったように、耳に指を突っ込めばこと足りるのに、わざわざ引っ張り出してくることもないだろ」

それを聞いて安心した。誰の耳もおかしくしたくないもの。それにたぶん、耳に指を突っ込むほうが、イヤープロテクターをするより男らしいのだろう。いま手に持っているものは、ジークのものだと気づいた。

「さあ、そいつをしろ」彼が言う。「おれの言うことはちゃんと聞こえるから」

プロテクターをかぶり、耳をぴったりと覆うように調節した。彼はああ言ったが、プロテクターは性能がよくてなにも聞こえなかった。すると、彼がカーリンの顎を軽く押さえて、片方のイヤーカップになにかした。耳の中で音が爆発し、彼女は飛びあがった。ブーツが地面を擦る音も、彼らの話し声も、息遣いさえ聞こえる。すごい。いいえ——ジークの息遣いだった。強くて安定している息遣いが、すぐそばから聞こえた。

「ワオ」拡大された音に目を丸くする。「魔法のイヤーマフ」

「音が大きすぎるか？」彼が尋ねた。おそらく低い声で言っているのだろう。彼女は大きくうなずいた。彼がまたイヤーカップをいじると、音は小さくなった。スイッチと音量調節のボタンがついているのだろう。ありがたい。ウォルトが言う〝上等なの〟とはこれのことだろう。

ジークは彼女の肘に触れて、作業台のほうに向かせた。「まずはじめに、それぞれの武器の働きを説明する」

これは楽しい時間とは言えなかった。各人が気に入りの武器の装塡《そうてん》の仕方と、弾丸の抜き取り方を教えてくれた。髪をドライヤーでブローするほうがずっと楽しい。でも、頑張って練習して、装弾や弾薬をなんとか上手に込めることができるようになり、いろいろなライフルのメカニズムを学んだ。ピストルが二丁あった。リボルバーとオートマチックだ。彼らに教わるまで、どうちがうのか考えたこともなかった。彼女にとって、ピストルはピストルだ。でも、そうではなかった。

ショットガンは装塡も扱いも驚くほどかんたんだった。とんでもなく重いのだろうと思っていたが、照準器付きの鹿撃ち用ライフルとそう変わりなかった。それに……ワオ。畏怖の念さえ覚える。ふつうのショットガンなんだろうし、彼らにしてみれば、生まれたときから身近にあり、特別なものでもないのだろうが、きょうまで火器に触れたことのない者には大変なことだ。

なんだか胃が痛くなる。畏怖の念ばかりではない。恐れも感じる。恐ろしいと思い、彼女は言った。「これを最初に撃ってみたいわ」怖気《おじけ》づいて逃げ出す前に。ショットガンを撃って尻もちをついてしまえば、その先もつづけられるだろう。みんながそれを見て笑い、彼女は立ちあがってお尻の埃を払い、つぎの武器に移る。でも、なんとかしてうまく扱いたかった。ショットガンは悪者に一目置かせる威力を持っている。

誰も、ショットガンはやめておけ、とは言わなかったのでほっとした。気持ちが挫けるようなひと言で、決心が揺らぐのが怖かったから。的を描いた大きなボール紙を干し草の梱《はこ》に貼りつけたものが用意してあった。ジークが背後にやって来て、彼女の想像が現実のものになる。彼は大きな体で背後から彼女を包み、腕を体に回して、ショットガンの床尾を肩に当てて構えるやり方を伝授した。背中に密着する彼の筋肉質の体から熱が発散され、服をとおして伝わってくると、なにもかも忘れそうになり——

そのとき彼が鼻をクンクンさせた。「なんの匂いだ?」

一気に現実に引き戻された。「あなたのジャケット。くさいのよ」

「話にならない」

「ちょっと、牛の糞とたわむれたのはあたしじゃないんですからね」

彼女がショットガンをしっかり構えられるよう、ジークは手を貸してくれ、的の狙い方も教えてくれて……腕をさげ、一歩さがった。

体に回されていた腕がなくなると、不意に無防備になった気がした。がっかりする自分がショックでもあり、カーリンは唇を噛んだ。オーケー。きっとできる。現実世界でショットガンを撃たねばならないとき、ジークはそばにいない。うしろから抱きかかえてはくれない。

床尾を肩に押し当て、ジークが教えてくれたとおり銃身と的が一直線になるように構え……引き金を引いた。

小さな音がした。魔法のイヤープロテクターが、耳をつんざく轟音《ごうおん》を消してくれたのだ。手の中でショットガンが跳ねたが、思っていたほどではなかった。肩に衝撃があったが、それも思っていたほどではない。煙と、弾薬の鼻をつく、でもどこか心地よい匂いが漂った。

「やった！　やった！」彼女は叫び、嬉しくてピョンピョン飛び跳ねた。

ジークが彼女の手からショットガンをもぎ取った。にやにやしている。「まあこんなもんだ」

「いいえ、すごいんだから！　引き金を引いたのよ！　尻もちをつかなかったのよ！」

男たちは笑っていたが、雑音抑圧装置のおかげで遠くの音はくぐもって聞こえる。実際には男たちは馬鹿笑いをしているのだろう。勝利のダンスをやめ、彼らを睨んだ。「なにがそんなにおかしいの？」目を細めて尋ねる。

ジークが的を指差した。

ああ、なるほど。的ね。振り返って大きなボール紙に目をやった。

かすってもいない。

「鹿弾一発で、あのでかい的に当たらないことのほうが不思議だ」ジークが言う。彼は口の内側を嚙んで笑いを堪えている。「飛んでる鳥を狙ったんだな、きっと」

「説明します！」彼女は手を振って正確さの問題をしりぞけた。「あたしは撃った！　見てたでしょ？　これから先はなんてことないの。ショットガンが怖かった。だから最初に試したの。ショットガンを撃てれば、ほかはなんでも撃てる。そして、あたしは撃った」

彼の顔を意味不明な表情がよぎった。「もう一度撃ってみるか？　今度はちゃんと的を狙うんだぞ」

「ええ」彼女は威勢よく言った。「全部試してみたいわ。楽しい！」

彼女は言ったとおり、何巡も的を狙って撃った。ショットガンの二巡目に、鹿弾が的に当たった。その感触を忘れないように撃ちつづけ、ボール紙は穴だらけになってあたらしいのと取り替えられた。つぎはライフルだ。不思議なことに、ライフルのほうが正確に的を射抜けるのに、好きにはなれなかった。あまり楽しくないのだ。照準器がどうも苦手だし、ライフルのなかにはショットガンより反動のきついものがあった。撃ったとたん、ライフルが肩から跳ねあがり、彼女は顔をしかめた。「これじゃ肩を痛める！　好きじゃないわ」

「だから言っただろ」ケネスがエリに言う。

最初のピストルを手に持ったとき、彼女の中でなにかがカチャリと嵌《はま》った。ショットガンは楽しいが、ピストルのグリップをつかんだとき、体の奥底の原始的な遺伝子がぱっと目覚めた。ああ、これよこれ。これがいちばんしっくりくる。ケネスの言ったとおりだ。

「これが好き」彼女はつぶやいた。

「きみのその表情、見せてやりたい」ジークは低い声で言ったが、イヤープロテクターをとおしてはっきり聞こえた。彼の目の光が激しさを増した。

彼女は内心で頭をふり、彼から一歩離れ、的に対して正面で立った。「これでいいの？」ピストルを両手で持ち、的を狙う。

「それでいい」彼は背後に回って両手を添えることはしなかった。装弾の仕方も弾の抜き方も、安全装置のことも、引き金や撃鉄のことも、あらかじめ説明を受けていた。これはリボルバーで、ケネスが彼女の練習用に提供してくれた大きな銃だった。銃口のちかくにある凸型の照星と後方の凹型の照門を合わせ、引き金を引いた。銃身が跳ねあがる。教えられたとおり、銃身をさげ、また照星と照門を合わせ、引き金を引く。弾が空になるまで撃ちつづけ、的を調べた。

すべての弾がボール紙に当たっていた。だが、的に当たったのはわずか三発だった。

「練習すればうまくなるよ」がっかりする彼女を見て、スペンサーが元気づけようとした。

「そうよね」彼女は言い、顎を引き締めた。「あのオートマチックを見せて」

ジークが、きょうはこれまで、と言うところには、ボール紙四枚を穴だらけにしていた。無駄にした弾薬の数は考えたくもなかった。ほんとうはまだやめたくなかった。でも、男たちには仕事があるし、自分だってそうだ。でも、自分に合う銃が見つかった。手に持ったとたん、リボルバーがしっくりくると思ったが、オートマチックはもっと合っていた。装弾も扱いも難しいが、正確に撃てるという点ではいちばんだった。練習を積めば――それもたくさん――撃った弾の半分は的に命中するようになるだろう。

ブラッドに見つかったとしても、もう無力ではない。無敵とはいかないが、無防備ではないし、怯えもしない。それがいいことなのか、悪いことなのかはわからない。自分には力があると思って無鉄砲な真似をするつもりはない。でも、自分の身を守る術を知っているのは、とても気分のいいものだ。

女にとって銃がこんな力をもたらすとは……驚くばかりだ。

20

ようやくスペンサーの三角巾がとれた。これでピックアップ・トラックの運転もできる。だが、ジークは彼に軽い仕事しかさせなかった。カーリンにとっては助かる。きょうの買い出しのお伴《とも》はジークではなく、スペンサーだったからだ。ジークと距離を置けるならそれでよかった。彼のそばにいると、神経が休まらない。トラックの運転台のような閉ざされた狭い空間に、長いことふたりきりでいたら、彼女はたぶん爆発してしまうだろう。

ここ数日、いつ爆発してもおかしくない状態だった。

バトル・リッジを出るころに雪が降りだした。「まいった」スペンサーがつぶやく。「夜まで雪は降らないと思ってたのに」

カーリンは山々に目をやった。すでに雪で霞《かす》んでいる。冬の天気は予想よりも早く変化する——何時間も早く。雪がちらつく前に戻って、荷物をトラックからおろして片付けるつもりだった。初雪にあんなにはしゃいだのに、いまはそのときの自分を思い出して頭の中で目をくるっと回すほどだ。あれから何度か雪が降ったが、牧場でも町でも、積もった雪はすぐに汚れたブーツで踏み荒らされ、白いままではいられない。灰色でどろどろになり、それが夜のあいだに凍りつき、あらゆるものに薄い氷が張った状態になるから危険このうえなかった。

しかもまだ十一月だ。

「無事に牧場に戻れるわよね？」彼女は尋ねた。雪はすでに本降りとなり、路肩は白くなっていた。

「ああ、もちろん」彼の安請け合いに、多少は気持ちが慰められていただろう。そのあとに「そう願ってる」とつづかなかったら。そこがスペンサーだ。楽観主義者で正直者。でも、彼はこういう天候で運転することに慣れている。カーリンはそうではないから、彼の意見の前半部分を信じることにした。

雪が降っても、家でぬくぬくしていられるならかまわない。外出中に天気が崩れたのはこれがはじめてだったが、ワイオミングっ子にとってみれば、こんなの崩れたうちに入らないのだろう。これがふつう……であってほしい。スペンサーが言葉をつけ加えたわけが、だんだんわかってきた。

道はまだ大丈夫そうだから、彼女はリラックスしてあたりの景色を眺めた。山々は見飽きることがなかった。どんな季節でも、どんな天気でも、息を呑む景観だ。数週間前から冠雪が見られたが、山肌が雪に覆われていく様は人の心をとらえて放さない。トラックの中はあたたかく、ワイパーの規則正しい音が眠気を誘う。雪を眺めて外はさぞ寒いのだろうと思いながら、トラックの中でぬくぬくしているのは、炉端で丸くなっているのとおなじ心地よさだった。

舗装道路をはずれると氷が張っていた。タイヤが少しスピンしたが、トラックはすぐに体勢をとり戻し、タイヤがしっかり地面をとらえた。ブレーキを多用しないよう、スペンサーはスピードをゆるめた。

ははぁ。これはまずい。牧場までかなりの距離があるし、高度があがるにつれて道の状態は悪くなるばかりだ。眠気は吹っ飛び、座り直して意識を集中した。だが、タイヤがスピンしませんようにと祈る以外に、できることはなにもなかった。スペンサーに任せるしかない。のぼりがこんなに急だと思ったことはなかったが、スペンサーはノロノロとトラックを進めていった。それでもタイヤはスピンし、なんとか路面をとらえ、一センチ進むことが勝利だった。カーリンは肘掛けを握り締めた。「ルーロー」

アニメのスクービー・ドゥー（臆病でいつもお腹をすかせているグレート・デン）の声色を真似ると、スペンサーがにやりとしたが、笑顔は短命に終わった。「大丈夫だからね」彼がそう言ったとたん、トラックは轍にタイヤをとられて横滑りした。「たぶん」

その言葉は言ってほしくなかった。せっかくの心強い台詞が台無しになる。「焦らないで」

そんなことを言われなくても、スペンサーはわかっているだろう。「壊れ物を積んでるんだから」

「そうなの？」彼は驚いて尋ね、目をぱちくりさせた。

「前を見て！」彼女は叫んだ。「卵よ」前方の細い道をじっと見つめる。「バックシートに卵が六ダース積んであるの」ジークと男たちを満足させようと思ったら、卵はいくらあっても足りない。卵とパンとミルク。真っ先になくなる必需品。

スペンサーはハンドルを握り締めて身を乗り出し、じっと道路を見つめていた。ちょっと心配そうだ。こんな表情の彼は見たことがなかった。彼の顔に呑気《のんき》な表情以外のものを見ようとは、新しい展開だ。これは大変なことになってきた。

「引き返す？」

彼がむっとした顔をした。彼の男らしさを刺激するようなことを言ってしまったようだ。

「いや、行けるよ。でも、けさ、出掛ける前にスパイクをトラックに積んどくべきだったな」

それでこそスペンサー。楽観主義と正直さ。「スパイク？」スパイクをなにに使うの？

スパイクと聞いて頭に浮かんだのは、凍った壁を登るのに使う長い槍《やり》みたいなものだった。

ワイオミングの冬の必需品には、彼女のようなあたたかい地方の出身者には想像もつかないものがいっぱいある。

「タイヤにつけるんだ」彼が言う。「乾いた道は走れないけど、氷が張った道じゃ威力を発揮する。ふつうはこんなに早くから使わないんだけどね。それに、道が悪くなる前に戻れると思ってたから。すっかり氷が張ってる」心配そうな表情が戻ってきた。「スパイクを忘れたことが知れたら、ボスに殺される……」

「ちゃんと帰れるわよ」彼の楽観主義を借りる。口に出せばそうなるような気がして。でも、彼を疑っていると思われたくなかった。疑ってはいない。でも、氷は危険だ。雪は……どうだろう。雪はもう見慣れた。氷はまったく別物だ。氷の上を車で走る危険に、全身の筋肉が張り詰める。なにが起きるかわからない。

悪天候でなくても、このところ緊張のしっぱなしだ。いつも張り詰めていて、ネジが巻ききっている感じ。ちょっとしたことでびくっとする。でもそれは、ブラッドのせいではなく、ジークがそばにいるせいだった。体のすべての細胞が警戒態勢に入っている。彼が欲しい。でも、求めることはできない。いつの間にか深みにはまりこんでいた！ 最初のうち、この仕事は冬のあいだの隠れ場所だと思っていた。逃亡資金を稼ぐチャンスだと。そしていま、友達ができて、わが家と思える場所があって、彼女をからかい、身を守る術を教えてくれて、おれもきみが欲しい、という目で彼女を見る男がいる。

ジークは欲しいものを追いかける男だ。彼には用心しなさいよ、というキャットの警告を聞くまでもない。脳みその細胞がひとつでも働いている女なら、彼は負けを認めない男だということぐらいわかる。状況をしっかり見極め、揺さぶったり叩いたりして自分に合わせようとするタイプだ。おもしろい——ブラッドも〝ノー〟という答えを受け入れなかったが、

ふたりはまったくちがう。ブラッドは女がいやがっていることに気づけない。ジークは人の
心中を探るタイプであり、彼女が強く惹かれていることにどうしてだか気づいた。彼女が言
うことと、感じていることはまったくべつだと、どうしてだか彼は気づいた。そこが憎らし
い。ブラッドは彼女の命を脅かす。ジークは彼女の感情を脅かす。
　道がカーブになり、タイヤがまたスピンし、彼女ははっと現実に引き戻された。スペンサー
はアクセルから足を離し、タイヤが自然に路面をとらえるのを待った。いまどのあたりにい
るのか知ろうと、カーリンはあたりを見渡した。何度も通った道だから、天気がよければ景
色を見ただけで、牧場まであとどれぐらいか見当がつく。だが、雪がすべてを変えてしまっ
た。目印が見つからない。雪をかぶった山や谷はどれもおなじに見える。それに、時間の経
過に注意を向けていなかった。トラックの時計を見ると、もう一時間ちかく走っていること
がわかった。ふつうの天気なら、とっくに牧場に着いている。
　道は曲がりくねり、のぼりよりくだりが多くなったので、スペンサーはさらに速度を落と
した。天気はいっこうによくならない。気がつくと、シートベルトが伸びるぎりぎりまで身
を乗り出していた。じっと見つめつづければ視界が開け、渦巻く雪の先が見えるとでもいう
ように。
　タイヤの音が変わった。横を見ると、のろのろと橋を渡っているところだった。これで場
所がわかったが、知らなければよかったと思った。好天のときでも、ここを通ると不安を覚

える。橋を渡りきると道はすぐに左に折れ、右側は切り立った崖で、はるか下を細い川がうねうねと流れていた。雪のせいで崖は見えない。まして川は見えるわけもないが、そこにあることはわかっているから動悸が激しくなる。カーリンは右手で肘掛けを握り締め、左手でシートの縁をつかんだ。

橋を渡りきるころにタイヤがまたスピンしはじめ、トラックの後部が右へと、崖のほうへと振られてゆく。スペンサーは機敏に反応してアクセルから足を離し、ハンドルをやさしく右に切ってスピンを止めようとした。だが、充分な場所がない。橋を抜けたときには右の前後のタイヤが路肩ぎりぎりにあった。カーリンの心臓が喉までせりあがる。思わず目を閉じた。

「大丈夫」スペンサーが言った。いつもより声が若干高い。彼は息をフーッと吐き出し、トラックを道の真ん中に戻そうとアクセルをそっと踏み、ハンドルをそっと切った。

鹿さえ現れなければ、切り抜けられただろう。雪の中から不意に鹿が飛び出してきた。気がついたらそこにいた。スペンサーはとっさにブレーキを踏んだ。鹿はトラックのまん前にいた。ブレーキがロックされ、タイヤが空回りする。トラックが右後方へと、渓谷へと滑りはじめた――そして、崖を踏みはずした。

カーリンは悲鳴をあげた。見えるのは幽霊のような鹿だけだ。跳ねたかと思ったらまた雪の中に消えた。時間が糖蜜と化し、耐えがたいほど長く引き延ばされる。スペンサーの顔は蒼白で、目は見開かれていた。結婚して子供を持って人生を楽しむこともなく、こんなに若くして死ぬなんて。そう思ったら深い痛みを覚えた。渦巻く雪は静謐《せいひつ》で美しい。白い重しに垂れる常緑樹の枝が見えた。差し伸べる自分の手が見えた。空気を掻けばすべてが元通りになるとでもいうように。

それから衝撃に体が跳ね飛び、シートベルトで引き戻されてシートに固定された。トラックがフードを宙に向けたまま、ガクンと停止した。

フロントガラスを打つ白い雪の静かな砲撃を、ただぽかんと見つめていた。

「大丈夫?」スペンサーがあえぎながら尋ねた。両手はハンドルを握り締めている。

「ああ……ええ。あなたは?」

「平気さ」彼の声は割れていた。やはりフロントガラスを見ている。

妙な考えが不意に頭の中にこだました。「あたしの卵!」うしろを振り返ろうとしたその動きが、うめき声を引き起こした。トラックの金属がたてる音だ。

「動かないで、ミス・カーリー!」スペンサーがささやく。もともと蒼白な顔から血の気がいっさい失《う》せていた。「おれたち……うまくバランスがとれてる」

バランス。バランスって?

「どうやって? なんの上で?」

「木」彼は言い、ごくりと唾を飲み込んだ。彼が見ていたのはフロントガラスではなく、バックミラーだったことに、カーリンは気づいた。

木。それはよかった。でも……木。一本だけ？　複数の木々だったらもっとよかったのに。

「どれぐらい太いの？」

「それが……太くない」

彼女は横を見て、あまりの恐怖に気絶しそうになった。そこにはなにもなかった。白い雪が降っているだけ。下へ下へと、どこまでも落ちてゆく。降り積もる場所はここから見えない。彼らも雪と一緒に落ちていかないのは、太くない木に引っ掛かっているからだ。

「太くないって、実際にはどれぐらい？」

「だから、動かないで」

「つまり、それぐらい太くないってこと？」

彼はまた唾を飲み込んだ。「いまのとこは持ちこたえてる。それは、おれたちが中心をはずれた位置に引っ掛かってるから」

パニックで胸が締めつけられ、浅く、速い呼吸をする以外になにもできなかった。細い木。中心をはずれている。ほんの小さな動きでも、バランスを失って転がり落ちるということだ。トラックの重みで木が折れるかもしれない。根っこが引っこ抜ける可能性だってある。基本的には、信じられない幸運とあやういバランスのおかげで宙づりになっているのだ。

スペンサーはコンソールボックスに取り付けてある無線へと、ゆっくり手を伸ばした。動いているのは腕だけで、胴体はびくともしない。電源を入れてボタンを押し、マイクに向かって言う。「ボス、そこにいますか?」

ジークの深い声がすぐに聞こえた。彼は無線のそばで待っていたのだろうか。「いまどこだ?」受信状態はあまりよくない。一、二度途切れたが、ジークの言いたいことは聞き取れた。それに、口調の強さも。

「道から滑り落ちて」スペンサーが言った。「曲がりくねった道の橋を渡ってすぐのあたりです。脇道に入る手前」

「カーリンは無事か?」鋭い口調だった。

カーリン——カーリーではなく。彼のはじめての言い間違いに、彼女は息を呑んだ。名前の語尾のちがいに、スペンサーは気づいただろうか。受信状態が悪いせいだと思っただろうか。

「ミス・カーリーは無事です。でも、急いでください、ボス。一本の木に引っ掛かってて、トラックから出るに出られない」

「すぐに行く。動くなよ、おれたちでなんとかする」

その命令口調は心強いと同時に腹立たしかった。彼は自信たっぷりに言うが、命令すれば重みや重力を取り去れるとでも思っているのだろうか。彼の自信に元気づけられる自分がいる一方で、彼女のもっと冷静な部分は彼の傲慢さに怒っていた。

どうか、お願いですから、神さま。いまだけ、彼の傲慢さを大目に見てやってください。彼の言うとおりになりますように。

彼女とスペンサーはシートの上で凍りついていた。待つ以外にできることはなにもなかった――ジークか死か、どちらか先に訪れるほうを。

ジークは、路肩から突き出しているトラックのバンパーに気づいた。激しく降る雪がトラックを部分的に覆っていた。彼らのいる位置を知らなかったら、必死に捜していなかったら、通り過ぎていただろう。

トラックの位置を目にしたとたん動悸が激しくなったが、パニックの波を必死に押し返した。これからどうなると考えてパニックに陥るより、すでに起きてしまったことに対応しなければ。すでに起きてしまったことだけでも、血が路面とおなじぐらい凍りつきそうだったけれど。トラックがいますぐに渓谷に落ちていかないのが奇跡だ。

ギヤを〝パーク〟に突っ込み、ドアを開けて外に出ると、トラックがスプリングの上で跳ねた。路肩は完全に凍っている。状況を見極めようと道の端まで歩くあいだ、ブーツがつるつる滑った。奥歯を噛み締める。これはまずい。

フロントガラスをなかば覆う雪は車内の熱で融《と》けているので、身じろぎもせずシートに座るカーリンとスペンサーの姿が見えた。蒼白な顔は凍りつき、瞬きをするのさえ怖いと言いたげだ。

トラックはバックバンパーの中央よりも運転席寄りが細い木に引っ掛かり、かろうじてバランスを保っていた。トラックの重みで木はしなり、いつ折れてもおかしくなかった。そうなればふたりとも死ぬ。

いや、そんなことにはならない。彼の体が呼吸しているかぎり。カーリン――

思考が形作られる前に切り捨てる。四輪駆動のピックアップ・トラックを運転してきたのは、前部にウィンチが付いているからだ。あとから来たウォルトが距離をとってトラックを停めた。ジークは振り返ってウォルトと顔を合わせた。かんたんにはいかない。トラックを引きあげられるかどうかわからなかった。

ウォルトがおりてきて、現場を見ると言った。「なんてこった」スペンサーやカーリンには聞こえない小さな声で。

残りの牧童たちも駆けつけてくる。マイカは十分遅れ、ケネスはさらに五分ほど遅れて到着するだろう。それまで待ってはいられない。

「開閉滑車を使う」ジークは言った。トラックをウィンチで引きあげるにしても角度が必要だ。それを可能にするのが開閉滑車だ。二台のトラックを一直線にして引きあげるだけの場所がない。ウィンチは四・五トンの重さまで耐えられるから、トラックを引きあげることはできる。問題は足場の悪さと、引きあげるトラックの位置だ。スティールケーブルをバンパーに取り付けることはできない。バンパーは車体の重みに耐えきれず抜けてしまうだろう。車枠か車軸に取り付けなければ。路肩は完全に凍っている。トラックまでおりていって、車体の下に潜り込んで作業するのは容易なことではない。足を滑らせたら谷底まで一直線、こっちが命を落とすことになる。そのとき体がトラックに当たりでもしたら、三人とも死ぬ。

まずケーブルをトラックの頑丈な部分に巻かねばならない。トラックの中心部にちかいK字形のエンジン取り付け台に巻くのがいちばんだ。そうすれば、トラックが傾くことはない。K字形のエンジン取り付け台が無理なら、車軸でもなんでも手の届く部分に巻きつける。トラックが谷底に落ちるのを防げるならどこでもいい。スティールケーブルが車軸を傷めることになったとしてもかまわなかった。トラックは替えがきくが、人の命はそうはいかない。

ウォルトが路肩の縁まで行って、自分の目で状況をたしかめた。彼もまた氷に足を滑らせ、腕を振ってバランスをとった。「注意しろよ」ジークが言い、ウォルトのジャケットの背中をつかんで引き戻した。ウォルトの判断もおなじだった。不安で顔を曇らせている。トラックが道を踏みはずしたあたりの崖は垂直ではなく急な傾斜地で、バックバンパーから数メートル先で垂直になっていた。おそらく窪《くぼ》みがあるのだろうが、いずれにしてもフロントバンパーは地面につきそうだ。前からはトラックの下に潜り込めない。横からだ。スティールケーブルはトラックの前部から下に通すので、それにつかまりながら作業することはできない。つぎに横からトラックの下に潜り込み、ケーブルのフックをしっかりと固定する。

強風が吹いてトラックのあやういバランスが失われないうちに、作業はすばやく行わねばならない。それに、細い木がいつ折れるともわからないのだ。

「おれがやる」ウォルトが買って出た。「おれのほうが細いからな」

たしかにそうだ。ジークのほうが背が高いし、体重もある。胸板も厚いし、肩幅も広い。それに、ウォルトは靴の革並みにタフだ。だが、これはタフかどうかの問題ではない。体の大きさの問題でもなかった。「それはだめだ」ジークは言った。「おれの仕事だ」ほかの人間の命を危険に曝すわけにはいかない。カーリンの命を人の手に委ねるわけにはいかない。

「だが、ボス――」

「おれの責任だ。おれの仕事だ」

ジークの口調から、言い返しても無駄だとウォルトは悟ったらしく、開閉滑車の準備にかかった。ジークは帽子を脱いで運転席に置き、コートのフードをかぶった。つぎにケーブルをほどいて路肩へと引っ張り、腹這いになって崖下を覗き、フックとケーブルをトラックの下に入れるのにいちばん適した場所を探した。バンパーに積もった雪を、手袋をはめた手でそっと払い落とす。バンパーに直接触れないように、そっと、少しずつ。ようやく隙間が見えてきたので、フックとケーブルを差し込んだ。

「準備はいいか？」肩越しにウォルトに言う。

「いいよ」

ジークは腹這いのままで、頭から氷の上を滑りおりた。重いブーツの爪先を雪に埋めて滑りおりる速度を調節する。傾斜は鋭く、岩やなかば埋まった巨礫《きょれき》が散乱していた。岩が服に擦れると摩擦が生じて速度が落ちるし、手掛かりにもなる。おりてゆくのはせいぜい一・五メートルから二メートルだが、じりじりとおりてゆくしかない。弾みがつけば谷底へとまっさかさまだ。ジーンズと防寒用下着をとおして冷たさがしみ込み、分厚いコートの表面にくっついた氷や雪が融けてよけいに寒く感じる。

カーリンのいる助手席側に辿り着いたが、あえて顔をあげなかった。窓越しにこっちを覗く彼女の恐怖に張り詰めた顔は見たくなかった。集中力を失って動きが速くなる恐れがあるからだ。それでなくても、いつどうなるかわからないのだ。小鳥がトラックの屋根にとまっただけで、バランスは崩れる。この雪で小鳥が飛んでいないことが唯一の救いだ。

潜り込める隙間を探して、思っていた以上に下まで行かざるをえなかった。垂直に切り立つ断崖はすぐそこだ。トラックと垂直になる位置まで体をずらし、車台の下に頭を入れる。安堵のあまり、一瞬だが笑いそうになった。そのつぎに目頭が熱くなった。目をしばたたき、唾を飲み込み、大きく息を吐いた。トラックを支えていたのは細い木だけではなかった。地面から三十センチほど顔を出している巨礫に、変速装置が引っ掛かっていた。トラックはそれで固定されているから、木が折れても大丈夫だ。岩がトラックの重みを支えていなかったら、木はとっくに折れていただろう。

よかった。ただし、岩が邪魔になってウィンチのケーブルに手が届きにくい。トラックが安定しているのだから、作業が面倒でも仕方ない。

「トラックは岩に引っ掛かっている！」彼はウォルトに向かって怒鳴った。スペンサーとカーリンにも聞こえるだろう。ほっとさせてやりたかった。「ふたりが中で動き回らないかぎりは安全だ」ふたりがほっとしてドアを開け、外に出たら大変だ。地面に足をついたとたん滑って転ぶ可能性があるし、トラックがあやういバランスを保っているという事実に変わりはないからだ。それに、彼はまだトラックの下にいる。押し潰されたくはなかった。

狭い空間では分厚いコートは邪魔になるだけだ。ジークはトラックの下からひとまず出て、手早くコートを脱いだ。ひどい寒さで、髪についた雪が融けてまた瞬時に凍る。ああ、クソッ！低体温症になる前に作業を終わらせないと。

だが、急ぐことはできない。すべての動きをゆっくりと正確に行わねばならなかった。

ウィンチのケーブルを探して、トラックの下をゆっくりと這い進む。岩が邪魔になってケーブルをそれより下には引いてこられないため、トラックの前部に向かって進んだ。分厚いコートを脱いでもいっぱいいっぱいだ。体の大きさを考えれば、ウォルトが潜るほうがよかった。だが、作業を終えてから道に戻るという難関が待ち受けているし、最初に考えたほど危険な作業ではないとはいえ、危ないことに間違いはなかった。自分でやれる仕事を牧童のひとりにやらせ、その命を危険に曝すわけにはいかない。

神経の磨り減る一分が経過し、手がケーブルをつかんだ。これからが大変だ。トラックを持ちあげずにケーブルを固定しなければならない。顔に噴き出した汗が凍りついて痛い。手をとめて氷を拭い落す。体が激しく震えてとても作業をつづけるどころではなくなった。だから体を思いきり震わせて体内温度をあげることにした。震えがおさまるとあたたかくなったので、作業をつづける。エンジン取り付け台にケーブルをしっかり固定するまでに、もう一度体を思いきり震わせる必要があった。

慎重にトラックの下から這いだした。骨の髄まで寒い。まるで寒さが獣となって、体に牙を立てているようだ。急いでコートを着込んだが、雪をかぶって布地がすっかり冷たくなり、ぬくもりを与えてはくれなかった。

氷の張った路肩まで、雪に爪を立てて這いのぼった。マイカとケネスがウォルトと並んで立っていた。いまごろ来ても遅いことは遅いが。

トラックのほうを振り返ると、カーリンの恐怖に見開かれた目と目が合ったから、親指を立ててみせた。ウォルトに叫んだ言葉は彼女の耳に届いていなかったのだろう。こんな状況に置かれたら、そこから抜け出さないかぎり安心はできない。彼の腹の中も恐怖に縮みあがっていたぐらいだ。彼女とスペンサーは、もっと大変なことになっていたかもしれないのだ。

彼はなんとか立ちあがると脇によけた。ウォルトがリモコンのボタンを押し、ウィンチを動かした。彼は準備万端整えていた。ケーブルが切れた場合に備え、フロントガラスを守るためにボンネットを開け、ケーブルの跳ね返りを少しでも抑えようと、自分の古いジャケットをかぶせていた。モーターがうなり、ゆっくりとケーブルを巻き戻す。ケーブルがぴんと張り、金属が岩に擦れる。トラックは腹で岩を擦りながらゆっくりと持ちあがった。この岩がなければ、谷底まで落ちていただろう。

数分後、トラックの引きあげが完了した。ウォルトはウィンチを止め、コードを少しゆるめてフックをはずした。この作業はマイカが行った。

スペンサーはドアを開けてよろめきながら出てきたが、カーリンは助手席に座ったまま動こうとしなかった。怪我したのか？　ジークはうろたえ、ドアの取っ手をつかんで引き開けた。「大丈夫か？」

彼女が唾を呑み込む。唇が少し震えているのだろう。「あたしの脚《レッグ》が……」

なんてことだ。脚が折れたのか？　背中を痛めたのか？　彼は吠えた。「きみの脚──」

「いいえ！　あたしの卵《エッグ》。卵！　卵が割れていたら、これから一週間、あなたたちをどうやって食べさせていけばいいのかわからない。春になって雪が融けるまで、買い出しになんてぜったいに行かないから！」

安堵の波に襲われた。手を伸ばしてシートベルトをはずし、彼女を抱いてトラックから引きずりおろした。ウォルトとマイカは笑っている。ほっとしたせいもあるだろう。

スペンサーは笑わなかった。みじめな顔で肩を落とし、雪の中に立っていた。ジークには理由がわかった。「クソッ」雪が顔に噛みつく。「スパイクはどこだ？」用心のためにトラックの荷台に放り込んでいれば、舗装道路をはずれたところでタイヤに装着していたはずだから、路肩で滑ることもなく、こんなことにはならなかった。

スペンサーはますますみじめな顔になった。「ごめんなさい、ボス。こんなになる前に家に戻れると思ってたから」

予報よりも早く天気は崩れたが、天気がタイムカードを押すはずもない。みんなよく知っていることだ。最悪の事態に備え、必要な措置を講じておく。そうはいっても、あんなふうに宙づりになり、ちょっとでも呼吸を荒くしていたら谷底まで落ちていたかもしれない経験をした若者に、いま説教をするのは酷というものだ。

ありがたいことに、誰も怪我することなく無事に終わった。だが、あの恐怖の数分から完全に立ち直れるかどうか、自分でも心許《こころもと》なかった。

カーリンはトラックの後部ドアを開けた。岩と木にぶつかった衝撃で、食料品は飛び散っていた。床は缶詰やトイレットペーパーの大袋で埋め尽くされていた。肉や壊れやすいものは、いつもバックシートに置くことにしていた。

卵のように壊れやすいものは。

卵に意識を向けていないと、恐怖にまた呑み込まれてしまう。いまにもヒステリーを起こしそうだった。みんなの前で取り乱すつもりはなかった。そんなことはしない。だから、怒りの表情を顔に貼りつけて言った。「まったく、もう！」身を乗り出して缶詰を袋に戻し、卵を調べる。少なくとも一ダースは割れていた。それ以上かも。これから数日、朝食はほかのもので代用しなければ。残った卵を長くもたせるために。

「ほっとけ」ジークは言い、彼女の腕をつかんでトラックから引き離した。「おれと一緒に帰るんだ。スパイクを持って取りに来るまで、トラックはここに置いておく。誰にも運転させない。そんな危険を冒させるわけにはいかないからな」

「食料品を置いていくわけには――」

「スペンサーに運ばせる。誰かの車で戻るときにな」

彼女は口答えをするつもりで彼を見つめた。頑張りつづけるためには、それがいちばんいいと思ったからだ。でも、彼をじっくり見たら言葉を失った。まるで雪男だ。服には雪と氷がへばりつき、眉毛にもまつげにも氷がついていた。ふたりを救うために、彼は自分の命を危険に曝したのだ。言い返すのはやめて寒風にうつむき、彼にもたれかかった。ぬくもりと支えが欲しくて。

「きみを家に連れて帰る。スペンサー、食料品をトラックから運び出し、ほかの誰かの車に乗せてもらえ」

「はい」スペンサーは口を引き結んだ。自責の念に苛《さいな》まれた顔というのはこういうのを言うのだろう。「ミス・カーリー、おれ——」

「あたしなら大丈夫よ」彼女は言った。スペンサーにここで謝られたら、すでに尽きかけている気力が粉々に砕け散るだろう。「まともな朝食にありつけるかどうかを心配したほうがいいわよ。卵が足りなくなったんだもの」

大丈夫。大丈夫。きっと大丈夫だ。

ジークの手を借りて助手席に乗り込み、ドアを閉めた。そんな意気地なしじゃない、ひとりで乗れる、とは言わなかった。いまやるべきことのために、気力を掻き集めた。ジークがトラックの前を回って運転席に乗り込むと、彼女はウィンドウをさげて男たちに叫んだ。

「卵を無駄にしないでね！　本気で言ってるんだから。ひびが入っているだけなら持って帰って。夕食に使うわ！」

ケネスもマイカもウォルトも笑ったが、スペンサーは笑わなかった。そんな気になれないのだろう。

帰り道、カーリンはずっと外を眺めていた。黙っているのは苦ではなかった。無理におしゃべりしたくはなかった。ところが、ジークが言った。「スペンサーをクビにしてほしいか？」

彼女はぎょっとし、彼を睨んだ。「いいえ、まさか！　彼のせいじゃないもの。鹿が不意に飛び出してきて、彼はよけようとしてハンドルを切り、それでコントロールがきかなくなって……ああなったの」言葉選びを間違えた。おかげで記憶が鮮明に甦った。

ジークの視線は冷ややかで、真剣だった。「おれはスペンサーが好きだ。おれについてきてくれたら、いずれは牧童頭にするつもりだった。だが、彼は雪が降ることを知っていた。トラックにスパイクを入れておくべきだった。用心のために。それを怠ったせいで、ふたりとも死ぬところだった」

「でも、そうはならなかったわ。事故だったの。以上、終わり」この話はこれ以上したくなかったから、話題をバトル・リッジのことに切り替えた。ふだんはおしゃべりじゃないのに、このときばかりはしゃべりまくった。キャットに会ったこと、コートがとてもあたたかいこと——料理人のではなく、仕事に付随する外套でもない、彼女のコート。事故でだめになった食材を考えると、一週間のメニューを変更せざるをえないこと。最低でも二日間は町に出掛ける気にはなれないだろうし、それよりなにより、雪が融けるまでは、ハンドルを握る気にはなれないだろう。

彼はトラックをガレージに入れ、彼女と一緒に母屋に戻った。マッドルームのドアの鍵を開け、さすがにドアに鍵がかかっていることには文句をつけず、あたたかなぬくもりに包まれた。コートを脱いでラックに掛ける。カーリンはベンチに座ってブーツを脱いだ。彼も並んで腰をおろし、おなじようにした。それからキッチンへと移動した。カーリンはぐるっと見回して、なにをしようか考えた。なにかしなくちゃと思うのだが頭が働かず、なにも考えられない。

「どうかしたか？」彼が尋ねた。

カーリンは目をしばたたいて彼を見上げた。心はひどく乱れ、同時に麻痺《まひ》していて、妙な感じだった。キスして。

その言葉が唇の上を舞う。でも、神のご加護か、言わずにすんだ。どうかしたかって？そんなことジークには言えない。自分をおとしめるようなことはできない。きっとささやかな慰めが欲しいだけ。大丈夫。自分でなんとかできる。

「なんでもないの。夕食になにを作ろうか考えてただけ」

彼はうなり、キッチンを出て階段へと向かった。熱いシャワーを浴びに行くのだろう。彼女もそうすべきだろうが、男たちが食料品を持ってじきにやって来る。片付けを頼むこともできるが、自分でやりたかった。忙しくしていたかった。うっかり口にしそうになった非常識な言葉を忘れるために。

キスして。

21

カーリンはシャワーを浴びながら泣いた。泣くなんて馬鹿みたいだと思った。無事だったのに、かすり傷ひとつ負わなかったのに、泣くなんて。でも、神経はずたずただった。取り乱すまいと必死だった。ようやくひとりになると、安堵のあまり叫び出しそうになった。男たちはよくしてくれたが、その気遣いがよけいにストレスになった。ここで泣いたら、彼らをうろたえさせるだけだと思った。

きょうは午後からずっと気を張り詰めていた。まずあの事故、それから男たちが心配してくれて、大丈夫かと繰り返し尋ねた——まあ、ジークはちがったけれど。最初にきつい声で「大丈夫か?」と訊いたきりだった。でも、まわりを見回すたびに、彼が、なにも見逃さないという視線でこっちを見ているのに気づいた。男たちのために——とりわけスペンサーのために、彼に罪の意識を感じさせないように彼女は空元気を出し、「大丈夫、どこもなんともない」と言いつづけた。たしかになんともなかったが、大丈夫ではなかった。大丈夫なんて言葉からは程遠かった。とてもそんな状態ではなかった。

パジャマ代わりのスウェットパンツとTシャツを着ると、居間でテレビでも観て尖《とが》った神経をなだめようと思った。それがうまくいかなかった。なにもせずにベッドに入るべきなのかも。ベッドを見つめながら、居間とベッドルームのあいだをうろうろした。寝る時間だけれど、ベッドに入ったところで眠れるはずがなかった。ふだんやっていることをして、気分がやわらぐとは思えなかった。

深いため息をつき、髪を手で掻きあげながら居間のテレビの前に戻った。細かな砂がガラスを擦るように、騒音が神経を擦る。リモコンをとってテレビを消し、空間を、自分だけの空間を静寂で満たした。

聞こえるのは時計のチクタクいう音だけだ。それで思い出した。スペンサーとふたりで死に直面し、木が折れるか、トラックがバランスを失うか、ジークがやって来るか、いずれにせよ結末が訪れるのを待っているあいだ、時間が引き延ばされていったことを。

体の中はずっと震えつづけていた。トラックがあのまま谷底まで落ちていったらどうなっていたか、考えずにいられなかった。突き出した岩にトラックが引っ掛からなかったら、恐ろしいほど細い木が途中になかったら。あんな細い木が、どんなに不安定ではあってもトラックを支えつづけたことが、いまだに信じられなかった。オーケー、トラックを支えたのは岩だったけれど、木がバランスをとってくれたのだ。あのときは、岩のことは知らなかった。だから、哀れな木を信じるしかなかった。

微妙なバランスを崩してはならないから、動くことも、息をすることさえままならない状況でジークを待っていた時間は、永遠にも感じられた。確実な死に瀕《ひん》して、断崖絶壁に宙づりになっていたときのことを、はたして忘れられるものだろうか。恐怖とは背中合わせに生きてきた。ダラスの通りでブラッドの姿を見かけ、尾行されているとわかったときの身を切られるような恐怖。それに、ジーナが身代わりに殺されたと知ったときの恐怖。ブラッドの居所がわからず、いつ殺されるかもわからない恐怖。でも、それは一瞬の恐怖だった。トラックの助手席に座っていたときの恐怖は、一生つづくように思われた。一秒が過ぎるのが身悶えするほど遅く、それでいてこのうえなく貴重だった。

木が折れたら？　トラックが谷底まで落ちたら？　火を噴いたら？　それは可能性としてはましなほうだ。運転免許証は灰になり、誰も彼女の本名を知らない。家族はなにも知らされず、彼女の身になにが起きたかわからぬまま残りの人生を送るのだ。

正体を明かさずに逃げ回っていても、死にたくはなかった。生きていたい。人生をめちゃめちゃにされ、世界がひっくり返るような思いをさせられ、家族とも友人とも引き離され、数カ月間、逃げ回ってきたのは、生きていたいからだ。

あの果てしない時間、トラックの中で死を待っていたとき、自分が生きていなかったことに気づいた。逃げ回ってはいた。耐えていた。生き延びていた。でも、生きてはいなかった。人生を遠ざけようとしていた。大事に思う人と、大事に思ってくれる人と関わりを持つまいとしていた。

それは生きていることではない。生きるとは人と関わること、愛し、愛されることだ。人生の渦巻きの中にほかの人を引き込むこと、ほかの人の人生に絡めとられることだ。

なにが悔しいって、長期的に見ればなにも変わっていないことだ。いいえ、長期的にではない。ブラッドのことは考えたくもなかった。いつまでも人の人生を支配しようとするブラッドが恐ろしかった。でも、それは、目の前にある片づけるべき問題だった。彼女の未来に垂れこめる巨大な暗雲。それに対して、彼女はなにもしてこなかった。状況を変えるためにな にができるのか、考えようとしなかった。彼の妄想がほかの人に向けられることを願っていた？　自動車事故で死ぬことを願っていた？　でも、それは自分の人生を自分で切り開くことではないんじゃない？

ジーナが殺されてから、カーリンの感情はいろんな段階を経てきた。悲嘆と恐怖から無感覚へ、それから決断へ。背後に気を配り、つねに警戒態勢にいることを学び、さらにいろんな武器の扱い方まで学んだ――専門家レベルとはいかないが、以前ほど無力ではなくなった。

でも、なんのために？　生きるため？　ほんとうに生きることをやめるため？

狭い居間を落ち着きなく歩き回る。怒りの激しさにいまにも爆発しそうだ。ブラッドにいいようにされてきた。彼が危険なストーカーなのはこっちのせいではないし、彼があたしに夢中になったのもこっちのせいではない。でも、ああいう対応をしたのは自分の責任だ。恐怖にがんじがらめになったのも、自分のせいだ。
だったら、どうすればよかったの？　あのままヒューストンにいたら、ブラッドに殺されていただろう。ダラスから逃げ出さなければ、ブラッドに殺されていた。

苛立ちも混じった怒りのすさまじさに、大声をあげたくなった。拳を固め、空を仰ぎ、大声で叫びたかった。叫びに叫んで声が嗄《か》れるまで。感情を爆発させて、窓をぶち破り、家具を叩き割りたかった。怒りをぶつけられるものならなんでもよかった。こんなふうに罠にはまり、生きたいと思っているのに怖くて、関係を結ぶことから逃げていて、いつもびくびくと綱渡りのような暮らしをしているのも、すべてあの馬鹿野郎のせいだ。

ブラッドのことがなければ、ジークと頭がくらくらするようなキスをしていたのに。シューシューと火を噴くような彼の魅力に、素直に反応していたのに。彼の肌に触れたい、体の中に彼を感じたいという思いは、熱く燃えあがる炎だった。こんなに激しく誰かを求めたことは、もうずいぶんなかった。セックスを、男を求めたことは。ブラッドのせいで、男を避けるようになってしまった。つき合いはじめてすぐに彼の異常さに気づいたけれど、それでも気づくのが遅かった。そのせいで、自分の判断を信じられなくなった。彼がカーリンを標的にするのには、二度のデートで充分だった。二度目のデートに応じていなかったら？　たった一度のデートで、彼の異常さが目覚めたのだとしたら、もう誰とも安心してつき合うことはできない。

ブラッドが憎かった。心の底から憎かった。憎しみの激しさは、窓をぶち破るぐらいでは、家具を叩き割るぐらいではおさまらない。ブラッドをぶちのめしたい。殴って殴ってぼこぼこにしてやりたい。彼女の人生をめちゃくちゃにしたのもだが、ジーナにあんなことをするなんて、ぜったいに許せない。

許すものか。ありがたいことに、彼はここにいない。あたしはここにいれば安全だ。守られている。隠れていられる。二階で眠っている男のおかげで。でも、彼女は階下で落ち着きなく歩き回り、事態が変わってくれることを願っている。自由になってジークのもとに行きたいと願って――

どうしてだめなの？

境界線を引いて中に閉じ込めることを、どうしてブラッドに許しているの？

自分自身に無性に腹がたった。自分ではどうしようもないことがたしかにあるし、いやおうなくこういう生活を強いられてはいても、ブラッドのいいようにされない部分もまだ残っているはずだ。

ジークは事情を知っている。きょう、カーリンは死ぬところだった。もし死んでいたら、ジークのパワフルな体に抱かれるのがどんな感じか、彼がどんな愛し方をするのか、知らずに終わっていた。自分を守り、彼を守っているつもりでいた。でも、彼女がしてきたことは、守るのではなく取りあげることだった。

ブラッドに人生を支配されるなんてまっぴらだ。

気がついたら部屋を出ていた。電気を消した家の中の、家具のあいだをするすると抜けていく。いまではどんな椅子やテーブルやランプがどこにあるか、体が覚えていた。オーブンやコーヒーメーカーや電子レンジについているデジタル時計が放つ光のせいで、キッチンは薄あかるかったが、それ以外はどこにもあかりはついていない。

裸足で階段を探り当て、手が手摺《てすり》を握ったとたん、現実に顔を叩かれた。よろめいたが立ち止まらずに、自分を前へと押し出した。ジーク・デッカーのベッドルームに行き、セックスしてとせがむつもり？　本気なの？

ええ、もちろん。

もう充分だった。まだ人生すべての支配権をとり戻してはいないけれど、今夜だけは女でいたい。もうブラッドには邪魔をさせない。

ジークのベッドルームのドアが、ほかよりほんの少しあかるかったので、開いていることがわかった。二階にいるのは彼ひとりなのだもの、閉める必要がある？　毎朝、毎晩、裸でうろつき回っているにちがいない。彼が家の中にいるあいだは、二階にあがらないことにしているから、この目で見たことはないけれど――これも、愚かな〝ジークを遠ざけよう〟戦略の一環だ。

いまも全身を駆け巡る怒りのせいで息を切らし、カーリンはドアまで辿り着いた。全身の細胞はこのまま進むことを望んでいた。ひらりと飛んで、彼の上に着地することを。でも、理性がしゃしゃり出る。そんなことをしたら、彼が前に見せた目にも止まらぬすばやい反応で、部屋の隅に投げ飛ばされるのがおちだ。だからあえぎながら立ち止まった。ベッドが見えた。彼の大きな体が、星あかりに輝く剝き出しの肩と腕が見えた。大きく息を吸い込み、ドア枠を叩いた。「ジーク」

声は張り詰めて低かった。低すぎて、たとえ彼が目覚めていても聞こえなかっただろう

――

彼は目を覚ましていた。声を聞いていた。名前を呼ぶ声が空気に触れたときには、ベッドを出ていた。「どうかしたか？　大丈夫なのか？」鋭い声で尋ねた。

裸だ。筋肉質の体の輪郭を見つめて、カーリンは息を吞んだ。部屋が暗いためよく見えないが、裸であることはわかった。気もそぞろで、なんとかこう言った。「どうもしないわ」

彼がこっちに向かってくる。闇が突進してくる。「どうもしない。だが、大丈夫ではない？」

彼女はまた息を吞んだ。動悸が激しすぎて、心臓が肋骨《ろっこつ》をがんがん叩いているのがわかる。

「あたし、どこもなんともない。でも……大丈夫じゃないの」

彼が手を伸ばして肘をつかんだ。掌のぬくもりが体の芯まで伝わってきた。「どこか怪我したのか？　あちこちぶつかって……」

彼はこんなにもちかい。こんなにも。カーリンはうつむいて、彼の胸に顔を押し当てた。熱と香りが渦巻いて彼女を包み込んだ。思わず体を預ける。でも、意志の力を必死で掻き集め、腕は垂らしたままでいた。手は触れない。だめよ……ええ、たいていの男はわたりに船とセックスに飛びつく。でも、ジークはたいていの男ではなかった。ふつうはアルミでできているところが、ジークの場合は鋼でできている。ちゃんと気持ちを伝えなさい。壁を崩して、自分をさらけ出すの。

「きょう、死ぬところだった」

腕をつかむ彼の両手に力が入って、痛いほどだ。「わかっている」

「あたし……」身震いし、目を閉じた。「あなたを知らないままで死にたくない」言葉が尻つぼみになった。胸に顔を埋め、目を閉じ、彼の反応を待った。

きつく握り締める彼の手にますます力が入って、指が骨まで食い込みそうなほどだ。果てしもなく感じられるその瞬間、聞こえるのはふたりの息遣いだけだった。気まずさから胃がぎゅっと縮まったとき、彼が掠れ声で言った。「おれの誤解でないことをたしかめたい。きみはファックしてほしいのか？」

身も蓋もない言葉が、興奮の波となって全身を駆け巡る。カーリンは目を開け、顔をあげた。「いいえ。わたしがあなたをファックしたいの」さあ、言った。あとの言葉はすらすらと口をついて出た。「関係は築かない。カップルにはならない。〝あなたとわたし〟的にひと括《くく》りにしないで。なぜなら、なにも変わるわけじゃないから。あたしはなんの断りもなく、出ていってしまうかもしれないから」

「だったら、おれのなにが欲しいんだ？　ナニ以外に」彼の口調は無情そのものだった。もう必死だから大胆にもなる。手を伸ばして、硬く立つものに触れ、握った。そのせいでますます硬く、太くなる。「これだけ。これをちょうだい」

「雇い人の恩典として？」

彼を怒らせてしまった。理解はできないが、感じ取ることはできる。侮辱するつもりはなかったから、申し訳ないと思った。でも、怒りのほうがいい。怒りに駆られてここまで来たのだもの。「そのとおりよ」彼女はぴしゃりと言い返した。「もう危険は冒せない。でも、彼のいいようにはさせない。これだけは奪われたくないの」

彼が怒った雄牛みたいに息を吐いた。でも、すばやい動きで彼女のTシャツの裾をつかんで頭から脱がせ、投げ捨てた。「第一ラウンドはきみのものだ」情け容赦のない声だ。「第二ラウンドはおれのものだからな」

それが彼の挑戦だと、ややあって気づいた。彼女の笑い声は低く掠れていた。「まだ第一ラウンドも終わっていないのに」そう言って彼を押した。彼は一歩さがった。お好きなように、と言いたいのだ。でも、はじめはこっちの好きにさせて、けっきょくは自分の欲しいものを手に入れるつもりだ。それでもいい。欲しいものが手に入るのだもの。期待がウイスキーのように血管を焼きつくした。

ジークが両手を彼女の尻に当てた。「こいつを脱げ」彼がスウェットパンツを押しさげる。その肩につかまって、両足を抜いた。きつく抱きしめられた。

前にもキスされたことはある。前にも彼はキスした。でも、〝前〟と〝いま〟とはなんの関係もない。こんなキスではなかったもの。まるで彼女からすべてを奪い尽くそうとするようなキス。彼の唇で貪るように求められると、主導権は自分にあることも忘れ、ただ彼の腕の中でぐったりしていた。爪先は床に触れるか触れないかだ。ふたりの肌が触れ合うところは、どこもかしこも火を噴いた。乳房もお腹も腿も。空っぽの体の奥深くが疼いて、求めていた。彼の侵略を待ちわびて、準備のできた体がドクンドクンと脈打つ。いいえ、侵略するのは彼ではない——彼女だ。これはあたしのラウンドだもの。

彼はそう言ったくせに、主導権を奪い返す勢いだ。だから唇を離し、カーリンはあえぎながらもう一度、屹立《きつりつ》したものを手で包んだ。「これをしたいの」撫でる。鉄のように硬いものを包む熱い絹のような皮膚が、動くのを感じる。

「そうか？　だったら、おれはこうしたい」彼が大きな手を腿のあいだに滑り込ませ、二本の硬い指を差し込んだ。

ああ、どうしよう。いまにもくずおれそう。襲われる喜びにへなっとなり、弱々しい叫びが喉から洩《も》れる。ぎりぎりまで来ていた。前戯はいらない。欲しいのは彼だけ。

「やめて、やめて！」彼女は手を離し、彼の胸を押してベッドへと向かった。「ベッドへ。いますぐ！」

彼が笑った。薄情で男っぽい笑い声。「これはどうだ？」ジークが腿のうしろをつかんで持ち上げた。彼がなにをしようとしているのか、すぐにわかった。カーリンは両脚を彼の腰に絡ませて、手を伸ばしてそのものをつかみ、濡れた入り口へと導いた。それからゆっくりと体を沈めた。

ジークは角度がつきすぎていて、痛みにうめき、脚に力を入れて自分を持ちあげ、位置をずらした。もう一度体を沈める。慎重に。体の重みをかけたことで、彼のまわりで花が開くように開いていった。ゆっくりと彼をおさめる。もっともっと深くおさめてゆくと、熱く長い彼のものがまわりを焼き焦がしながら押し広げていった。

彼が食いしばった歯のあいだからシューッと息を洩らした。彼女の尻をつかんだまま、彼が仰向けにベッドに倒れ込んだ。

倒れた拍子にますます深く入ってきたものだから、カーリンは胸の奥から甲高い悲鳴が湧きあがった。すすり泣いているのは痛いからじゃない。こんなふうに完全に満たされてはじめて、自分がどれほど空っぽだったか気づいたのだ。めくるめく喜びは耐えきれないほどなのに、それでももっと、もっとと求めた。

両手を彼の胸に当て、両膝で彼の腰を挟むと、ゆっくりと体をあげていった。屹立したもの先がかろうじて中に残るところまで。それからおもむろに、もっとゆっくりと腰を落としていってそのものを包み込んだ。また悲鳴をあげる。息ができなくて喉が詰まる。張り詰めた体でしっかりと包み込む。腰をあげ、さげる。彼が乳房を両手で包んだかと思うと、軽く乳首をつねってつまんだ。下半身の緊張に乳首の緊張が重なると、興奮は何倍にも膨れあがった。

まだまだ絶頂には達しない。彼に乗り、深く強い波に乗って、駆り立ててゆくと、やがてなにもなくなり、のぼって、おりて、なにも見えなくなった遠くのほうからしわがれた獣じみた叫びが聞こえ、それが喉を切り裂くのを感じた。世界が傾き、体が揉まれるのを感じる、気がつくとどういうわけか仰向けに寝ていて、彼が上に、腿のあいだにいて、いまもつながりあったままで、激しく突いていた。

彼はやさしくしてくれなかった。でも、やさしくして欲しいわけじゃない。やさしさなんていらなかった。欲しいのは命そのもの。そしてたしかに命がそこにあった。

22

巨大な重しが肩から取りのぞかれたような気がした。宇宙の均衡を失っていたものが、ようやくもとに戻ったような感じだ。欲しいものに背を向けつづけた数週間が、いや数カ月が経ち、彼女は勇気を奮い起こしてそれをつかんだのだ。九死に一生をえる体験をしてようやく、ここまで来ることができた。でも、ジークとのことを後悔してはいなかった。あそこが少しひりひりしているけれど、気持ちはとても安らいでいた。

そして、なにも変わらなかった。

真夜中に、眠っているジークを残し、ベッドから抜けだした。朝までそこにいれば、もう一度セックスしていただろう。そうなる前に気持ちを切り替えたかった。もう一度愛し合っても、ゆうべほどはおもしろくなかったと思う。

いいえ、ゆうべ起きたことは、〝おもしろい〟というのとはちがう。誰とも感情的にちかくはならない、と決めてからずっと、人との関わりを持たないできた。そうしてようやく、自分が無防備になることを許し、触れて、触れられることを許した。少なくとも彼女にとって、それは肉体的な交わり以上のものだった。ジークにとって、彼女は寝た相手のひとりにすぎないとしても。

なにを寝ぼけたことを言ってるの？　ふたりのあいだにあるのは、そんななまやさしいものではない。もっとずっと激しいものだ。おたがいにとって。

でも、そうでないふりはできる。

カーリンは早起きした。朝食の支度をするのには早すぎるけれど、コーヒーを淹れるのに早すぎることはない。一杯目を飲み干し、お代わりを淹れようとしているところにジークがやって来た。やや無表情だ。朝起きたら彼女がかたわらにいなかったので憤慨しているのか、翌朝の感想——男にとってはうっとうしい——を聞きたくないのか。でも、無表情の下に満足感が垣間見《かいまみ》えた。けさの彼は動きがちょっとちがう？　いつもよりなめらかで、リラックスしていて、ほんのちょっとだけゆっくりしている？　ああ、なんてゴージャスな男なの——美しいのとはちがう、ほんものの男のゆとりとでも言おうか。しなやかで力強く、ゆったりしている。

彼はコーヒーをカップに注ぐあいだも、じっと彼女を見つめていた。こたえられない最初のひと口を飲もうとカップをあげる彼に、カーリンは声をかけた。「話があるの」

彼はうなり、コーヒーを飲んだ。「ああ、クソッ」

「なんですって？　まだなにを話したいのか言ってもいないのに」

「男にとって、〝話がある〟と言われたらろくなことがないと相場が決まってるんだ」彼はテーブルの向かいに腰をおろした。すてきなグリーンの瞳は翳《かげ》があってセクシーだ。それに、射抜くような視線。なんでもお見通しだというような。「ゆうべのことは間違いだった、二度とあんなことはしないと言うつもりなら……」

「言わない。間違いじゃなかったもの。それに、二度目もあると思ってるわ」遅かれ早かれ。でも、いまではない……なに考えてるの？　彼はあまりにも女心をそそるから。

大きく息を吸い込んで、あたたかなマグを両手で包んだ。「話しておきたいことがあるの。あたしの本名はカーリン・リード。ここにいる理由は知ってるでしょ。どうして偽名を使っているか、どうして社会保障番号を使えないか知ってるわよね。でも……きのう、気づいたの。あたしの身になにかあったら、もし死んだら、家族はなにも知らずじまいになる。あたしは地上から忽然《こつぜん》と姿を消して、残された家族は……」そう思ったら胸が詰まった。自分が死ぬという考えにではない――誰だっていずれ死ぬのだから。ロビンとキンが、真相を知らないままでいることのほうだ。妹は無事なのだろうかと心配しつづけるなんて、ひどすぎる。

「家族がいるんだ」ジークが低い声で言った。

カーリンはうなずいた。「兄と姉、義理の兄、姪がふたりに甥がひとり。もう一年以上も会っていないわ。でも、メールで連絡はとり合ってる。フェイスブックでね。図書館のコンピュータを利用してるの」

ジークはコーヒーを飲み、カップの縁越しに彼女をじっと見つめた。「書斎にコンピュータがあるのに。いつでも使っていい」

彼が言い終わる前に、カーリンは頭を振った。「それはできないわ、ブラッドはハッカーなの。残念なことに、優秀なハッカー」どれぐらい優秀かまではわからないが、前にも居所を探し当てられたし、チャンスを与えればきっとまたやるだろう。「あたしが家族と連絡をとり合っている方法が彼にばれたら、あたしが使っているコンピュータを、彼は探り当てると思う」

「へえ、ほんとうか？」

不思議なことに、カーリンはテーブルの向かいに座る男にほほえみかけていた。「あなた、コンピュータにどれぐらい詳しいの？」

「必要なことをやれるぐらいには詳しい。でも、おれはハッカーじゃない」

よかった。

だったら、これから説明することを理解してくれるだろう。「あたしが誰にも本名を言わないようにしてきた理由のひとつは、インターネットで誰かがあたしのことを調べようとしたら、ブラッドに筒抜けだってこと。誰かに名前を検索されたら、用心しないと」百年前に生きていたら、せめて二十年前に生きていたら！　身を隠そうとしている者にとって、コンピュータは天敵だ。両親がデビーとかジェニーとかスーとか、ふつうの女の子の名前をつけてくれていたら、もっと楽だったのに！　カーリンという名前の人はどれぐらいいる？　そんなに多くはないはずだから、ブラッドにとってそれだけ探すのが楽になる。

ジークは身じろぎし、思案顔でコーヒーを飲んだ。「きみの置かれた状況は、実際にどれぐらいひどいんだ？　友達がきみの身代わりに死んだと言ったな？　なにがあった？」

彼女はため息をつき、最初から話した。「彼とは二度デートしたの。一度目はよかった。すごく楽しかったというほどではないけれど。二度目は……どうしてかわからないけど、なんとなく不安を感じたの。それで、つぎの誘いには応じなかった。そしたら、仕事場で嫌がらせをするようになったの。彼から逃げるために仕事を辞める羽目になって。だって、その町で生まれ育った警官の話より、そこに六カ月しか住んでいない女の話を信じてくれる人はひとりもいなかったから。留守にしているあいだに、彼がアパートの部屋に押し入ったことがわかって、逃げ出すべきだと悟ったの。姿を消せば、彼の心から消え去ることができると思った」

「だが、そうはいかなかった」

「ええ。彼はしつこかった。それに、いつか、眠っているときとかシャワーを浴びているときに、彼が部屋に入り込んでこないともかぎらない。でも、彼がどんなに危険な人間か、そのときはまだわかっていなかったわ。ただ……変わってて、執着心が強いのだろうと思っていた。あたしは特別な仕事をしてたわけじゃないけど、お給料はよかったの。レストランに備品を納める会社のオフィスマネージャーだった。優秀なマネージャーよ。きちんとしていて有能で、体が丈夫で、世話が大変な子供もいないし。上司が推薦状を書いてくれたから、ダラスにあたらしい勤め口が見つかったわ。だから引っ越した」

彼女は遠くを見る目をして、コーヒーカップを手の中で何度も回した。「ブラッドはダラスまでついてきて、あたしの友達を殺したの。ジーナはあたしのレインコートを着て出たのよ。だから、彼はあたしだと思ったの。ただ……あたしにはそれを証明できない。でも、わかってるわ。もっと遠くへ逃げるべきだった。彼があとをついてくると考えるべきだった。あたしは取り返しのつかない過ちを犯してしまったのよ。もとに戻って彼女を救うことはできない」

ジークは黙り込んでいた。問いただしてくれることを、それはちがうと言ってくれることを、なにが間違っていたのか論じ合ってくれることを、彼女は望んでいた。だが、彼はそこに座って、じっと耳を傾けているだけだった。

ジーナが殺された事件の顚末《てんまつ》を語るカーリンの言葉は淀《よど》みがなかった。警察は彼女の言うことを信じてくれなかった。ブラッドはうまくアリバイをでっちあげ、警察は彼が警官だというだけで話を信じた。もっと詳しく調べていたら、彼の話に齟齬《そご》があることがわかっただろうに。ジーナが撃たれた時刻、彼は自宅のコンピュータでチャットをしていた——それも自分の庭について。そういう証拠が、そのコンピュータに残っていたのだ。ほかの誰かにコンピュータを使わせたか、コンピュータ技術を駆使してそうなるよう細工していたかどちらかだろう。彼女の証言だけでは、それ以上の捜査を行う根拠として弱かった。

ジークにすべてを話してわかったことがあった。肩の重荷を誰かと分かち合いたいと、カーリンは切実に思っていたのだ。彼は質問して話の腰を折ることもなく、ほとんど無言でただ耳を傾けてくれた。

バトル・リッジにやって来たというところで、彼女は話を終えた。そのあとのことは、彼がすべて知っている。

それから二分ほど、彼はコーヒーを飲むだけだった。頭の中はフル回転しているのだろう。彼女が語ったすべてのことを、頭の中で検討しているのだ。ようやくカップをテーブルに置くと、彼女の目を見つめた。「ブラッドの名字は？」

カーリンが慌てて立ちあがったので、椅子の脚が床を擦って大きな音をたて、コーヒーカップがカタカタ揺れてコーヒーがこぼれそうになった。「いいえ。彼の名字を言うつもりはない。あなたのことはよくわかっているわ、ジーク・デッカー。彼を追い詰めて……片をつけるつもりでしょ。そんなことはさせない。これはあたしの問題なの。あなたのではなく」

そんな彼女の反応に、ジークは苛立たなかった。もしかして、生まれ変わったの？「おれはハッカーじゃない」彼が穏やかに言った。「だが、優秀な私立探偵なら、カーリン・リードとブラッドとヒューストン、それにダラスという手掛かりがあれば、きみが言わなかったことも含め、すべてを調べあげるだろう」

「そんなことしないで」彼女はつぶやいた。頭がくらくらする。また逃げ回らなければならない。振り出しに戻ってしまった。ジークを置いてここを出ないと。

そんな思いを、ジークは彼女の表情から読み取ったにちがいない。いまでは彼女のことをよくわかっているのだろう。立ちあがり、小さなテーブルを回り込んできて、両手で彼女の顔を包んだ。「ここにいれば安全だ」

「わかっている。どうか約束してちょうだい。なにもしないって……」胸がいっぱいで言葉がつづかない。

彼がキスした。ゆうべのキスよりもやさしいキスだった。ああ、いま欲しいのはこれ。彼の唇の感触、触れ合うこと。純粋に肉体的な喜びが欲しかった。

唇を離して、彼が言った。「なにもしない、いまはなにも。だが、こんな生活をずっとつづけるのは無理だ。隠れつづけるなんてできないだろう。きみを助けたいんだ。考えてみてくれ」

「あなたが邪魔をしたら、私立探偵を雇ってあたしの過去を調べさせたりしたら、すぐに出ていくから。ほかに道はないんだもの」彼にもたれかかる。「出ていきたくなんてないわ、ジーク。いまはまだ」

言い足りなかった。彼にも言いたいことはあっただろう。でも、そのとき裏口のドアを激しく叩く音がした。

カーリンは慌ててマッドルームに走った。裏口のドアの鍵を開けておけばよかったのだが、ほかに気をとられていた。スペンサーが寒さに震えながら立っていた。

スペンサーとふたりでキッチンに戻ると、ジークはもとの場所に座っていた。スペンサーがおしゃべりするあいだ、カーリンはジークの目を見て訴えかけた。

「約束して」声には出さず、口で言葉をかたどった。

彼も同様に返事をした。しぶしぶと、「いまのところ」と。

充分とは言えないけれど、よしとしないと。いまのところは。


ジークはきつい肉体労働で気持ちを発散させようとしたが、どうしてもその問題が頭から離れなかった。薪割《まきわ》りは牧童の仕事だが、きょうは体を動かしていたかった。薪割りは格好の仕事だ。

カーリンに関わるな、と理性が告げる。彼女の話が事実なら——事実だと彼は信じていた——彼女は厄介が服を着ているようなものだ。面倒を自分から背負い込むことはない。

困ったことに、そんな単純な話ではなかった。人生とはそういうものだ。それに、こういう状況に理性など通用しない。カーリンは出ていきたくないと思っている。彼も行かせたくなかった。それ以上のものを求めている。彼の読みが正しければ、彼女もおなじ気持ちのはずだ。トラックにコンドームが入っている。だいぶ前に買ったものだが、まだ使えるだろう。カーリンが避妊しているとはまるで思っていない。ゆうべは、ふたりともそのことを考える余裕がなかったが、これからもつづけるなら考えなければ。トラックのグローブボックスからそいつを取り出し、ベッドサイドのテーブルに置いた。そのうち町のドラッグストアに寄って、買い足しておこう。

代わりに片をつけようと思ったら、彼女に責められた。まさに糾弾だった、あれは。彼女がここにとどまる、とどまらないはべつにして、何年も、へたをすると一生、亡霊から逃げ回るなんて考えられない。ちゃんとした生活を送る権利が彼女にはある。できるものなら、人生を取り戻させてやりたかった。

だが、約束した。我慢するのは得意ではないが、カーリンのためなら待とう。いましばらくは。

ジークに本名を教えなければよかった。本名さえわかれば、過去を調べるのはかんたんだ。〝逃げろ！〟と体の一部が叫んでいる。でも、逃げない。逃げたくなかった。ジークは約束を守る人だもの。

彼にすべてを話したら、思いがけずほっとした。自分自身も、まわりの人たちも守るために秘密を抱えてきて、もういっぱいいっぱいだったのだ。重荷を分け合ったことで、気持ちがずいぶん軽くなった。これから数週間、できれば数カ月、彼女はまったくのひとりぼっちではなくなる。

ロビンの連絡先を書いた紙を、靴下をしまう抽斗の底に隠してある。今夜、ジークにそのことを話そう。ここにいるあいだに、この身になにかあったときのために。心配事がひとつなくなって、肩の荷がまたひとつおりる。

ここを出ていってからのことは？　いまはそんな先のことまで心配しない。きょうを生きることが身についていて、それは変わっていなかった。変わりようがない。必要なことを紙に書いて、肌身離さず持ち歩くとか……予防措置としてではなく、心の平安のために。そして、家族のために。

その日の夕食はスープとハラペーニョ・コーンブレッドだった。彼女とジークのあいだになにかあったと気づいたのかもしれないが、誰も顔には出さなかった。でも、なにをどう気づくというの？　朝食のあと、彼女もジークもいつもどおり、べつべつの場所でそれぞれの仕事をして過ごした。夕食のテーブルを囲んでの会話もいつもどおり、仕事やお天気のことだった。〝いつもどおり〟は楽だ。自分の居場所があるのはいいものだ。

夕食後、ジークは戸締まりをしてキッチンに戻ってきた。どちらももったいをつけずに、自然と体を寄せ合った。彼がもったいをつけることなんてあるのかしら。男と女のあいだでつきものの駆け引きを、彼はやったことがあるの？

彼がキスして、言った。「コンドームを用意してある」

「よかった」彼の胸に体をあずけ、心臓に頰を押し当てた。

「ゆうべ、コンドームを使わなかったことで、話し合っておくことはあるか？」

「いまはないわ。だって……心配する時期じゃないから」早いうちに病院に行ってピルを処方してもらわないと。でも、当分は行く暇がない。それに、どうしよう、偽名で処方箋を出してもらえるの？　心配事がひとつ増えた。そのことが解決するまで、コンドームを使うしかない。逃げ回る生活ってほんとうにいやだ。ほんとうの自分からも、やりたいことからも逃げなければいけない。

でも、いま、抱きしめてくれる人からは逃げなくていい。彼を欲しくないと思っているふりをする必要もない。きょうを生きよう。いまは、ひとりぼっちで綱渡りの生活をしなくていいのだから。

顔をあげ、ジークの腰に腕を回した。「あなたの部屋、それともあたしの？」

23

ジークが買ってくれたパーカのおかげで、どんなに寒い日でもあたたかく過ごせた。数カ月は居座る寒気が、雪やみぞれや氷といった降水を伴わなければ、それだけでありがたかった。雪も氷も遠くから見ている分には美しいが、間近にあると厄介なだけだ。

きょうは雪も降らず、気温もマイナスとはいえ、それほどさがらなかった。ほんとうの寒さはこんなもんじゃない、とみんな口を揃えて言う。スペンサーの運転で町に出掛け、金物屋に用事のある彼と別れた。食料品の買い出しは帰りにやることになっていた。いま、カーリンは〈パイ・ホール〉のカウンターに座り、コーヒーを飲みながら、遅い朝食にやって来た男性客たちにキャットが料理を出し終えるのを待っていた。

窓から外を眺めても夢見心地だった。この地方の春はさぞすてきだろう。それに夏も。ここにやって来たのは夏の終わりだったから、盛夏のころを知らなかった。ここがもう故郷のような気がしていたため、一年をとおしていられたらどんなにいいだろう。ジークのベッドにずっといられたら。

妊娠はしていなかった。はじめての夜以来、彼女もジークも避妊には細心の注意を払ってきた。牧童たちは知っているのだろうかと、ときどき心配になる。おなじ屋根の下に住むボスと家政婦兼料理人のあいだに、なにかあったにちがいないと思っているのだろうか。疑っていたとしても、誰も口には出さなかった。訳知り顔で目を見交わすことも、詮索することもなかった――少なくとも彼女がいるときには。

どうでもいいことなのかもしれない。誰も気にしないのかも。

男性客たちが支払いをすませ、出ていった。キャットがきれいに拭かれたカウンターを挟んでカーリンの前に立った。

「どうしてる？」

カーリンはわれに返った。「なに？　ああ。元気よ。すべてうまくいってる」

「ジークの態度はどんな？」キャットはわずかに目を細めた。

「いいわよ、ほんとに、とても……いいわよ」

「おやおや」キャットが口を引き結ぶ。「やけに彼の肩を持つじゃないの！　いつから彼と寝てるの？」

カーリンは口をあんぐり開けた。くるっと振り返った。客はいないとわかっていたけれど、そうせずにいられなかった。「いったいなんの話をしてるのかしら」つい身構えていた。「そんな……なんで……」

「偽名を使って、現金をマットレスの下に隠し、逃げ回っている人にしては、あなたって嘘がへたよね」キャットはため息をつき、頭を振った。「すぐに打ち明けてくれなかったことが、あたしには信じられない。カウボーイはやめときなさい、悲しい思いをするわよって、忠告しなかった？　それともあたしの説明が足りなかったのかしら？」

カーリンは頭の中で言い返した。ジークのことで悲しい思いなんてしない。だって純粋に肉体的な関係で、感情はべつだもの。欲しいものを——必要なものを——もらうだけ。心を通わせることはないから、さばさばと出ていける。へえ、ほんとうにそうなの？　ひとつだけたしかなことがある。ここの人たちに迷惑がかかりそうになったら、すぐに出ていくつもりだった。けっして危険な目に遭わせたりしない。「そんなんじゃないわよ」

「ハニー、けっきょくはそうなるのよ」キャットはカウンターに頬杖をつき、身を乗り出した。「そりゃもちろん、ジークに夢中になれば、あなたはここにとどまるだろうから、あたしとしては嬉しい。あなたがカウボーイに夢中になるとすれば、相手は彼しかいない」

カーリンはせいいっぱいきつい表情を作ろうとしたが、難しかった。いまの彼女は涙もろくて感情的だから、作ろうと思っても作れない。キャットの魔女のごとき瞳をまっすぐに見て、言う。「ジークに夢中になってやしないから、ここにとどまるつもりはない。わかるでしょ。それにしても、どうしてわかったの？　ちょっと彼の肩を持ったぐらいで、彼と寝たことがわかるわけないもの」

キャットは肩をすくめた。「ずっと前から疑っていたの」

「なぜ？　どうして？」もっと気になるのは、ほかにも疑っていた人がいたかどうかだ。

「あなたたちって、いつも……火花を飛ばしていたもの。あの日、あなたたちがはじめて会った日、〈パイ・ホール〉で……」

「火花じゃないわよ。あたしの苛立ちが透けて見えただけ。彼はあたしを〝迷い子〟って言ったのよ」

「あなたは彼にもっとひどいことを言ったわよ」

〝迷い子〟よりもひどいこと？「真剣なつき合いじゃないのよ」なにもないふりをするのはやめた。うぶなふりをするのは。たとえば、胸がドキドキするとか。「よくあることよ。独身の大人が一緒にいれば、自然とそうなるでしょ。それだけのことよ。ただ……」咳払いする。「ひとつ問題があるの」

「そうなの？　どんな？」

「避妊の問題」もう一度咳払いした。「避妊用ピルを処方してもらうには、身分証を見せなきゃいけないでしょ。ドラッグストアがどんなデータベースにアクセスするのかわからないけど、問題は、この町の人たちはみんな、あたしをカーリー・ハントだと思っていて――」

「身分証に載ってる名前はそれじゃないのね」

「ええ。それに、詮索好きな人に、あたしの名前をオンラインで検索されたら困るのよ」

キャットはため息をついた。「でもねえ、あたしがピルを処方してもらったら、ちょっとした騒ぎになるわよ。相手は誰だろうって、寄ってたかって噂するに決まってるもの」

キャットの察しの早いこと。だからこそ、カーリンは申し訳ない気持ちでいっぱいになった。

「ごめんなさい。変なこと頼んで」

「馬鹿言わないの。おもしろいことになると思ってるんだから。あたしにはそういう相手はいない。もう、やんなるわよ、デートしたのだってはるか昔なんだもの。テーブルマナーを覚えているかしらね。言うなればセカンドバージンってところだもの。でも、あれこれ噂されるのって、わくわくしない？　客の入りだってよくなるしね。あたしの相手が誰か手掛かりでも得られないかって、店にわんさか押しかけてくるわよ」

「ああ、ほんとうにありがとう」

「どういたしまして」キャットが楽しげに言った。「ちゃんと手に入れてあげるわよ……まずは医者に電話して予約をとらないとね。店があるから、いつでもいいってわけにはいかないわ。予約がとれたら電話するわよ」

客が入ってきて、ドアについているベルが鳴った。キャットが注文をとりに行く。安堵の波がカーリンの全身を洗った。スツールの上でお尻を滑らせて立ちあがり、バッグをつかんだ。TECのジャケットからパーカに替えたときから、バッグを持つようになっていた。

二日後に電話があり、なおさらほっとした。町に行く口実にパイを注文し、そのつぎの日にスペンサーの運転で町へ出掛けた。金物屋や飼料店にはつねになにかしら用事があるものだ。スペンサーとはそこで別れ、カーリンは〈パイ・ホール〉へと急いだ。

ランチの時間が終わるころを見計らって行ったのに、〈パイ・ホール〉にはまだ客がいた。カウンターの端の席に座り、最後の客が出ていくのをいまかいまかと待った。やっと帰った！

「手に入ったの？」店にはほかに人がいないのに、カーリンは声をひそめた。まるでスパイ活動をしているみたいに。

キャットは形のいい眉を吊りあげた。「元気よ、尋ねてくれてありがとう。それであなたは？ ご機嫌いかが？」

カーリンはため息をついた。「ごめんなさい。ご機嫌いかが？ 店は繁盛してる？ 最近はどう？ 斬新なランチメニューを考えついた？」

キャットはカウンターに肘をついて身を乗り出し、目を細めた。「いいえ、でも、あたしはいま、不法な麻薬取引の真っ最中なの。ばれたら刑務所行きになって、評判ががた落ちになるようなね」

そう言うと、カウンターの下から小さな白い袋を取り出した。

キャットはその袋を、わざと手の届かない位置に掲げ持った。手を伸ばして袋をひったくりたいところだが、カーリンは我慢した。

「あなたのせいで犯罪者になったんだから」キャットが言い、ため息をついて袋をカーリンに渡した。「でも、あたしには必要ないものだもんね」

カーリンは袋の口から中を覗いた。避妊用ピル！　効果が出るまでに何日もかかるが、そうなればこっちのもの……面倒なコンドームよさようなら、だ。熱く燃えあがった瞬間に中断が入ることもなく、ふたりを隔てるものがなくなる。やだ、もう、そんなことを考えただけでおかしくなりそう。

「ありがとう」カーリンは袋をバッグに入れ、代金を払おうと請求書を袋から取り出した。

「偽名では処方箋をもらえないもんだから」

「あたしならもらえるものね、ミス・リノリウム」キャットは皮肉たっぷりに言い、差し出された現金を受け取ってエプロンのポケットにしまった。「病気になって抗生物質が必要になったらどうするつもり？　インフルエンザにでも罹《かか》ったら？」

「そのときはそのときよ」カーリンは言った。ただでさえ問題は山積みなのだから、〝もしも〟の場合まで心配していられない。ジークに夢中なこととか、ブラッドが生んだ悪夢にどう決着をつけるか、とか考えることはいくらでもあった。きょうを生きることが習慣になっていたけれど、避妊用ピルが効くまでに二週間かかるということは、それだけの期間、人と関わりつづけるということだ。

キャットが自分の分のコーヒーを注ぎ、カーリンのカップにお代わりを注いだ。「あなたがジークとそういうことになって、ありがたいことがひとつあるわ。たとえそれが、カウボーイはやめとけっていうあたしの助言に反していてもね」

「ありがたいことって?」

キャットはにっこりした。「ピルがなくなるまで、最低でも二十八日は、あなたがここにとどまるってことだもの」


ジークは感謝祭が好きではなかった。牧童たちの半数以上が家族に会いに行きたいからと、この日に休みをとりたがる。前後四日を休みにしてくれと言う者もいる。残った者たちはその分忙しくなるという寸法だ。一年でいちばん忙しい時期ではないから、仕事はなんとかこなせるが、山盛りのご馳走《ちそう》を食べまくるのは、ジークの考える休日の祝い方とはちがっていた。誰が料理をするかによって、デッカー牧場の感謝祭は、お祭りになるか、サンドイッチとチップスでお茶を濁すかに分かれる。リビーがこの時期に休みをとり、娘や孫たちと過ごすからと南の町に飛んでいくことが多かったからだ。それが〝サンドイッチの年〟だ。

今年はちがう。カーリンは、伝統的な感謝祭の料理を作るとやけに張りきり、夜明け前から起きて支度をした。いや、実際には前日から仕込みをはじめていた。いくらなんでもやりすぎだ、と彼は思わなくもなかった。夜明け前からキッチンが活気づくのは、牧場では珍しいことではないが、きょうのカーリンはまるっきり浮かれていた。彼女にとって、七面鳥や詰め物やブラックベリーのコブラー（深皿で焼くフルーツパイ）は、巡礼者を思い出すためのご馳走以上のなにからしい。

彼女がここに来た初日、散らかり放題のキッチンに案内したとき、その顔に浮かんだ恐怖の表情はいまでも忘れられない。ずっといるつもりはないから、と彼女はことあるごとに言っていた。あれから三カ月。なんという変わりようだろう！

まるで子供みたいに興奮して家中をバタバタ走り回る彼女を眺めていると、胸がキュンとなる。むろんいまだに、あなたにできることはなにもない、よけいなことはしないでくれ、と彼女は言いつづけている。

いつもの彼なら、なにを言われようが、正しいと思ったことをやっていただろう。彼女の問題は自分の問題だと言いきり、この悪夢に終止符を打とうとしていただろう。だが、そんなことをしたら、彼女は出ていってしまう。この問題を彼が持ち出すたび、彼女の表情から決意が固いことがわかる。春になったらここを出るという考えに、彼女はしがみついているのだ。彼にできることはないし、なにかやれば事態を悪くするだけだ、と彼女は頑《かたく》なに思っていた。

そんなことは同意しかねる。ブラッドだって、ただの男だ。阻止できるはずだ。阻止しなければならない。だが、それにはふたりが協力する必要があり、そのことを、カーリンは話し合おうとさえしなかった。

陰でなにかやったら、彼女はけっして許してくれないだろう。彼女はいずれ出ていく人間なのだし、いまが楽しければそれでいいと割りきるべきなのだろう。ところが、一時の気まぐれとはどうしても思えないのだ。カーリンはおれのものだ、と思っている自分がいた。

「前にもやったことがあるみたいだな」ジークはダイニングルームとキッチンをつなぐ戸口に立ち、ボウルや皿や食材でいっぱいのカウンターから、何時間も使われっぱなしのオーブンへ、汚れた食器が溢れるシンクへと飛び回るカーリンを眺めた。オーブンもこれだけ使われたら満足だろう。彼女はいま、深いボウルと長い柄の木のスプーンを持って一カ所にとどまっていた。「家族は感謝祭を盛大に祝った口か？」

彼女は深いボウルの中でなにかの材料を掻き混ぜるのに忙しい。「あたしが小さかったころは、どの家庭でもやることをやったわ。ロビンとキンとあたしは、七面鳥の形のデコレーションを作って家中に飾った。母は三日間料理を作り、あたしたちはそれを二十分で食べ尽くしたわ」彼女が振り返ってほほえんだ。「父は掃除係だったの。いいことだと思うわ。男性だって役割分担すべきだもの」

「そんな目で見るなよ。おれは皿洗いなんてしないからな」

カーリンは、混ぜ終わったねばねばしたものを巨大な長方形の金属皿に流し込んだ。「感謝祭の思い出っていうとそれだわ」彼女は木のスプーンを舐め、にっこりした。「ああ、うまくできますように！　コーンブレッド・ドレッシングを作るのははじめてなの」オーブンの蓋を開け、巨大な金属皿をそっと滑り込ませる。

　カーリンは自分の話をけっしてしなかった。逃亡生活をしている人間は、昔話をする資格がないと思っているかのように。ただストーカーから逃げているのではなく、すべての人から逃げているかのように。いま彼女が話した人生の断片に、彼は強い興味を覚えた。「ご両親はいつ亡くなったんだ？　亡くなってずいぶんになるのか？」

　彼女はすぐには答えなかった。答える気はあるのだろうか。警戒させるような質問ではないはずだが、とジークは思った。ようやく、彼女が言った。「八年、もうじき九年になるわ。あれから家族はばらばらになってしまった。両親は家族をつなぐ接着剤だったのかもしれない。両親がいなくなって、どうやったら家族でいられるのかわからなくなった。そのころ、ロビンは結婚して子供がひとりいた。キンはあたらしい仕事に就いたばかりで、あたしは……刺激的な人生をスタートさせたいと思っていたの。ひとり立ちしたかった。いままでとはちがうものを見て、ちがうことをやりたかった」彼女がまた振り返った。「物事が起きるのには理由があるのよ。いつだってね。あたしが兄や姉と疎遠だってことを、ブラッドは知っていた。彼にきょうだいのことを尋ねられたときに気づくべきだった。でも、気づかなかったの。彼は世間話をしているだけだと思ったの。あたしのことを知りたいだけだと。いまもロビンやキンに会っていないし、話もしていないけど、いまのほうがふたりを身近に感じる」

彼がべつの質問をする前に、カーリンは木のスプーンを振った。まるでそれで彼を叩こうとするかのように。「きょうは彼の話をしたくないの！　彼にこの時間を汚されたくない。あなたの家族は？　どうして感謝祭に戻ってこないの？　どうしてあなたは訪ねていかないの？」

「おれの家族は夏にやって来るんだ。天候に左右されずに移動できて、子供たちが休みのときに。それに、おれは牧場を長く空けるわけにいかないからな。仕事は山ほどある」

彼女が嘲るように鼻を鳴らした。「優秀な牧童頭がいるんだから、あなたがいなくても牧場は回っていくわ。なんでもひとりで抱えることないのに」

「それは前にも言われた」

「牧場はあなたがいなくても回るなんて、信じたくないんでしょ」からかうような口調だ。

「いいだろう」彼はゆっくりと彼女にちかづいていった。「クリスマスに家族を訪ねることにする。いちばん上の姉貴を訪ね、頭のネジがゆるんだ家族と一週間過ごす」姉からは訪ねてこいとさんざん言われていた。カーリンはちょっと驚いた顔をした。そこをすかさず突く。

「きみが一緒に来てくれるならな」

彼女は顔をしかめてうつむき、スプーンをシンクに投げた。「答えはノーだってわかってるくせに」

「どうして？　どうしてだめなんだ？　おれにはきみを守れないと思ってるのか？」彼はな

にがなんでも彼女を守りたいと思っていた。彼女の人生をもとどおりにしてやりたい。

「そういうことじゃないわ」彼女は背中を向け、ボウルやスプーンをいじくりはじめた。いま片付けても無駄なのに。

ジークはうしろから彼女を胸に抱き寄せた。「わかった。だったら、おれの家族が夏に訪ねてくるときに会ってくれ」

「夏が来るころには、あたしはここにいないのよ」冷めた口調で言おうとして、彼女は見事にしくじった。

悲しそうなその言い方に、ジークは心が慰められた。彼女と言い争いをする代わりに——息の無駄遣いだとわかったから——うなじにキスして腕を離した。「二時間したら戻る」

マッドルームに向かう彼を、カーリンは見送った。「遅れたら承知しないから！ ほかの人たちにもそう言っといてね。キャットが一時までに来るって言ってたわ。手伝ってくれなくてもいいって言ったんだけど。いやってほど料理してるんだから。でも、デザートとロールパンを持ってきてくれるそうよ。二時にはテーブルについて、食べはじめたいの。わかった？」彼女はため息をついた。「完璧にやりたいのよ」

食事は、たぶん。きょうという日も、きっと。このところ、完璧な日がつづいていた。だが、ブラッドを恐れる気持ちがなくならないかぎり、ブラッドがいなくならないかぎり、彼女の人生は完璧なものにはならない。彼女との約束を破らずに、どうやったらそれを実現できるか、ジークにはわからなかった。約束を破ったらなにを失うことになるか、よくわかっている。彼女はけっして許してくれないだろうし、ふたりの関係はそこで終わってしまう。だが、彼女に出ていってほしくない以上、それぐらいの犠牲はやむをえないと思わないでもなかった。それで彼女が自由になれるなら。

カーリンはできあがった料理に満足していた。それにしても、作るのは大変だったんだから！　子供のころに家で祝った感謝祭とおなじで、料理はまたたくまになくなった。人をたくさん呼んだわけではないが、ウォルトとスペンサーがいるのだから無理はない。それにキャットも。彼女のおかげで話がはずんだ。スペンサーは週末は実家で過ごす。ドンチャン騒ぎが繰り広げられるそうだ。そのころにはケネスとマイカが戻ってくる。祭日だからといって、牧場の仕事に休みはなかった。家畜の世話がある。ウォルトが言うように、きょう、やり残した仕事はあすやらねばならない。

頭の片隅にいつもある恐怖は見せないようにして、料理を褒められるとにこやかに交わした。でも、家族が訪ねてくるときに会ってくれとジークが言い出したときには、心臓が喉まで飛びあがった。

たしかに彼に夢中だった。彼とのセックスは最高だし、彼を愛していると思うことさえあった。だからといって、なにが変わるわけでもない。いまが完璧であっても、現実に向き合わなければ。ブラッドが巨大な嵐雲のように立ちはだかるもっと大きな現実に。ジークと過ごす感謝祭はこれきりだ。クリスマスも彼と過ごすだろうけれど、それだって一度きり。だから一瞬一瞬を大事にして、それまでの毎日をできるだけ完璧なものにしたい。きっとあっという間に春になるだろうから。

彼女が立ちあがってウォルトの空の皿に手を伸ばすと、ジークがその手に手を重ねた。

「きみは座ってろ。皿洗いはおれたちでやる」

カーリンは眉を吊りあげたものの、すぐに椅子にもたれかかり、体の力を抜いてほほえんだ。

あと片付けを男性陣に任せて大丈夫かしら、とカーリンは思ったが、それでも椅子に腰をおろし、リラックスした。自分がいつもやっているように片付けられなかったとしても、それがなに？　一日じゅう立ちっぱなしだったから足が痛むし、疲れ果てていた。テーブルを囲む男たちは無言で立ちあがり、食器や残り物を片付けはじめた。事前に打ち合わせていたのだろう。とっても嬉しい。〝おれは皿洗いなんてしないぜ〟と言いたげなジークさえも、自分の皿を片付けている。スペンサーは皿洗い機の使い方を知っているから、任せておける。

カーリンは脚を伸ばし、かいがいしく働く男たちを眺めながら言った――とても甘い声で。

「ありがとう、男性諸君。あたしとキャットは、書斎のリクライニングチェアにゆったりと寝そべって、フットボールでも観ようと思うの」

「フットボール、大好き」キャットが満面の笑みを浮かべ、問いかけるような目でカーリンを見て肩をすくめた。つまり、キャットにも、野球とフットボールのちがいぐらいはわかるらしい。

「おれたちもそうする」ウォルトがキッチンから声をかけた。「片付けをちゃちゃっとすませて」

カーリンは笑った。今夜のご馳走作りのために、キッチンにあるボウルと道具、それにキャセロール皿と金属皿をすべて使ったのだから。

キャットがテーブルにもたれかかって声をひそめた。「なんとまあ、ここの男たちをうまく飼い馴《な》らしたものね。恐れ入りました」

カーリンはしばらくのあいだ、男たちの声や物音や、食器がぶつかる音、それにときおり交じる笑い声に耳を傾けていた。

感謝祭は料理のためにあるのではない、家族のためのものだ。そしてきょうだけは、みんなが彼女の家族だった。

24

ジークはキッチンのドア枠に肩をもたせかけ、カーリンが山のようなタオルを畳むのを眺めていた。「もっとゆったりとした楽なスウェットパンツ、持ってないのか？」

彼女が顔をあげた。「持ってるわよ。でも、あなたには小さすぎる。自分のを買ったらどう？」

「減らず口を叩いてないで、行って着替えてこい。取っ組み合いをするんだから」

「あら、あたしなら着替えなくてもできるわよ」彼女は言い返し、ようやくタオルから彼へと関心を移した。

ジークはジーンズにブーツにカウボーイハットのときも、充分にホットだ。キャットからさんざん意見されていたけれど、このカウボーイはまさに〝歩く男性ホルモン〟。彼に対して、カーリンが持つ耐性はゼロに等しかった。でも、いまの彼は、膝に穴の開いた着古しのスウェットパンツに靴下、体にぴったりのTシャツというだらしない格好で、だからよけいに悪い……のか、いいのか、よくわからなかった。でも、気に入った。Tシャツのせいだ。

筋肉の畝のひとつひとつ、胸毛、それに肩の分厚い筋肉や波打つ背中の筋肉を、ありありと思い出してしまうじゃないの。

そりゃもちろん、汗以外は一糸まとわぬ、素っ裸のときの彼がいちばん好きだけれど。思い出したら涎《よだれ》が出そうになった。

「着替えるのか、どうするんだ？」彼に苛立たしげに尋ねられ、長いことポカンと見とれていたのだと気づいた。たぶんそんなに長くではない。ジークの欠点は気が短いことだから。頭の中で頭を振り、答えた。「すぐに戻るわ」タオルを乾燥機の上に置いて、部屋に走った。

日がどんどん短くなるので、カーリンの一日も大きく変わった。声に出さずに悪態をつきながら朝の四時半にベッドを出るのではなく、ゆっくり五時半まで寝ていられる。日が長いときは、牧童たちは日に十四時間、へたすると十六時間も働いていた。夕食は早くて九時半、遅いときは十時を過ぎることもあったが、いまは五時半にはテーブルに食事を並べ、七時にはキッチンを片付け、食器洗い機を回すことができた。おかげで読書したりテレビを観たり、ゆっくりと風呂に入ったり、ペディキュアを施したり、ようするに人生を楽しむ時間を持てるようになった。

寒さや日の短さには難点もあるが、牧場の生活はおおむねのんびりとしているので、彼女を含めてみんながゆったりとした時間を過ごすことができる。

困るのは、ジークが家で過ごす時間が長くなったことだ。実を言えば、困ってはいなかった。ほんとうは彼を避けるべきなんだろうけれど、自分のしたいようにしていた。つまり、チャンスがあればすかさず彼のベッドに潜り込む。

朝、目覚めるたび、きょうも彼の顔を見られる、一緒に過ごせると思って胸がドキドキする。でも、内心では自分と闘っていた。ただのセックスと割りきりなさい。つねに警戒していなさい。いまみたいに、言葉より能弁な熱い眼差しで彼に見つめられてすぐその気になるのはよくないことだ。彼とおなじ屋根の下で暮らして、彼のために食事を作って洗濯をするうち、自分のまわりにせっかく築いてきた壁を崩してしまうのはよくないことだ。洗濯物が誘惑の手段になるなんて思ってもみなかった。でも、身の回りの世話を焼くというのはそういうことだ。ふたりは夫婦も同然、家族も同然だった。言うなれば同棲《どうせい》生活。おたがいに相手の生活の一部になっていたので、牧場がわが家のように思える。

いずれブラッドと対決する日がくると思ってはいても、いまはなにも考えたくなかった。なにかあったらすべてを捨てる覚悟がなければ、生き延びることは難しいのに、ジークのせいで、そういう決断ができるかどうかわからなかった。

困ったことになった。ものすごく困ったことに。

彼に倣ってTシャツとスウェットパンツと靴下姿で、五分後にはリビングルームにいた。彼はそこにある家具をすべて壁際に寄せ、充分な場所を作った。

ジークは約束を守る男だ。銃の撃ち方と喧嘩の仕方を教えてやると言ったからには、かならずやる。射撃競技で優勝するのは無理でも、週に二回は練習してきたおかげで、そうとうな腕前になった。オートマチックピストルの装塡の仕方や撃ち方を知っているからといって、スーパーウーマンにはなれない。前にはなかった選択肢を持てるようになった。悪夢が現実のものとなり、ブラッドに居所を突きとめられても、不意打ちを食わすことができるかもしれない。そしていま、ジークは男の急所を蹴りあげるやり方を教えてくれようとしていた。

それも彼を練習台にして。

カーリンははたと立ち止まり、顔をしかめた。

彼がその表情を見て、自分も顔をしかめる。「なんだ？」

「あなたの急所が好きだから」唐突に言う。

彼が油断のない目をした。「おれもだ」

「愛しているってほどじゃないけど、くしゃっとして愛嬌《あいきよう》があって、かわいらしい。とても傷つけられない。あなたのことも」

「いいことを教えてやる。男に向かってあなたのあそこはかわいいなんて、口が裂けても言うな」

「だってあなたのあそこは美しいと言ったら嘘になるもの」

「そりゃそうだ。あそこは男らしい部分だから、美しくはない」

「男らしい、ね」フフンと笑う。「そう言えばことがすむと思ってるんでしょ。たしかに、女にはないものだから。両性具有者はべつにしてね。だから特別だと思ってるのよね」

彼は黙り込み、少し困惑気味に言った。「おれたち、どうしてこんな話をしてるんだ？」

「男の急所の蹴りあげ方を教えてくれるつもりなんでしょ？」

彼はきょとんとし、それから笑い出した。ジークはあまり笑うほうではないが、人の気持ちを和ませる笑い声だった。頭の中の闘いに敗れた。彼を愛さないつもりだったのに。もしかしたら何週間も前に敗れていたのかも。認めたくなかっただけで。これってつまり認めたってこと？　わからないし、考えたくなかった。いまはまだ。きっとそのうち、彼の笑い声を聞くと、なんだか……やさしい気持ちになるという事実に対処できるようになるだろう。でも、どうかしら。

やさしい気持ちになる自分に戸惑い、彼に気取られまいとこう言った。「なにがそんなにおかしいのか、あたしにはわからない」

「きみのその血に飢えた表情、自分じゃ見えないもんな。それに、基本的なテクニックを教えるといっても、実践させるつもりはないからな」

「あたしはてっきり、フィールドゴールのキッカーみたいに位置について、ボールに見立てたあなたの〝ボール〟でゴールポスト越えを狙うんだと思ってた」

彼はまた口元を歪ませ、彼女の髪を引っ張った。「それができるのは、標的がぼうっと突っ立ってるときだけだ。相手が気を失っているか、背後から不意をつく場合にかぎられる。どっちもまずありえないし、ありえたとしても、最善の方法とは言えない」

彼は〝標的〟と言ったけれど、それがブラッドのことなのはふたりともわかっていた。ブラッドの急所を蹴りあげられるチャンスは、ぜったいに逃さない、と言おうとしてやめた。ジークが教えようとしているのは、たぶん、なんて言ったらいいか……戦術的なこと？　起こりそうな場面を想像して、いちばん賢明なやり方を考えること？

ずっと自分を守ることばかり考えてきたから、こっちから攻撃を仕掛けることにあこがれているのだ。あこがれだけで行動したら、とんでもないことになる。それで……もしブラッドを気絶させられたとして、それからどうする？　急所を蹴ったらさぞスカッとするだろうけど、賢明なやり方ではない。予想以上に早く彼の意識が戻ったら？　気絶したふりをして、彼女がちかづいてくるのを待っているとしたら？

「逃げられるあいだに逃げるわ」いろんな可能性を考慮して、そう結論づけた。「彼を殺すことができないなら」

口に出したら胃の底が抜けた。うろたえてジークを見つめた。何カ月も悪夢のシナリオを思い浮かべ、こちらの居所を突き止めたあと、ブラッドはどうするつもりだろうと考えてきた。ジーナみたいにその場で殺す？　それとも誘拐して、誰にも見つからない場所に連れていってレイプし、いたぶり、それから殺す？　どっちも恐ろしいけれど、できればその場で殺されたかった。ブラッドがそのとき冷静だったら、なにをするか見当もつかない。ジーナのことがあるから、さっさと殺すとは思えなかった。あれから考える時間があっただろうし、計画を立てながら怒りを募らせているのかもしれない。その怒りを彼女にぶつけようとするだろう。

だとしても、気を失った人間を撃つなんて考えられない。背後からなら、もしかして、状況によるけれど。ただ、どうやればそういう状況になるのか考えつかない。彼女が自由に動き回れるとして、しかも武器を持っていたら、ブラッドが背中を向けたりする？　ブラッドがなにも知らずにやって来て、こちらがこっそり背後からちかづけるとしたら……でも、彼女がそこにいることがばれていないのなら、こっそり逃げ出せばいい。ジーナにあんなことをした罰を受けさせたいが、それはあくまでも法の裁きという形でだ。自分が処刑人になるつもりはないし、ジークだって望んでいない。なにもできないのだから、どうするか計画を立てるのは時間の無駄だ。自分にできることを考えるべきだ。

「背後から彼を撃てないし、気を失ったところを撃つこともできない」彼女はゆっくり言いながらも、まだ考えていた。「たぶんあたし、馬鹿なんだと思う。弱虫なのよ。でも、そんなことはできない。撃たないとこっちがやられるという状況だったら、たぶん撃てるだろうけど、手出しできない相手を撃つなんてできないわ」

ジークは反論せず、うなずいた。「自分の限界を知ることは、馬鹿でも弱虫でもない。限界を知ることで賢くなれる。奴は警官だ。つまり訓練を積んでいる。銃の扱いに精通しているし、格闘技もマスターしている。真っ向勝負できみが勝てるわけがない。だが、彼を特別視するな。基本的な動きを身につけておけば、不意打ちを食らっても慌てふためかずにすむ」

慌てふためかないのはありがたい。ジークのベッドルームで不意打ちを食らったときは、恐れおののいてなにがなんだかわからなくなった。あんなことは二度とご免だ。あれがジークではなくブラッドだったら、ひどい結果になっていただろう。彼女はまったくの無力だった。ジークが教えてくれることは、どんなに小さなことでもとても大事だ。

「訓練を受けたことがあるの？」落ちそうになるスウェットパンツを引っ張りあげながら、彼女は尋ねた。スウェットパンツは古くてゴムがゆるんでいるので、すぐにずり落ちる。

「武道とかその類の？」彼は肩をすくめた。「いや。おれは悪ガキだったから、喧嘩ばかりしていた。それにおやじが喧嘩の仕方を教えてくれた。高校を出たときに、いとこのひとりが警官になったんで、習ったことをいろいろ教えてくれたしな。肝心なのは、ルールに縛られるなってことだ。ためらったら終わりだ。追い詰められたら、いっそう強く出る。汚い手を使ってでも」

「あたしに汚い手を教えて」最初の浮かれ気分は消え、彼女の中に冷静な決意が漲《みなぎ》っていた。

それから二時間ちかく、彼は教えてくれた。最初のレッスンは、男の急所を蹴る方法——足でではなく、離れた位置からでもない。まず男のシャツをつかんで引き寄せる。男は意表を突かれてバランスを失う。そこですかさず股間に膝蹴りを食らわすのだ。何度も。おたがいに膝が命中しないよう注意しながら練習を重ね、感じがつかめた。逃げる代わりに男につかみかかるなんて思いもよらなかったから、どう動けばいいか体に覚えさせる必要があった。

目玉の抉り方（親指で）や、喉頭を強打するやり方（手の関節か手の縁で）も教えてくれた。人の目を抉るなんてぞっとするが、ブラッドの目だと思うと気持ち悪さを払拭できた。偶然にぶつかる以外で、彼女が人の喉頭を強打できるとは、ジークも思っていない。だが、相手の喉を詰まらせることができれば、その隙に逃げられる。

彼はまた、脚の筋肉がいちばん強いことも教えてくれた。押し倒されたら寝返りを打ち、股間を膝で蹴るという方法がある。彼が教えてくれた技はどれも、相手を動けなくさせ、その隙に逃げ出すためのものだ。彼女は腕っ節が強くないし、格闘技家でもないから、取っ組み合って勝てるわけがない。逃げるのがいちばんだ。

つかまったときに体を振りほどく方法も習った。たとえば背後から襲われたら、屈み込んで相手の足首をつかみ、上に引っ張って相手に尻もちをつかせる。練習は予想以上にハードだったから、ふたりともじきに汗をかいた。最初のうちは集中して練習していたものの、体の動きを教えるわけだからどうしても触れ合うことが多く、体に回されるジークの腕とか、硬く締まったその体とかをつい意識してしまう。スウェットパンツの布地一枚では、お尻や腿のあいだに押し当てられた屹立したものを感じないほうがおかしい。

そのことばかり気になって、だんだん集中できなくなり、そのうち集中しようとも思わなくなった。彼に背中でもたれかかり、その太い手首をつかんで目を閉じた。「あたし、やる気を失ったみたい」

「そうなのか?」彼の声は低く、掠れていた。体に回された彼の腕に力が入る。大きな手がTシャツの裾から滑り込んできて、お腹をぐいっと押した。しばらくそこにとどまって肌を軽く撫でていたと思ったら、だんだん下へと移動して、スウェットパンツのゆるいウェストの中に忍び込む。親指がおへそのまわりで円を描き、慣れた動きでスウェットパンツを膝のあたりまで一気に引きさげた。「失ったのはやる気だけじゃないみたいだな」

首筋に熱い唇を感じ、それがゆっくりと動く。カーリンはすっかり準備ができていた。動悸が激しくなり、呼吸が速く深くなる。腕をうしろに伸ばして彼のうなじに手をあてがって体の熱を感じる。そこにも筋肉がしっかりとついていた。胸をそらして乳房を突き出したら、彼が荒れた掌で包み込んでくれた。ツンと立った乳首を指のあいだに挟んで、最初はやさしく引っ張る。それからだんだんに力が入って、もうやさしいとは言えないつまみ方だけれど、少しもいやじゃない。乳首から広がる熱くジンジンする感じが腿のあいだに、全身に広がっていった。全身の筋肉が張り詰め、ぎゅっと締まり、空っぽなところを埋めてほしくて掠れ声をあげた。

それが引き金になったのか、彼もまたゼロから一気に百度まで急上昇したのか、両手で彼女のウェストをつかんで肩に担ぎあげた。カーリンがくらくらしながらしがみつくと、彼は階段をあがって自分のベッドルームに向かい、彼女をベッドにおろした。スウェットパンツも下着もすべて剝ぎ取り、Tシャツをまくりあげて頭をくぐらせ、横に放った。彼がそうしているあいだ、カーリンは彼の服と格闘していた。シャツを脱がせ、スウェットパンツを押しさげようとする。

でも、彼がそのチャンスを与えてくれなかった。彼女の腿のあいだに体を滑り込ませ、手を添えてペニスをとば口へとあてがった。カーリンは深く息を吸い込み、じっと待った。目を閉じて、熱く貫かれる瞬間を待った。きょうはゆっくりではなく、いくらか荒っぽかった。彼が入ってくる感覚、そのまわりで体が伸びてゆく感覚は魔法だった。熱くて、ぴったりと密着する感覚。刺激的でとても大事で、それでいてちょっと怖かった。

絶頂を迎え、ぐったりとベッドに沈み込む。酷使した全身の筋肉が震えていて、いまはただ彼の腕の中で丸くなっていたかった。朝食の支度をする時間まで、動きたくなかった。でも、彼の腕の中から、ぬくもりから、絡まり合った上掛けの中から、無理に体を引き離して服を探さなければ。

「今夜はここで眠ればいい」彼が言う。鋼のようなその声が、朝まで一緒にいようとしない彼女への不満を訴えていた。諦めてひとりで寝るのはいやだと訴えていた。「それはできないわ」彼女は言った。ほんとうはどんなにそうしたいか。口に出したら泣いてしまう。「危険すぎるもの」泣き出す前に慌てて部屋を出た。ふたり一緒のところを牧童たちに見られる危険がある、と言ったわけではなかったことに、彼はそこで気づいた。彼女が戸締まりをちゃんとしたから、見られる危険はない。もう引き返すに引き返せないところまで来てしまった自分が、彼女は危険だと思っているのだ。

時間が過ぎてゆく。カーリンは馬鹿みたいに満足していた。息をするのさえ危険なほど寒い日は、家にいられるだけで幸せだった。電気鍋の中でチリがぐつぐついい、それに添えるハムとチーズのホットサンドは焼くだけだ。チョコレートのコブラーを試してみようかとも思ったが、作り慣れているもののほうが失敗がない。つまり、クッキー。自家製のチョコレートチップ・クッキーはジークの大好物だ。

そして、彼はカーリンの大好物。これ以上深みにはまらないこと、と自分を戒めても手遅れだった。彼に夢中なんだもの。セックスはすばらしいけれど、それ以上のなにかがあった。ずっと求めてきてやっと見つかった人間的なつながり、思いもよらぬ形で彼と結ばれ合っていた。

それはとても……いいものだった。

ジークの書斎から無線の音が聞こえる。彼は二時間ほどこもって仕事をしていた。どんな連絡が入ったのかまでは聞きとれなかった。なんでも起こりうる。牛たちが騒いでいるとか、柵が倒れたとか、トラックやどこかの設備が故障したとか。雑音の合間に、「夕食はなに？」という声も交じっていた。

数分後、ジークがライフルを片手にキッチンに飛び込んできた。射撃練習以外で武器を持つ彼を見たのははじめてだったので、カーリンは心臓が喉元まで飛びあがった。

彼のあとについてマッドルームに行く。「なにかあったの？」

彼はライフルをカーリンに預け、ブーツを履いた。「狼だ」分厚いコートを着て、手袋をする。

カーリンは唾を呑み込み、不安を抱かせる言葉を繰り返した。「狼？　狼が出たんなら、うちにいたほうがいいんじゃない？」

彼はほほえみ、彼女の唇に馴染みのキスをした。「シティガールはこれだから」

「あなたこそ、どうかしてるわよ！」言い返す。彼がライフルを彼女の手から取りあげた。

「わざわざ狼を見物に行かなくたって」

「牛が一頭やられたんだ。いますぐ始末をつけないと」ドアに向かいながら振り返った。

「鍵をかけろよ。スペンサーとウォルトも一緒に行くから、夕食まで誰も戻ってこない」

彼が出掛けると、デッドボルトを掛け、大股で母屋から宿舎に向かうジークを見送った。

このあたりには、狼駆除業者はいないの？　どうしてジークが狼退治に行かなきゃいけないの？　ウォルトにやらせればいい。スペンサーに……いいえ、スペンサーは出会った動物すべてと仲よくなろうとする。たとえ相手に食べられそうになっても。いつまでも三人の身を案じていてもしょうがないと思い、カーリンはキッチンに戻った。ジークが出掛けていくのはボスだからだ。彼の土地であり、彼の責任だから面倒をみる、それだけのことだ。

三人は全地形対応車《ATV》に乗っていったのだろうか？　それとも馬で？　三人のひとりが落馬するとか、馬が狼に驚いて事故につながるとか。ジークが狼と取っ組み合う姿が目に浮かぶ。悪いことはつづくものだ。ライフルが不発に終わり、狼が爪と牙を剥き出しにして飛びかかってきて、ジークがズタズタにされ、血を流して地面に倒れる。狼が一匹ではなく群れで襲いかかってきたら？　スペンサーとウォルトが助けに来るのが遅かったら？

ああ、もう。銃を持って助けに行かないと。彼を守らないと。

でも、三人とも出掛けてしまった。

ひとりでやきもきしてもはじまらないから腰をおろした。ジークほど有能な人は見たことがない。ライフルはちゃんと作動するに決まっている。彼のことだから、狼退治は百回ぐらいやっているだろう……ただ心配して待ってるなんて馬鹿みたいだ。

クッキーを焼くことにした。ジークの好きなチョコレートチップ・クッキーと、彼女の好物のオートミール・レーズン・クッキー。座ってはいられない。料理をすれば手と頭を動かしていられる……たぶん。悲惨な想像がつぎつぎに浮かぶけれど、いまやっていることに気持ちを向けよう。彼らがどうしているか、ではなく。

人の心配をするなんて、ほんとうに久しぶりだ。

ようやく車がちかづいてくる音がして、すぐに足音が聞こえた。彼が鍵を開ける前にドアを開け、体に引っ掻き傷や擦り傷がないか、血がついていないか調べた。彼は無事だった。元気そうだ――それに、腹を立てている。

「見つからなかったの？」感情をあらわにしないよう注意しながら、彼女は言った。彼のことが心配で心配で、どうかなってしまいそうだったなんて知られたくなかった。

「ああ」彼はライフルをカーリンに手渡し、コートを脱いだ。「あすの朝早くにまた出掛ける。いそうな場所の見当はついたんだが、見つける前に日が暮れてしまった」

なんと。また一から心配のし直し！　でも、彼に気取られてはならない。ふたりは雇い主と雇い人の関係なのだから……それにセックスの。心配はしない。干渉もしない。

彼女に心配をかけたと思えば、それが彼の負担になる。

ライフルを持ったままキッチンに戻った。ジークに返さず、隅に立てかけ――細心の注意を払い――それから彼に顔を向けた。両腕を彼の首に回す。彼も腕を回した。

「寂しかったわ」

ジークが眉をちょっと吊りあげた。「そんなに長く留守にしなかったぜ」

充分に長かった。長すぎた。「クッキーを焼いたの」

彼はほほえんだ。「匂いでわかった。もっともっと寂しくなってくれ」

彼が抱きあげると、カーリンは脚を絡ませた。

「男どもがじきに夕食を食べに来る」ジークが言い、彼女の首筋に鼻を擦りつけた。こんなときに、と怒っているような口ぶりだ。

「しょうがないわ」カーリンは彼の首筋にキスした。

「ドアに鍵をかけようか。自分たちで作って食えばいい。ひと晩ぐらいどうってことない。宿舎の食料貯蔵室にツナ缶があったはずだ。クラッカーもな。栄養のバランスはとれる」

ジークの提案には心惹かれるものがあった。むろん冗談だとわかっているけれど。少なくとも彼女はそう受け止めた。

「急いでシャワーを浴びてきて」カーリンが言う。彼はしぶしぶ彼女を床におろした。「さっさと食べさせて追い出せばいいわ」

またふたりきりになったとき、狼もブラッドも、足早にちかづいてくる春も、話題には出なかった。

カーリンがそっとベッドを抜け出して自室に戻るまでに、情熱の数時間を過ごしたせいだろうか――部屋に戻るなと言えたらどんなにいいだろう――翌朝は、いつものようなはじまり方はしなかった。

キッチンに行く前になにかおかしいと気づいた。あかりはついておらず、淹れたてのコーヒーの匂いもしない。家の中は静まり返っている。そんな、まさか。

カーリンは寝坊したのか、夜中のうちに出奔したのか。出ていったとは考えたくなかった。ひと言の挨拶もせずに出ていくなんてひどい。だが……クソッ、ほんとうに出ていったとしたら？　ゆうべはくたびれていたので、彼女が自室に戻るとジークはすぐに眠りに落ち、目覚ましが鳴るまで気がつかなかった。

いや、そんなことは考えるのもだめだ。第一に、あの事故以来、彼女は、凍結した道路で車を運転することにひどく用心深くなった。無理もない。路面が少しでも湿っていたら、夜のあいだに凍結する。出ていくとしたら昼間だ。道路の氷が融けてからだ。

廊下を彼女の部屋へと向かった。ドアは閉まっている。驚くことではない。ノックをして、「カーリン！」と声をかける。返事はなかった。

凍結した道路をものともせず、真夜中に出ていったのか？　ドアノブをガチャガチャいわせながら、血が凍りつくような気がした。鍵がかかっている。デッドボルトが大好きな彼女のことだから無理もない。安堵の波に洗われた。窓から抜けだしたのでなければ、部屋にいるということだ。

ドアを叩き、名前を呼ぶ。今度は大声で。ドアの向こうから彼女の声がした。ジークはにんまりする。言ってることのすべてが聞き取れたわけじゃないが、「もう、やだ」のあとに、ちょっと慌てた「いま行きます！」という声が聞こえた。

ドアが開き、カーリンが飛び出してきた。髪の毛はくしゃくしゃ、ブルーのバスローブ姿で、彼の前を駆け抜けていった。

「寝過ごした！」振り向きもせず、叫ぶ。「ああ、もう！　自分がいやになる！」

彼はゆっくりとあとを追った。彼女がいてくれてよかった。寝起きのだらしない彼女に、妙に惹かれた。キッチンの戸口に立ち、頭のいかれたハチドリ――起きたばかりで頬が染まり、ブロンドの髪は乱れ放題、パジャマが体に張り付いているから動くたびに尻や胸が揺れるのがわかる、めっぽうセクシーなハチドリ――みたいにせわしなく動き回る彼女を眺めた。ローブは体を隠す役割をまるで果たしていない。動くたび、ひらひら揺れていた。

こんな格好の女を見てムラムラするほうがおかしいが、カーリンだけはべつだった。だらしないばかりか、泡を食っている。それでも驚くほど有能だった。たちどころにコーヒーポットをセットし、冷蔵庫から卵のパックを取り出した。もうじき牧童たちが朝食にやって来る。きょうはパンケーキやオートミールの日ではないようだ。どうやらスクランブルエッグの日らしい。それにもう一品作っている。働くためには大量のカロリーが必要だし、寒い季節はなおさらだということを、彼女はよく知っている。いかんせん時間がない。

彼女がちらっと振り返った。「ごめんなさい。眠っているあいだに目覚ましを切ってしまったみたいなの。そんなことはじめてよ！　ふだんはけっしてしないのに。コーヒーがすぐに沸くから」

カーリンは慣れた動きで冷凍庫からビスケットを取り出した。オーブンを予熱して、戸棚からクッキーシートを取り出し、一連の動きのあいだに冷蔵庫を開けてハムをつかみ出した。ああ、ビスケットを忘れていた。それより彼女を食べちまいたい。ベッドから出たばかりで、寝ぼけ眼で、だらしなくて、セクシーで……バスローブを脱がして、首筋にキスして、パジャマを脱がして、キッチンのテーブルで愛し合う。いますぐにそんな想像をやめないと、牧童たちにばれてしまう。なんせ屹立したものはジッパーを吹き飛ばす勢いだ。ドアに最初のノックがすると、カーリンはバスローブの紐《ひも》を結び、髪を手で梳いた。たいして変わりはない。

彼が鍵を開けに出た。「寝坊した奴は誰だ、当ててみろ」入ってきた男たちに、ジークは言った。誰かは一目瞭然だった。ジークはシャワーとひげ剃りをすませ、ちゃんと服を着ているのに対し、彼女はシャーロック・ホームズ・シリーズのバスカーヴィル家の犬に追われてキッチンを走り回っていたような有様だ。それでも、スクランブルエッグとハムとビスケットを最短スピードでテーブルに並べた。彼女が皿を出して大きく「フーーッ！」と声をあげたので、みんなが笑った。

「フルマラソンを走りきった気分」彼女が言う。「コーヒーを飲みたい。あなたたちのうちの誰かが骨を折って、あたしにスプーンで食べさせてほしいなら、大声でそう言って。そうじゃなきゃ、キッチンに座ってカフェインを摂ってるから」

「二度寝したらいいじゃないか」ウォルトが言い、にやりとした。

「あら。できるものならしたいわ」

キッチンにさがる彼女を、ジークは見送った。カーリンは自分がどれぐらいきらびやかで魅力的か、まるで気づいていない。ジークにとって彼女がどれほど魅力的かは、調べればわかることだ。テーブルについていてよかった。そうでないと、肉体的反応を隠せない。彼女、いま、〝吸う〟って言葉を口にしなかったか？　もう料理が目に入らない。

最後まで残っていたウォルトがマッドルームへ向かったので、ジークはついていき、片付けなきゃならない書類仕事がある、と告げた。ウォルトが遠ざかるのを確認して、ドアに鍵をかけた。

キッチンに戻ると、シンクに汚れた食器を積み上げているカーリンを眺めた。彼女が振り返り、ほほえむ。「きょうは、とんでもないはじまり方だった！　まだ心臓がバクバクいってるわ。これがすんだらもう一杯コーヒーを飲んで、それから――」彼の表情に気づき、ほほえみがちがうものになる。瞳の輝きが熱を帯びる。「コーヒーはいま飲まないほうがいい？」

ジークはうなずき、彼女に向かっていった。

彼女が言い訳をはじめる。「シャワーを浴びなくちゃ、それにお化粧をして髪をブラッシングして……」

「その必要はない。きみに必要なのはおれだ」首筋に、唇にキスする。バスローブの紐をほどき、両手を中に滑り込ませる。あたたかくて、やわらかくて、しなやかで……これはおれのものだ。

彼女は首筋のキスにため息をつき、手をさげて彼のものに手をあてがった。「くたくたで、ぼろぼろのあたしなのに、あなたをその気にさせるなんてね」

パジャマのズボンのウェストバンドに手をかけ、引きさげた。

「ジーク！」せっかくの抗議も笑い出したせいで腰砕けに終わった。すでに呼吸は荒く、薄いコットンのパジャマの下で乳首が立っていた。

腿のあいだに手を差し入れると、抗議も笑いもやんだ。やわらかなそこを探り当てて、指を一本差し込む。もう一本。彼女は熱く濡れていて、すっかり用意ができていた。彼にしがみついて、あえぐ。

「ここで？」ささやき声の問いに自分で答える。彼のジーンズのジッパーをさげることで。

抱きあげると、彼女は脚を動かしてズボンを脱ぎ、その脚を腰に絡ませてきた。体の向きを変えて、壁に彼女を押しつけた。そうやって支えてやると、彼女がペニスを体の中へと導いた。濡れて引き締まり、準備万端だ。はじめはゆっくりと、彼女がジークを駆り立てていた。

った。目を閉じて顔をのけぞらせ、ひと突き、ひと突きを味わっている。ジークは彼女の尻をつかみ、動きを速くした。より深く、より強く。

悲鳴が彼女の喉を切り裂いた。熱い襞《ひだ》がやわらかな拳のようにぎゅっと引き締まる。一緒に絶頂を迎え、彼は一気に迸《ほとばし》らせた。人生はすばらしい。

なぜなら、キッチンにはカーリンがいて、夜はたいてい彼のベッドにいて、いまは彼を包み込んでくれている。なんてこった。キッチンのテーブルに辿り着く前に、もういってしまった。

25

「リビーが訪ねてくる」一月のある朝、ジークが言った。「いま、彼女から電話があった」

カーリンは穏やかな表情を崩さなかったが、じつはパニックで胃がぎゅっと縮まっていた。リビー！　名だたる完璧なリビーがやって来る。いまではカーリンの領域であるここへ。牧場がフン族の侵略を受けたとしても、ここまで怯えないだろう。

「それはすてき」なんとか言った。「いつ？」

「来週。町のバス停まで迎えに行く」

もう、男はこれだから。「来週って、何曜日？　月曜？　木曜？　メニューを考えないといけないから。それに沿って買い出しをするんだから」理に適っている、でしょ？「それで、滞在はいつまで？」

「長くて一週間」彼は二番目の質問にまず答えた。「それから、彼女がここに来るのは火曜日だ」

きょうは木曜。準備に五日ある。カーリンは急に不安になって、五週間でも足りない気がしてきた。家の中を完璧に掃除しないと――洗濯物を生み出す怪物、ジークがいることを考えると、運を天に任せるしかない。それに、ああ、神さま、料理の最中になにも焦がしたりしませんように！

準備に追われ、時間が飛ぶように過ぎていった。メニューの検討を重ね、あたらしい料理を入れるのはやめにした。実験しているときじゃないもの！ リビーに会うのは不安だった。ジークの家族に会うときも、やはり不安になるのだろう。母親や姉貴たちとその家族は、毎年夏に訪ねてくる、と彼は言っていた。だから、心配することはない。そのころにはいなくなっているのだもの。リビーはそうはいかない。あら、でも、リビーに気に入られようと入られまいと、関係ないでしょ？

ジークが気にするだろうから、やはり関係ある。もし当初の計画に従うとすると、二カ月後には出て彼が気にすれば、こっちも気になる。いかないと。

〝もし〟ですって？ いつから仮定の話になったの？

そんなふうに考えるのはよそう。いまだにつぎにどこへ向かうか決めていなかった。でも、それはどうでもいいこと、そうでしょ？ 問題なのは、つぎはどこへ向かおうか考えると、たじろいでしまうことだ。出ていきたくなかった――春になったら、というより、ずっと。ジークと恋に落ちるなんて、計画になかったことだ。うっかりそう言いそうになって、唇を噛むことが何度かあった。

冬は駆け足で過ぎてゆく。楽しい時間にしがみつく。クリスマスや大晦日《おおみそか》を特別な日にしようと頑張った。そうすれば思い出して、自分を元気づけることができる。ジークにとってもそうであってほしかった。ふたりで笑い合い、彼の大きなベッドで愛を交わし、炉端のぬくもりに包まれて一緒の時間を楽しんだ。牧童たちは家族みたいなものだった。ここはわが家だった。

一月になり、みんなが言っていたように、すさまじく寒い日々がつづいた。それでも、春は間近だ。

自分で期限を区切ったときは、晩春か早春かまでは決めなかった。繁殖期でいちばん忙しい最中に、ジークを残して去れるものだろうか？　夜明け前から夜遅くまで働きづめで、めったに顔を合わせることがなくても、ジークは彼女を必要とするだろう。ここにいつづけなさいと自分を説き伏せようとして、ぎょっとした。説得にすぐに折れる自分がいるからだ。ところが、リビーがやって来るとなったら、もっと前に逃げ出せばよかったと思っているのだ。春が来ようがどうしようが。

あっという間に火曜日になった。ジークはリビーを迎えに町に行った。カーリンは夕食のご馳走作りがあるため家に残った。ローストビーフと付け合わせのジャガイモ、青豆のキャセロール、コーンプディング、ロールパン、デザートはホワイトケーキ。冬のあいだは牧童の数が減るし、既婚者は夕食を家でとるので、テーブルを囲むのは少人数だった。パトリックが予定より早く戻ってきたので、朝食と昼食は七人。でも、リビーがいるあいだは八人だ。夕食は六人。三人減っただけなのに、料理や買い出しがぐんと楽になるなんて！

ケーキが焼きあがり、ほかの料理もすべて電気鍋かオーブンにおさまっている。カーリンは自室に――リビーが使っていた部屋に――戻って身支度を整えた。リビーにどう思われようとかまわない、と言えば身も蓋もないけれど、リビーはジークにとって大事な存在なのだから、やはり気になる。髪をブラッシングして、淡い色の口紅をつけ、料理の染みがついていないブラウスに着替えた。料理をするときはエプロンをつけるが、けっこう散らかすほうだし、エプロンではすべてを覆いきれない。

こっちに来てから観るようになったテレビの料理番組で、シェフが着ているようなスモックを着ればいいのだろう。せっかく料理を覚えたのだから、つぎの仕事にそれを生かしたい。選択肢は増えたわけだ。

つぎの仕事。あまりにも漠然としていて、考えがまとまらない。

キッチンに戻ると、鍵を回す音がして、女が呆れ声で言うのが聞こえた。「いったいいつから、真っ昼間にドアに鍵をかけるようになったの？」

ふたりで相談して、カーリンの事情はリビーに話さないことに決めた。事実を知っているのはジークとキャットだけだ。

リビーはキッチンに入ってくると、大きく息を吸い込み、カーリンにほほえみかけた。「おいしそうな匂いがするわね」

完璧なリビーは小柄でふっくらしていて、髪を濃い茶色に染めていた。輝くような笑みを浮かべていても、目は鋭かった。にっこりしながら、きっちりと品定めしている。

彼女のすぐうしろには、スーツケース二個——大きいのと小さいの——を持ったジークが控えていた。「リビー、こちらはカーリー・ハントだ」

リビーのほほえみも、値踏みするような視線も変わらなかった。「お目にかかれて嬉しいわ。ジークから話をいろいろ聞いたわよ」リビーが言った。その話を彼女はどう受け止めたのだろう、とカーリンは不安になった。「あなたのことはこっちに来る前から耳に入ってはいたのよ。町に住む古くからの友達が知らせてくれてね」

よしてよ。いい話のわけがない！　そうでしょ？　いったい誰から、どんな話を聞いているの？　ふたりの関係が変わったことを、誰にも悟られないよう気をつけてきたつもりだ。キャットは見抜いたけれど、ほかの人たちは彼女ほど鋭くはない。バトル・リッジの住民たちにあれこれ噂されたくなかった。偽名を使っておいてよかった。きっと大丈夫。

ジークはスーツケースを持ってダイニングルームを通っていく。「リビー、荷物はおれの前のベッドルームに運んでおく。それでいいかな」彼の前のベッドルームは一階だ。

「もちろんよ」リビーが答える。「階段ののぼりおりはまだなんとかなるけど、やっぱり歳よね。膝にきてる」

「もといらした部屋がよければ、あたしがそっちに移ってもいいですけど」カーリンから申し出た。服も化粧品もそれほど持っていないから、部屋を移るのはそれほど面倒ではなかった。

「いいのよ。ジークの前の部屋で充分。ほんの一、二週間のことだものね。あなたを部屋から追い出すような真似はしたくないわ」

二週間？　どういうこと？　リビーの滞在は一週間だって、ジークは言ったはず。「あたらしいシーツはベッドの上に置いてあります」

〝せめてシーツぐらいはね〟とリビーの笑顔が言っている。〝もっとちゃんとしたらどうなの〟リビーは非難がましいことをなにも言わなかったが、ちゃんと伝わった。たいした技だ。見習わないと。

「あたらしいタオルと石鹼とシャンプーは、一階のバスルームに揃っています。ほかに必要なものはありませんか？」

「いいえ」リビーの視線がカーリンの髪を捉えた。顔をしかめると眉間のしわが深くなった。口を尖らせる。「ブロンドにしようかと思ったのよ」いきなり話題を変えてくる。「いまの茶色は暗すぎるし、もとの赤毛に戻す気にはまだなれないしで。あなたの髪の色、気に入ったわ。どこのヘアカラーを使ってるの？」

「あの、地毛なんです」カーリンが言うと、リビーが顔をちかづけてきた。

「あら、そう。へえ。あたしはしょっちゅう髪の色を変えるの。鏡を見るたびにおなじ色じゃ飽きるでしょ——髪の色を変えたところで、お尻のお肉がなくなるわけじゃないのにね」リビーは笑った。「でも、茶色と赤のあいだをいったりきたりして、いいかげん疲れちゃった」

よしよし、この笑顔はほんものだ。カーリンは少しほっとした。そうひどいことにはならないかも。「夕食は二十分で用意できます。部屋でゆっくりされたら……」

「いいえ、大丈夫」リビーは広いキッチンを歩き回り、電気鍋の蓋を開けてみたり、オーブンの中を覗き込んだりした。銀器の入った抽斗や、ジークががらくたを投げ込んでいる抽斗を開いてみたりもする。いまに白い手袋を取り出して、冷蔵庫の上の埃をチェックしだすに決まっている。

「このキッチンで長い時間を過ごしたわ」彼女はカーリンにというより自分に向かってやさしく言った。「ほとんどがそのままだけど、やっぱりどこかちがう。もうあたしのキッチンじゃないのね」

ジークが戻ってきた。ドア枠に寄りかかって腕を組む。そしてほほえんだ。このごろ、彼はよく笑う。彼女にほほえみかけるのだ。

ふたりの仲に気づいている人はいるだろうか。カーリンを見つめるジークの表情を見た人は、なにかあるとぴんとくるにちがいない。

でも、いま彼がほほえみかけているのは、カーリンとリビーだった。

リビーはダイニングルームのテーブルにつくと、男たちを順繰りに眺めた。ここにこうしていることがあたりまえのようであり、不思議な気もする。ここにいる男たちのことは、自分自身を知っているのとおなじぐらいよく知っていた。スペンサーだけは例外だ。母親の手を離れたばかりの年頃だ。あたたかな歓迎の挨拶とハグが終わると、彼女が長いあいだ食事の世話をしてやった牧童たちは席について食事をはじめた。料理はおいしいし、ヘルシーだった。男たちに野菜を食べさせるのに、リビーはさんざん苦労した。ところがいま、彼らは出されるものをなんでも食べている。サヤインゲンさえも。

バトル・リッジの噂好きな連中から聞いた話では、ジークがあたらしい料理人兼家政婦とねんごろになっているそうだ。もともと訪ねるつもりでいたが、それを聞いて発奮した。カーリー・ハントは金目当てでジークにちかづいたんじゃないの？　うまく彼をたらし込んだんじゃないの？

ジーク・デッカーは大人だ。最初の結婚で痛い目に遭っているし、美人だというだけでのぼせあがるような馬鹿じゃない。だが、ジークだって男だ。いくら頭が切れたってセックスに目がくらむことはある。頭はほっときなさいと言うが、心は、あたらしい家政婦の品定めをすべきだと言い張った。

そしていま、リビーは判断をくだすことを先延ばしにしていた。会ってすぐに人となりがわかるわけがないが、いまのところ欠点は見つかっていなかった。カーリーがこの一時間にこなした仕事量は、レイチェルがここにいたころの一カ月にこなした分に相当する。でも、レイチェルの労働倫理は詐欺師のそれだった。牧場を取り仕切る理想の妻になると見せかけておいて、薬指に指輪がはまったとたん態度を変えた。

でも、それで彼女にどんな得があった？　ジークはけっして贅沢をしない。これだけの規模の牧場だし、健全な経営を行えば金は入る。ジークはそれをやっていた。でも、カーリーにどこまでわかっているのだろう？　牧場で働いた経験があればべつだが、彼女にはまったくないらしいから、ジークはなんとかやっているぐらいに思っているだろう。それに詐欺師なら金をつかんだらさっさと逃げ出すだろう。何カ月もきつい仕事をつづけはしない。

牧童たちはみなカーリーを気に入っているようだ。それに、ジークが彼女を見るあの目つき——カーリー・ハントが金目当ての詐欺師でないことを、リビーは心から願った。彼女のほうもジークに気があるなら、これほどお誂えむきの人はいない。

カーリーがデザートをとりに席を立ち、ふわふわの白いクリームを着せたレイヤーケーキを掲げて戻ってきた。リビーは心配になった。カーリーはなにを考えているの？　何カ月もここで働いていながら、男はいつでも、どんな形であれ、チョコレートを好むものだと気づかなかったの？　彼らが食べるのが待ちきれないという顔をしているのは、律儀だから、それだけのことだ。

カーリーがケーキを置くと、ジークが切り分けた。そのあいだに、彼女はコーヒーをとりに行った。ウォルトが「失敗知らずのホワイトケーキ」というようなことを言い、パトリックが笑った。

もしかして、例の〝失敗知らずのホワイトケーキ〟なの？　リビーは目を瞠った。「まあ、なんてこと！」思わずそう言って口を手で覆った。このレシピを一度――たった一度――試したことがあり、ありがたいことに、テーブルに出す前に味見をした。たしかに見た目はいい。お腹がすいていたので、夕食までの腹もたせに摘まんだのだった。ケーキはゴムみたいで、誰かに見られる前にゴミ箱に捨てた。以来、二度と作ったことはなかった。料理本のあのページの余白に、〝作るな〟と警告を記すべきだった。

カーリーは手をとめ、心配そうな顔をした。「なにか？」

いまさらどうしようもないが、いちおう言っておこう。「あのレシピ、あたしも試してみたのよ。まるでゴムだった！　そりゃひどいもんだったわ。そのままゴミ箱に直行。誰にも内緒にしといたの」

全員が笑った。カーリーが口をぽかんと開けた。「あたしがはじめて作ったときもそうだった！」

「つまり、何度も作ってるの？」

「ケーキを作るのははじめてだったんで、作り方を間違えたと思ったんです。あたしが作る料理はすべて、実験段階にあったから」カーリーは肩をすくめた。「なんとか食べられるものができるまで、作りつづけました」

男たちがにやにやしている。大きく切り分けられたケーキがテーブルを回る。リビーは皿を受け取り、分厚いふわふわのケーキを見つめた。コーヒーが目の前に置かれるのを待って、ケーキを口に運んだ。もしもの場合、喉につかえたケーキを流し込むものが必要だと思ったからだ。小さなひと口。

みんなが見守る中、ケーキは彼女の口の中で融けていった。目を瞠る。「こりゃたまげた。おいしいじゃないの。作り方を教えてちょうだい」

今度は大きなひと口。カーリーとジークが目を見交わす。本人たちは誰にも見られていないと思っているのだろう。ジークの眼差しはあたたかく、カーリーのほうは……彼を見るときの目がこんなにやさしいことを、本人は知っているの？

どうやらほんもののようだ。本気でジークに惚《ほ》れているみたい。まだ納得したわけではないが、ここの男たちは馬鹿ではない。みんなこの子を気に入っているようだし、彼女のほうもみんなのことが好きみたいだ。ジーク・デッカーはまたしても困難をねじ伏せて、欲しいものを手に入れたようだ。

26

そのときが来た。遅すぎるくらいだ。この数週間、ずっと先延ばしにしてきた。ほかに選択肢はないとわかってはいても。約束を守ってなにもしないでいれば、数週間のうちに彼女は出ていってしまう。バトル・リッジに来たときから状況は変わらないままだ。彼女にとどまるよう説得できれば、事情は変わるだろう。彼女を守るためならなんだってやる。彼女がここにいなけりゃ、守りたくても守れないじゃないか。

守るためになにかすれば、きっと恨まれる——だが、彼女は安全だ。なにより大事なのはそこだ。

二日つづけて町に出るなんてめったにないことだが、カーリンにもリビーにも、誰にも内緒にしたかった。グロサリーストアからそう遠くない、貧弱な箱みたいな建物に保安官事務所が入っている。運がよかった。副保安官のビリー・ネルソンが、きょうは事務所にいた。ビリーはジークの幼馴染みで、約束を守るからみなの信頼が篤《あつ》い。それに、口が堅かった。彼とふたりきりで話したかったので、狭い部屋に入るとドアを閉めた。受付の女は妙だと思っただろうが、顔には出さなかった。ファイルと古ぼけたコンピュータに囲まれ、書類仕事で手いっぱいだったから、いちいち気にしてはいられないのだろう。

座り心地の悪い椅子に腰かけ、秘密を守ってくれと頼んでから——ビリーは守ると約束してくれた——ジークはカーリンの過去について知っていることをすべて話した。ブラッド、ジーナ、ダラス、ヒューーストン郊外の名もない小さな町。ブラッドは警官であるうえにハッカーで、それも非常に優秀なハッカーであることもジークは話し、照会を行う場合は電話か郵便にしてくれと頼んだ。

この話をビリーがどう受け止めるか心配だったが、真剣に耳を傾けてくれた。

「コンピュータを使えないことが足枷《あしかせ》となるが、できるだけのことをしてみる。それまでは……」ビリーはポケットから名刺を取り出した。「シェイエンでいとこが私立探偵をやってる。おれのできないことを、彼がやってくれるだろう」

「たとえば？」ジークは尋ねた。ビリーは自分の名刺の裏に名前と電話番号を書き込んだ。

「被害届が出されないと、おれにできることはかぎられるんだ。被害届は記録される。そいつが警官で優秀なハッカーなら、どこまで秘密にしておけるかわからない。バトル・リッジは小さな町だ。カーリーを見つけるのに手間はかからない。通りを人が三人歩いていたら、彼女の写真を見せれば三人が三人とも知っていると言うだろう」

ジークは名刺を受け取りながら、これでよかったんだろうかと思った。なにか手を打つべきだとわかってはいるのだが。私立探偵には携帯から電話しよう。シェイエンの私立探偵が自分のことを――カーリンのことを――調べているとブラッドが知ったとしても、調査は大都市からはじまるわけだから、すぐにデッカー牧場まで辿り着けないはずだ。ブラッドをバトル・リッジに向かわせるような個人情報をコンピュータに入力しないよう、私立探偵には釘を刺しておかなければ。

カーリンに嘘をつくことになる。それは自分で考えていた以上にいやな気分のものだった。だが、彼女に話せば、翌朝にはカーリンは姿を消すだろう。牧場とキャットの店で働いた金を蓄えているから、逃亡資金はある。

彼女に出ていってほしくなければ、きょうのことは秘密にしなければならない。さしあたり。ひょっとしたらブラッドは死ぬか刑務所に入っているかして、カーリンにも誰にも危害を加えられないかもしれない。だが、世の中そう甘くないのだから、彼女に嘘をつくしかなかった。内緒にするのは嘘をつくのとおなじではないが、彼女はそう思うだろう。反対の立場だったら、彼だってそう思う。

だが、彼の約束は留保付きのものだった。さしあたりなにもしない、という留保付き。だが、留保期間は過ぎた。もう待ってはいられないと彼の直感が言っていた。自分にひと言の断りもなしにことを進めるための、それが充分な理由だと彼女は思わないだろうが、そんなことは言っていられない。

ブラッドにじかに会って、挑戦状を叩きつけてやりたいと思う自分もいる——さあ、彼女をやれるものならやってみろ、人でなしのげす野郎、だが、その前におれが相手だ。まるで西部劇だ。いまの時代、〝あんな奴、殺されて当然だ〟は認められない。

せめて刑務所にぶちこんでやりたい。奴がダラスでカーリンの友達を殺したことを立証できる証拠が、見つかるかもしれない。だが、目撃者がひとりもいなければ、なにも変わらない。いまはしっかり目を見開いて、見張ることだ。


リビーはこの三日間、カーリーに出会えてよかったわね、とジークを祝福したい気持ちを抑えつづけてきた。慎重になって悪いことはない。へたな先入観を持てば、彼女の仕事ぶりや、ジークと牧童たちへの接し方におかしな点があっても、見落としてしまうだろう。この三日間で、おかしなところはなにも見つからなかったのだが。

あら探しはもうやめよう。判断を差し控えてきたが、カーリーはジークにぴったりの人だ。愉快だし、エネルギッシュだし、威勢がよくて、ジークに一歩もひけをとらない。リビーから見ると、そこがいちばんのポイントだった。レイチェルにはなかった利点だ。レイチェルは彼にぶつかっていかなかった。だから、最終的に不満をいろんな形でぶつける結果になったのだ。カーリンはやられたらやり返すタイプだ。泣き寝入りはぜったいにしない。なにがおかしいって、彼女の減らず口を、ジークは楽しんでいることだ。

「おはようございます」リビーがキッチンに顔を出すと、カーリンがあかるく声をかけてきた。夜が明けたばかりだ。こんな時間から働くのは誰だってきついが、彼女はすっきり爽やかで、目が輝いていた。コーヒーはできているし、おいしそうなシナモンの香りがしていた。それにいつもの朝の挨拶。「なんでも言ってくださいね」

これもいつもの返事をしながら、リビーはコーヒーポットに向かった。「いいのよ。男どもの世話で手いっぱいでしょ。あたしのことはかまわないでちょうだい」

カーリーはうなずき、仕事に戻った。

リビーはテーブルについてコーヒーを飲んだ。目に入るものすべてが申し分なかった。カーリーは見たままの人だ。それ以上でも以下でもない。必要とされている場所にすんなりおさまった、善良な働き者。それにたぶん、ジークがそばにいてほしいと望んでいる、善良な働き者。

「そのいい匂いのもとはなに？」

「シナモンロールです」カーリーは目をくるっと回した。「あたしの作るビスケットはうまくいったためしがないんだけど、シナモンロールはとってもお行儀がよくて」

「自家製のシナモンロール？」

「もちろん」カーリーはこっちを見なかったが、リビーには苦笑しているのはわかった。

「数カ月前までは、缶詰のスープをあたためるのがやっとだったんですよ。それがいまは、レシピさえあれば、なんでも試してやるぞっていう気分。もっと正確に言うと、うまくいかないかもしれないけど、試してどこが悪いのって感じかしら」そう言うなり振り返る。「まだどうしても試せないものがひとつあるんです」

「なんなの？」

「あなたのチョコレートケーキ。うまいって、みんなが言うんですけど。なにを作っても比べられるだろうから、それがいやで。そうそう、パイも作りません。おなじ理由からです。作り手はちがうけど」

「キャットね」

カーリーはうなずいた。「こちらにいらっしゃるあいだに、作っていただけるといいなあ。作り方を盗めるでしょ。あなたのチョコレートケーキの半分のおいしさのが作れたら、ジークは——それにほかのみんなも——身悶えして喜ぶわ、きっと」

まあ、口が上手なんだから、とリビーは思った。褒められれば悪い気はしないし、老いたとはいえ、まだ若い人に教えられることがあると思うと嬉しかった。

ジークがやって来た。その視線がカーリーの上にぐずぐずととどまる。キッチンにふたりきりなら、カーリーはキスされてわけがわからなくなっているのだろう、とリビーは思った。ふたりのあいだには魔法の電流が流れているようだ。カーリーは彼に向かって一歩踏み出し、そこで立ち止まって引き返した。

ジークはコーヒーをカップ半分ほど注いで飲み干し、マッドルームに向かった。

「三十分で朝食よ」カーリーが言う。

「冷める前に戻ってきてね」

「わかってる」彼がキッチンの真ん中で立ち止まり、大きく息を吸い込んでにんまりした。

「シナモンロールだな」

カーリーがほほえむ。「ええ」

彼がマッドルームに行くと、カーリーがすぐにあとを追った。「ああ、忘れるところだった」そう言い訳をする。ふたりの姿が見えなくなった。

リビーはそっと立ちあがった。うしろめたそうな笑みを浮かべて。あたしを騙せると思ってるの？　抜き足差し足でマッドルームのドアにちかづき、耳を澄ました。話し声はしない。つまりキスを楽しんでいるのね。彼女に遠慮してできなかったから。

キスはそれほど長くなかった。カーリーが低い声で言う。「帽子を耳までさげてね。しもやけにならないように」

「それぐらいわかってる」あらまあ、ジークのこんなに、そう……リラックスしたしゃべり方、もう何年も聞いたことがなかった。

「それはそうだけど」カーリンはジークを気遣って、コートや帽子を直してやっているのかしら。「シナモンロールがあるからって、卵を食べなくていいわけじゃないんだから。タンパク質をしっかり摂《と》らないと昼までもたないもの」

「はい、はい」

「それからもうひとつ」カーリンが声をひそめる。リビーが立っている場所からだと、よく聞こえなかった。「出掛ける前にもう一度キスして」

リビーはそこで椅子に戻った。数分後にキッチンに戻ってきたカーリンは、頬を少し染めていたが、キスを堪能したことがその表情からはばればれだなどとは、本人は思ってもいないのだろう。

「もう一杯いかが？」カーリーは言い、コーヒーポットに手を伸ばした。

「ええ。ありがとう」

カーリーがコーヒーポットを手にテーブルにやって来て、カップに注いだ。リビーが言う。

「チョコレートケーキの作り方、喜んで教えてあげるわよ」

カーリンはマッドルームの窓から外を眺めていた。やっぱり、リビーは宿舎に向かっていた。母屋を見回ったように、宿舎も見て回るつもりにちがいない。

それに数分はかかるだろう。カーリンはジークの書斎に向かった。小走りになる。家に他人がいるのは疲れるが、意外にもリビーを好きになっていた。着いたばかりのころは、こっちの様子を窺っていたが、カーリンとしてはいつもどおりにしているしかなかった。逆の立場だったら、カーリンだってそうしただろう。リビーは現実的でエッチな冗談が好きで、笑い上戸でおしゃべりだ。母親代わりだったこの女性を、ジークが大事に思うわけがよくわかる。でも、自分もここにいられるのはあとわずかだから、一分一秒が大事だし、できるかぎりジークと一緒にいたかった。

書斎に入っていくと、ジークが顔をあげた。目が笑っている。口元も。でも、彼女をとろけさせるのは目に浮かぶ笑みだ。ドア枠にもたれかかり、笑みを返す。彼を愛してはいけないのかもしれないけれど、この笑みは愛さずにいられない。きみを食べてしまいたいとでも言いたげな目で見られたら、愛さずにいられない。ふたりのあいだに〝火花〟が飛んでいる、とキャットは言った。彼を見つめているいま、ここの空気はたしかに帯電していた。とてもじっとしていられなかった。

「リビーは宿舎に行ったわ。視察しに行ったのよ」

彼は立ちあがり、デスクを回り込んでやって来た。「おれたちふたりきりってことか？」

カーリンはうなずいた。

「どれぐらい？」

「わからない」そう長い時間ではないだろうけど、できることで満足しなくちゃ。

彼が貪るようにキスする。触れ合うことに飢えていたみたいに。カーリンも気持ちはおなじだ。心を揺さぶるすてきなキスだった。もたれかかっていたドア枠から離れ、書斎の中に入るあいだも唇は離れなかった。書斎は茶色の革と濃い色の木からなる男の領域で、男の匂いがした。花一本、香りのいいキャンドル一本飾られたことはないのだろう。汗と紙と革の匂いだけだ。

彼はカーリンをデスクに押しつけ、脚を開かせてあいだに割り込んだ。こんなにちかくにいるのに、まだ足りない。彼は硬くなったものをぐっと押しつけた。

「寂しかった?」掠れ声で尋ねる。彼はキスをやめてジーンズのジッパーをさげた。

彼の目は翳っていた。「これ以上ないぐらい」

「あたしも寂しかった」たった数日のことなのに、一度のキスでくるおしいほどに燃えあがった。

「どれぐらい?」ジークが彼女のジーンズをさげて、下着の中に手を差し入れる。カーリンは体をくねらせてジーンズをさげ、脚を開いて彼に協力した。

「自分でたしかめてみたら、カウボーイ」キスと彼の体の匂いと、すっかり馴染んだあたたかく硬いもののせいで、体はすっかり濡れて脈打っていた。彼の指が襞を押し分け、するりと入ってくると、カーリンは目を閉じた。

彼の唇がまた戻ってくる。指の挿入がいっそう深くなる。あっという間に絶頂を迎えた。彼の口に舌を差し入れると、彼の舌が絡まってきた。

融けてゆく。心臓は激しく脈打っている。彼は急いでジーンズのジッパーをさげ、屹立したもので一気に突いた。興奮の小さな叫びが洩れる。いま絶頂を迎えたばかりなのに、まだ欲しがっている。もっと。彼が欲しい。

張り詰めた顔で彼が激しく突く。離れていた数日の渇望を叩きつけるように。彼のベッドルームはリビーのいる部屋の真上にあった。だから、リビーが滞在するあいだは我慢することにしたのだ。でも、我慢しきれなかった。こんなに激しく求めているのだもの。彼のパワフルな体がかぶさってくる。彼は歯を食いしばって声をあげまいとしている。もうすぐだ。突きが激しくなって彼女を揺さぶり、ますます深くなった。

彼が息をあえがせてもたれかかってきた。カーリンも動くに動けない。リビーがいつ戻ってくるかわからないのに。「急いで」彼が体を離した。カーリンは慌ててバスルームに走る。洗って、下着を替えないと。リビーはもう帰ってきてもいいころなのに。母屋にまだふたりきりだった。

リビーはこんなに長い時間、宿舎でなにをしてるの？

はっと思い当たり、頬が真っ赤になった。ふたりきりの時間を与えてくれているのだ。宿舎には誰もいない。牧童たちは出払っている。だから、誰かとおしゃべりをしているはずがない。

馬鹿みたい。時間は飛ぶように過ぎてゆき、ジークと過ごす時間はあまり残されていない。リビーにまでこんなに気を遣わせるなんて。

もう一度ジークの書斎に行った。彼もさっぱりとして、デスクに向かっていた。目の前の書類にどこまで意識を向けているのか疑問だけれど。彼女が大好きな、眠たげでぼんやりした目をしていた。

「もう限界だわ。今夜、あたしの部屋に来て。リビーが眠ったらわかるわ。キッチンまで聞こえるようないびきをかくから」

「おれたちが一緒に寝ていることを彼女に知られたって、おれはかまわない」彼は椅子にもたれかかり、頭のうしろで手を組んだ。「彼女は馬鹿じゃない。とっくに気づいているさ」

「だからって、彼女に聞かれるのはいや。あたしの部屋はいちばん離れているでしょ」

裏口のドアが開く音がして、キッチンからリビーの声が聞こえた。ふたりに注意を促しているのだ。「カーリー、レモンの香りのクリーナーはどこ？　宿舎の掃除をするから。あの連中に任せといたんじゃ、ゴミ溜めになるもの」

ジークは無視し、真面目な顔でカーリンを見た。「たった数日でこれじゃ、きみがいなくなってから先が思いやられる」

彼女は軽く聞き流そうとした。「去るもの日々にうとし」そうあってほしいような、ほしくないような。彼と別れることを思うと、いまから胸が痛む。彼もおなじぐらい辛い思いをしてほしかった。

彼が頭を振った。「おれはそうは思わない」

ここの寒さが好きだったとは、リビーは自分でも意外だった。恋しいと思っていたのだ。

これ以上滞在を長引かせたら、調子がおかしくなってしまうだろう。でも、いまは、頭のてっぺんから爪先まであたたかいものにくるまり、バトル・リッジのメインストリートを歩くことを楽しんでいた。風を顔に受けながら、熱いコーヒーとキャットのパイを思い浮かべる。そろそろ帰らないと。カーリー・ハントがどんな人間か見るためにやって来たのだ。ジークはあの子に夢中で、あの子も彼に夢中。本気で愛し合っているのかもしれない。それともフェロモンとホルモンが大騒ぎしているだけで、長くはつづかないのかも。でも、カーリーは裏表のない人間だし、ジークはいい奴だ。好奇心も満たされた。息子みたいに思っている男を、いい人に任せられてほっとしていた。カーリンは料理が上手だし、きれい好きだ。ジークに四の五の言わせず、よく面倒をみている。強い女。ジークに必要なのはそういう女だ。

自分の名前を呼ぶ耳慣れた声がする。振り返ると、カーリーが手を振りながら道を渡ろうとしていた。リビーは立ち止まり、彼女がやって来るのを待った。あの子はよほど本が好きなのだろう。町に来るたびにかならず図書館に寄り、最低でも二冊は借りてくる。

ふたりともトラックに気づかなかった。カーリーが駐車中の車のあいだから道に出たとき、十代の少年が運転する赤いピックアップ・トラックが、角を曲がってメインストリートに出てきた。スピードの出しすぎだった。経験の浅い子がハンドルを切りそこね、トラックは横滑りしてカーリーにぶつかった。彼女は飛びのこうとし、運転手は彼女をよけようとハンドルを切ったものの、バンパーで彼女を撥ねてしまった。ドスンと音がして、悪態がつづいた。カーリーはトラックの向こう側に飛ばされた。持っていたバッグと本が手から離れ、道路を滑ってちかくに駐まっていた車の下に入った。

リビーは心臓が止まるかと思い、走りだした。膝の痛みもなにも忘れてカーリーに駆け寄った。ひどい怪我だったらどうしよう、ああ、死んでしまったのかもしれない、そんなことになったらジークは——

人々が現場に駆けつけた。キャットもカフェから飛び出してきて、カーリーの名前を叫んだ。リビーはトラックの前を回り込み、キャットの姿を見ると安堵のあまり気を失いそうになった。カーリーはアスファルトの上に両脚を投げ出して座っていた。ぼうっとしているが、どこも折れてはいないようだ。なによりも、彼女は怒っていた。

「動かないで！」立ちあがろうとするカーリーに、キャットが叫んだ。見物人に顔を向け、命令を発する。「あなた、彼女に手を貸してあげて。診療所で診てもらわないと」カーリーのかたわらにひざまずく。「どこか折れていない？　いいえ、動いちゃだめ！」

「立ちあがるのに手を貸してくれるつもりなら、あたしが動かないとしょうがないでしょ」カーリーはつっけんどんに言った。「あたしなら大丈夫。ほんとよ。大丈夫だと思う。それに、どこも折れてないと思う」彼女が差し出した手をキャットがつかみ、手を貸そうとやってきた男がもういっぽうの手をつかんでひっぱりあげた。彼女がよろけると、キャットがすかさず抱きとめた。

「脳震盪《のうしんとう》ね」キャットが言った。

「ちがう、大丈夫だから——」

「診療所に行くのよ。一緒に行ってあげるから」キャットは顔をあげ、友達の姿を認めた。

「メアリー、店番しててくれない？」

「ほんとになんでもないってば」

「カーリー、なに言ってるの」リビーがきっぱり言った。「キャットの言うとおりよ。あとはあたしに任せて。あれ、コリンズのとこの子じゃないの？」彼女は憤慨して、誰ともなしに問いかけた。

「そうだ。ああ、戻ってきた。あのまんま逃げてたら、どえらいことになってたぜ」

カーリーはぼんやりしていた。自分を撥ねたトラックを見ようともしない。若いコリンズが真っ青な顔でトラックから降りてきた。「彼女、大丈夫？」

「なに寝ぼけたこと言ってんのよ、このボケナス！」リビーが怒鳴った。「町中でスピード出しちゃいけないことぐらいわかるでしょうが」キャットに付き添われて診療所に向かうカーリーを見送ると、リビーはあと始末にとりかかった。たとえばコリンズの馬鹿息子の皮をひん剝くとか。それに、車の下からカーリーのバッグと本を拾い、副保安官が調書を取りにくるのを待つとか。

それがすむと、リビーは診療所に向かった。待合室には母子《おやこ》連れがひと組いるだけで、カーリーとキャットの姿はなかった。診察の最中なのだろう。

町に診療所はここだけで、リビーも診てもらったことがあるから、受付係とも顔馴染みだった。エヴェリン・フォーティは生まれも育ちもバトル・リッジで、この診療所で三人の医者のもとで働いてきた。

「ハイ、エヴェリン」リビーは声をかけた。「お元気？」

それからしばらく世間話に花を咲かせた。特別に親しかったわけではないが、会えば楽しくおしゃべりする仲だ。リビーは尋ねた。「カーリーはどうなの？　ひどい怪我じゃないといいんだけど」

エヴェリンの眉が吊りあがった。「まあ、そうよね。あなた、カーリーに付き添ってきたのよね。あたしったら、なにやってんだか」彼女は舌打ちした。「彼女は保険に入ってるのかしら。あなた、知ってる？」

「いいえ、でも、彼女が保険に入ってなくても、治療費はすべてジークが持つわよ」

「ああ、そうね。その前に、こっちの記録に残すのに、身分証明書を見せてもらわないと。キャットが彼女を急《せ》きたてて診療室に入っていったんで、運転免許証のコピーをとらせてもらう暇もなかったのよ」

「彼女のバッグはあたしが持ってるわよ。調べてみる」

おやまあ、カーリーのバッグはきれいに整理されていた！　それぞれがあるべき場所におさまっているのだ。痴漢撃退用の唐辛子スプレーには驚いたが、珍しいことではない。あたしも持ち歩こうかしら、とリビーは思った。唐辛子スプレーのブランド名を頭に刻みながら、カーリーの財布を抜きだした。開けてびっくり、予想以上にたくさんの現金が入っていた。ところが、クレジットカードの類は一枚もなく、運転免許証も保険証もなかった。

「身分証は入ってないわね」

電話が鳴り、エヴェリンが受話器をとる。リビーは財布の中を探りながらその場を離れた。カーリーは町に出るのにジークのトラックを運転しているから、免許証は持っているはずだ。財布の中身はなんだかおかしかった。変だ。リビーの財布には、運転免許証と保険証以外にクレジットカードが二枚、アメリカ退職者協会のカード、それにグロサリーストアの割引カードが二枚入っている。それにもちろん写真も——孫たちの写真。ところが……カーリーの財布には持ち主を示すものがなにも入っていなかった。なにも。

隠しポケットがないか探し、ひとつ見つけた。サイドポケットの奥深くにカードが一枚。それを指で押し上げる。

カーリーの写真だとすぐにわかった。名前を見て衝撃を受け、気持ちが沈んだ。リビーの手の中にあるのは、カーリーの笑っていない写真がついたテキサス州の運転免許証だった。名前はカーリー・ハントではなく、カーリン・リードだった。正確にはカーリン・ジェーン・リード。カーリーはニックネームだとしても、リードは？　どうして名字がちがうの？　ほかに個人情報を記したものはなにもない。リビーのうなじの毛が逆立つ。ジークは騙されているのではと心配していたが、カーリーがリビー本人も騙されるほどの腕前だとは思ってもいなかった。

どうして偽名を使うの？　警察に追われている？　ＦＢＩの指名手配リストに載っているとか？　なんだ、そういうこと。頭の中で思わず自分のおでこを叩いていた。彼女は結婚している。それなら理屈がとおる。カーリーは既婚者なの？　ああ、かわいそうに、ジークの胸が張り裂けるわ。

いったいどうすればいい？

「見つかった？」エヴェリンが声をかけてきた。

リビーはカーリーの運転免許証を隠しポケットに押し込んだ。どうするか決めるまでは誰にも言わないでおこう。「いいえ、残念ながら。カーリーは運転免許証を家に置いてきたみたい」

大声で〝詐欺師〟と叫びたい気持ちと戦っているところに、カーリーが——カーリンが——診療室から出てきた。手に包帯を巻かれ、動揺した様子だが、とにかく無事なようだ。それもお芝居かもしれない。彼女を詐欺師と責める前に、少し調べ回ってみよう。

どういうことなのかわからないうちは、娘のところに帰るわけにはいかない。

27

カーリーが洗濯にとりかかるのを待って、リビーはジークの書斎に忍び込んだ。ジークはあと一、二時間は戻らないだろう。時間はたっぷりある。カーリーが入ってきたら、娘にメールをしていると言えばいい。

どうして偽名を使っているのかと本人に尋ねれば、きっとうまくはぐらかされるに決まっている。ジークはいま、セックスの虜《とりこ》だから、すんなり信じるだろう。カーリン・リードにぶつかる前に、言い逃れできない証拠をつかんでおかないと。テキサスの新聞に結婚報告が載っているかもしれない。ふつう、離婚報告は出すものなの？　しないとは思うが、調べて悪いことはない。

カーリンの本名――ジェーンも含め――をグーグルの検索ボックスに入力し、検索ボタンを押した。彼女が警察に追われていたら、インターネットに彼女に関する記事が出ていたら、結婚式の写真がアップされていれば、これで引っ掛かるはずだ。ジェーン・リードはたくさん出てきた。条件を絞って何度か検索し、最後にカーリン・リードとだけ打ち込んでみた。

なにも出てこない。カーリーらしき人物はヒットしなかった。インターネットに引っ掛からないなんてことがありうる？　お金を払って警察の記録を閲覧できるリンクがあるはずだ。でも、そこまで調べるのは気が進まなかった。

さて、どうする？　単純に考えれば、カーリーは結婚しているか、最近離婚していまは旧姓を使っているのだろう。だが、単純すぎてなんだか怪しい。クレジットカードとかほかのカードがないのが、どう考えても怪しい。

でも、なにがどう怪しいの？

ブラッドは両手を頭の上に伸ばし、ホテルのベッドに寝転がってテレビを観ていた。まったくクズ番組ばかりだ。コンピュータがピンポンと鳴り、メッセージが入ったことを教えてくれた。慌ててチェックはしない。はずればかりだからだ。

あと二日、いや三日でシャイエンに着く。彼のことを調べ回っている私立探偵は、カーリンとつながっているにちがいない。私立探偵のコンピュータに侵入しようとしたら、なかなか上等なファイアウォールを組み込んでいた。私立探偵に調べさせるなんて、カーリン以外に考えられない。彼はもう諦めたと思っているのかも。もう安全だと思っているのかも。馬鹿な女だ。

まったくむかつく。こんなことになったのは、すべて彼女のせいだ。おたがいに相性抜群だってことが、どうしてわからないんだ？　あんな態度をとられてもまだ諦めきれないのだから、馬鹿な話だ。彼の中でいろんな感情がせめぎ合っていた。憎しみと愛と怒りが混ざり合って、切り離そうにもできなかった。彼女を愛している。その愛を、彼女は投げ返しやがった。被害届なんて出しやがった。そんなこんなで、彼は職を失う羽目に陥った。これまで犯した過ちはすべて彼女のせいだ。そんな女、抹殺されて当然だ――ただ殺すんじゃ物足りない。必要ならそういう手段もとるが、その前に思いきり懲らしめてやりたい。それから、ようやく、彼女を殺すことで解き放たれるのだ。あたらしい生活をはじめられる。

だが、彼女のせいでこんなことになっている。まるで気に入らなかった。一月のワイオミングを車で移動することになるとは。見知らぬ土地はめっぽう寒く、まるでよその国にいるみたいだ。これまで馴染んできたのは平坦《へいたん》な土地と温暖な気候、それに海だ。ところがいまは山に囲まれている。現実のものとは思えない、とてつもなくでかい山々に、猛獣のように肺に嚙みつくこの寒さ。

だが、準備もせずに来たわけではない。事前に調べて必要なものを揃えてある。雪に備えてトラックのタイヤに巻くチェーン、毛布にキャンドル、水、パワーバーを積んできた。途中のコロラドで、凍え死なないように厚手のコートも買った。どうせ私立探偵を雇うなら、フロリダか南カリフォルニアにすればよかったじゃないか。まったく馬鹿げている。彼女を見つけたら、この落とし前はきっちりつけさせてやる。

だが、ようやくベッドから出てメッセージを読むと、寒さも、余計な出費も、クズみたいなテレビ番組もすべて忘れた。カーリン・ジェーン・リード。誰のことを調べているのか、疑いようもなかった。メッセージに従って探したら、べつのカーリン・リードに辿り着いたことが――そう頻繁ではないが――何度かあった。だが、これは彼女にちがいない。私立探偵なんてもうどうでもいい。キーボードの上を指が舞う。

シャイエンに行く必要はないだろう。

キッチンに入ってきたリビーに、カーリンはほほえみかけた。洗濯物は片付けたし、山のようなタオルは乾燥機の中だった。電気鍋に入れておいたローストビーフがおいしそうな香りでキッチンを満たし、あとはコーンブレッドをオーブンに入れるだけだ。その日の午後の小さな事故で、お尻が少しヒリヒリしていて、軽い頭痛がするけれど、まずまずの気分だった。これぐらいですんでよかった。なにもせずにリクライニングチェアの上で丸くなっていたかったが、そんなことをしようものなら入院させられるのが落ちだから、働きつづけなければならない。

リビーはほほえみを返してくれなかった。それどころか厳しい表情を向けてきたので、アドレナリンが噴き出して心臓がバクバクいいはじめた。「どうかしたんですか？　ジーク！　ジークになにかあったんですね？」

「彼はぴんぴんしてるわよ。あたしの知るかぎり」リビーは言い、カーリンを睨んだ。「どうかしたのかって、いまあなた尋ねたけど、訊きたいのはこっちよ、ミズ・リード」

膝ががくっとなった。カーリンは倒れないようキッチンのカウンターにつかまった。視界が泳ぐ。目の前で世界が閉じて狭いトンネルになり、まわりのものすべてが灰色に変わった。立っているのがやっとだった。

ショックで吐きそうだ。こうなるとわかっていた。いつかばれるとわかっていた。でも、リビーに本名を呼ばれるとは、まさに青天の霹靂《へきれき》だ。足をすくわれた気がした。素性がばれてしまった。もう安全ではない……ああ、どうしよう、ジークを残してここを出なければ。

われに返り、そこで気づいた。リビーが驚愕と当惑がない交ぜになった表情でこっちをじっと見ていることに。「どうして……わかったの……」

「きょうの午後、エヴェリンにあなたの運転免許証を見せてほしいって言われて。それでバッグを探したら……」

見つけたのだ。サイドポケットの奥に入れておいたのを。カーリンは踵を返した。自室に戻って荷造りをはじめよう。かなりの額の現金を持って、出ていこう。診療所の受付係が、本名をコンピュータに打ち込んだ。むろん悪気はない。ブラッドに知られた。すでにバトル・リッジに向かっているかもしれない……。

リビーの声が遠くに聞こえる。すぐうしろにいるのに。カーリー、カーリーと何度も呼んでいるのがぼんやりと聞こえる。それから、鋭い声で「カーリン・ジェーン!」と呼んだ。まるで癇癪《かんしゃく》を起こした母親だ。「エヴェリンには免許証を見せなかった。あなたがそんなふうになった理由がそれだとしたら」リビーがきつい声で言う。「ねえ、いったいどういうことなの? なんでそんなに慌てるの?」

安堵の波に洗われた。それは恐怖とおなじぐらい激しい波で、足がもつれた。カーリンは廊下で立ち止まり、壁にもたれかかった。

リビーは肉づきのいい腰に握り締めた手を当てていた。「どういうことなのか説明してくれない? あなた、結婚していないのよね? もしそうだったら、ジークの胸は張り裂けてしまう……」

「ええ」カーリンの声はしっかりしていた。「結婚してません。したことないわ」

「だったら、どうしてリードではなくハントと名乗っているの?」

それは、キャットと話をしている最中にケチャップの瓶が目に入ったからで……。

ジークは事情を知っている。キャットも。秘密を知る人がもうひとり増えたからって、それがなに? いいえ、だめだ。秘密を知る人が多ければ、秘密がばれる危険はそれだけ高くなる。噂は広まり、気がつくとブラッドが玄関に立っている。

でも、ほかにどうすればいいの? リビーにすべてを打ち明けて、秘密を守ってくれと懇願するか、うしろを振り返らずにここを出ていくか。まだ出ていく覚悟はできていなかった。

「座って話しませんか？」カーリンは言った。「熱い紅茶が飲みたい」

「あなた、幽霊みたいに顔が真っ青よ」リビーが言った。好奇心もだが、心配も声に出ていた。

顔が真っ青なわけは、リビーにもすぐにわかる。

湯気をあげる紅茶のカップを挟んで、キッチンのテーブルに向かいあって座り、リビーにすべてを話した。ストーカー行為を受けたこと、恐怖、ジーナの死、たまたまバトル・リッジにやってきたこと。

リビーは黙って聞いていたが、態度や表情に変化が見られた。同情し、怒り、カーリンの手を両手で包み込んだ。

その眼差しは鋭く、まっすぐだった。「げす野郎からずっと逃げつづけることはできないって、わかっているんでしょ？」

カーリンはうなずいた。

「それに、あなたはひとりぼっちじゃないって、わかっているわよね」

飾り気のない言葉に、カーリンは涙ぐんだ。バトル・リッジに来るまで、ずっとひとりぼっちだったけれど、いまはジークがいる。キャットもスペンサーもウォルトもいる……それに、町の人たちだって、必要とあれば彼女のために立ちあがってくれるだろう。

リビーがひとつの問いをまっすぐにぶつけてきた。「ジークを愛しているの?」

「はい」複雑な問題の答えは単純だった。愛してはいけないとわかっていても、その言葉に込められた真実は、紛れもなく輝いていた。

「すぐにわかったわよ。だから、運転免許証を見つけて、あなたが結婚しているんじゃないかと思って、気が動転してしまったの」

裏口のドアが開いて、閉まった。ジークがコートを脱ぎ、ブーツを脱いでベンチの下に蹴り込む音がした。彼が靴下のままキッチンに入ってくる。疲れていて、汚れていて、すてきだ。彼はカーリンからリビーへ、またカーリンへと視線を動かし、表情を変えた。

「なにがあった?」

「きょうの午後、あたしが診療所で診察を受けているあいだに、リビーがあたしの運転免許証を見つけたの」カーリンが事情を説明した。「彼女は……すべてを知ったわ」

リビーはジークを睨んだ。「あんたはどうするつもりなの、AZ?」

カーリンはなんとかほほえんだ。リビーの口調は、彼女をカーリン・ジェーンと呼んだときとおなじだったから。

ジークはカーリンの隣に座ると、テーブルの下で彼女の手をつかみ、ぎゅっと握った。

「おれにできることはあまりない。おれがなにかすることを、カーリンは望んでいないからな」

カーリンは一度だけうなずいた。ジークに迷惑をかけたくなかった。彼を危険な目に遭わせたくなかった。

「だが……」

そのひと言で頭がくらくらしてきた。疾しいことはいっさいない、と言いたげな彼の表情、文句があるなら言ってみろという態度だ。前にも見たことがある。雪でトラックが谷底に落ちかかったあの日、ウォルトがやらせてくれと言った作業を、自分がやると言って聞かなかったときの顔だ。ジークのほうが体が大きいから、トラックの下に潜るのにそれだけ危険が伴うにもかかわらず、聞く耳を持たなかった。彼はいつも最善だと思うことをやる。それだけだ。カーリンは彼を睨みつけた。「だが？　だが、なに？」

ジークが握っている手に力を込める。「それほどたいしたことはやっていないから、そんな顔で見るな。情報収集を行っただけだ。むろん慎重を期してやった。数日前に、私立探偵を雇ってブラッド・ヘンダーソンのことを調べさせた。それから、友達の副保安官にブラッドの居所を調べてもらっている」カーリンは握られた手を振りほどこうとしたが、ますます強く握られた。「きょうの午後、私立探偵から報告を受けた。ブラッドは二カ月前に職を失ったそうだ。彼がどこで働いているか、誰も知らない。つまり……居所はわからないってことだ」

カーリンは手を振りほどいて立ちあがった。心臓はバクバクいい、頭はくらくらしていた。

「どうしてそんなことしたの?」パニックで声がきつくなる。「彼に知られてしまう。いつだってそう。その私立探偵にメールを送った? 私立探偵はブラッドについてインターネットで調査を行った? 私立探偵にどこまで話したの?」どっちにしても、ここを出なければならない。

「大丈夫だ」ジークも立ちあがり、彼女の体に腕を回した。

「言ったわよね、ブラッドはハッカーだって。それも優秀なハッカー。私立探偵があたしの名前か彼の名前で検索したら、ブラッドに筒抜けになる。彼はその検索の出所を辿って……それから……。私立探偵に警告してちょうだい。あたしの居所を聞き出すためなら、ブラッドはその人を殺しかねないって」

「わかってる、わかってる」ジークはなだめようとした。「事前に警告したし、やりとりはすべて電話で行った。カーリン、彼はブラッドをもう一度調べるよう、ダラス警察を説得したんだ。じきに片がつく――」

「まあ、どうしよう」リビーの狼狽《ろうばい》した声が、張り詰めた空気を切り裂いた。

リビーの顔から血の気が失《う》せた。

「知らなかったのよ」リビーは両手を口に当てた。「ああ、どうしよう、ほんとうにごめんなさい。あたし、てっきりあなたは結婚していると思って、それで……ジークを守りたかった」

ジークは穏やかな口調で尋ねた。「なにをやったんだ？」

「あんたの書斎のコンピュータで、カーリン・ジェーン・リードと打ち込んで検索をかけたの、一時間ばかり前に」

ジークが支えてくれてよかった。そうでなければ倒れていただろう。彼にしがみつく。とうとうその時が来た。出ていかなければ。今夜。

ところが、ジークは冷静だった。カーリンの顎に指をかけて自分のほうを向かせた。その瞳は危険な光を宿しながらも穏やかだった。それに、決意が漲る表情。「彼はここに来ると思うんだな？」

声が出なかった。うなずくだけ。愛するこの人に、どうやってさよならを言えばいいの？

だが、ジークの顔に浮かんだほほえみを見て、カーリンは血が凍った。おもしろみのまるでないほほえみ、ダービーをぶちのめしたときとおなじ、冷たく危険なほほえみだった。彼はたったひと言、こう言った。「よし」

ジークは戸口に立って、カーリンが荷造りするのを眺めていた。スーツケースを広げたベッドとクロゼットのあいだを、彼女が行ったり来たりするのを数分間眺めてから、つかつかとベッドに行き、彼女がスーツケースに荷物を放り込む先から取り出していった。

「きみはどこにも行かない」穏やかに言う。

「行かなきゃならないの」彼女は逆上していた。「あたしだって行きたくない。でも、あなたに迷惑をかけるわけにはいかないの」

「きみの言うとおり、彼がハッカーとして優秀で、きみの居所を調べ出してこっちに向かっているなら、この機会に決着をつけるべきだ」

「決着をつける?」苦々しい口調の、正直な叫びだった。「なにをするつもり? 彼を撃ち殺す? 彼は違法なことはなにもやってないのよ。あなたにできることはない。あたし、訴えたんだから。必死で訴えたのに聞き入れられなかった」

私立探偵がブラッドの居所を突き止められなかったということは、彼はどこにいてもおかしくないのだ。あすにも、あるいは一週間後、一カ月後に現れるだろう。いや、もしかしたら、すでにほかの女性に関心を移していて、ここには現れないかもしれない。

ブラッドが現れることを、ジークは心底願っていた。この悪夢をどうしても終わらせたかった。カーリンのために。

「行かなくちゃ」カーリンが言う。彼が取り出したセーターをスーツケースに詰め直す手が震えていた。「あなたはそこまでする必要ないのよ。自分の問題をあなたに押しつけるつもりは――」

ジークは彼女の肩をつかんで自分のほうを向かせた。彼女がこれほど弱々しく見えたことはなかった。彼女を守るためなら、なんでもやる。彼女を引き止めるためなら。

「ひとり暮らしはもう疲れた。女房と子供が欲しい。この牧場をただの仕事場以上の場所にしたい」

「喜んであなたの奥さんになる人は、いくらでも――」

「誰でもいいわけじゃない。きみが欲しい」

彼女にキスした。いまならできるから、しないではいられないから。彼女もそれを欲しているから。唇を離すと、カーリンは彼にもたれかかってため息をついた。その髪を撫で、抱き寄せる。

「リビーは土曜のバスで発《た》つそうだ。彼女は申し訳ないと思っているんだ、カーリン、心からな」

「わかってるわ。彼女を責めるつもりはないわ。あたしのことでここを出ていくことなどないのに。彼女はあなたを守ろうとしただけ。あたしがあなたを傷つけないことを見届けたかっただけ。けっきょく、あたしはあなたを傷つけただけなのよね。あたしがここにやって来なければ、こんなことには――」

「それはちがう。この二カ月は、おれの人生で最良のときだった。なにものにも代えがたい日々だった」

カーリンは両腕を彼の腰に回し、体の力を抜いた。「愛してるわ」

「おれも愛してる」言葉がすんなり出た。

「あなたの言うとおり、あたしがここにいようといまいと、ブラッドはやって来る。いまさらとり返しがつかない」彼女は顔をあげ、目を見つめた。「あなたをひとりで彼に立ち向かわせることはできない」

ジークはほほえんだ。彼女は本気だ。目を見ればわかる。その言葉を言うのに、どれほどの勇気がいっただろう。「おれの目にくるいはなかったな」

28

なんてしけた町なんだ。店がどこも閉まってるのは日曜だからか？　ブラッドは閑散とした通りに車を駐めて歩いた。通りに並ぶ商店はどこもドアを固く閉じていた。

ここがどこかを考えれば、ついていたと言えるだろう。この二日間で気温は五度まで急上昇した。寒風に頭をさげる。タイヤにチェーンをつける必要がなかったのは助かる。それでも充分に寒いが、戸外にいて身の危険を感じるほどの寒さではなかった。だが、ぶらぶら歩くのにもってこいの気候とはとうてい言えない。

店はどこも閉まっていたが、途中にあったガソリンスタンドは開いていた。そこでカーリンの写真を見せれば、知っている人間がいるかもしれない。ほかの店が閉まっているときには、ガソリンスタンドにいつも以上に人が集まるものだ。

検索をかけたコンピュータのある場所はわかっていたが、町からはかなりの距離だ。まっすぐそこに向かわなかった理由はふたつ。ひとつ目、カーリンの名前で検索した人間がそこにいるからといって、彼女がいるとはかぎらない。彼女がなにかやって、それでほかの誰かが彼女の名前を知ったのかもしれない。彼女がちかくにいると考えるのが妥当だろう。バトル・リッジはいちばんちかい町だ——どん詰まりみたいな場所を町と呼べるとして、だが。

ふたつ目、はるばるこんなところまで追っかけてきたのは、彼女を見くびっているからではない。彼がコンピュータに詳しいことを、カーリンは知っている。彼をおびき寄せるために、わざと検索をかけたのだ。私立探偵に調べさせたのも、おなじ計画の一環だ。逃げ回ることに疲れたのだろう。ブラッドが追いかけることに疲れたように。コンピュータのある場所に向かったら、彼女が待ち構えているのだろうか？　ひとりではないかもしれない。武器を持っているかもしれない。

おそらく、彼女のほうも決着をつけたがっているのだ。たしかに決着がつくだろう。だが、彼女が望むような形ではない。彼女がここにおびき寄せようとしている可能性について考えてみた。どうもしっくりこない。最初から彼女は逃げた。彼との関係を修復しようともせずに、ただ逃げ出した。それが彼女の行動パターンだ。だが、ブラッドがここにいることを、彼女は知らない。つまり、こっちが有利だ。匂いを嗅げるほどちかくに、カーリンはいる。

どんな形にせよ、面倒なことになる。ジークは牧童たちを宿舎に集め、すべてを打ち明けた。彼らには知る権利がある。出て行けるあいだに出ていく権利がある。話し終えると、非難や質問が飛び交うものと覚悟した。だが、牧童たちはただうなずき、おれたちはなにをしたらいいか、と尋ねた。

善良な奴らだとわかってはいたものの、ひとり残らずカーリンを守ろうと思っていることに驚いた。

牧場のいつもの仕事――家畜の世話とか――に加えて、男たちは母屋と本道を見張ることになった。ブラッドが現れるか、ほかの場所で足止めを食らっているのがわかるまで。カーリンの言うとおりなら、そう長くは待たされないだろう。せいぜい数日。コンピュータで彼女の居所を突き止めた場所から、ここまで車でやって来るあいだだ。牧童たちはそれぞれ武器を選び、武装することになった。

スペンサーはジークと一緒に母屋に戻り、コーヒーとサンドイッチの昼食を食べると、牧草地に戻った。スペンサーは最初の見張りを買って出たのだが、雄牛を扱うのには彼の技能が必要だ。パトリックがいくつか用事をすませてから、母屋のパトロールをすることになっていた。

牧草地に向かいがてら、ジークは言った。「カーリンの身の上話を聞いても、おまえは驚かなかったな」

「ええ。だって、おれ、馬鹿じゃないもの、ボス。ミス・カーリーにはなにかあるって、すぐにピンときましたよ。最初のころ、必要以上にびくびくしてたしね。でも、あんなにきれいな人が、なぜこんな人里離れた牧場で満足してられるんだろうって、不思議だった。シャイエンのモールに連れていってくれって頼むこともないし、女友達とチャットしたりもしない。映画に行けないって文句も言わない。おれには姉貴がいますからね。女ってものがわかってるんです」そこで頭を振る。「でも、彼女がここにいるのにはちゃんとした理由があるんだろうから、なにも言わないことにしたんです。それに、神さまが彼女をおれたちのもとに寄越してくださったのには、ちゃんとした理由があるんだろうってね」

ジークがなにも言わないでいると、スペンサーが言い添えた。「心配しないで、ボス。彼女の面倒はおれたちで見るから」

ブラッドは〝ベイリー〟と書かれた郵便受けのちかくにトラックを駐めた。ガソリンスタンドにいた男がカーリンを知っており、ずっと音信不通だったおばさんが大金を彼女に遺して亡くなった、というブラッドの作り話を信じた。騙されやすいお人よしばかりで助かる。こういう作り話には事欠かなかった。

その家は静かな通り沿いにあった。隣家までほんの二百メートルしかないのはまずい——悲鳴は聞こえないだろうが、銃声は聞こえる。庭に出ていれば、悲鳴も聞こえるだろう。いまはおもてに誰もいないが、いつ出てこないともかぎらない。

この小さな家に住む女は、カーリンの友人であるばかりか、彼女が料理人兼家政婦として働く家の主、ジーク・デッカーのいとこでもあった。料理人だと！　めったに湯も沸かさない、と彼女は言っていたのに。あれは嘘っぱちだったのか、ここらの人間は食べるものにうるさくないのか。

いまとなってはどうでもいいことだ。彼女はせっかくのチャンスを棒に振った。自分抜きで彼女が幸せに暮らしているなんて、ブラッドには耐えがたいことだった。おれのものにならないなら、誰のものにもさせるものか。

ブラッドはトラックを降り、おもて側の窓に動きがないか見張った。彼女が家にいて、おもての様子を窺っているかもしれない。窓のカーテンは閉じられ、彼が玄関にちかづいていくあいだ、まったく動きはなかった。四歩で玄関に着いた。ドアは頑丈で、濃いグリーンに塗られており、防風ドアもついていた。どちらも鍵がかかっているだろうが、防風ドアの鍵はたいていいちゃちだ。

キャット・ベイリーがこっちを見張っていないことを確信すると、作り話を考え出した――念のため。

ドアをノックし、ちかづいてくる足音に耳を傾けた。やはり、ドアは開かずに女の声が聞こえた。「どなた?」

ブラッドはほほえみ、右手のポーチに目をやった。そっちに体を倒し、なにかを追い払おうとするように肩を揺すった。女がドアの覗き穴から見ていると仮定して、打った芝居だ。

「これ、おたくの犬? 家の前で轢《ひ》きそうになってね。ほっぽったまま通り過ぎるのは気が咎《とが》めるもんで」

害のない笑みを浮かべたまま、ドアの鍵が開く音を聞いていた。

まったく、もう。きっとシェリー・ケインのとこの犬だ。また逃げ出して道路を走っていたのだろう。かわいい犬だけれど、困ったものだ。もしそうならシェリーの家の場所を教えてあげよう。キャットはそう思って鍵を開け、ドアを開いた。

そのとたん、とんでもないことになったと思ったが、あとの祭りだった。犬の姿はなく、男の顔に笑みはなく、男は防風ドアの鍵を破ってやすやすと押し入ってくると、彼女に襲いかかった。大柄で黒っぽい髪をした、筋肉と決意の塊の男が、ドアをバタンと閉めた。キャットはつかまれた腕を振り払ってキッチンへ、裏口のドアへ走った。動悸は激しく、頭の中をいろんな思いが駆け巡る。家宅侵入？　強盗？　レイプ？　殺人？　ああ、神さま、助けて！　銃を扱えるし、護身術も習ったけど、この男はばかでかいし、自分の限界はわかっている。戦うときと逃げるときがある。いまは逃げるときだ。

キッチンに駆け込む前につかまった。髪をつかまれ、肩をつかまれ、床に投げ飛ばされた。息が止まり、視界が揺れる。男が見おろし、彼女が立ちあがろうとすると、大きなブーツで腹を踏んづけた。

「彼女はどこだ？」男が尋ねる。一瞬にして男の正体がわかった。ブラッドだ。カーリンが名前を変え、逃げ出す原因になった男。「カーリンはどこだ？」

キャットは頭を振り、息をあえがせた。腹を踏む足に力が入り、息ができない。「なんの話をしてるのかわからない」

彼が脇腹を蹴った。鋭い痛みが走り、吐き気がした。長いこと息ができなかった。「彼女は牧場に住み込んでいるのか？」彼が身を乗り出す。「まあ、そこまではわかってるんだがな」彼がまた蹴り、キャットは悲鳴をあげた。

彼がひざまずいて、彼女の口を手で塞いだ。「叫ぶな。隣人を驚かせたくないよな？」

口を塞ぐ手が離れた。「悲鳴をあげてほしくないなら、肋骨をこれ以上折らないで」タフに聞こえればいいと思ったが、息はできないし、恐ろしいし、それに怒っていた。悲鳴をあげたところで、誰にも聞こえないでしょ？　ちかくに誰もいないのだから、大気電気のいたずらか、万にひとつの――

「いい目をしてるじゃないか、キャット・ベイリー。すごく……きれいだ」彼は首をひねってじっと見つめた。「おれの質問に答えないと、片方を失うことになるぜ」

目を失うことを思ったらむかむかしたが、意識を集中しなければ。質問に答えても、きっと殺される。彼が逃げおおせるつもりなら、目撃者を始末するしかない。カーリンを守って、なおかつ自分も生き延びるには？　両方を成し遂げるためには？　頭がめまぐるしく回転したが、最後にひとつの事実に落ち着いた。

ジークはどうすべきかわかっている。ジークはこのときに備えているはずだ。

「彼女は牧場にいる。なんなら……道順を教えるわよ」

彼が嘲る。「彼女はひとりでいるわけがない、そうだろ？　いいか。牧場主がいるし、その家族がいるはずだ。それとも、かわいい子にパイプの掃除をさせてやったから、死んだら天国に行けると思ってる、老いぼれのひとり者なのか？　牧童たちも忘れちゃいけない。何人いる？」

「日曜だからそう多くないわよ」相手におもねって油断させる作戦だ。「たぶん……ひとりかふたり」最低でも五人。デッカーの土地に足を踏み入れたら、それで最後。ブラッドがジークのことをなにも知らないことが、小さな希望だ。知っていれば、〝老いぼれのひとり者〟なんて言うはずがない。

ブラッドは狭いリビングルームをぐるっと見回した。「いや、カーリンのほうからここに来てもらう。そのほうが安全だ」彼はにやりとした。玄関先に立っていたときに見せた無害な笑顔ではなかった。目をぎらつかせた凶暴な笑みだ。「彼女に電話して呼び出せ。おしゃべりしにひとりで来いと言うんだ」

そんなことをしたら、ふたりとも死ぬ。キャットは勇気を掻き集めて言った。「いやよ」

彼が顔を殴った。床に倒れている相手を、ひざまずいた姿勢で殴るのだから威力はなかった。彼女が気絶すると困るから、加減したのかもしれない。それでも目の前に星が飛んだ。

「決心は変わったか？」

キャットは頭を振った。目を閉じ、もう一発殴られるのを覚悟した。ところが、彼は笑い出した。目を開けると、彼が立ちあがって離れていくところだった。脳みそが叫ぶ。走れ！

でも、体が反応しない。動くこともままならないのに、走るなんて。

でも、彼がもっと遠ざかれば、彼女は気を失ったと思ったなら——遠ざかりはしなかった。彼はエンドテーブルの上のバッグを見つけ、中を探ると、にやりとして携帯電話を取り出した。

「ジーク、自宅」電話帳を読みあげ、戻ってきて彼女の痛む腹をブーツで踏み、携帯電話のボタンを押した。

電話の音にカーリンは飛びあがった。くそったれのブラッドがまたはじめた！　母屋にひとりだった。ジークは仕事だ――牧場は日曜だからといって休みではない。パトリックが裏口を見張り、ときどき周囲の見回りをしていた。もうひとりが道路を見張っている。ふたりとも無線を持っていた。ブラッドがグーグルの検索エンジンを監視していたとしても、こんなにすぐには現れないだろう。用心深いのが取り柄のブラッドだから飛行機は使わない。記録が残るからだ。数日の余裕はあるだろうと思っていた。

町によそ者がやって来ないか目を光らせておいて、とキャットに言っておかないと。まっすぐ牧場にやって来なければ、〈パイ・ホール〉に寄るだろう。カーリンがそこで働いていたことを、町中の人が知っていた。これが片付くまで、キャットにはカフェを閉めてこっちに来てもらおう。

電話には出なかった。彼女にかかってきた電話であるはずがないし、ジークにかけてきたのなら、留守電にメッセージを残すだろう。ベルがやみ、数秒後、また鳴り出した。

これがつづいたら頭が変になる。キッチンの電話を架台からはずし、着信番号を確認する。キャット！　偶然の一致。キャットに電話をしようと思っていたら、向こうからかかってくるなんて。〝オン〟のボタンを押し、受話器を耳に押し当てた。

「もしもし！」あかるく応える。「すぐに出なくてごめんなさい」キャットがなにか言うのを待ったが、沈黙がつづくばかりだった。「もしもし？」

電話が切れたのかと思いはじめたとき、息遣いとため息が聞こえた。キャットではない。腕の産毛が逆立った。声を聞く前から相手が誰だかわかった。

「やあ、カーリン」やけに気取った、楽しそうな声だった。「おまえの友達の家にいるんだ。遊びに来ないか。ひとりで来いよ。さもないと、ミス・ベイリーがとんでもないことになる。警察にも牧場主にも知らせるな。おれたち三人だけだ。わかったな？」

膝の力が抜けた。受話器を握ったまま床に沈み込んだ。あれほど恐れていたことが現実になった――またしても。友達の命が危ない。イカレたクズ野郎のせいで。だめ、考えないと。

「キャットは無事なの？　あなた、まさか——」彼女を傷つけたの？　殺したの？　そんな、まさか……。

「彼女は無事だ。いまのところはな。このまま無事でいられるかは、おまえの気持ちひとつだ」

心臓が激しく脈打っている。なんとか冷静にならないと。ブラッドに理性を奪われてはならない。頭と体の働きを奪われてはならない。すでにいろいろなものを奪い取られてきたのだから。

「キャットの無事がわからないかぎり、どこにも行くつもりはないわ。彼女を電話口に出して。さあ」

キャットは電話口に出なかった。沈黙があり、くぐもったドスンという音と悲鳴がつづいた。意地の悪い気取った声がまた聞こえた。「おまえらふたりに電話で話をさせると思ってるのか？　なにを企《たくら》むかわかったもんじゃない。声が聞こえただろ。彼女は生きてる、いまのところはな。さあ、こっちに来い。彼女が生きてるうちに」

ブラッドから電話を切った。カーリンは受話器を手に床に座ったままだった。

自分のせいでまた友人が命を落とすようなことになったら、とても耐えられない。なんとしてもキャットを救わないと。

自室に戻る。ジークがクリスマスにくれたピストルを、そこに置いていた。彼が部屋を訪ねてこないときは、枕元に置いて寝た。ピストルを用意する以外にもすべきことはあった。パトリックに見つからないように抜け出すには、窓を使うしかない。彼が裏口を見張っていることをたしかめ、窓から抜け出す。母屋のまわりを巡回する彼と、ばったり出くわしたら元も子もない。道路を見張るのが誰であれ、車で通れば見られてしまう。でも、牧童のひとりが町に出掛けたと思ってくれるかもしれない。

あたたかくして出よう。幸運にもきょうは道路に氷が張っていなかった。

窓を開けると寒風が吹き込んだ。窓はそう高くない位置についているので、なんとか出られた。左右に視線を配って、誰もいないことをたしかめる。窓を閉めようと思ったが、彼女の背では届かなかった。時間を無駄にしてはいられない。風に頭をさげてガレージに向かった。ジークから逃げるのではなく、彼の胸に飛び込みたい気持ちはある。ひとりぼっちではないと信じたい気持ちもあった。でも、キャットの命を引き換えにはできない。たとえジークのためでも——彼にさよならを言うためでも。

29

ベルトに留めた無線が鳴り出す前から、ジークは気もそぞろだった。「町に行く予定の者は？」

ジークは無線をつかんで答えた。「いない」

マイカの声だ。「すみません、ボス。でも、本道をすごいスピードで町に向かっていった奴がいるもんで」

「どんな車だ？」いやな予感がした。すでにトラックに乗り込み、母屋に向かっていた。

「古いブルーのピックアップです」

カーリンが町に出るときによく乗っているトラックだ。

数分で母屋に着いた。裏口を見張るパトリックの前を通り過ぎる。鍵を取り出して鍵穴に入れる時間さえもったいない。ほんの数秒のことなのだが――その数秒が大事だ。

「どうかしたんですか？」パトリックが尋ねた。

「カーリンを送り出したなんて言うなよ」

「ここにいるのはそいつを中に入れないためで、ミス・カーリーを閉じ込めるためじゃないですよね？」パトリックのうろたえぶりが声に出ていた。

ジークは彼女の名前を呼んだ。一度、二度。返事はなかった。廊下を彼女の私室に向かい、一歩入ってはっとなった。

窓が開いている。カーリンはいない。

最初に浮かんだのは、彼女が逃げ出したということだ。偽名を使ってべつの仕事に就かれれば、いくら探しても見つからないだろう。

そこで常識が目覚めた。彼女のことはわかっている。臆病者ではない。ここを去ると決心したら、正々堂々と出ていくだろう。なにも言わずに逃げ出しはしない。それに自分のスバルを運転していくはずだ。牧場のトラックではなく。

キッチンに戻ると、パトリックとスペンサーが待っていた。驚いた顔をしている。

彼女の行き先も出掛けた理由もわからない以上、やみくもに飛び出すわけにはいかない。だが、ここに突っ立ってもいられない。

そこでコードレスフォンが目に留まった。充電するために架台に置かれているのではなく、テーブルの下に転がっていた。それをつかんで着信番号を調べる。

キャットの携帯電話から二度かかっていた。一度目はつながらず、二度目は二分ほど回線がつながっていた。時間を見る——電話が切られたのは、マイカから彼に無線で連絡があった数分前だ。

きょうは日曜だ。キャットは自宅にいる。

リダイヤルのボタンを押そうとしてやめた。パトリックに言う。「おまえの携帯電話を貸してくれ」

パトリックが差し出す。このあたりは電波の状態が安定していないが、いまはバーが二本立っていた。なんとかなる。ジークはキャットの携帯にかけた。二秒後に呼び出し音がし、やがて留守電に切り替わった。

カーリンはハンドルを握り締め、アクセルを床につくぐらい踏んで古いトラックの限界に挑戦した。ジーナを救う機会はなかった。ブラッドに立ち向かうこともしなかった。怯えていた。逃げ出した。ダラスに逃げずに踏みとどまり、彼と戦っていれば、ジーナは死なずにすんだ。自分が死んでいたかもしれない。ブラッドが危険なことはよくわかっているが、今度は……。

今度は、あんなことはさせない。なんとかキャットを救い出す。自分が死ぬことになろうと、人生が終わってしまおうと、人生を奪った男に友達をまた殺させはしない。

カーリンは急げ、急げと念じながら道路を睨みつけ、電話を切ったあと、ブラッドはまたキャットを痛めつけたのだろうかと思った。

ブラッドに人生を奪われたのは事実だが、それは古い人生だ。ここでジークやキャットや、スペンサーや牧童たちみんなと、あたらしい人生を見つけた――あたらしく、すばらしい人生を。過去に捨ててきた人生よりすばらしい人生だ。なにもブラッドに感謝する気はないが、彼がいたから、そのために戦う価値のあるものを見つけることができた。

弾を込めたピストルは、助手席に置いた。ジークのおかげで扱えるようになった。人生と愛する人たちを守るために、彼女は戦う。ブラッドが知っているのは、戦うより逃げ出す女だ。すぐに竦みあがる、扱いやすい怖がりのネズミだ。

いまの彼女はちがう。変わったのだ――自分のものを守るためなら、喜んで戦う女に。

ブラッドは慎重だった。動けないキャットを無理に歩かせてキッチンの椅子に座らせ、そこにあったロープとダクトテープで縛り上げた。彼はその椅子をリビングルームの真ん中に据えた。これから起きることを、前列で見物させようという魂胆だ。

ブラッドは浮かれていた。クリスマスイブの子供みたいに興奮して、じっとしていられないようだ。オートマチック・ピストルをチェックするのはこれで三度目だ。カーリンがドアを入ってきたところを狙い撃つつもりではないだろう。彼にとって、それではあまりにあっけなさすぎる。

彼が撃つのを遅らせれば、彼女とカーリンが生きてここを出られるチャンスはある。

銃の撃ち方と喧嘩の仕方を、ジークはカーリンに教え込んだ。問題は、彼女がパニックに陥り、なんの準備もしないでやって来ることだ。習ったことをすっかり忘れ、ブラッドのありもしない慈悲にすがろうとするか、それとも計画を立ててくるか。

ブラッドは苛立っていた。牧場からは長い道のりだと伝えたのに、待つのは苦手なようだ。苛立ちが募れば、カーリンがやってきたとき、慌てて行動に移る可能性が高くなる。キャットとしては背景に融け込んでしまいたかった。彼女がここにいることを、ブラッドに忘れてほしかった。彼が短気に行動を起こすところなど見たくなかった。

顎を突き出し、深く息を吸うと胸が痛かったが、それでも尋ねた。「どうして彼女なの？」

ブラッドはくるっと振り返ってキャットを睨み、首を傾げた。「なにが言いたい？」

「なぜカーリンなの？」肩をすくめたいところだが、脇腹を痛めているため無理だった。「諺にあるじゃないの。魚は海にいくらでもいるって。彼女はキュートだけど、美人はほかにいくらでもいるでしょ。そういう献身的な愛にころっとまいる美人なら、テキサスにだっているはずだわ」また蹴られるのはご免だから、〝執着〟とか〝過剰な思い込み〟という言葉の代わりに〝献身的な愛〟を使った。

彼の顔に薄気味悪い笑みが広がった。「嫉妬してるのか？」

冗談じゃない。「たんなる好奇心よ」

ブラッドはしばらく無言でいた。またピストルをチェックし、玄関のドアを見つめた。そうやっていれば、カーリンが入ってくるとでもいうように。ようやく彼が言った。「彼女はおれを必要としていた。はじめて彼女の目を見たときにわかったんだ。はじめて彼女がほほえんだときに。彼女はとっても……か弱い。だから面倒をみてやりたい。世間から守ってやりたい……誰にも触らせない」

そう、瓶にでも閉じ込めてね。

「すごくやさしいのね」ゲーッ。「そのことを彼女に話したの？　気持ちを伝えたの？　男ってちゃんと口に出して言わないから、女はわかりようがないのよ」このイカレポンチが、まだやり直すチャンスがあると思えば、玄関を入ってきたカーリンをその場で撃ったりはしないかもしれない。

「彼女は気持ちを伝えるチャンスを与えてくれなかった」ブラッドは悲しそうな声で言った。まるで自分を憐《あわ》れむように。「花束を持っていって、ベッドに置いておいた。仕事から戻った彼女をびっくりさせたかった。クロゼットの中身を入れ替えておいた。いちばんきれいな服、おれがいちばん好きな服を、ほかのとは離して真ん中に吊るしておいたんだ。声を聞いて無事をたしかめたくて、夜に電話した。彼女の安全をたしかめるために見張った」頭を振る。「だが、彼女はまるで感謝しなかった」

「彼女に話さなきゃ、説明しなきゃ」説明するあいだに、カーリンはこの変態野郎の頭を吹き飛ばすだろう。

薄気味悪い。彼女のアパートに忍び込んで、クロゼットの中身を入れ替えたですって？　カーリンが怯えるのも無理はない。誰だって怯える。

トラックがちかづいてくる音がした。カーリンは猛スピードでやってきたにちがいない！　きっとジークも一緒だ。通りの先でトラックを停めて、ジークをおろしたのだろう。彼は歩いてやって来るのだ。ブラッドも音を聞きつけ、通りに面した窓にちかづいてカーテンを引いた。

「カーリン」彼がやさしく言う。それからキャットのほうを振り返った。「運がいいな、ミス・ベイリー。彼女は言われたとおりひとりで来た」

だといいけど、この馬鹿たれ。

30

電話はキャットの携帯電話からだったので、かならずしも自宅からかけてきたわけではない。おそらくそうだろうとは思うが、ぜったいとは言えない。〈パイ・ホール〉から、あるいはほかの場所からかもしれない。だが、常識的に考えると自宅か〈パイ・ホール〉だ。彼はスペンサーと一緒にキャットの自宅に向かい、マイカとパトリックが〈パイ・ホール〉を覗きに行った。カーリンが戻ってくるかもしれないので、ケネスとウォルトは牧場に残った。戻ってくるとき、カーリンはひとりではないかもしれない。

911に電話して、副保安官にキャットの家に行ってもらおうかとも思ったが、カーリンがどこへ向かったかわからないのでやめた。ブラッドがキャットを人質に家にたてこもり、カーリンを呼びだした、という彼の考えが正しければ、サイレンや点滅するライトや銃を持った多数の警官なんてなんの助けにもならない。

ブラッドが牧場にやって来ると、カーリンは確信していた。だからジークもそう思っていたのだが、誤りだった——それも最悪の誤り。おかげで、彼が愛するふたりの人間が危険に曝されることになってしまった。

いつもならハンドルを握るととめどなくしゃべるスペンサーが、きょうは恐ろしいほど静かだ。カーリンに遅れること十五分、町まであと半分というあたりでスペンサーがようやく口を開いた。「ボス、計画を立てなくていいんですか？」

「どうなってるのかわからなきゃ、計画の立てようがない」十五分。十五分あればなんでも起こりうる。その時間を埋めるために最善を尽くすが、カーリンはのんびり車を走らせはしないだろう。だが、彼のトラックは、カーリンが乗っていった古いトラックより馬力のあるエンジンを備えている。それが助けになる——少なくとも害にはならない。

カーリンを大事に思い、彼女なしの人生なんて考えられなくなったのはいつからだ？　それまでずっと、ひとりで楽しくやってきたのに、ほんの数カ月一緒に暮らしただけで、彼女を失うことを考えるとパニックに陥りそうになる。

「おれ、銃の腕はたしかですから」スペンサーは真剣な口調で言った。「人を撃ったことはないし、撃ちたいと思ったこともないけど、そういうことになったら、おれ、やりますから」

「おれもだ」ジークは言った。古い話だが。正確にはおなじではない。そういうことになるのは、これがはじめてではないからだ。

十五分が生死を分ける。

カーリンは背中のウエストバンドにピストルを差し、パーカと長いセーターで隠した。エンジンを切ってトラックを降りる。彼女がそのうしろにつけたトラックに見覚えはないが、ブラッドのにちがいない。デートしたときに彼が運転していた車とはちがった。彼女とおなじで、彼も変わったのだろう。旅暮らしは人を変える。ブラッドも例外ではない。

前に一度だけ、日曜の午後にキャットの家を訪ねたことがあった。町の郊外の似たような家が並ぶ静かな通りにたつ、こぎれいな平屋だ。隣家までは少し距離があった。ふつうならカフェまでは車で十五分ほどだが、道路が凍結すると、彼女はカフェの二階に泊まる。カーリンが使わせてもらっていた部屋だ。道路が凍結していたら、キャットは無事だったろうか？　ブラッドは〈パイ・ホール〉を訪ねただろうか？　それとも人質をとらずに牧場に向かっただろうか？　ジーク・デッカーという名の円鋸《まるのこ》に向かって？

どうでもいいことだ。キャットはここにいる。ブラッドはここにいる。そしていま、カーリンもここにいた。背骨を押すピストルは冷たく、硬い。使い方はわかっているが、早撃ちの名人ではない。彼女の強みは、まさか武装しているとはブラッドが思っていないことだ。彼の知っているカーリンは弱い女だった。そうでなければ、これほど執着しなかっただろう。

通りに面した窓のカーテンが動くのが見えた。通りは静まり返っていた。子供が芝生の前庭で遊ぶには寒すぎるし、バーベキューや洗車をするにも寒すぎる。いまは人気がない。でも、銃弾が飛び交えば事態は変わるだろう……。

乗ってきたジークのトラックとキャットの家の玄関のあいだで、カーリンは立ち止まった。まっすぐ玄関を入れば、彼女もキャットも死ぬだろう。家の中で主導権を握るのはブラッドだ。キャットは役目を果たし、カーリンをここに呼び寄せた。きょう、死ぬかもしれない。死なないかもしれない。でも、キャットを巻き添えにはしない。

なにも言わなかった。言う必要はなかった。キャットのこぎれいな家の玄関のドアは開いたままで、そこに彼がいた。悪夢の男が。あいかわらずの大男だが、思っていたほど大きくはなかった。想像力が彼をより大きく作りあげたのだ。ただの男を、しかも哀れな男を、恐ろしい亡霊に作りあげた。

防風ドアははずれて傾いていた。彼が押すとギーギー鳴った。いいえ、叫んだのだ。これ以上ちかづくな、と。「さあ、おいで、ダーリンカーリン」ブラッドが胸糞悪《むなくそ》いニックネームで呼びかける。口調は穏やかだ。

大きく息を吸い込む。足を三十センチほど開いて立つ。こんな状況にしては、足元がしっかりしていた。「いいえ。キャットを外に出さないかぎり、彼女の無事をたしかめないかぎり、中には入らない」

彼はうしろを振り返り、すぐにキャットのほうを向いた。「彼女は無事だ。このまま無事でいてほしいなら――」

「キャットが出てこないかぎり、あたしは家に入らない」間髪を入れずに言った。「胸糞悪

「いげす野郎」

三メートル離れたここからでも、彼の目が怒りで光るのが見えた。「おまえの好きにはさせない」

「キャットが出てくるまでは、そうさせてもらう」

ブラッドはピストルを抜き、カーリンに狙いをつけた。「逃げたら、撃つ」

「わかってるわよ」ジーナを撃ったみたいに。チャンスがあれば、キャットも撃つみたいに。でも、カーリンは逃げない。踏みとどまる。

彼に撃つ気があるなら、カーリンがトラックをおりたところでそうしていたはずだ。待ち伏せして、背中から狙い撃ちだってできた。いいえ、それよりも彼女を苦しめたいのだ。さしあたり、彼女に分がある。本気で彼女を痛めつけたいなら、家の中に入れなければならない。キャットが出てこないかぎり、彼女は家に足を踏み入れるつもりはなかった。

ブラッドは戸口から離れた。押さえる者がいなくなったので、防風ドアが傾きながら閉じた。一分後、キャットを引きずりながら戻ってきた。また防風ドアを押し開け、キャットをポーチに押しやった。彼女は後ろ手に縛られていた。顔は腫れあがり、青く変色をはじめていた。倒れそうになりながらも、必死でカーリンのほうに駆けてきた。よろっとなったところを、カーリンが受け止めた。

「ごめんなさい」カーリンは泣きたかった。でも、涙を流すのはあとだ。

「さあ、カーリン」ブラッドが叫ぶ。「中に入れ」キャットの肩越しに、ピストルを構えるブラッドが見えた。「さあ、おれに撃たせるなよ。ミス・ベイリーが犠牲になるぞ。それからおまえだ」

「すぐに行くわよ」

「銃を持ってきた？」キャットがささやいた。彼女が顔をあげたので、怒りと憎しみの炎が目の中で燃えているのが見えた。

カーリンはうなずいた。

「よし。あいつの脳みそを吹き飛ばしてよね、あたしのために」

カーリンはもう一度うなずき、キャットの目を見つめた。「もしあたしがしくじったら――」

「そんなこと言うのもだめよ！」キャットが驚くほどきつい声で言った。

「愛しているってジークに伝えて」カーリンはくるっと向きを変えてブラッドに背中を見せた。キャットの背中を的にするわけにはいかない。

「自分の口から言いなさいよ」キャットがささやく。

キャットにそれ以上なにも言わせず、カーリンは体を離してまた向きを変えた。ブラッドをまっすぐに見つめたまま、ちかづいてゆく。彼が銃をわずかにさげ、にやりとした。

ドアまであと一メートルというところで、ブラッドのささやき声が聞こえた。「会いたかった」

ジークがキャットの家のある通りに曲がると、彼自身のブルーのトラックが駐まっているのが見えた。その前に、見慣れぬトラックがもう一台、色は白だ。キャットの家の戸口にブロンドの髪がちらっと見え、彼のトラックにもたれかかるように、ブルネットが見える。この距離からでも痛みを堪えているのがわかった。

キャットだ。ジーンズに長袖のTシャツ、コートは着ていない。両手は無様にうしろに回し、トラックから離れると通りに出た。向かいの家まで、なんとか通りを渡ろうとしている。助けを求めに行くのだ。

このままキャットの家の前庭にトラックを乗りつけ、家になだれ込みたかったが、わずかに残った理性がジークに深呼吸をさせ、ブラッドから見えない位置にトラックを停めさせた。人がいることを気取られてはならない。まず考えろ。カーリンは無事だ。キャットが助けを求めに行ったとすると、時間の余裕はどれぐらいある？ そう長くはないだろう。おそらくブラッドはカーリンを後ろ手に縛って、玄関から出てきて、トラックに乗り込む。

キャットが道の真ん中で立ち止まり、彼のほうを見ると体の向きを変え、走ってきた。スペンサーが迷わずトラックを降り、走りながらコートを脱いでキャットを抱きとめた。彼女はスペンサーに任せれば大丈夫だ。ジークは家に向かった。怒りのあまり目の前が赤くなる。なにも考えられない。クソッ、なにかしないと、いますぐ。焦りが募った。

「ジーク、待って」スペンサーに抱きかかえられたキャットが、弱々しい声で言った。スペンサーはポケットからナイフを取り出し、両手に巻かれたダクトテープを切った。つぎに彼女にコートを着せかけ、肩を貸してやった。ジークは立ち止まり、彼女を見つめた。ああ、キャットの顔ときたら。それに、立っているのがやっとだ。あの野郎、ひどいことをしやがって。彼女が気丈にも言った。「あなたが押しかけていって彼を驚かせたら、カーリンを撃つわよ」

「銃を持ってるんだな」ジークは念のため尋ねた。

「ええ」キャットは右足に体重をかけると顔をしかめた。「でも、カーリンも持ってる」彼をまっすぐに見た。ひどい怪我を負ってもしっかりしていた。めそめそしない。「彼女にはわかっていたの。ブラッドは生きて家を出るつもりのないことがね。だから、あたしを解放することを条件に家の中に入った」慎重にうしろを見る。「彼が逃げるつもりだったら、あたしを解放するはずがない」

彼女の言うとおりだ。ジークには見えないものを、キャットは見ていた。ブラッドはカーリンをよそに連れていくつもりはない。あそこで一緒に死ぬつもりだ。

時間がない。

家に乱入すればカーリンは殺される。ここで手をこまねいていても、カーリンは殺されるだろう。

「裏口のドアは鍵がかかってないはずよ。キッチンのドアには」キャットが言った。

「そうなのか？」

「彼が玄関のドアをノックしたとき、ゴミの袋を持って出たところだった……よく覚えていないんだけど。中に入るとすぐに鍵を閉めるのが習慣になってるけど、たまに忘れるから」

まただ。女とドアの鍵。

それしかない。ジークはスペンサーに言った。「彼女をトラックに乗せて、あたたかくしてやってくれ。それから保安官事務所に電話しろ。こっちに向かってくるときは、ライトもサイレンもつけるなと言うんだ。できればビリーとじかに話をしろ。彼は事情を知っているから」

ジークは隣家の庭を横切った。家の裏手を伝ってキャットの家の裏口に忍び寄る。ドアに鍵をかけることに、キャットがカーリンほど執着していないのを祈るばかりだ。


カーリンは頭を高く掲げたまま家に入った。怖がっていないふりをするほど馬鹿ではないが、ブラッドから逃げ回った十数カ月で彼女は変わった。もう二度と逃げないし、隠れない。ジークのためなら戦える。いいえ、自分の命を守るために戦うのだ。

「キャットにあんなことしなくてもよかったのに」彼女は言った。声に怒りが出るのはしょうがない。

「彼女が傷ついたのは自業自得だ」ブラッドが穏やかな声で言う。「おまえの居所を吐こうとしなかったんだからな」

「あたしはここにいるじゃない」両手は脇に垂らしていた。抵抗はしないという意思表示だ。

「コートを脱げ」彼が銃を振って指示した。「おまえを見たい」

「コートを着ていたって見えるでしょ」セーターを通してピストルの膨らみが見えるだろうか。きっと丸見えだ。彼女が銃を持っていることをブラッドが疑い、コートを脱いだあとでうしろを向けと言ったら……こちらに撃ち返すチャンスはない。

ブラッドが一歩ちかづいてきた。「コートを脱げ。さあ」

カーリンはあとに引かなかった。彼がもっとちかづいてくれることを願った。ジークから護身術を習った。練習では本気で力を入れたことはないが、やり方はわかっている。いま、銃を抜こうとしたら、彼に向けて構える前に撃たれる。目的は、ブラッドに拳銃を捨てさせることでも、ブラッドを殺すことでもない。彼女自身が生き延びることだ。

死にたくなかった。ジークのベッドで目覚めたかった。これからずっと、毎日。ワイオミングの春や夏を見てみたかった。

コートを脱いでちかくの椅子に放った。「よし。コートなんて着るなよ」

ブラッドより早く銃を抜くことはできない。彼はすでに銃を構えているのだから。まともにかかっていって敵う相手ではない。彼女にできるのは不意を突くことだけだ——汚い手であろうと。

「あたしを愛してるの?」彼女は小首を傾げて一歩前に出た。

「なんだと?」彼は驚いたようだ。ただの質問なのか、彼にちかづくための手なのか、自分でもわからなかった。

「あたしを追ってこんなところまでやって来たんだから、ほかの理由は考えつかないわ。あれだけの時間をかけて、できるだけ遠くまで逃げたつもりだったのに……あなたはここにいる。愛のなせる業なんでしょ」言葉が喉に詰まりそうになった。愛とはなにか、いまならわかる。これは愛とは呼べない。まったくちがうものだ。

「あたりまえじゃないか、おれは……」ブラッドは〝愛〟と言えなくて喉を詰まらせた。目が翳る。「おまえはおれのものだ」

「あたしを所有したい、そういうこと?」もう一歩ちかづく。動悸が激しくなる。耳の奥で血がゴーゴーと流れる。

「そうだ」ブラッドをまごつかせることができた。彼女が恐怖に駆られるか、ヒステリーを起こすかすると思っていたにちがいない。ところが、彼女は愛を口にし、しっかりとした足取りでちかづいてくる。

彼の銃がわずかに動いた。まっすぐ彼女を狙う位置ではない。いま彼が引き金を引けば、弾は彼女の脇腹か肩に当たるだろう。彼が頭を傾げた。サイレンが――警察のでも救急車のでも——呪縛を解きませんように、とカーリンは祈った。いまはまだ。あと一分、いえ、二分あればいい。

「逃げ回るのはいやなの。もう逃げたくない。お願い、ブラッド、もうやめて」

「どうして逃げ出したんだ?」彼が尋ねる。銃がさらに数センチさがった。

手を伸ばして彼の胸に触れる。彼の目に驚きの色が走る。病的な欲望、常軌を逸したひとりよがり、彼女が自分を欲しがっていると勝手に決めつけている。さらに一歩ちかづいて、もう一方の手も彼の胸にあてがう。それから、シャツを両手でつかんで自分のほうに引き寄せた。彼女がここまでそばに寄っていなければ、この動きで彼は警戒していただろう。だが、彼はいやらしい口を開いたのだ。キスしようとして。

彼を引き寄せておいて、股間に膝蹴りを食らわす。潰れようがどうしようがかまわず、ありったけの力を込めた。一度、二度、ドリルのように膝を上下させた。最初の蹴りは不意打ちだったので、彼は反応しなかった。二発目で苦痛にうなった。銃が降りおろされる。彼女はシャツを握ったまま、肘をあげて彼の腕をブロックした。三発目で彼は床に倒れた。膝をつき、悪態をつきまくった。カーリンはシャツをつかむ手を離し、彼の腕を思いきり蹴った。銃が手から離れ、カタカタいいながら床を滑った。

さっとあとじさり、背中のピストルを抜いて両手で構え、ブラッドの頭に狙いを定めた。できない。引き金を引けない。心配していたとおり、たとえブラッドであっても、丸腰の男を撃てなかった。だが、彼にそのことを気取られてはならない。ジークや保安官事務所の人たちが来るまで、彼をこの場から動かしてはならない。数分のことだ。それ以上はかからないだろう。ジークはもうこっちに向かっている？　道路を見張っていた人は、町に向かったのが彼女だと気づいた？

ブラッドは両手で股間を包み、必死で立ちあがろうとしていた。苦痛の涙が目に溢れているが、彼の声は震えていなかった。「撃て。引き金を引け」

カーリンは玄関へとあとじさった。一歩、また一歩。必要以上にブラッドにちかづきたくなかった。

「あたしにはできないと思ってるんでしょ。まさか準備してくるとは思ってなかったわよね？　これはあたしのピストルなの。これまでに何百発って撃ってきた。いつかあなたをこれで狙う日が来るだろうと思って」彼女に引き金を引けないことがわかれば、彼は自分のピストルを拾おうとするだろう。それはさせられない。撃ちたくなかった。それよりなにより、動く標的を撃つ羽目に陥るのは困る。自分の限界を知っていた。

彼が自分のピストルに飛びついたら、むろん撃つ以外にない。選り好みはしていられないもの。

「刑務所に入るぐらいなら死ぬ。警官が刑務所でどんな扱いを受けるか、おまえ、知ってるか？」彼は憤慨していた。不当な扱いを受けたと言わんばかりに。

「あたしには関係ない。刑務所で腐り果てればいいんだわ」憐れみのかけらもない口調だった。彼女の人生の一部を、彼は奪った。ジーナを殺した。ジーナの落ち度は、友達のレインコートを着て出たことだけ……ええ、そうよ、ジーナのためにも、ブラッドを痛めつけてやりたい。みじめったらしいげす野郎は、苦しんで苦しんで、死ねばいい。

ブラッドがにやりとした。「おれもおなじことを思ってた」うすら笑いに変わる。「おまえに撃つ気はない。あればとっくに撃ってるはずだ」彼は銃のほうに這っていった。クソッたれ、やるつもりだ！

カーリンは悪態をつき、ピストルを構え、気を引き締め、彼の体のどこかに当たることを必死で祈った。動く標的を狙い撃つ練習はしたことがない。

そのとき、裏口のドアが開く音がした。

ブラッドもその音を聞いた。ドアがきしみ、床板がきしんだ。誰かが家の中に入ってきた。ブラッドは這い進んで銃をつかみ、寝返りを打つと、リビングルームとキッチンをつなぐドアを狙って銃を構えた。

誰だろう。ジーク、キャット、副保安官、キャットが助けを求めた隣人。誰であろうと守らなければ。

カーリンは覚悟を決めて狙い、引き金を引いた。彼がうなって仰向けに倒れた。脇腹から血が噴き出す。彼は倒れたままで顔を振り向け、驚いた顔で彼女を見つめた。それから起き上がり、銃をもう一度彼女に向けた。「よくもおれを撃ったな！」

血に注意が向いていた。それも大量の血、思っていた以上に濃い色の血。人を撃つのは、的を撃つのとはまったくちがう。ジークがドアを抜けてきた。体を低くして、銃を手に。彼だと気づく間もなく、ブラッドがあたらしい脅威に顔を向け、それから意を決したのがカーリンにはわかった。ブラッドは彼女を狙い、引き金を引いた。ジークが撃った。ブラッドの頭の片側が吹き飛び、血と脳みその赤い霧が舞った。

カーリンはその場に釘付けになった。動くに動けない。なんとかピストルは持ったままだった。体の自由がきくようになると、銃をそっとエンドテーブルに置き、あとじさった。そこにジークがいて彼女を抱き寄せ、肩で頭をかばってくれた。

カーリンは彼にしがみついた。しがみつけるから、しがみつかずにいられないから。

「終わった」彼がやさしく言った。「終わったんだ」

愛している、とジークに言いたかった。そのためなら命がけで戦えるなにかを、あなたはわたしにくれたのよ、と言いたかった。でも、ここでは言わない。血の匂いが漂うこの場所では。あとで、ふたりきりになったときに言おう。彼女もジークも、体に染みつくブラッドの臭いを洗い流してから。心臓の鼓動が、ほかのすべてを呑み込むほど大きな音をたてなくなってから。

先のことを、ためらいも留保もなく考えられるなんて、ほんとうに久しぶりのことだ。

31

ふたりともブラッドを撃った罪に問われることはない、とジークがカーリンを説得するのには時間がかかった。完全なる正当防衛だ。ブラッドの暴力行為を立証し、ダラスの殺人と結びつけることはできなくても、怪我を負わされたキャットの証言がある。彼女はけっきょく肋骨が二本折れており、痛みを堪える日々がつづいた。

保安官はキャットのことを――ジークのことも――生まれたときから知っており、キャットのチェリーパイの大ファンだった。告発はなされなかった。〝死んで当然〟というのは言い訳にならないかもしれないが、〝あんな人間のクズは死んで当然〟ならどうだろう。それはともかく、反撃を食らう心配はないのだ。

辛い日がつづいたが、もう過去のことだ。キャットの怪我は癒えつつあり、ブラッドはこの世にいない。カーリンはいまもここにいる。ここにとどまらねばならない理由はなかった。一ペニーも無駄にせずにせっせと貯め込む必要もない。つまり、彼女がここにいるのは、ここにいたいからだ。彼が口を酸っぱくして言ったので、カーリンは母屋の電話から兄と姉に電話し、何時間もしゃべっていた。電話代がいくらになろうとかまうものか。自由に兄や姉とおしゃべりすることを、彼女が喜んでいるのだから金には替えがたい。

朝、目覚めると彼女が腕の中にいた。夜通し雪が降り、これから数日はまた寒さがぶり返すだろうと天気予報では言っていた。寒風が吹きすさぶだろうが、家畜を守り、機械装置を守るための人手は確保してある。カーリンはチリかスープを作ってくれるだろう。牧童たちが腹に溜まるものを食べたがれば、メキシカン・シェパードパイを作ってくれるかもしれない。なんにしても、彼らを中からあたためる料理であることに変わりはない。そして夜は、彼女がベッドをあたためてくれる。ただひとつの問題は、ずっといてくれるかどうか。

あんなにひどい経験をしたのだから、彼女にはなにも押しつけないことが、彼にできるせいいっぱいのことだった。なにがしたいのか、どこに行きたいのか、決めるのは彼女だ。彼としては、むろんいてほしい。だが、彼女への愛情を示す最良の方法は、出ていきたいと言ったら喜んで見送ってやることだ。全身で彼女を抱きしめたいと思っているときに、そうするのは容易なことではない。

そこにいるために生まれてきたかのように、彼女の体は彼の横にぴたりとおさまる。そうやってぴたりと体を押し付けてくる。あと数分したらベッドを出て、一日をはじめなければならないが、いまは……このままぬくぬくとして、これが世界のあるべき姿だと感じていたい。

「きょう、キャットに会ってくるわ」彼女があくび交じりに言った。「全快祝いのプレゼントを考えてるの——お花とか、キャンディを詰めたマグカップとか」

「裏口のドアがあんなにギーギーいうんだから、防錆剤《ぼうせいざい》がいちばんの全快祝いになると思うな」

彼女はなんとか笑いをごまかそうとして、失敗した。「そうね、きっと笑ってもらえるわね」

笑うとまだ脇腹が痛むだろうが。

彼女の剝き出しの肩を撫でる。「あと二カ月で春になる」さりげない口調で言う。「あっという間に三月だ」

彼女が寝返りを打ち、体と体が擦れ合った。「そうね。あたしの後釜に据えるのにぴったりな、〝気難しい老人求む〟の広告は出したの？」

「いや、まだだ」彼女の顔を覗き込んだ。「出すべきかな？」

彼女はしばらく無言だった。それから起き上がり、彼のほうに上体を倒して胸と胸、目と目を合わせた。「ここの春や夏はどんなだろうって、ずっと思ってたわ。すべてが緑に染まるのを見たい。子牛が生まれるところも見たいし、馬にも乗ってみたい。あなたに足りないもの、わかってる、ジーク？　犬よ。それも二、三匹。あたし、その……犬を飼いたいの」

「犬ね」前に犬を飼っていたし、また飼ってもいい。だが、カーリンがここにとどまる理由がそれだなんて、思ってもいなかった。

「ああ、ついでに言うと」彼女がわずかに顔をそらした。「あなたを愛していると思う。危機が去ったいま、ふたりのあいだがどうなっていくか見届けたいの」

彼女は似たようなことを前にも言ったが、ジークはまるではじめて聞くような気がした。前は前で、終わったことだ。

「おれを愛していると思う、か」

彼女が横目で睨んだ。「いいわ、あなたを愛しています。キャットを救うためだけなら、ブラッドに立ち向かっていかなかった。それも充分な動機だけど。立ち向かっていったのは、自由な身になってここにいたかったから、あたしたちがどうなるか——」

彼女を仰向けにして、脚のあいだに体を沈めた。「どんな犬がいい？」

両脚を絡めて、彼女が笑った。「言うことはそれだけ？　こっちは、あなたを愛しているって言ったのよ。それなのに、どんな犬がいい、ですって？」

「だって、おれはもう愛しているって言ったぞ。一度で充分じゃないのか？」そう言って彼女をからかう。それから、「いてくれ」と言って彼女の笑いの邪魔をした。「ここにいてほしい。ほかの誰でもなく、カーリン、きみにいてほしい。おれの女房になってくれ。犬と遊ぶ子どもを作ろう」押しつけない、が聞いて呆れる。

「ふたりきりの時間はいらないの？」

「待つことに疲れた」

彼女の手がジークの脇腹を撫でおろした。「男の子？　女の子？」

「犬のことを言ってるのか？　それとも子どものこと？」

彼女は笑った。彼の好きな笑い声、大好きな笑い声だ。「子どもよ」

「両方だな。でも、性別を決めるのはおれたちじゃない」

「カウボーイと結婚するなんて」カーリンが夢見るような口調で言った。「あたしって、厄介なほう厄介なほうへ流れていくんだわ。カウボーイはやめときなさいって、キャットに忠告されたのにね。それに耳を傾けたと思う？　とんでもない、自分から求めていったわ」

「愛している」ジークが言う。「コーシャス、カーリー、カーリン……きょうのきみがどれだろうと、あすのきみがどれだろうと、愛している」

彼女がとびきり満足そうなため息をついた。「それは完璧にすばらしい言葉ね。それで……あたしに乗るつもりあるの？」

「はい、奥さま」彼は言い、命じられたことをやった。

W《ダブル》リンダのおすすめレシピ集

スノークリーム

【材料】
ミルク
砂糖
ヴァニラエッセンス
雪

【作り方】
ミルク、砂糖、ヴァニラエッセンスを混ぜ合わせる。分量はお好みで。砂糖は多めのほうがだんぜんおいしい。これを雪に混ぜ込み、すくってタラタラ垂れない程度のやわらかさにする。

◇多く作りすぎたら冷凍保存できます。口当たりは変わるけれど、味は一緒。スノークリームを作るのは南部人ぐらいなもの？　まあたしかに、たいていの人は、雪を食べることに躊躇するでしょうね。雪が積もると茶色や灰色といった、おいしそうには見えない色になる地方の人にとっては、雪を食べるなんて考えられないでしょう。ここ南部の田園地帯では、雪は真っ白。そして南部人は雪を食べるのです。

——リンダ・ハワード

メキシカン・シェパードパイ

【材料】

牛挽肉……450グラム

タマネギ（みじん切りしたもの）……1個分

タコシーズニング……適宜

ミックスベジタブル……1パック

インゲンマメ……1缶

マッシュポテトか、塩・コショウで味付けしたハッシュブラウン……1パック

チェダーチーズ（すりおろしたもの）……カップ2

塩……適宜

【作り方】
①オーブンを175度に予熱しておく。
②挽肉とタマネギをこんがり焦げ目がつく程度に炒め、余分な油をとったらタコシーズニングを振りかける。ミックスベジタブルとインゲンマメを加えてさらに炒め、キャセロール皿に入れる。これにマッシュポテトかハッシュブラウンを載せて全体に広げる。オーブンに入れ、30分したら一度取り出し、チェダーチーズを振りかけてオーブンに戻す。チーズがとろけるまでさらに5分焼く。

＊このままでも、トルティーヤ・チップに載せて食べてもおいしい。

◇家を新築したときに、これを作って大工さんたちに出しました。ほかにもスコーンやマフィン、自家製のアイスクリーム、ビスケット、サーモンパテを作って出したけれど、この料理がいちばん人気でした。仕事をしてて太ったのはあとにも先にもこれがはじめてだった、と大工さんたちは言ってたわ。
――リンダ・ハワード

ビスケット

【材料】
ベーキングパウダー入りの小麦粉……カップ2
ショートニング……カップ⅓
塩……小さじ¼（ほんものの南部のビスケットは

わずかに塩味がする)
スキムミルク……ビスケット種がまとまる程度の分量　カップ1ぐらい
バター……溶かしたものを大さじ4
【作り方】
①オーブンを220度に予熱しておく。
②小麦粉、ショートニング、塩をよく混ぜ合わせる。手で混ぜるのがかんたんだし、速い。スキムミルクを加え、種をまとめる。
③小麦粉を振りかけたまな板にビスケット種を載せ、ふるいにかけた小麦粉を振りかける。ビスケット種はこねないこと。こねると硬くなる。ビスケットのやわらかさは、種がどれだけ酸素を含んでいるかにより、こねると酸素が抜けてしまう。なるべく軽いめん棒で、あくまでもやさしく伸ばす。厚みは1センチぐらい。これをビスケットカッターで切り、アルミホイルを敷き、油を引いた天板の上に隙間なく並べる。熱を加えられ膨張しても横に広がる隙間がないので、こんもりと上に膨らむという寸法だ。この分量でビスケット8枚が目安。
④ビスケットカッターで切り取った残りの種をもう一度まとめて、ビスケットを一枚作ろうとは思わないこと。残った分はその形のまま、天板の隙間に詰めて焼く。思わぬ形のができて驚くから。
⑤オーブンに入れて8〜9分。
⑥ビスケットが焼けるあいだにバターを溶かす。オーブンから出したばかりのビスケットに、これを刷毛で塗る。思わぬ形のおまけビスケットにも塗ること。溶かしたバターにほんの少量の塩を入れてもいい。できあがりの味がまったくちがうから。このレシピどおりに作ったら、ふっくらとやわらかなビスケットができること請け合い。子供たちはおまけ

ビスケットに大喜び。実を言えば、うちの大人たちもそう。

＊残ったビスケットは、湿気ないように保存バッグに入れておく。食べるときは濡らしたペーパータオルに包み、電子レンジで15～30秒あたためると、やわらかな味わいを楽しめる。

◇ビスケット作りをひとりでも多くの人に伝えることを、わたしは使命と心得ています。死滅寸前の芸術だから。ビスケット作りのコツは、いじりすぎないこと、天板に隙間なく並べること。どうしてもこねたい気分のときは、ほかのものをこねて。こねるとビスケットは重く、硬くなるから。

――リンダ・ハワード

リンダ・ジョーンズのコーンブレッド

【材料】

コーンマフィン・ミックス……3箱
バター……240グラム
サワークリーム……450グラム
クリームコーン……450グラム
ホール・コーン……450グラム
＊水気を切っておく
卵……4個

【作り方】

①オーブンを175度に予熱しておく。

②材料をすべて混ぜ合わせ、パン焼き皿に注ぎ込み、オーブンに入れて表面がきつね色になるまで45分ほど焼く。

♤ふつうの家庭で作るなら、分量を半分か3分の1にしてもいいかも。卵4個に対して、その分量で作るとどういうのができるか、わたしはわかりません。ものは試しだし、いちいち計算なんかしないで、上の分量で作ってみて。お菓子作りなんてそんなものでしょ。

——リンダ・ジョーンズ

失敗知らずのホワイトケーキ

【材料】

砂糖……カップ2
小麦粉……カップ3
ショートニング……カップ⅔
塩……小さじ¼
ベーキングパウダー……小さじ2
水……カップ1
卵白……4個分
ベーキングパウダー……小さじ1
ヴァニラエッセンス……小さじ1

【作り方】

①オーブンを190度に予熱しておく。
②大きめのボウルに砂糖、小麦粉、ショートニング、塩、ベーキングパウダー、水を入れ、

ブレンダーで2分ほど掻き混ぜる。
③卵白をよく泡だて、ベーキングパウダーを入れて硬くなるまで掻き混ぜる。
④③とヴァニラエッセンスを②に加え、油を引き小麦粉を振りかけたケーキ焼き皿に流し込む。厚いのが好きか、薄いのが好きか、好みによって焼き皿の大きさを変える。オーブンに入れて25～30分焼く。

♤はじめてこのケーキを作ったのは、まだ実家にいた17歳のころ。姉が味見をしようと、できあがったケーキにフォークを差したらフォークが折れた。大失敗。どうして失敗したのかわからなかった。〝自分が知っていることを書く〟ことのほんとうの意味がこれでわかったわ。あなたもリスクを恐れず試してみて。

――リンダ・ジョーンズ

ツナ・キャセロール

【材料】
炊いたご飯……カップ2
お好みの野菜（ミックスベジタブルかコーンか、サヤインゲンでもOK）……カップ1～1と½　＊水気を切っておく
マッシュルーム・スープ……1缶
ツナ……2缶　＊水気を切っておく
ミルク……カップ½

チーズ（チェダー、ペッパージャック、モントレージャック）……225グラム
塩、コショウ……適宜

【作り方】

①オーブンを175度に予熱しておく。

②ご飯と野菜、マッシュルーム・スープ、ツナ、ミルク、半分の分量のチーズを混ぜ合わせ、塩、コショウで味を調える。キャセロール皿に入れてオーブンで35分焼き、一度取り出して残りのチーズを振りかけ、オーブンに戻す。表面が薄いきつね色になったらできあがり。

♤ツナ・キャセロールのレシピを提供して、とリンダ・ハワードに言われ、一瞬固まりました。レシピ？　ツナ・キャセロールの？　残り物をなんでも混ぜてチーズを上にかけ、ええい、とオーブンに放り込むツナ・キャセロールで育ったようなものだから、わが家では、食事のときの祈りは「われらに日曜のツナをきょうも与えたまえ」だったぐらい。ご飯の代わりにヌードルを使ってもおいしいし、マッシュルーム・スープの代わりにセロリ・スープを使ってもいい。冷蔵庫にある残り物の野菜をじゃんじゃん使って。いつもおなじ材料じゃつまらないでしょ。

——リンダ・ジョーンズ

訳者あとがき

リンダ・ハワードが再度リンダ・ジョーンズと組んで生み出した、コンテンポラリー・ウエスタン・ロマンスをお届けする。

読者のなかには「あれ?」と思われた方もおられるだろう。Wリンダの新作なら当然、ヴァンパイアのルカと人間のクロエの種を越えたロマンス、『永遠の絆に守られて』(二見文庫)の続編じゃないの、と。訳者も同作のあとがきで、続編 “*Warrior Rising*” がおそらく来年(二〇一二年)に刊行予定、と書いた手前、とても心苦しく……Wリンダのフェイスブックに出された〝告知〟によると、出版社が続編の刊行を無期延期にしたそうだ。〝延期〟ということは、いつか刊行される可能性はあるので、どうぞ気長にお待ちください。

さて、本書に話を戻して、ワイオミングのさびれた田舎町バトル・リッジに、カーリン・リードという名の若い女がテキサスから逃げてくる。彼女の目に映るバトル・リッジはこんな感じだ。「もろに不況の波をかぶったようだ。地図には人口二千三百八十七人と出ているが、六年前の地図だし、ざっと見回したところ、それだけの住民を養えるようには見えない。道の両側には空き家が目立ち、〝売り家〟の看板は薄汚れてみすぼらしくなっていた。商店も窓に〝売り物、賃貸も可〟の張り紙が出ていた。西部の、とりわけ人口五十万そこそこのワイオミング州だから、ここでも中くらいの大きさの町ということになる。ところが現実は厳しくて、まわりの建物の半分は空き家だった」

カーリンはなぜワイオミングの田舎町にやってきたのか。それは、二度目のデートで、「この人、なんだか気持ちが悪い」と思い、つぎのデートの誘いを断ったらストーカーと化した男、ブラッドから逃げるためだ。デートを断ると、家や職場のちかくで待ち伏せしたり、執拗に電話やメールをよこしたり、留守中、勝手に部屋に入ってクロゼットの服を並べ変えたりと、彼のストーカー行為はエスカレートするばかりだった。思い余って警察に被害届を出すものの、相手にされなかった。なぜなら、ブラッドが警官だから。こうなったら逃げ出すほかはない。カーリンは一年暮らしたテキサス州ヒューストンからおなじ州内のダラスに移った。職場の誰にも行き先を告げず、夜中にこっそりアパートを出たのに、ブラッドは追ってきた。警官であるだけでなく、コンピュータおたくだから、データベースに不正アクセスして、彼女のあたらしい勤め先をなんなく突き止めたのだ。そして、カーリンの赤いレインコートを着て昼食を買いに出た同僚を、雨が降っていたとはいえ人通りのある昼のオフィス街で撃ち殺した。カーリンはむろん警察に訴えたが、ブラッドはちゃんとアリバイを用意していた。

それから十カ月、カーリンは逃亡生活をつづけてきた。社会保障番号を告げなければいけないような仕事には就けず、クレジットカードも使えず、家族とも連絡をとれず、つねにブラッドの影に怯える毎日だった。そんな彼女が流れ着いたのが、バトル・リッジからさらに車で一時間ほど、森の中の泥道を奥へ奥へと進んだ場所にある牧場だった。牧場主のジークは苦境に立たされていた。牧童たちにとって母親のような存在だった住み込みの家政婦が、幼子を抱えて四苦八苦の妊娠中の娘と暮らすことにしたと、牧場を出て行ってしまったのだ。牧童のひとりに料理をさせてはいるが、テーブルに並ぶのはオートミールとチーズサンド程度。牧場の仕事は長時間の重労働で、牧童たちに栄養たっぷりの熱々の食事を出すのは牧場主の務めだ。給料は現金でよこせだの、税金の申告はしないでくれだの条件の多いカーリンを、胡散臭いと思いながらも背に腹は代えられない。ジークは受け入れざるをえなかった。こうしてカーリンはつかの間でも腰を落ち着けられる場所を見つけることができた。いくらブラッドでも、まさか彼女がワイオミングの山奥にいるとは思わないだろう。

ただ怯えて、ひたすら逃げるだけだったカーリンが、ジークや牧童たちに支えられて自信を取り戻し、身を守る術を体得し、立ち向かう女へと変貌してゆく物語、それが本書だ。

ジークはいわゆるハンサムではない。朴納でぶっきらぼうで、惚れた女はなにがなんでも守り抜く、熱いハートの西部の男そのものだ。しかも、けっして自分の気持ちを押し付けないナイーブさも持ち合わせている。

ストーカーといえば、日本でも被害があとを絶たない。殺人事件に発展することもけっして珍しくはなく、被害者の恐怖と絶望、遺族の無念を思うと胸が痛む。

日本でストーカーを取り締まる法律、通称〝ストーカー規制法〟が施行されたのは二〇〇〇年十一月だった。この法律が作られる契機となったのが〝桶川ストーカー殺人事件〟で、一九九九年、十月、高崎線桶川駅前で、二十一歳の女子大生が元交際相手とその兄が雇った男によって刺殺された。元交際相手は、暴力や脅迫、三十分おきの電話などで被害者を苦しめ、自宅や彼女が通う大学や、父親の職場のまわりに誹謗中傷のビラを貼り出すなど執拗なストーカー行為を繰り返していた。被害者と家族は何度も警察に相談に行き、名誉毀損で告訴状も提出していた。ところが警察はろくな捜査をせず、告訴調書を改竄し、あげくに告訴の取り下げを要求している。なんのための警察か、とわたしでも怒りを覚えるから、被害者やその家族の心情はいかばかりだったろう。被害者は友人に、『わたしは殺されるかもしれない』「もし殺されたら、犯人はぜったいにあの男」と話していたそうだ。本書でカーリンが抱く恐怖が、現実のものとしてあらためて迫ってくる。

さて、今回は巻末にレシピがつきました。糖分もカロリーもたっぷりの、アメリカ版〝おふくろの味〟の数々、ぜひお試しください。心がほっこりすることまちがいなしです。

それから、この秋にはリンダ単独の新作〝*Shadow Woman*〟が、引きつづき二見文庫として刊行予定ですので、どうぞお楽しみに。

二〇一三年五月

ザ・ミステリ・コレクション

真夜中《まよなか》にふるえる心《こころ》

著者　リンダ・ハワード
　　　リンダ・ジョーンズ

訳者　加藤洋子《かとうようこ》

発行所　株式会社 二見書房
東京都千代田区三崎町2-18-11
電話 03(3515)2311［営業］
03(3515)2313［編集］
振替 00170-4-2639

印刷　株式会社 堀内印刷所
製本　株式会社 関川製本所

落丁・乱丁本はお取り替えいたします。
定価は、カバーに表示してあります。

ISBN978-4-576-13083-5
http://www.futami.co.jp/

氷に閉ざされて
リンダ・ハワード
加藤洋子［訳］
一機の飛行機がアイダホの雪山に不時着した。乗客の若き未亡人とパイロットのジャスティスは、何者かの陰謀ではないかと感じはじめるが…傑作アドベンチャーロマンス！

ゴージャスナイト
リンダ・ハワード
加藤洋子［訳］
絵に描いたようなブロンド美女だが、外見より賢く計算高くて芯の強いブレア。結婚式を控えた彼女にふたたび危険が迫る！待望の「チアガール ブルース」続編

夜を抱きしめて
リンダ・ハワード
加藤洋子［訳］
山奥の平和な寒村に住む若き未亡人に突如襲いかかる恐怖。彼女を救ったのは心やさしくも謎めいた村人の男だった。夜のとばりのなかで男と女は愛に目覚める！

未来からの恋人
リンダ・ハワード
加藤洋子［訳］
二十年前に埋められたタイムカプセルが盗まれた夜、弁護士が何者かに殺され、運命の男と女がめぐり逢う。時を超えたふたりの愛のゆくえは？ 女王リンダ・ハワードの新境地

チアガールブルース
リンダ・ハワード
加藤洋子［訳］
殺人事件の目撃者として、命を狙われるはめになったブロンド美女ブレア。しかも担当刑事が、かつて振られた因縁の相手だなんて…!? 抱腹絶倒の話題作！

くちづけは眠りの中で
リンダ・ハワード
加藤洋子［訳］
パリで起きた元CIAエージェントの一家殺害事件。復讐に燃える女暗殺者と、彼女を追う凄腕のスパイ。危険なゲームの先に待ち受ける致命的な誤算とは!?

悲しみにさようなら
リンダ・ハワード
加藤洋子［訳］

十年前メキシコで起きた赤ん坊誘拐事件。たったひとりわが子を追い続けるミラがついにつかんだ切り札、それは冷酷な殺し屋と噂される危険な男だった…

一度しか死ねない
リンダ・ハワード
加藤洋子［訳］

彼女はボディガード、そして美しき女執事——不可解な連続殺人を追う刑事と汚名を着せられた女。事件の裏で渦巻く狂気と燃えあがる愛のゆくえは⁉

見知らぬあなた
リンダ・ハワード
林 啓恵［訳］

一夜の恋で運命が一変するとしたら…。平穏な生活を〝見知らぬあなた〟に変えられた女性たちを華麗な筆致で紡ぐ、三編のスリリングな傑作オムニバス。

パーティーガール
リンダ・ハワード
加藤洋子［訳］

すべてが地味でさえない図書館司書デイジー。34歳にしてクールな女に変身したのはいいが、夜遊びデビュー早々ひょんなことから殺人事件に巻き込まれ…

あの日を探して
リンダ・ハワード
林 啓恵［訳］

叶わぬ恋と知りながら、想いを寄せた男に町を追われたフェイス。12年後、引き金となった失踪事件を追う彼女の行く手には、甘く危険な駆け引きと予想外の結末が…

夜を忘れたい
リンダ・ハワード
林 啓恵［訳］

かつて他人の心を感知する特殊能力を持っていたマーリーの脳裏に、何者かが女性を殺害するシーンが映る。そして彼女の不安どおり、事件は現実と化し…

Mr.パーフェクト
リンダ・ハワード
加藤洋子［訳］

金曜の晩のジェインの楽しみは、同僚たちとバーでおしゃべりすること。そんな冗談半分で作った「完璧な男」の条件リストが世間に知れたとき、恐ろしい惨劇の幕が…！

夢のなかの騎士
リンダ・ハワード
林 啓恵［訳］

古文書の専門家グレースの夫と兄が殺された。犯人は、目下彼女が翻訳中の14世紀古文書を狙う考古学財団の理事長。いったい古文書にはどんな秘密が？

青い瞳の狼
リンダ・ハワード
加藤洋子［訳］

CIAの美しい職員ニエマと再会した男は、彼女の亡夫のかつての上司だった。伝説のスパイと呼ばれる彼の使命は武器商人の秘密を探り、ニエマと偽りの愛を演じること…

心閉ざされて
リンダ・ハワード
林 啓恵［訳］

名家の末裔ロアンナは、殺人容疑をかけられ屋敷を追われた又従兄弟に想いを寄せていた。10年後、歪んだ殺意が忍び寄っているとも知らず彼と再会するが…

石の都に眠れ
リンダ・ハワード
加藤洋子［訳］

亡父の説を立証するため、考古学者となりアマゾン奥地へ旅立ったジリアン。が、彼女を待ち受けていたのは、死の危機と情熱の炎に翻弄される運命だった。

二度殺せるなら
リンダ・ハワード
加藤洋子［訳］

長年行方を絶っていた父親が何者かに射殺された。父の死に涙するカレンは、刑事マークに慰められるが、射殺事件の黒幕が次に狙うのはカレンだった…